BESTSELLER

Samuel Bjørk es el seudónimo del noruego Frode Sander Øien. Es novelista, autor de obras de teatro, cantante y compositor. Además, ha expuesto obras de arte contemporáneo y ha traducido a Shakespeare. Escribió dos novelas de notable éxito, *Pepsi Love* y *Speed for Breakfast*, pero el reconocimiento masivo le llegó con *Viajo sola*, un best seller internacional inmediato que fue recibido con excelentes críticas. Bjørk ha sido comparado con Stieg Larsson y Jo Nesbø y ha vendido más de 2.300.000 ejemplares de sus libros, que se han publicado en 33 idiomas. Las sucesivas entregas de la serie protagonizada por los investigadores Holger Munch y Mia Krüger, *El búho* y *El niño en la nieve*, a las que ahora se ha unido la precuela *El lobo*, le han consolidado como uno de los autores de referencia de la novela policiaca nórdica. Actualmente vive y trabaja en Trondheim, Noruega.

Biblioteca

SAMUEL BJØRK

El lobo

Traducción de
Martin Simonson

DEBOLS!LLO

Papel certificado por el Forest Stewardship Council®

Título original: *Ulven*

Primera edición en Debolsillo: enero de 2024
Segunda reimpresión: julio de 2024

© Samuel Bjørk 2021
Publicado por acuerdo con Ahlander Agency
© 2023, 2024, Penguin Random House Grupo Editorial, S. A. U.
Travessera de Gràcia, 47-49. 08021 Barcelona
© 2023, Martin Simonson, por la traducción
Esta traducción se publica con la ayuda económica de NORLA, Norwegian Literature Abroad.

Diseño de la cubierta: Coverkitchen
Imagen de la cubierta: © Coverkitchen

Printed in Spain – Impreso en España

ISBN: 978-84-663-7177-3
Depósito legal: B-19.380-2023

Compuesto en La Nueva Edimac, S. L.

Impreso en Liberdúplex
Sant Llorenç d'Hortons (Barcelona)

P 3 7 1 7 7 3

EL LOBO

EL LOBO

El 28 de mayo de 1993, dos niños de once años fueron encontrados muertos en una finca de Fagerhult, en Suecia, a unos diez kilómetros al nordeste de Uddevalla. Más tarde, el granjero que descubrió los cadáveres describiría el hallazgo «como si alguien hubiese abierto las puertas del infierno». Uno de los chicos, Oliver Hellberg, estaba desnudo y boca arriba. El otro, Sven-Olof Jönsson, fue encontrado en calzoncillos a escasos metros del primero. Entre los niños había un animal. Una liebre blanca. Debido a la crudeza del caso, se formó una unidad de investigadores de la Policía Judicial de Estocolmo, que trabajaría junto con un grupo local de la Policía del Oeste, pero pronto quedó claro que dicha colaboración no iba a funcionar. Durante los años que siguieron, la dirección del grupo cambió en no menos de tres ocasiones, y al final tuvo que dimitir también la ministra de Justicia sueca, Eva Nordberg. Asimismo, se acusó al grupo de investigadores de haber filtrado información del diario personal de uno de los chicos. Los padres del niño, Patrick y Emilie Hellberg, recurrieron a la justicia para impedir que la prensa vespertina diera a conocer los pensamientos privados de su hijo, de once años. El matrimonio ganó en primera instancia en la Audiencia Provincial de Uddevalla, pero perdió en el Tribunal de Justicia del Oeste de Suecia. La madre, Emilie Hellberg, fue hallada muerta en la bañera de su casa de la calle Ekeskärsvägen unas semanas más tarde. Se había quitado la vida. En algo que se conoce como «el día de la vergüenza» en la historia del periodismo sueco, el diario del niño apareció publicado de manera íntegra el 14 de octubre de 1993, tanto en *Expressen* como en *Aftonbladet*. Por primera vez, ambos periódicos salieron exactamente con la misma portada, que mostraba la última página del diario del chico. Solo contenía unas pocas palabras, escritas a mano:

Mañana hay luna llena. Tengo miedo del lobo.

El caso sigue sin resolverse.

1

ABRIL DE 2001

1

Thomas Borchgrevink se encontraba en el parking de delante de la antigua escuela de Fredheim, en Lørenskog, donde esperaba que pronto comenzase a soplar el viento. No sabía por qué ella había escogido justo ese lugar para quedar, pero se hacía alguna idea. ¿Para ponérselo lo más difícil posible? ¿Sería eso? ¿Sí? El hombre, de treinta y seis años, echó un vistazo al reloj al tiempo que una bandada de cornejas alzaba el vuelo desde un árbol cercano. La llamada de las aves resonó en el lugar desierto, porque no había nada por allí, solo unas fincas, una cantera de arena y ese viejo edificio blanco, la escuela a la que él mismo había ido cuando era niño. En otra vida. Antes del suceso. Hacía tiempo que no visitaba esa parte del mundo. Tampoco es que hubiera estado en ningún otro sitio. Doce años en el trullo. Había salido unos meses antes y aún luchaba por acostumbrarse a esa sensación. La sensación de poder hacer lo que le diera la gana. Thomas Borchgrevink se ajustó la cazadora y se sentó en las escaleras del antiguo edificio, donde volvió el rostro hacia el débil sol que asomaba tras los árboles.

Eran las nueve menos cuarto. Habían quedado a las diez, pero Thomas no quería dejar nada al azar. Ella era capaz de inventarse cualquier cosa. «Miren, habíamos dicho a las nueve, y ni siquiera se presentó. ¿De verdad creen que tiene derecho a ver a su hijo? La última vez que se vieron, el niño solo tenía dos años, ¿son conscientes de ello?». De repente crujieron unas ramas en las copas de los árboles del final de la carretera, y enseguida se animó un poco. Quizá comenzase a soplar un poco, después de todo. El viento. Una idea estúpida, por supuesto. ¿Una cometa? Le había costado dar con algo que pudieran hacer por allí. Había pasado tanto tiempo dentro de la juguetería que al final se le acercó la encargada para preguntarle si estaba todo en orden. ¿En orden? Lógicamente, nada estaba en orden. ¿Qué se pensaba? Ahora bien, no era culpa suya, por supuesto, así que había agarrado lo primero que encontró. Una cometa. Ahí fuera. Junto a la antigua escuela. Podrían volarla juntos. Bonito plan, ¿no? A esas alturas ya se arrepentía, claro, pues oía como el viento dejaba de sacudir las copas de los árboles. Un tablero de ajedrez, eso era lo que había pensado comprar al principio. Podía enseñarle las reglas al chaval, quizá pudieran jugar un poco juntos, pero lo había descartado al enterarse de que el encuentro tendría lugar en la calle. Y bajo vigilancia. Ella no quería, bajo ningún concepto, que se quedase solo con el niño.

El tono había sido muy diferente la primera vez que había ido a visitarlo. Siv Johnsen. Por aquel entonces, Thomas ni siquiera se acordaba de quién era. «Borchgrevink, tienes una visita». La primera en tres años. «Es una chica. Está en el número dos».

¿Una visita?

¿Una chica?

«¿Mamá?».

No.

Claro que no.

Ella se había arreglado para la ocasión, con flores en el pelo, color en las mejillas, falda corta de verano. Siv Johnsen. Compañera de clase del instituto. Los pocos meses que había asistido, antes de sucumbir a las voces de su cabeza.

Estuvo yendo a visitarlo durante tres años, cada dos semanas, y al final casi había llegado a gustarle. Fotos del paritorio. Del primer cumpleaños del niño. «¡Martin echa en falta a su padre!».

Pero todo eso se acabó.

Dejó de ir.

Había conocido a otro, al final lo entendió.

Lo mismo daba.

En lo que se refería a ella.

Pero ¿y el crío?

El niño más bueno del mundo.

Su hijo.

Martin.

«Joder, qué puta mierda».

Thomas Borchgrevink se levantó de las escaleras y echó a andar por el patio para despejar la mente.

Tranquilo.

No te enfades.

Ella había dejado de visitarlo, pero en su lugar llegaron varias cartas escritas a máquina por funcionarios sin rostro que le comunicaron que ya no podía ver al pequeño.

Dio una patada a una piedra, que fue rodando por el patio, y volvió a mirar el reloj.

Las nueve y cuarto.

No había nadie.

¿Y por qué iba a haberlo? Por allí no había nada. En la carretera de Finstad a Losby apenas había unas casas. Estaba el campo de tiro tras el codo del camino. La cantera de grava justo detrás de los árboles, un poco más arriba. Conocía cada piedra de ese lugar, le había encantado esa escuela, había ido temprano todos los días, liberado de la gente de casa, la casa oscura, de esa gente fría que se suponía que tenía que cuidar de él, del sonido del despertador en la mesilla de noche, con las manos de Mickey

Mouse, que decía que ya era hora de levantarse si quería salir a tiempo, deslizarse descalzo con sigilo para no despertar a nadie, llenar la fiambrera con lo que encontrase.

No era el mejor de la clase, era de aprobados, tampoco era de los peores.

Pero ese calor...

Ni Dios parecía preocuparse del calor.

Las diez menos cuarto. Ya llegaba el primer coche, un pequeño Toyota Corolla oxidado, conducido por una mujer rubia con gafas redondas, que le estrechó la mano con nerviosismo al apearse.

—Astrid Lom, Protección de Menores.

—Thomas.

La mujer murmuró algo y sacó una carpeta que seguramente contenía lo mismo que le habían enviado a él.

«Condenado por homicidio».

«Dieciocho años».

«Buen comportamiento».

«Reducción de condena».

«La madre ha autorizado el encuentro con el niño».

«Bajo vigilancia».

Las diez menos cinco, y por fin llegaba el coche.

Blanco.

Caro.

Naturalmente.

Había encontrado a alguien mejor, pero ya daba lo mismo.

Thomas Borchgrevink sintió que el calor lo inundaba por dentro cuando, con las manos sudorosas, hizo ademán de ir a su encuentro.

—No, no, debes esperar.

Una mano lo agarró.

—Sí, claro, perdón.

Paso a paso.

Ahí mandaba el niño.

«Martin».

Ahí estaba.

Thomas esbozó una amplia sonrisa al ver que se abría la puerta del coche.

Pelo castaño.

Un jersey marrón.

El niño se quedó fuera del coche con una expresión algo confusa. No parecía que fuera a salir nadie a ayudarlo.

«Putos idiotas».

«¿No ven que...?».

Afortunadamente, la funcionaria, con algo más de tino, cruzó el patio a toda prisa y le rodeó los delgados hombros con el brazo. Y de repente allí estaba, al fin. Thomas Borchgrevink tuvo que luchar contra unas ganas tremendas de llorar.

—Hola, Martin.

—Hola...

Unos ojos azules preciosos que no se decidían a mirarlo. En lugar de ello, permanecían clavados en los zapatos.

—¿Qué tal estás?

—¿Cómo?

Ahora lo miró con una expresión un poco curiosa.

—Llevas un jersey muy chulo.

—Eh... Gracias.

El niño alzó la vista hacia la funcionaria, como si quisiera saber quién era y qué hacía ella allí.

—¿Es un robot?

—¿Qué? No, es Bionicle.

Thomas dio un paso vacilante hacia el chico.

—Bionicle. Qué nombre más divertido.

El niño sonrió tímidamente.

—No se llama Bionicle, es un Bionicle.

—Ah, claro. ¿Y cómo se llama?

—¿Este de aquí?

—Sí.

La funcionaria ya se había alejado un poco.

—Se llama Makuta.

—Qué gracia. ¿Es tu favorito?

—Eh… no. El que más me gusta es Ehlek, pero no había jerséis con él.

—Qué pena.

—Ya. Pero sí tengo el muñeco.

Desvió la vista un instante hacia el coche blanco, detrás de ellos.

—Y qué pena que no supiera que te gustaba Bionicle. Lo llego a saber y te traigo uno.

El chico sopló para retirarse el flequillo de los ojos, y después se volvió con curiosidad hacia la bolsa, que estaba junto a las escaleras.

—¿Y qué has traído?

—Nada muy emocionante, me parece. Esperaba que hiciera más viento.

—¿Viento? ¿Para qué?

—Para que pudiéramos volar la cometa que te he traído. Pero, no sé, ¿quizá te aburran las cometas?

—No, no —dijo el chico—. Me gusta volar cometas.

Las ramas de los árboles crujieron otra vez bajo el viento. Parecía que al final había alguien ahí arriba pendiente de él.

—¿Sí? —dijo Thomas con una sonrisa—. ¿Vamos a ver si conseguimos hacerla volar, entonces?

—Vale —respondió el chico.

—Si quieres salimos al campo. Creo que sopla más fuerte por ahí.

Sacó la cometa de la bolsa y se dirigió a la funcionaria.

—¿Podemos ir a…?

La mujer asintió con la cabeza.

—¿Por qué le has preguntado eso? —quiso saber el niño cuando dejaron atrás el antiguo edificio y la cometa descansaba en el suelo entre ellos.

Abril en Noruega.

El olor a tierra recién arada.

En breve sembrarían el grano, que se volvería amarillo en verano.

Le estaba costando controlar sus emociones.

—Está aquí para vigilar.

—¿Vigilar a quién?

—A ti. ¿Quieres probar tú primero? ¿Tú corres y yo la sujeto?

—Vale.

El niño volvió a sonreír y cogió la cometa del suelo.

Y ya daba todo igual.

Las dos caras tras la ventanilla del coche.

La funcionaria tras todos los papeles.

Todos esos años.

Se habían esfumado.

Lo único que existía era ese niño que corría por el campo, con una amplia sonrisa al ver cómo por fin se alzaba la cometa, para acabar elevándose orgullosa entre las nubes.

—¡Mira! ¡Uau!

Fueron veinte hermosos pero cortos segundos, después la cometa perdió fuelle y cayó en picado al suelo, al otro lado del campo.

Y luego ocurrió algo que Thomas Borchgrevink nunca olvidaría.

El niño regresó hacia él, con una expresión muy distinta.

—¿Qué te pasa, Martin?

—Hay alguien allí.

—¿Qué quieres decir?

Con la manita, trataba de cubrirse la mancha del pantalón, mojado en la parte delantera.

—No se mueven.

2

Holger Munch estaba en el Audi negro, con la Suite para Cello en Sol Mayor de Bach en los altavoces, y se sentía mal por haber abandonado a su familia de nuevo en medio del desayuno del domingo. No es que se hubiesen quejado. Nunca se quejaban. Independientemente de cuándo llegaran las llamadas. Por la noche. En plenas vacaciones de verano. En Nochevieja, justo cuando servían la cena. Siempre lo entendían perfectamente. Holger Munch, de cuarenta y dos años, llevaba casi veinte trabajando como investigador de homicidios, y ella siempre había estado allí. Marianne. Su novia del instituto. Había sido amor a primera vista, y se habían casado nada más terminar los estudios. Por fin, nueve años más tarde, había llegado su hija, Miriam. Ya tenía catorce años y no se portaba en absoluto tan mal como decían de las chicas adolescentes. Su familia siempre estaba de su lado. Daba igual que se perdiese casi todo lo que hacían. Incluso habían celebrado su ascenso el año anterior, aun sabiendo que tendría todavía más trabajo. Una nueva unidad de homicidios. Con sus propias instalaciones. Lejos de la comisaría de Grønland. Holger Munch no solo había recibido el encargo de liderar esa histórica creación, sino que le habían dado total libertad para hacerlo. Podía elegir a sus empleados.

Por primera vez en mucho tiempo, había pasado un invierno fantástico. Normalmente, tras aquella barba rojiza salpicada de canas, reinaba una oscuridad que le hacía maldecirlo todo y a todos, en especial a los idiotas que esquiaban y amaban la nieve, pero ese año había tenido otras cosas en las que pensar. Era un pionero. Casi como un fundador. Así era como se había sentido. Con todo, le había parecido atisbar algo en los ojos de ella que indicaba otra cosa.

El corpulento investigador trató de olvidar el tema y le enseñó la tarjeta de identificación al policía que lo había parado en la cinta. Pudo verlo en la cara del joven hombre uniformado.

Ahí había ocurrido algo diferente.

Un minuto más tarde encontró una mirada nerviosa parecida, escondida tras una fachada uniformada dura, cuando aparcó el coche junto al edificio blanco de la escuela.

—Nilsen, coordinador.

Munch saludó con la cabeza y se sacó un paquete de tabaco del bolsillo de la trenca beis.

—¿Ha llegado alguien de mi equipo?

—Eh, sí… la rubia. La abogada.

—Goli.

—Y el del traje… ¿Fredrik?

—Riis —dijo Munch y se encendió un cigarrillo.

—Los de la científica han sido los primeros en llegar, y ya llevan un rato —le contó el musculoso agente, haciendo un gesto hacia el campo.

—¿Y los forenses?

—También están aquí. Han llegado hace poco.

El agente se quitó uno de los guantes y señaló con el dedo en un mapa.

—Hemos cortado los accesos al lugar aquí y aquí. Ahora, la carretera de Losby. Apenas vive gente por aquí, pero hay unas pocas granjas y tenemos que mantener abierto ese acceso, creo.

Por tanto, hemos acordonado esta carretera, la Valerveien. ¿Le parece bien?

—Y los límites de los campos, ¿qué? —dijo Munch.

—He apostado a gente por allí —afirmó Nilsen—. Ya estarán en sus puestos.

—Por lo demás, ¿qué tienes?

Munch ojeó el mapa con curiosidad y a continuación se volvió hacia los bosques que los rodeaban.

—Es como una pesadilla —murmuró Nilsen—. Los chicos están ahí, es decir, en *este* punto del mapa. Como puede ver, hay campos labrados por todas partes, rodeados de bosque. Hemos pensado que el autor del crimen podría haber venido por *aquí* y haberse marchado después por el mismo camino. Vía libre para todo. Si quiere saber mi opinión, creo que tendremos mucha suerte si alguien ha visto algo.

—¿Esto qué es? —preguntó Munch, al tiempo que indicaba un punto del mapa con el dedo.

—Un campo de tiro.

—¿Tiene el acceso cerrado?

—Eh, todavía no… Es que está…

—Cierra el acceso —dijo Munch, y suspiró—. Y envía a un equipo hasta allí. ¿Esto qué es?

—Un pedazo de cantera de arena —contestó Nilsen, señalando el bosque del este—. ¿Debemos…?

—Sí, si no lo habéis hecho ya. ¿Y…?

Miró al agente, que no sabía qué decir.

—¿Otro equipo allí? —dijo al final.

—Muy bien. —Munch asintió y atravesó el patio hacia Anette Goli, que acababa de salir del viejo edificio de la escuela.

Había sido su primer fichaje.

No lo había dudado ni un momento.

—¿Ya has estado allí? —preguntó la afanosa abogada, pasándose una mano por el pelo.

—Todavía no. ¿Cómo está la cosa?

—Mal. Acabo de hablar con Wik por teléfono, quería saber si preferías que los cubriera o si quieres verlos tal y como los han encontrado.

—Dejémoslos como están —dijo Munch y se encendió un nuevo cigarrillo nada más apagar el anterior—. ¿Quién los ha encontrado?

—Unos personajes muy variopintos. —Goli suspiró e hizo un gesto con la cabeza hacia el edificio—. Estoy tratando de hacerme una idea de las relaciones internas del grupo ahora mismo.

—¿Y bien?

—Un asunto de paternidad, por lo que he logrado entender. Un tipo ha venido aquí para encontrarse con su hijo. La madre también, con su nuevo marido, y una funcionaria de…, bueno, supongo que de Protección de Menores. No estoy totalmente segura. He tenido que separarlos, en todo caso. Tengo al padre en un sitio, y a los otros en distintas habitaciones. ¿Quieres hablar con ellos?

—Todavía no. Mientras tanto, ocúpate de sacarles todos los detalles.

—De acuerdo. Katja está en ello.

—¿Está aquí? —exclamó Munch, sorprendido, con una leve sonrisa—. Pensaba que…

—Parece que Kripos no fue tan maravilloso después de todo —dijo Goli, guiñándole un ojo—. He pasado a buscarla antes de venir. ¿Te parece bien?

—Sí, claro. —Munch asintió con una nueva sonrisa.

Su segundo fichaje.

Katja van den Burg.

La elección había sido casi tan evidente como la anterior.

—Bien, ¿quieres ir a verlos?

—Sí. ¿Dónde están?

—Por ahí. —Goli señaló con el dedo—. Pero te recomendaría que te pusieras otro tipo de calzado, está todo bastante embarrado.

—Vale.

Munch dejó caer el cigarrillo a la grava del suelo y se fue a buscar las botas de goma al coche.

3

Mia Krüger, de veintiún años, estaba al fondo del pequeño auditorio del sótano de la Academia de Policía, luchando por mantener los ojos abiertos. Se había pasado toda la
noche por ahí. Otra vez. No se había acostado hasta… ¿las seis,
quizá? Ocultó un bostezo mientras el ponente, con su corte militar y sus botas lustrosas, cambiaba de diapositiva en el proyector. Joder, ¿por qué no se había ido a casa un poco antes? Con las
ganas que tenía de escuchar aquello. Una reunión informativa
sobre la unidad especial. Delta. El motivo por el que había empezado sus estudios allí. A pesar de las advertencias de su familia. El
dolor de la mirada de su madre cuando le dijo que lo de los estudios de literatura en la Universidad de Oslo no era para ella. Que
lo había dejado. Que había decidido viajar un poco y comenzar
en otoño.

«¿La policía, Mia? Me parece…».

Daba lo mismo ya.

La primera chica en la unidad especial. Había leído un artículo en una revista sobre lo difícil que era, que ninguna mujer
había conseguido pasar las pruebas de admisión nunca, y fue entonces cuando tomó la decisión. Sí. En efecto. *Delta*. Eso era lo
que iba a hacer.

«Y que se joda todo el mundo».

Mia Krüger reprimió otro bostezo cuando la lista apareció en la pantalla. Era solo la preliminar, claro. De la gente que cumplía con los requisitos mínimos. Más tarde le esperaban semanas infernales de pruebas físicas y psicológicas, y era en esa fase donde habían fallado las pocas chicas que se habían presentado. Pero ella no iba a fallar. Por supuesto que no. Iba a ser fácil. Iba a acabar en el primer puesto. Y con eso les mostraría de una vez por todas lo que valía. A esos tipos machistas. Los que en esos momentos le lanzaban miradas desdeñosas, preguntándose qué pintaba ella allí. La única chica en todo el auditorio.

Una sonrisa ahí abajo, en la primera fila. Un idiota rubio que pensaba que era lo más. Se le había acercado en la sala del gimnasio el primer año, al cabo de unas pocas semanas, y Mia sentía náuseas solo de pensar en ello. Las típicas frases para ligar que parecían sacadas de un manual para perdedores, mientras exhibía sus músculos delante del espejo, con una confianza ciega de neandertal en que iba a servir de algo.

«Qué ojos más bonitos tienes...».

«Azules, como el mar más hermoso».

¿En serio?

¿Ahora eres poeta?

Los tuyos están demasiado juntos. Y no sé si lo sabías, pero se supone que tendría que haber una frente ahí arriba, entre los ojos y el cuero cabelludo.

«Y tu pelo, tan exótico y oscuro... Las ondas que caen sobre esos hombros delgados... ¿Qué clase de chica eres? ¿Te gusta pasártelo bien?».

Por Dios.

¿En serio?

Puto perdedor.

Mia se lo había cortado en la habitación de la residencia de Torshov esa misma noche. El pelo. Furiosa, había visto como caían los mechones al lavabo mientras los trasquilaba con un cuchillo delante del espejo. Después, cada vez que le crecía demasiado, había repetido la sesión.

La lista que aparecía entonces en la pantalla mostraba unos requisitos que ya conocía a la perfección. Se arrepentía de no haberse llevado una taza de café. Aunque fuera un café de máquina que supiera a mierda. Cualquier cosa para evitar esa sensación de estar a punto de desmayarse en cualquier momento.

Se serenó cuando por fin consiguió centrarse en la pantalla.

«3.000 metros en menos de 12.30».

Fácil.

Cuando tenía quince años y vivía en casa de sus padres, en Åsgårdstrand, ya había conseguido una marca de 11.15, y el entrenador baboso, a quien le gustaba ver a las chicas vestidas con la ajustada ropa de deporte, se había rascado la cabeza, mirando el cronómetro, y después le había pedido que volviera a correr, porque «debe de haber algún error».

¿Eso dices?

Que te jodan.

«50 abdominales».

¿En serio?

Fácil.

«50 flexiones».

Le había llevado un poco más de tiempo, pero no fue problema. Había fijado una barra al techo del pequeño piso de estudiantes que compartía con otras dos chicas de clase, que se preocupaban sobre todo de su aspecto físico y de quién había estado con quién después de las cervezas de los viernes que organizaba la asociación estudiantil. Cada mañana, antes de que despertasen, se aupaba al techo, hasta que los brazos ya no podían más.

«10 dominadas».

Había matado dos pájaros de un tiro.

Fácil.

«400 metros a nado».

¿En serio?

Fácil.

«Descenso en apnea a cuatro metros de profundidad».

Mia había sonreído un poco cuando se enteró de ese requisito.

En la costa de México, hacía unos años, el verano después de que terminara el bachillerato, había estado muy cansada de todo. La lancha blanca mecida por las olas bajo unas nubes ligeras, esa gente tan buena, los apneístas, y claro, un francés de ojos azules y cuerpo moreno, de miembros largos y musculados.

«Te sentirás tan libre ahí abajo, Mia», le había dicho él en inglés.

Hasta entonces no lo había probado.

El buceo.

Con o sin equipo.

La oscuridad de las profundidades, increíblemente bella.

Las caras asustadas de la gente de la lancha cuando por fin volvió a la superficie.

«Por Dios».

«Estás loca».

El francés se marchó poco después, pero no importaba. Ya había encontrado el gran amor de su vida.

La oscuridad.

Sola.

Ahí abajo.

¿Cuatro metros de profundidad?

Cero problemas.

Casi ridículo.

«Fácil».

Ya se había fijado en ella, el hombre del grupo Delta con las botas lustrosas, y él también transmitía la misma actitud.

¿Qué pintas tú aquí?

Mia siempre había sido así. Casi podía sentir lo que sentían los demás.

«Ves cosas que los demás no ven, ¿verdad? ¿No es así, cariño?».

Su abuela, que en realidad no era su auténtica abuela, pero que aun así se parecía mucho a una. Diferente de todos los demás. Algo loca a veces. Tenía casi ochenta años y seguía quedándose hasta tarde en el jardín, fumando en pipa, tomando whisky, aullando a la luna. Le importaba un bledo lo que la gente pudiera pensar de ella.

Se oyó un tono de un móvil, y Mia reaccionó de manera automática sacando el suyo del bolso rápidamente.

«¿Sigrid?».

No.

Por supuesto que no.

Llevaba mucho tiempo sin noticias de su hermana gemela.

Por eso salía hasta tan tarde por las noches.

Caminaba por las calles en la oscuridad con los carteles que había impreso.

«¿Alguien ha visto a esta chica?».

«Sigrid Krüger».

«¡Si alguien sabe algo, que me llame!».

Sigrid y Mia.

Blancanieves y Rosarroja.

Las gemelas.

Una rubia, y la otra morena.

Traídas al mundo por una chica de dieciséis años que no podía, no quería, tenerlas. Adoptadas por Eva y Kyrre Krüger, de Åsgårdstrand; ella profesora, él propietario de una tienda de pinturas en Horten. Mia se tocó instintivamente la pulsera que llevaba en la muñeca izquierda. Un regalo de confirmación. Un ancla, un corazón y una letra. S en la de Sigrid; M en la suya. Entonces, una noche en el ático, bajo la manta:

«Si me das tu pulsera, yo te doy la mía».

No se la había quitado desde entonces.

«Joder, Sigrid».

«¿Dónde estás?».

Mia se arrancó las frías garras del pecho y volvió a dejar el móvil en el bolso. En ese momento se abrió la puerta, y la mujer de recepción asomó la cabeza en la sala.

—Siento molestar, busco a Mia Krüger.

Se oyó un murmullo en el auditorio.

Todos los ojos estaban puestos en ella.

—Eh, sí, estoy aquí.

—El rector quiere hablar contigo.

—De acuerdo.

La mujer se quedó en la puerta.

—¿Ahora?

—Sí, ahora.

Se oyeron unas risas despectivas procedentes de la primera fila cuando Mia recogió sus cosas y bajó lo más rápido que pudo las escaleras.

—¿Qué ocurre?

La puerta ya estaba cerrada y se encontraban en el pasillo.

—No lo sé —contestó la señora de cabellos canosos—. Pero creo que era importante. ¿Sabes dónde está?

—Sí, claro. —Mia asintió al tiempo que se colgaba el bolso del hombro.

Subió en ascensor y después atravesó el patio hasta el edificio central, al otro lado.

«Y ahora ¿qué pasa?».

Había estado allí antes.

Recibiendo una reprimenda, delante del gran escritorio, como una colegiala. Esa expresión de adulto que no terminaba de tomarse en serio.

«Necesitas más disciplina, Mia. Varios profesores me han transmitido sus quejas…».

Sí, sí.

No es culpa mía que la gente piense que aún estamos en los años cincuenta.

«¿Duermes en clase, Mia? Wendelbaum me ha dicho que volvió a encontrarte echada en el suelo del aula».

¿Y qué?

Había estado en el parque de Frogner. Buscando a Sigrid. Tras el Monolito, donde solían juntarse los drogatas, a apenas doscientos metros de la academia. No había tenido fuerzas para volver a su casa, que estaba lejos.

La cara era muy diferente en ese momento, cuando llamó a la puerta y oyó la grave voz.

—Hola, Mia. Pasa, pasa.

Se quedó en la puerta, sin saber muy bien qué significaba eso. El rector, Magnar Yttre, se había levantado de la silla y le dirigió una sonrisa, levantando las manos.

—¿Quieres tomar algo? ¿Un poco de café, quizá?

4

Munch estaba junto a la ventana en el café-bar de la esquina de las calles de Bernt Ankersgate con Mariboesgate, a apenas unos cientos de metros de la nueva oficina, y había silenciado sus dos móviles. El investigador era de la vieja escuela y todavía no se había acostumbrado a los tonos constantes que le sonaban en el bolsillo. Prefería estar en paz para poder pensar, pero en ese momento no había manera, claro. Los móviles llevaban veinticuatro horas sonando sin cesar. Solo había contestado a una llamada, la de un viejo colega que ahora era rector de la Academia de Policía, para decirle que no podía hablar, pero Yttre había sonado totalmente eufórico, casi no le había dejado ni replicar. «Creo que he encontrado a una candidata para ti, Munch». Era el peor momento posible, pero se había dejado convencer.

Había oído a Yttre hablar de esa prueba antes. La habían desarrollado investigadores de la Universidad de California en Los Ángeles, UCLA. Solían hacérsela a los estudiantes de segundo, a quienes les decían que no era más que una especie de juego, para que no se sintiesen presionados. Algunas fotografías de un lugar. «¿Qué ves?». Parecía que esa chica había pulverizado todos los récords.

Genial. Podía dedicarle media horita. Así aprovecharía para comer un poco también. Marianne lo había llamado hacía un rato, preocupada como siempre: que si dormía bien y, sobre todo, si había comido algo.

«Ella es un poco especial, Munch».

«Pero debes darle una oportunidad, ¿de acuerdo?».

Acababa de llevarse un bocadillo y una taza de café a la mesa cuando se abrió la puerta, y allí estaba.

Veintiún años.

Era joven, pero Munch sabía por experiencia que eso no tenía por qué significar nada. Varios miembros de su equipo, de hecho, algunos de los mejores, eran menores de treinta años. En realidad, no había tenido intención de contratar a más gente. Contaba con los que necesitaba, pero el entusiasmo de Yttre, que normalmente era tan imperturbable… «Nunca hemos visto nada parecido, Munch. Nada que se le acerque siquiera. Esta chica es algo fuera de lo común».

Naturalmente, le había despertado la curiosidad.

—¿Eres Munch?

La chica llevaba un jersey negro de cuello alto, unos vaqueros ajustados, Converse negras y un bolso negro cruzado. Pero lo primero en lo que se fijó él fueron los ojos.

Eran de un azul brillante, llamativamente claros. Tenía la piel ligeramente morena, casi como la de una india. El pelo, negro azabache, le llegaba hasta los hombros, y el corte era muy irregular; daba la impresión de que se lo hubiera cortado ella misma con unas tijeras desafiladas, pero no parecía importarle. La joven alumna de la academia estaba tranquila delante de él, como si esa reunión formase parte de su rutina habitual, y le tendió una mano delgada.

—Mia Krüger.

—Hola, Mia. Bienvenida.

—Gracias —se limitó a responder, y se sentó, sin hacer amago de quitarse el bolso que aún llevaba al hombro.

—¿Quieres comer algo? ¿O tomar algo?

Ella echó un breve vistazo al menú detrás de la barra.

—No, gracias.

—¿No te gusta el café, quizá?

—Sí, pero aquí no.

—¿En serio? —dijo Munch—. ¿Eres una *connoisseur*, una especialista en café?

Lo había dicho de forma irónica. Últimamente, la ciudad de Oslo se había llenado de esos cafés-bar, cada uno más moderno que el anterior, para jóvenes hípsters, muy particulares ellos, que casi lo concebían como una religión. Sin embargo, el comentario no pareció afectarla.

—¿Es eso lo que quiere que vea? —preguntó la joven, refiriéndose a las dos carpetas de color marrón claro que descansaban debajo de los teléfonos.

—Sí. ¿Yttre te ha comentado algo?

Ella negó con la cabeza.

—Bien. —Munch asintió—. Lo único que quiero es que eches un vistazo a unas fotografías y que me digas qué piensas de ellas, ¿de acuerdo?

—De acuerdo.

—Esta carpeta de aquí —dijo Munch, al tiempo que la sacaba— contiene unas fotografías del lugar de un crimen que encontramos ayer. Y en esta... —puso la segunda carpeta junto a la primera— hay fotografías de otro lugar en Suecia. De hace ocho años. Quiero que estudies las fotos de las dos carpetas y que me digas lo que ves, ¿vale?

—¿Para ver si es el mismo autor?

—Eso no lo he dicho.

—Pero ¿es lo que ha querido decir?

Frunció el ceño y lanzó una mirada inquisitiva a Munch. Este tuvo que sonreír. Yttre tenía razón, esa chica era sin duda singular. Holger Munch en persona. El jefe de la unidad de homicidios de Mariboesgate, 13. Estaba acostumbrado a que la gente lo mirase con un respeto casi exagerado, pero la joven estudiante que tenía delante no parecía impresionada en absoluto.

—Sí, es lo que he querido decir.

—¿Por qué no lo ha dicho, entonces?

—Porque podría condicionarte. Me gustaría que te aproximaras a las fotos con la mente lo más abierta posible. Puede que así veas algo diferente, algo que yo me he perdido.

—De acuerdo, lo entiendo —respondió Mia Krüger y giró las carpetas para poder abrirlas desde el ángulo correcto.

No las abrió; se quedó esperando sin hacer nada.

—¿Le importa que lo haga sola? —dijo, alzando la vista hacia él al cabo de un rato, al darse cuenta de que no había entendido su gesto.

—Claro. ¿Cuánto tiempo crees que necesitarás?

—No lo sé. ¿Veinte minutos?

—Perfecto. Te espero ahí fuera si me necesitas para algo.

Munch se levantó, se llevó el bocadillo y salió a la calle. Se sentó en un banco en la acera de enfrente.

Nueve llamadas perdidas. La mayoría eran de Anette.

—Hola, soy Holger. ¿Qué pasa?

La abogada soltó un leve suspiro al otro lado.

—Deberías preguntar qué es lo que no pasa. Dreyer quiere un resumen. Parece ser que en el departamento le han dado la vara, y quiere organizar una rueda de prensa…

—He dicho que hay que esperar.

—Es lo que les he contestado, pero no parece que acepten esa respuesta.

—¿Que no la aceptan?

—A mí no me eches la bronca, ya sabes cómo es.

Hanne-Louise Dreyer. Recién nombrada jefa de la policía de Grønland. En la casa se había opuesto mucha resistencia cuando salió a la luz que el departamento había creado una unidad de homicidios independiente en la capital. La dirección había desenvainado las espadas, interpretándolo como fruto del descontento con su trabajo. Munch esperaba que esa actitud cambiara con el nombramiento de la nueva jefa, pero nada de nada. Parecía que su destino siempre era tener jefes con los que no se llevaba bien. Total, daba lo mismo. Él ya tenía el equipo configurado, no había nada que pudieran hacer. Y eso era justo lo que les irritaba, claro.

—Dile que se espere, sin más —insistió Munch—. No vamos a hacer públicos los nombres antes de hablar con las dos familias, ¿qué parte no comprende?

—Ya te he dicho que no me eches la bronca a mí. La madre de Tommy aterriza en el aeropuerto ahora, a la una. Le he pedido a Katja que vaya a buscarla. ¿A quién se le ocurre irse a España y dejar solo en casa a un niño de once años?

—Puede que tenga sus razones, aún es pronto para juzgarlo.

—¿Dejándolo al cuidado de los vecinos? ¿Unos vecinos que ni siquiera se habían enterado de que estaban a cargo del chico?

—Hablaremos de ello cuando llegue. ¿Y qué hay de la furgoneta de carga?

La única pista hasta el momento. Alguien había visto una furgoneta blanca en el bosque junto a la carretera de Losbyveien.

—Oxen ha ido al control de tráfico. La carretera termina en el club de golf, así que no pudo conducir en ese sentido. Vamos a centrarnos en la nacional 159, al este y al oeste, y en el puesto de peaje de la E6. Están buscando las imágenes ahora mismo, creo que hemos encontrado siete cámaras. Lo tengo en la otra línea, me avisará enseguida si dan con algo. Pero, bueno…

—¿El qué?

—¿Una furgoneta blanca? ¿Cuántas de esas puede haber en Oslo?

—Un domingo por la mañana —dijo Munch con tono tranquilizador—. Vamos a pensar que hemos tenido suerte. ¿Qué sabemos de la familia Lundberg?

—Se han mostrado muy colaboradores —dijo Goli—. Demasiado tranquilos, en realidad. Creo que no acaban de entender lo ocurrido. Fredrik está con ellos. Me llamará en breve. ¿Seguimos con el plan de hacer la reunión informativa a las cuatro?

—Sí, ¿puedes avisar a todo el mundo?

—Vale. Oye, tengo que colgar, me está llamando Dreyer otra vez.

—Nada de ruedas de prensa antes de… —empezó Munch, pero Anettte ya había colgado.

Putos imbéciles.

¿Era mucho pedir poder trabajar en paz?

Como si no tuvieran suficientes cosas en que pensar.

Tres cigarrillos más tarde, parecía que la chica de la academia había terminado dentro. Había estado contemplándola a través de la ventana todo el tiempo. Apenas se había movido, pero ya tenía las carpetas cerradas delante.

—¿Qué tal te ha ido? —preguntó Munch cuando regresó a la mesa.

No parecía que Mia hubiese advertido que estaba de vuelta. Tenía los ojos azules abiertos de par en par, pero su mente estaba lejos de allí.

—Lo siento —dijo al final, pasándose una mano por el pelo castaño.

—No pasa nada —le aseguró Munch, al tiempo que echaba un vistazo al reloj.

Hacía casi cuarenta minutos que había salido de la oficina. Tenían que terminar con eso ya. No estaba mal, una prueba, lo había hecho como un favor a Yttre, un poco motivado por la curiosidad, eso sí, pero era suficiente. Tenía mejores cosas que hacer. Por supuesto, había pensado lo mismo que Goli.

«¿A quién se le ocurre irse a España?».

«¿Dejando a un niño solo en casa? ¿Con apenas once años?».

—Faltan algunas fotografías —dijo la joven estudiante con cautela.

—¿Perdona?

Señaló una de las carpetas con el dedo.

—En esta.

—¿Qué quieres decir?

—Lo que le he dicho. Faltan fotos.

Munch frunció el ceño.

—No sé si te entiendo…

—Tuvo que subirse a algo, ¿verdad?

—¿Quién?

—El autor del crimen. —La chica lo observó con curiosidad—. Tuvo que ponerse encima de alguna cosa.

5

Fredrik Riis aparcó delante de la casa unifamiliar situada en el número 18 de la calle Timoteiveien y se quedó un rato mirando los bloques de edificios bajos del otro lado de los campos. Finstad. A mitad de camino entre Oslo y Lillestrøm. Cerca de Lørenskog. Ni ciudad ni pueblo. El hombre, de veintisiete años, vivía en Briskeby, en el corazón de Frogner, en el mismo piso con vistas al icónico parque de bomberos en el que siempre había vivido. Sus padres se habían mudado a Bærum hacía diez años, cuando había arrancado la consulta médica de su padre. A esas alturas era uno de los cirujanos plásticos más respetados de los países nórdicos. Le habían dejado el piso a los diecisiete años y desde entonces solo habían tenido contacto esporádico con él. No es que a Fredrik le molestara. No les echaba mucho en falta. Su infancia había sido… No sabía cómo lo describiría si alguien le preguntase. ¿Invisible? ¿No era así como se había sentido? ¿Como si en realidad no les hubiera importado? Como si hubiera supuesto un alivio para ellos que tuviera edad suficiente para recibir ese regalo. «Mira, aquí tienes un piso. A partir de ahora vas a cuidarte tú solo». El joven investigador había aprendido bastante aquellos años y tenía la piel mucho más curtida de lo que pensaba la gente.

Ahora tenía constantes *flashbacks* de algo que le había gustado mucho por aquel entonces. Los viajes hasta allí. A las tierras de Finstad. Tenía un primo que vivía allí, y antes de que su padre, por una razón u otra, se enfadase con su hermano, habían ido bastante de visita. Cuando era pequeño, la vida de ese lugar le había fascinado. Lo diferente que era del silencio del piso de la ciudad. Largas filas de grandes chalets pintados de colores vivos, con amplios jardines verdes y nombres de calles idílicos. Calles como Bohordillo, Trébol, Tulipán y Lirio de los valles.

Cuando tenía diez años, había sentido un poco de envidia por todo lo que la zona ofrecía a los niños: instalaciones deportivas, parques infantiles, campos en flor y, sobre todo, esos bosques casi mágicos para explorar. Siempre se ponía tenso en el asiento de atrás cuando regresaban a la ciudad, porque sabía que estaba a punto de llegar: la discusión entre sus padres sobre la idea de irse a vivir al campo. La postura de su madre era sumamente positiva, porque ella misma había crecido así, pero su padre se había opuesto a ello, claro. «No podemos vivir en el campo». Y con eso concluía la discusión. Todavía recordaba el resentimiento que experimentaba cada vez que su padre zanjaba la discusión. Las risas espontáneas mientras corrían a través del chorro del aspersor bajo el sol en el gran jardín. Disfrazados de piratas en los bosques, con espadas y pistolas que habían fabricado en el taller de su tío, bien provisto de herramientas. La unión familiar. Parecía que todos se querían y que de verdad les gustaba hacer cosas juntos.

La vista que tenía delante ahora le inspiraba pensamientos muy distintos, no tan agradables. «Los pobres». Eso les había llamado su primo. Los que no vivían en casas unifamiliares, sino en los bloques de viviendas del otro lado del campo, a tan solo cien metros de distancia. La verdad es que le había producido una sensación extraña, cuando Munch le había preguntado si podía ejercer de enlace entre la familia del chico y la unidad de homicidios.

¿Calle Timoteiveien, 18? «Creo que he estado allí antes». Un chico con el que habían jugado, un amigo de su primo, cuyo nombre Fredrik no recordaba. Había transcurrido mucho tiempo, claro. A esas alturas una nueva familia ocupaba la gran casa gris. Había otros cuatro nombres en la placa, decorada con flores, junto a la puerta. «Aquí viven Sanna, Ruben, Vibeke y Jan-Otto Lundgren». Había coches aparcados un poco más abajo. Fotógrafos con teleobjetivos. Parecían discretos, pero en realidad no lo eran. Todavía no habían comunicado oficialmente los nombres de los dos chicos, pero la prensa ya estaba al tanto, por supuesto. «Por aquí nunca te dejan en paz, los vecinos son unos cotillas, meten las narices en todo». Era uno de los argumentos ligeramente misántropos de su padre durante las discusiones en el coche.

Ruben Lundgren.

Once años.

Hallado muerto en un campo a menos de un kilómetro de distancia de su casa.

Junto a otro chico.

Tommy Sivertsen.

Que vivía en los bloques del otro lado del campo.

Fredrik pulsó el timbre y retrocedió un par de pasos en el camino de grava.

—¿Sí? —Una cara se asomó a la puerta, que no terminaba de abrirse.

—Hola. ¿Jan-Otto?

—¿Sí? —El hombre que estaba en la puerta lo miraba raro, como si no terminase de entender qué hacía alguien allí.

—Soy Fredrik Riis. Le he llamado hace un rato.

—Eh, sí. Hola. Entre.

Una casa muy normal. Una escalera de acero muy normal, que tembló ligeramente cuando siguió al hombre al interior. Un pasillo muy normal. Botas y zapatos alineados sobre un zapatero de IKEA. Cazadoras de diferentes tamaños y colores colgadas de ganchos de tonos vivos, bajo una balda con cajas de almacenaje en las que alguien había escrito «Gorros», «Bufandas» y «Guantes» en pequeñas pegatinas. La madre, Vibeke Lundberg. Treinta y ocho años. Jefa de ventas de una empresa de software, con sede junto al centro comercial de Strømmen Storsenter. El padre, Jan-Otto Lundgren, cuarenta y dos, ingeniero de sistemas, empleado en Telenor. Sanna, cinco años, que iba al último curso del parvulario de Løken, a pocos cientos de metros de distancia.

Una familia muy normal.

Una vida muy normal.

Hasta aquella llamada de teléfono.

Hacía veinticuatro horas.

El hombre trató de esbozar algo parecido a una sonrisa mientras Fredrik se quitaba los zapatos y seguía su mirada ausente hasta el salón. Habían colocado la mesa junto a la ventana, que daba a un patio. Un termo de café. Pequeñas tazas blancas idénticas. Un bol con galletas. La madre, Vibeke, estaba sentada en una de las sillas, de madera. Tenía la misma expresión inerte que su marido y se levantó despacio cuando entró Fredrik.

—Soy Vibeke Lundgren.

El investigador le estrechó una mano casi carente de vida.

—Fredrik Riis. De la unidad de homicidios.

La delgada mujer se sobresaltó un poco al oír sus palabras, de modo que se arrepintió enseguida. Debería haber dicho algo más neutral, «la policía» a secas, pero le había salido de manera automática. Era la primera vez que actuaba como persona de contacto para la familia y había hecho de tripas corazón durante el viaje.

Naturalmente, nada podía haberlo preparado para eso. Reinaba tal silencio en el interior de la casa que alcanzó a oír el tictac del reloj de pared ovalado que había a la entrada de la cocina. El chirrido de la silla contra el parquet cuando la sacó para sentarse. El tintineo de la cucharita contra el fondo de la taza de café cuando removía los azucarillos que aquellas manos enjutas y temblorosas le habían ofrecido.

El sonido de alguien que mandaba callar a un niño desde el pasillo.

«¿Quién es, abuela? ¿Es Ruben? ¿Ha vuelto Ruben a casa?».

—Siento tener que molestarles de esta manera —dijo Riis cuando los padres se habían sentado—. Sé que vinimos a verlos ayer, pero tenemos que confirmar algunos detalles. A partir de ahora seré su enlace, y si necesitan cualquier cosa, estaré disponible en todo momento, ¿de acuerdo?

Se llevó una mano al bolsillo de la americana y les pasó dos tarjetas de visita cuidadosamente por encima del mantel blanco.

—¿Hay novedades?

La voz de la mujer era aguda y ronca a un tiempo, como si el aire expulsado de unos pulmones débiles rozara un papel de lija en la garganta. Había intentado recogerse el pelo en un moño bajo, pero aun así le colgaba suelto a un lado. La blusa, de color crema, estaba mal abotonada y le cubría los hombros hundidos en oblicuo.

—De momento, no. Desafortunadamente.

—Pero ¿están... trabajando en alguna...?

El padre no se había afeitado, tenía los ojos marrones y hablaba en voz muy baja. Como un robot que se hubiese quedado sin batería y no entendiera del todo cómo o por qué había que terminar las frases.

—Lo importante para nosotros ahora es hacernos una idea de todos los movimientos de Ruben —explicó Fredrik y abrió su cuaderno de notas—. Sé que hablaron con un agente nuestro ayer, pero me gustaría aclarar algunos puntos, para asegurarnos de que todo sea correcto.

Jan-Otto Lundgren asintió despacio con la cabeza.

—La última vez que vieron a Ruben fue el sábado sobre las diez de la noche, ¿cierto?

—Sé que dijimos las diez —Vibeke se pasó una mano por la frente—, pero creo que en realidad eran casi las diez y media. Creo que…

—No, eran las diez —la interrumpió el hombre, apoyando una mano sobre la suya—. Después de la fiesta de la clase. ¿Verdad?

—¿La fiesta de la clase? —dijo Riis.

—Ya sabe, ¿la de la tele? *¿La gran fiesta de la clase?*

Fredrik Riis apenas veía la televisión, pero sabía perfectamente a qué se refería. Un programa de entretenimiento de los sábados en la NRK. Todo el país se juntaba delante de las pantallas. Dos famosos quedaban con sus antiguos compañeros de instituto y tenían que tratar de recordar quiénes eran.

—Estaba enfadado conmigo —dijo Vibeke Lundgren, y volvió a perderse en su propia mente, esta vez tras una leve sonrisa—. Quería carne picada en la pizza. Pero a Sanna no le gusta, ella quiere solo jamón cocido. Así que fui a buscar una botella de Cola a la bodega, aunque en realidad ya no la tomamos; ya sabe, es malo para los dientes. Tiene tanto azúcar y todo eso…

El hombre volvió a acariciarle la mano.

—Ruben se fue a su habitación después de la cena. Iba a estar un rato con el ordenador. Hasta las once, ese es el acuerdo.

—¿Fueron a verlo? —continuó Riis—. ¿Más tarde por la noche? ¿Comprobaron si estaba dormido?

Hubo un momento de silencio.

—No sé, la verdad es que no me acuerdo… —dijo Vibeke Lundgren—. Supongo que tuve que haberlo hecho. Siempre lo hago.

—A Sanna le dolía la tripa. —El hombre asintió como disculpándose—. Le costó dormirse. Le leí un cuento en la cama y debí de quedarme dormido con ella. Cuando me desperté serían las…, no sé, ¿la una y media?

—¿Pasaron toda la tarde con Ruben? ¿Viendo la tele? ¿Y después fue a su habitación? ¿No tenía ningún plan, que ustedes sepan?

—¿Plan? —dijo Vibeke Lundgren—. ¿Qué clase de plan?

—No sé, pregunto sin más. ¿No había quedado con nadie? ¿Algún amigo? ¿Una novia, tal vez?

—¿Una novia? —bufó la figura delgada—. No tiene más que once años. Estaba en casa con su familia. Después se fue a la cama. Como siempre. ¿Planes? ¿Qué clase de planes podrían ser?

Lanzó una mirada confusa a su marido, quien le agarró la enjuta mano con más fuerza.

—La ventana estaba medio abierta —dijo Jan-Otto, y lo miró a los ojos—. El domingo, cuando fui a despertarlo para el desayuno. Tuvo que haber salido por allí.

—¿Y no saben cuándo…?

—En algún momento de la noche. Tuvo que ser así.

—¿Era algo que solía hacer? ¿Se había ido de casa alguna otra vez?

—No, no, no…

Ella ya estaba murmurando en voz baja y retiró la mano.

—No se ha ido a ningún sitio. Ruben siempre está en casa. Es el chico más bueno del mundo. Ruben no sale por la ventana. Ruben siempre está en su cama. Con sábanas limpias. De Pokémon. Es lo que más le gusta. He comprado dos juegos, para que siempre tenga uno a mano. Acabo de limpiar el otro.

A Fredrik le sonó el teléfono en el bolsillo. Lo sacó y echó un vistazo rápido a la pantalla.

Anette Goli.

Apagó el sonido y lo dejó sobre la mesa, delante de él.

—¿Y Tommy Sivertsen? ¿Era amigo de Ruben? Quiero decir, ¿solían…?

Vibeke Lundgren se había puesto en pie y de repente se quedó plantada en medio de la habitación, sin saber adónde ir. Le temblaba todo el cuerpo y tenía una expresión confundida.

—¿Ruben?

—Creo que deberíamos… —dijo el hombre son suavidad y la rodeó con el brazo.

—Sí, claro —contestó Fredrik, que se aclaró la garganta y volvió a guardarse el cuaderno en el bolsillo de la americana.

Ese aullido desesperado desde el interior de la casa.

El teléfono volvió a sonar.

Desde un lugar lejano.

—Sí, aquí Fredrik.

—Soy Anette. ¿Dónde estás?

—En casa de la familia Lundgren.

—¿Puedes interrumpir lo que estás haciendo? Te necesito.

—Vale, ¿qué ha…?

—Hemos encontrado algo en el campo de tiro. Un cobertizo con una fuente dentro. Parece que los chicos podrían haber estado allí. ¿Puedes acercarte? ¿Ahora?

—Por supuesto. —respondió Fredrik Riis y devolvió el teléfono al bolsillo de su americana.

Bajó a toda prisa por el camino de grava hacia su coche.

6

El anciano de pelo blanco sabía que algunos de los que colgaban de la pared probablemente iban a *cabrearse bastante* por no recibir una invitación, pero ese día habría una celebración en condiciones, de modo que, naturalmente, solo acudiría el círculo íntimo. Llevaba varios días planificándolo. Incluso había planchado un mantel. El de los bordados. El que le había regalado su abuela por Navidad. ¿O había sido su madre, cuando se confirmó? El anciano no terminaba de recordarlo, pero le daba lo mismo. Estas extrañas ideas no iban a molestarle ese día. Iba a haber una doble celebración. Setenta años, ¡nada menos! Y ahora este nuevo trabajo, eso era lo más importante. ¿Cómo? Y luego decían que estaba acabado como actor. Nada de eso. Sonrió al dejar la toalla en el suelo, y entró en el agua fría.

Había debutado a los dieciocho años, en una obra navideña del instituto de Uddevalla. Es cierto que él quería el papel de Josef, pero el de portero tampoco era tan insignificante como decían. Porque ¿quién era en realidad el más importante de todos ellos? ¿Ese pobre hombre que estaba fuera del albergue, pidiendo ayuda? ¿El que ni siquiera había sido capaz de dejar embarazada a su mujer? ¿O era aquel que de verdad decidía quién podía entrar a dormir y quién no? En efecto. Resultaba bastante evidente.

El anciano de pelo blanco volvió a sonreír cuando pasó el cepillo por el jabón, lo hundió en el agua y comenzó a frotarse la espalda. Ah, qué bonito estaba el lago de Lilla Köperödssjön bajo esa luz. Había vivido allí durante sesenta y cuatro de sus casi setenta años, primero con su madre y su abuela. Después con su madre. Y luego solo.

Aunque...

No, no tenía fuerzas para pensar en eso ahora. Enseguida iba a celebrarse una fiesta. El lago de Lilla Köperödssjön. Con una orilla de uno coma seis kilómetros. Una profundidad máxima de nueve metros, no cinco coma uno, como habían afirmado en el taller mecánico de Ray's Bilservice, cuando fue a preguntar cuánto iba a costarle poner a punto el viejo Volvo, que tenía en el garaje. Cinco coma uno era la profundidad *media*; es decir, tomando todas las medidas, sumándolas y dividiéndolas en partes iguales. Además, se habían enfadado cuando habían ido hasta su casa en medio del bosque y no habían encontrado el Volvo. Soltaron muchos tacos y otras cosas feas. ¿Y qué querían? ¿Acaso era culpa suya? Pero no entraron en razón. El idiota había negado con la cabeza, escupiendo al suelo delante de él. En realidad era una pena. Podría haberle ido bien un coche. Le habría resultado mucho más fácil moverse de un lado a otro. En lugar de eso había llevado la bici a través del bosque y después había pedaleado hasta la Systembolaget de Uddevalla, solo para comprar el aguardiente de Hallands Fläder. Claro que sí. No iba a escatimar en nada. Treinta y ocho por ciento de alcohol, con sabor a sauco y canela. El anciano terminó de frotarse, y se introdujo por completo en el agua para retirarse la espuma.

Estocolmo, ¿qué era eso?

No, no iba a pensar en eso.

Allan Edwall.

Eso era.

Era el número uno, de eso no cabía duda. Porque ahora tocaba decidir la lista, quién iba a sentarse a la mesa y quién iba a quedarse en la pared.

No, Estocolmo, con su agua salada y las putas que cobraban por bailar en cuartuchos que olían a muerte, después de tomar demasiado aguardiente.

Prefería mil veces los bosques de las afueras de Uddevalla.

Ahí sí que se podía vivir.

El segundo gran papel que le dieron, quizá el que más le enorgullecía, fue en la cárcel. Como interno. Número 112-452311. Condenado por exhibicionismo en el parque de Vasa y tráfico de objetos robados. Esa obra sí que se mantuvo en la cartelera mucho tiempo. Catorce meses. Así de popular había sido el papel.

¿Ingmar Bergman?

¿A su mesa?

El anciano negó con la cabeza y sonrió levemente mientras se ponía la ropa; después subió por el sendero hacia el jardín.

De ningún modo.

Por supuesto que no.

Ese idiota ni siquiera seguía en la pared.

Cuando entró en la cocina, se dio cuenta de que en el camino de vuelta no había pensado en lo que tenía que pensar y no le quedó más remedio que volver a bajar. Hasta el agua. El lago de Lilla Köperödssjön. Con una orilla de uno coma seis kilómetros. Una profundidad máxima de nueve metros, no cinco coma uno, que era lo que habían dicho en Ray's Bilservice.

¿Era una sombra la que había visto allá en el cabo?

¿Sí?

¿Ella había vuelto?

¿El monstruo del lago?

¿Debería llamar de nuevo al periodista del *Bohusläningen*?

No, aquel tipo no tenía muchas luces.

Ok.

Concéntrate.

¿Quién va a estar en la mesa?

Había treinta y seis fotografías en la pared. Todos eran auténticos héroes suecos a los que había conocido en persona. Algunas veces solo en sueños, pero era lo mismo.

Joder, ya estaba de vuelta en la puerta de casa y otra vez se había olvidado de pensar en lo que tenía que pensar. No le quedaba otra que bajar de nuevo al lago.

El reflejo del sol era precioso, de un naranja y amarillo de abril, en la hermosa y húmeda superficie. Lilla Köperödssjön. Una orilla de una extensión de uno coma seis kilómetros. Una profundidad máxima de nueve metros, no cinco coma uno, como habían afirmado.

Vale.

Treinta y seis en la pared.

Y solo había sitio para seis alrededor de la mesa.

Seis invitados.

Cada uno en una silla, porque no tenía más.

Bueno, el cofre tal vez no podía llamarse silla, y tampoco el pequeño taburete, donde se sentaba cuando se limpiaba los dedos de los pies.

¿He dicho «sillas»?

¿Qué?

No, he dicho «asientos».

Agitó el puño en el aire.

¿Qué te parece, Allan?

¿Te vas a perder tu asiento o qué?

¿Eh?

¿Quedarte colgando de la pared, mientras el resto disfrutamos del Hallands Fläder?

Desde luego.

Aquí no escatimamos.

Se arrepintió y se apresuró a añadir: Estoy de guasa, Allan, me estaba divirtiendo un poco. Claro que debes sentarte a la mesa.

Te daré la silla amarilla.

Esta vez llegó a entrar por la puerta, donde se quedó ensimismado delante de las fotografías de la pared.

Cornelis Vreeswijk.

¿Sí?

De acuerdo.

Sí.

Bajó la fotografía del gancho con cuidado y la llevó con aire solemne hasta la mesa.

Tomas von Brömssen.

Hummm…

Vale.

Quizá.

No, ¿en qué estaba pensando?

Sí.

El personaje de Hebbe lille en aquella serie.

Por supuesto que sí.

Tomas von Brömssen.

La silla azul.

Faltan tres, faltan tres…

¿Ya podemos empezar?

Allan Edwall ya había abierto la botella de Hallands Fläder y estaba a punto de servirse un chupito, «Ahora toca celebrar, leches», pero consiguió pararlo en el último momento.

Todavía no podemos brindar, ¿vale?

No hay que tomar alcohol antes de una interpretación, ¿verdad?

¿Qué diría la gente?

El anciano negaba con la cabeza, rendido, y dejó la botella en el lugar más alto del armario situado encima de los fuegos de la cocina.

Acababa de volver a la pared y estaba a punto de elegir al número cuatro cuando un tono alto llenó toda la habitación.

¿Qué?

Se sobresaltó, sin acordarse de qué era el sonido, pero luego se dio cuenta.

El móvil nuevo.

«El trabajo».

Atravesó el suelo de madera apresuradamente y lo sacó del cajón.

Azul.

Tan pequeño.

Y tan bonito.

Había un mensaje en la pantalla.

«Página 1. Escena 1. ¿Vale?».

Tecleó la respuesta con una sonrisa.

«¡Vale!».

El anciano del pelo blanco se acercó a la balda de debajo de la ventana, sacó la carpeta de anillas negra, abrió la primera página e inspiró hondo.

Después sacó el otro móvil.

7

Un pequeño portal con pilares, después dos puertas de cristal y metal gris, seguidas de un vestíbulo diáfano que parecían haber reformado poco antes, y ella vio que el investigador de la sonrisa cálida, el hombre barbudo y pelirrojo tirando a rubio, trataba de restar importancia a esas cosas, pero no terminaba de conseguirlo. Había una mezcla de curiosidad y alegría en sus ojos, que, por lo demás, eran tan tranquilos e inteligentes como si le costase creer lo que acababa de ver al tiempo que se preguntaba qué debía hacer al respecto.

«No siempre es bueno, Mia. Eso de ver más que los demás».

La abuela tenía uno de sus días malos, llevaba mucho tiempo enferma, pero se negaba a ir al médico, claro. Delgada y con una mirada casi negra, agazapada en el colchón del suelo. Porque no quería tener una cama, esa señora guapa e inflexible a la que Mia tanto quería.

«Puede provocar miedo en ti. Y también soledad. Los otros no entienden lo que entiendes tú. Sobre la vida. Y las personas. Sobre cómo está relacionado todo. Piensa en mí cuando ya no esté, ¿me lo prometes, Mia? ¿Si te sientes sola?».

Era típico de la abuela. Era ella la que estaba enferma, pero quería seguir ayudando. Afortunadamente se recuperó unas semanas más tarde y ya estaba a punto de cumplir ochenta años. Ese fin de semana. Mia Krüger se alegraba de ello. Y le preocupaba. Porque sabía lo que iba a pasar. Con su madre. Si Sigrid no estaba.

Y no iba a estar, naturalmente.

«¿Dónde estás, Sigrid?».

Mia Krüger miró su móvil de reojo cuando el investigador de homicidios sonrió y pulsó el botón del ascensor.

—Estamos en la tercera planta. La unidad se trasladó aquí de manera oficial antes de la Navidad del año pasado, pero seguimos con la reforma. Albañiles, ¿eh?

A ella le había gustado desde el primer momento.

Holger Munch.

Uno sabe desde el primer momento si alguien le cae bien.

Así era para ella, al menos.

Munch es una persona en la que puedes confiar, es una persona sincera, puedes sentirte segura junto a ella, te ayudará con lo que sea, si un día lo necesitas.

No siempre era tan concreto, a veces no era más que una sensación, una sensación cálida, a diferencia de una desagradable y mala. Nada de cosas raras. Por lo menos, en su caso, no. Para Mia Krüger había sido así siempre, y en realidad no se había imaginado que podía resultar útil para algo. Cuando era pequeña siempre había pensado que todos eran como ella. No por fuera, eso ya lo veía, claro, no todo el mundo parecía una india con los ojos de un azul eléctrico, pero por dentro, sí. No fue hasta la adolescencia cuando se percató de que era un poco diferente.

Tenía casi veintidós años.

Los cumpliría en seis meses.

En noviembre.

Sigrid y ella.

La última vez lo había celebrado sola.

Esa vez iban a hacerlo juntas.

Se lo había prometido.

«Pienso encontrarte».

«Pase lo que pase».

Mia Krüger ocultó un leve bostezo cuando las puertas del ascensor se abrieron y vio el letrero.

Policía de Oslo
Unidad de homicidios
Mariboesgate, 13

—Bien, aquí es donde estamos —dijo Munch con una sonrisa, introdujo un código en el panel de la pared gris y le abrió la puerta.

Un local de oficinas perfectamente normal, de aspecto casi aburrido. Restos de envoltorios en el suelo de los pasillos, donde habían puesto parquet. Oficinas con las paredes de cristal, un intento de crear un espacio diáfano, eso que se consideraba tan guay y que estaba de moda en el mundo de las empresas; la sinergia: trabajar todos juntos, pero a la vez separados. Había necesidades evidentes de conversaciones privadas, pero no habían encajado con la visión del arquitecto; unas tiras de plástico rectangulares de color blanco hueso tapaban las ventanas de la mayoría de las oficinas, salvo las que estaban vacías, un par de ellas. Había «sitio para crecer», le había dicho Munch cuando la conversación en la cafetería en realidad había llegado a su fin. La había mirado con la misma expresión curiosa.

—Bueno, ¿cuánto quieres ganar?

Se había reído un poco de sí mismo después de decirlo, un atisbo de risa, nada más. Ella había sonreído ligeramente, pero era consciente de que hablaba en serio.

«¿Quieres trabajar con nosotros?».

Cambio de táctica. Acompañarle a ver las instalaciones. Saludar al resto del equipo. ¿Le apetecía?

En medio de una investigación de homicidio.

Mientras su teléfono no paraba de parpadear.

Habían transcurrido casi treinta horas desde el hallazgo.

Dos chicos de once años.

En un campo labrado.

Las primeras cuarenta y ocho horas son las más importantes, ¿no es así?

Lo había leído en un libro.

No era tonta. La informalidad forzada con la que había hablado el investigador cuando iban a hacerle el test de la UCLA. «Bien, esto no es importante. No es más que un juego. Para que os acostumbréis a interpretar los lugares de los hechos. Así que debéis tomároslo con calma».

Y Mia se lo había tomado con calma, pero las fotografías la habían sorprendido. Parecían vivas. Era como si le hablasen. Había mirado a su alrededor para ver si alguien más en la sala tenía la misma sensación, si le afectaban del mismo modo, pero no lo parecía. Emocionada como una niña delante de su primer libro ilustrado, se había dejado engullir por las fotografías, y solo se había despertado cuando el investigador le puso una mano en el hombro, diciendo que había que rellenar una serie de formularios.

—Bien, aquí es donde estoy yo.

Munch la llevaba por las instalaciones como un guía turístico. Seguía tan amable y curioso como antes; de momento había aparcado la seriedad. Más cubículos de cristal, la mayoría tapados por dentro con las tiras largas, blancas y tiesas, pero llegados a ese punto cambiaba un poco, doblaron una esquina y entraron en algo que de verdad era un espacio de oficinas abierto. Dos personas alzaron la vista, ligeramente estresadas, de un par de grandes pantallas sincronizadas, colocadas una frente a la otra en medio de una amplia mesa en el centro de la sala.

—Te presento a Anja y a Ludvig —dijo Munch con un gesto de cabeza hacia ellos.

Un hombre un poco mayor que él, de cincuenta y pocos, se levantó a medias de su silla y le estrechó la mano. Llevaba unas gafas semicirculares con montura de metal y un chaleco color borgoña con una corbata roja de punto por debajo. Mia pensó en el chiste —«Hola, aquí los años setenta, queremos que nos devuelva la ropa»—, pero en realidad no era apropiado, porque el hombre parecía realmente simpático. La sonrisa amable, la mano caliente, los ojos que la observaban.

—Soy Ludvig Grønlie.

—Hola, Mia Krüger.

—Y esta de aquí es Anja.

—Hola.

La joven de las gafas de pasta no se levantó, se limitó a echarle un vistazo rápido antes de suspirar y devolver los ojos a la pantalla, mientras sus rápidos dedos bailaban por el teclado como si fuera un piano.

—¿En serio, Munch?

—Anja Belichek. Nuestra genio informática. Recién llegada de Harvard.

—No. Nunca he ido a Harvard. Es para niños pijos de escasa inteligencia que solo entran porque sus padres están forrados. Fui al MIT. —La joven suspiró al tiempo que se rascaba la cabeza, llena de rizos cortos de color castaño.

Llevaba una falda de cuadros escoceses y una elegante blusa blanca que parecía de los años cincuenta, y en una de las muñecas tenía tatuado un pequeño corazón rojo.

—Ya hemos alcanzado las cincuenta mil páginas —continuó la chica, y al final desvió la mirada de la pantalla.

—Tiene razón —dijo el tal Grønlie. Se quitó las gafas y se las limpió con la camisa azul que asomaba bajo el chaleco—. Necesitamos a más gente para esto.

—Viene de la investigación de Suecia —afirmó Munch—. Hemos pedido que nos envíen todos los documentos relativos al caso.

—Y no dejan de llegar —murmuró la joven.

Esbozó algo parecido a una sonrisa abatida mientras fruncía la nariz bajo las robustas gafas, y no fue hasta entonces cuando advirtió que Mia estaba allí.

—¿Y tú eres…?

—Te presento a Mia Krüger —contestó Munch.

—¿Vale?

—Ahora en serio. ¿Holger?

Era Grønlie otra vez, con las gafas de vuelta en el puente de la nariz.

—Sí, claro —dijo Munch—. Ya está organizado. Le he pedido a Wilkinson que monte un equipo para vosotros en Grønland. Siete-ocho de ellos, ¿está bien?

—Cualquier cosa es mejor que nada. —Anja suspiró de nuevo.

—Si quieres, me uno a ellos —siguió Grønlie—. Para comprobar que hagan lo que tienen que hacer y busquen donde deben buscar. Tenemos una cantidad ingente de documentos.

—Wilkinson se ocupa, a ti te necesito aquí.

Munch llevó a Mia a la salida de la habitación, pero se dio media vuelta en la puerta.

—Por cierto. Hazle una lista de prioridades.

—Vale.

Grønlie sacó un cuaderno y un bolígrafo.

—Pistas. Sospechosos. Interrogatorios con testigos. Las familias. En ese orden. Me pasas todas las banderitas rojas a mí directamente. Quiero un informe escrito en el correo cada día antes de la medianoche.

—¿Estás de guasa o qué?

Anja se volvió hacia él, pero Mia advirtió que la mueca no era hostil.

—Una botella de Dworék si encuentras algo —dijo Munch, guiñándole un ojo.

—Dame una caja y tenemos un trato —replicó la joven, y volvió a la pantalla.

—Es polaca —dijo Munch a modo de explicación, cuando regresaron al pasillo.

La guio hasta otra gran sala, y entonces lo vio Mia. La seriedad de sus ojos. Un reloj que hacía tictac detrás de ellos. No era más que apariencia, la sonrisa se la había puesto por ella.

Treinta horas.

Había visto las primeras planas.

Había leído suficientes libros para darse cuenta de qué iba aquello. Ya no era un juego.

Era lo que había hecho tras la experiencia del test. Había ido a la biblioteca. Después de las clases, se había pasado todas las tardes en la Deichmanske, la biblioteca pública de Oslo, durante varias semanas. Había leído todo lo que encontraba. Sobre lugares de los hechos. Asesinos en serie. Criminología. Medicina forense. Técnicas criminalísticas. Un intento de entender lo que había ocurrido en su cabeza y su cuerpo. Y allí, entre los polvorientos estantes, un mundo fascinante se había abierto ante sus ojos; era casi como si…

No, no.

La unidad especial.

Delta.

Para eso se había entrenado.

Era lo que quería ser.

La primera mujer.

Iba a dar una lección a esos hijos de puta.

La cara bromista y bondadosa ya había desaparecido por completo. El corpulento investigador encendió la luz, y de golpe se vio rodeado del caso en el que estaban trabajando. Las entrañas de lo que publicaban los periódicos. Las fotografías que le había enseñado, pegadas en una de las paredes, pero también muchas más cosas. Mia echó un vistazo alrededor, fascinada.

—Esta es la habitación donde nos reunimos, es aquí donde ocurre —explicó Munch, con la misma seriedad en la mirada ausente.

De repente, Mia sintió que estorbaba un poco. Había visto algunas fotos, muy bien, pero eso era la realidad. Lo cierto era que solo quería excusarse, tomar el ascensor y bajar a la calle, dejar a esa gente en paz para que pudiera trabajar, pero la habitación resultaba tan atrayente que se quedó.

—Debo recordarte que lo que estás viendo ahora es confidencial.

—Por supuesto.

—Me magino que quebranto un millón de leyes simplemente con dejarte entrar aquí.

—Entiendo.

—Pero ¿lo que me has contado...? ...

La miró. No quedaba ni rastro del buen humor en la cara redonda. Se veía dominada por la gravedad. Los ojos la observaban con dolor. Era casi como si Mia pudiera leer sus pensamientos.

«Dos familias han perdido a un hijo».

«Nunca volverán a ver a sus chicos».

«Y es mi responsabilidad encontrar al asesino».

«Que se haga justicia».

«Todo el mundo tiene los ojos puestos en nosotros ahora».

«¿Entiendes?».

—Entiendo —murmuró Mia en voz baja.

—¿Qué?

—Perdón, solo...

No pudo seguir, porque se abrió la puerta detrás de ellos e irrumpió una mujer de unos treinta y pocos años. De expresión severa, con una melena rubia que le llegaba a los hombros y ropa que la encasillaba más en un banco que en la policía.

—¿Dónde has estado? Te he llamado cien veces. Creemos que hemos encontrado imágenes de la furgoneta. Oxen ha...

Munch la paró.

—Anette, te presento a Mia Krüger.

La mujer se sobresaltó y se quedó mirándola, extrañada.

—Mia, esta es Anette Goli. Mi mano derecha.

—Hola —dijo Mia cautelosamente.

—Bien, ¿qué hacemos? —preguntó la recién llegada con una leve irritación en la voz, y levantó los brazos—. Tenemos dos imágenes de la misma furgoneta, una a la altura del centro comercial Metrosenteret, de Lørenskog, y la otra un poco antes del puerto de Lillestrøm; deberíamos…

—Danos dos segundos, nada más —la interrumpió Munch de nuevo, y se volvió hacia Mia—. ¿Te importa echarle un vistazo? ¿Otra vez? ¿Por Anette? ¿Y decirle lo mismo que me has dicho a mí?

La amabilidad había regresado a sus ojos.

—¿Ahora? —dijo Mia.

—¿Sí?

Munch esbozó una sonrisa débil y extendió una mano hacia las fotografías que colgaban de la pared.

8

Fredrik Riis mostró su tarjeta, pasó las barreras y aparcó junto a un letrero en el que se leía «Club de tiro de Lørenskog. Fundado en 1891». Dos rifles viejos de color marrón adornaban el logotipo, lo cual lo llevó a pensar con irritación en su propio padre, a quien le gustaban las armas antiguas y tenía una colección entera en el sótano de Bærum. No para él, claro. Su padre nunca le había invitado a tomar parte en nada. No es que tuviera muchas ganas de matar pájaros con unos Winchester antiguo, pero aun así. Trató de olvidar el tema y salió del coche.

Se encontró con un rostro conocido, un encuentro del que bien podría haber prescindido. Erik Brun. Un compañero de clase de la Academia de Policía. Bueno, «compañero» sonaba demasiado halagüeño; más bien se trataba de un idiota que había ido con él a clase. El fanfarrón atravesaba la plaza con pesadez y, al ver a Fredrik, se le ensombreció el gesto.

—Anda, ¿ha venido nuestro esnob?

Brun se pasó una mano por el mentón y evitó estrecharle la mano.

—Muy buenas —dijo Fredrik, como si no lo hubiese oído.

Era la mejor estrategia con ese tipo de gente. Habían patrullado juntos durante un semestre, era por eso por lo que le ponía esa cara de asco. Envidia, naturalmente. Una vacante en la unidad de homicidios. El trabajo de sus sueños. Sabía que Brun también había solicitado la plaza, pero fue para Fredrik Riis.

«¿Sigues patrullando, por lo que veo?».

Se abstuvo de decirlo. Hay que ser educado y formal. Era lo único positivo que se había llevado de su casa.

«El esnob».

Una ciudad pequeña, Oslo. Por supuesto, Fredrik Riis sabía muy bien de dónde venía el mote, y que se había convertido en la comidilla entre el personal de la policía. Cuando le contrataron se puso contento y algo nervioso, y llamó al agente de guardia antes del primer día del trabajo para preguntarle por el código de vestimenta. El agente en cuestión quiso reírse un rato a costa del estúpido novato. «Traje y corbata. En la unidad de homicidios insisten en ello». Quizá no debería habérselo tragado, pero era joven, inocente y estaba un poco inquieto. Se había presentado con su traje más elegante y una camisa recién planchada. Había dedicado varias horas a prepararse, hasta el punto de que se había comprado una plancha mejor. Zapatos italianos lustrosos. Un pequeño pañuelo en el bolsillo superior de la americana. Incluso un pasador de corbata, de oro puro, que había heredado de su abuelo. Acudía orgulloso al primer día en su nuevo trabajo. Cuando salió del ascensor en la cuarta planta, se encontró con un grupo de gente que lo miraba con caras de risa. Como un payaso. Así fue como se había sentido. Increíblemente embarazoso. Extremadamente desagradable. Reinaba un silencio sepulcral en toda la gran sala. Solo se oía el ruido chirriante de sus nuevos zapatos marrones contra el suelo de linóleo. Un paseíllo mental hasta la mesa donde ponía su nombre, y después la gente había irrumpido en risas.

Bueno.

Ya pasó.

No era gente mala.

De ese modo se había decidido, en un momento de rebelión, a corresponder al mote.

¿Por qué no?

Con la espalda recta, había ido vestido con elegancia a la oficina todos los días. En realidad fue la única manera de callarles la boca. Y seguía haciéndolo. Un poco más relajado ya, claro; se había despojado de la corbata, pero seguía con el traje.

—Bien, ¿qué tenemos?

—Una fuente cubierta, ahí abajo. Los técnicos están allí, nos han dicho que no nos acerquemos. Gente distinguida, los forenses, ¿eh? Nosotros, en cambio, no debemos andar cerca para no «contaminar». ¿Quiénes se creen que somos?

Brun se metió las manos bajo el cinturón y escupió a la grava.

«Una panda de imbéciles, probablemente».

—Me alegro de verte, Erik.

Dio una palmadita en el hombro al fornido agente y siguió hasta el campo de tiro, en dirección a los tres técnicos con trajes de protección blancos.

La primavera por fin había llegado. Los árboles que bordeaban el camino de grava mostraban distintos matices de un verde vivo. Dos gaviotas despegaron del tejado que cubría el lugar donde se colocaban los tiradores y se alejaron graznando por encima de los campos. Fredrik Riis odiaba el invierno. Era algo que tenía en común con Munch. Ambos habían crecido en el centro de la ciudad, tal vez fuera por eso. Ahí seguramente sería distinto, todo blanco, con cuestas cubiertas de nieve en las que se podría esquiar, tal vez podrían preparar una pequeña pista de salto. Eso no ocurría en el centro de Oslo, allí no había más que una oscuridad húmeda, calles empapadas y gente tiritando de frío. Había oído que ya no enseñaban en los colegios que la nieve era blanca. Porque todo el mundo veía que era gris. Si cuajaba. Tenía unos amigos que todos los años insistían en que los acompañase al sur. A los Alpes. St. Moritz. Seefeld. Esquí alpino. O esquí de fondo. Pero no era para él. Prefería quedarse en casa todo el invierno. Delante de la chimenea. Con sus sellos. Y su pájaro. Esperando que el cielo volviera a aclarar. Para poder respirar. Oyó un tono procedente del bolsillo de la americana, así que se paró en medio del camino de grava para ver quién era.

Joder.

«¿Nos vemos esta noche?».

Fredrik reflexionó un momento, pero ya sabía qué era lo que había decidido.

«No».

Esperó unos segundos a que llegase la respuesta que ya había anticipado.

«¿Por qué no?».

Negó con la cabeza, rendido, y volvió a guardarse el móvil en el bolsillo de la americana.

—¿Eres de la unidad? —Una mujer de unos treinta años fue caminando a su encuentro.

—Sí. Soy Riis.

—Hola. Janne. —Se quitó un guante de plástico azul y le estrechó la mano.

—¿Qué tenemos?

—Un viejo cobertizo con una fuente. Uno de la batida lo ha encontrado hace unas horas, y me temo que han pisoteado todo hasta alterarlo por completo, pero hemos hecho lo que hemos podido por rescatar algunos fragmentos. —Se bajó la capucha e hizo un gesto irritado hacia el agente al que Riis acababa de dejar—. Pensaba que les enseñaban estas cosas en la academia. En fin.

La técnica le hizo una seña para que la siguiera cuesta abajo hasta la linde del bosque.

—¿Ya habéis terminado? ¿Puedo entrar?

Asintió con la cabeza.

—Ya hemos tomado las huellas de las cerraduras y todos los objetos que hemos encontrado. Había un candado dorado tirado en el suelo delante del pequeño cobertizo pintado de rojo.

—¿Estaba cerrado con llave?

—No. El candado estaba abierto, colgando de la puerta.

—Vale —dijo Riis, mientras se ponía los guantes.

—Vas a necesitar esto —dijo la técnica, y le dio una linterna potente—. Está muy oscuro ahí abajo. Un cobertizo tan viejo, uno habría pensado que la luz debía de entrar por las rendijas entre las tablas, pero lo han forrado por dentro. Con tela asfáltica negra. Parece que lo han usado para... —La técnica se sacó un paquete de tabaco de un bolsillo bajo el traje.

—¿Usado para qué?

—Bueno, a saber. Para algo, eso sí. Rara vez siento escalofríos en la escena de un crimen. En fin. Por cierto... —Se dirigió a un gran cofre y sacó una bolsa de pruebas transparente.

—¿Unos calzoncillos?

—No sabemos si son de uno de los chicos, pero parece bastante probable, ¿no crees? —La técnica del pelo claro negó con la cabeza y agradeció con un gesto a otro del equipo, que se acercó con un mechero para encenderle el cigarrillo.

—Pero puedo entrar, ¿verdad?

—Adelante.

Fredrik Riis encendió la linterna, inclinó la cabeza y entró con cuidado por la pequeña puerta.

Joder. No podía ser.

9

lic. Y el mundo desaparece a tu alrededor. Ya solo existen estas fotografías. Tómate el tiempo que necesites. No hay nadie más por aquí. Solo tú y estas fotografías. Colócalas juntas. En vertical y en horizontal, para que formen un cuadrado sobre la mesa. No escojas demasiadas imágenes. Elige las que puedan aportar la mejor visión general. No cambies las fotografías antes de terminar. La sesión debe ser continua, sin interrupciones. ¿Tienes las fotografías que necesitas? ¿Tienes una visión general? ¿Los primeros planos que crees que puedes usar? Utiliza un lugar, un sonido o un sabor en la boca para eliminar los últimos restos de la realidad a tu alrededor. Si sabes meditar, ya sabes de qué va esto. Puede ser algo absurdo. Siempre y cuando el cuerpo y el cerebro sepan para qué te estás preparando. ¿Estás lista? Bien, empecemos.

«Piensa en la abuela».

Mia apartó el mundo exterior y se concentró por completo en las fotografías que tenía colocadas de manera sistemática en la mesa, delante de ella. Esta vez se sentía mejor. Acababa de estar ahí y no tenía que preocuparse por lo que pudiera encontrar. Podía meterse en el lugar de verdad. ¿Adentrarse más que la primera vez? Porque había algo que no había visto, ¿verdad? No solo faltaban fotografías. No, era otra cosa. Había un agujero. En la historia. En las fotografías que ya había visto. Algún error. Algo que no acababa de detectar. Estaba ahí, perfectamente visible, pero aun así no lo veía. Mia cerró los ojos un momento, tratando de mitigar la irritación que le provocaba la mujer rubia, que había silenciado el teléfono como le había pedido pero se había olvidado de desactivar la vibración. En el bolsillo de la americana. Una americana de mujer. Hecha a medida, no comprada en una tienda, o al menos no en alguna cadena barata. Azul celeste. Un color pasivo y tranquilo. No tomaría decisiones espontáneas. «Soy tranquila. Reflexiva». El sonido de la americana, otra vez. Lana y viscosilla. Tres botones. Bolsillos delanteros en ambos lados, justo sobre las caderas.

—Perdona, pero ¿te importa…?

Mia se giró hacia Anette con un gesto de cabeza hacia el móvil que estaba vibrando.

—Por supuesto, lo siento.

La delgada boca formó una sonrisa rígida, al tiempo que dirigía una mirada breve a Munch, seguida de un ligero movimiento de cabeza.

Qué coño… ¿Holger?

¿Eres consciente de que se está desmoronando todo?

Vale, Mia.

Tranquilízate.

«Piensa en la abuela».

Hay dos chicos prácticamente desnudos en un campo labrado. Uno de ellos tiene el pelo rubio y corto. Está tumbado boca arriba. Con una mano sobre el pecho. El otro ligeramente de costado. La cara refleja calma. Unas pecas en la pequeña nariz. A primera vista recuerda a un angelito. De esos que antaño se reproducían en papel brillante. Los que se inclinaban sobre una nube. Este chico no lleva ropa. Su pene es pequeño, y apenas tiene algo de vello púbico. Este es claro, del mismo color que los rizos de la cabeza. Nada en el escroto. Ya sabes su edad, aunque, si hubieras tenido que adivinar, le habrías echado diez años. Pero tiene once. Sí es alto para su edad. Pero también delgado. Frágil. En fin, habrías dicho que era más joven, quizá incluso nueve años. Las extremidades son flacas. Las piernas parecen demasiado largas para el pequeño cuerpo. Puedes ver cómo corre. Corre rápido. Es como el viento, sonríe y respira pesadamente, al llegar a la meta antes que los demás. Tacha eso. No lo sabes. Si compite. Pero es capaz de correr rápido. Tiene una línea azul alrededor del cuello. Le han estrangulado. Desde atrás. Con algo fino. No es un alambre, le habría dejado marcas en la piel. ¿Hilo de pescar? Es posible. Puedes sentir que le cuesta respirar. El pecho trata de coger aire. ¿Por qué no levanta las manos para defenderse? No tiene heridas. En ninguno de los dedos. Ni en los brazos. Ni en ningún otro lugar del cuerpo, blanco. Sí, un par de moratones. Uno en el codo, otro en la rodilla izquierda. Pero no tienen nada que ver con esto. La fotografía de los dedos. Te habría gustado verlos más de cerca, con un microscopio, pero esto puede servir. Porque aquí está lo primero que te llama la atención. El asesino se ha tomado su tiempo con él. Ningún niño tiene las uñas tan limpias. Se las ha cortado. Las ha arreglado. Ha colocado los dedos en una posición bonita, con esmero, en un pequeño saludo, como en una pintura. El retrato de una mano. En estudio anatómico. Tal vez un Rembrandt. O un Caravaggio. Este chico. Ya sabes que se llama Ruben. La mano que tiene sobre el pecho está escayolada. Los dedos apenas sobresalen de la apertura, pero están tan arreglados como en la otra. Está en clase, este Ruben, es el centro de la atención. Se ha hecho daño en la mano. ¿Está rota? ¿Qué te has hecho, Ruben? ¿Te has caído de la bici? ¿Has dado un golpe a la pared? No, no eres la clase de chico que haría eso. Tienes los hombros ligeramente encorvados. Puede que te dé vergüenza tu altura. No, puede que no. Pero algo es. ¿Te han humillado? ¿Durante mucho tiempo? ¿Lo han hecho unos adultos? ¿Has tenido mucho miedo? Solo ese tipo de niño tiene estos hombros encorvados, se protegen del mundo exterior. A los demás niños le caes bien. Escriben en tu escayola. Con muchos rotuladores diferentes. De distintos colores. Hay una chica que te gusta, o al menos tú le gustas a ella. Sylvia. Hay un corazón rojo alrededor de su nombre en la escayola. ¿Qué te ha pasado en la mano, Ruben? ¿Tiene algo que ver con esos hombros encorvados? En cualquier caso, eres el protagonista de esta escena. El héroe. El otro chico no es más que un actor secundario. No es tan guapo. No parece venir de una familia de dinero. Ni siquiera le han quitado toda la ropa. Lleva un viejo pantalón azul marino. Está cedido. Salta a la vista que lo han lavado muchas veces. Le queda demasiado grande. Lo han echado a tu lado, con descuido. Ni siquiera tiene el rostro vuelto hacia el cielo. Echemos ahora un vistazo a los otros dos chicos, los de Suecia. Las mismas posiciones. Uno está completamente desnudo. El otro no. Los chicos no han sido asesinados aquí. Los han colocado aquí por una razón. Esto no es casualidad. Se ha planificado de manera minuciosa. Todo. Hasta el más mínimo detalle. Hay un animal colocado entre ellos. Un pequeño zorro. Parece sereno. Como si estuviera dormido. Tiene los ojos cerrados. Las patas sobresalen delante de él. La cara está vuelta hacia el chico que parece un ángel. ¿Cómo puede ser que los que sacaron las fotos no se dieran cuenta de que esto era importante? ¿Que habría que colocarse en un punto más alto? Para ver toda la escena. Porque es eso lo que realmente significa algo.

De repente Mia Krüger se sintió un poco mal, casi mareada, tuvo que salir de las fotos. Se quedó sentada en la silla, con una mano delante de la cara, y le costaba respirar.

—¿Va todo bien?

Munch, con su sonrisa amable, esperando en la realidad exterior. El reloj junto a la pantalla blanca de la pared del fondo mostraba que solo habían transcurrido tres minutos en la sala. Le había parecido una pequeña eternidad.

—Todo bien, sí —murmuró Mia y respiró con calma por la nariz para tratar de calmar los violentos latidos de su corazón bajo el jersey blanco.

¿Por qué había aceptado aquello? Parecía un circo.

Un show de engendros.

¿Hacer esto delante de dos desconocidos?

«Ni de coña».

Ya no quería saber más. A casa.

De vuelta a su vida. A dormir.

Y después a salir de nuevo por las calles oscuras.

Para encontrar a Sigrid.

—¿Y bien…? —murmuró la mujer, la que se llamaba Goli.

Se había sentado sobre una mesa con los brazos cruzados por encima de la americana azul, una postura que señalaba con claridad que aquello era una pérdida de tiempo.

—En resumidas cuentas —dijo Munch, acercándose a las fotografías que colgaban de la pared—, Mia quiere decir que en este lugar de los hechos…

Señaló una de las imágenes con el dedo.

—Tenía que haber una silla. O una escalera plegable. Algo así, ¿verdad?

Mia asintió brevemente con la cabeza.

—¿Y esto es importante porque…? —Goli suspiró.

—Los chicos no fueron asesinados aquí. Los han colocado en este lugar. ¿No es eso lo que quieres decir, Mia?

—Sí.

—El asesino ha sido increíblemente meticuloso —continuó Munch, ya con más entusiasmo—. Los dedos arreglados. Los cuerpos colocados justo como los quería. Asesinados de tal modo que no hubo heridas, ni sangre; están muy limpios, aparte de las líneas alrededor del cuello. Y luego…

Miró a Mia, como si quisiera reconocer que la idea era de ella, pero ella hizo un gesto disuasorio, ya no le parecía muy importante.

—Es una pintura —dijo Munch triunfal—. Una obra de arte. Dos chicos muertos en un campo labrado. Quería documentarlo desde un lugar más alto.

—¿Y bien…? —añadió Goli con tono inquisitivo. Ya se había despojado del escepticismo más agudo.

Observó a Mia con curiosidad, y después devolvió la mirada a las fotografías.

—Pero ¿qué pasa con los animales? ¿Un zorro? ¿Y la liebre? ¿Del lugar de los hechos en Suecia?

—No lo sé —se limitó a contestar Mia.

—Hablas del asesino como si fuera un hombre —dijo Goli—. ¿Estamos seguros de que fue un hombre?

Munch se volvió hacia Mia.

—Sí —dijo ella enseguida y se levantó de la silla—. Bien, yo tengo que marcharme ya. Que tengáis suerte con el caso.

Salió de la sala lo más rápido que pudo, y ya había recorrido una buena distancia cuando Munch la alcanzó por el pasillo. No estaba en la mejor forma del mundo. Resoplaba sobre la gran barriga, mientras la escrutaba con la misma expresión curiosa que había adoptado en el ascensor.

—¿Estás segura de que no…?

—No, gracias —contestó Mia con firmeza y agarró la manija de la puerta.

La siguió hasta el ascensor.

—Toma —dijo, y le tendió una tarjeta de visita—. Llámame. Cuando quieras. Si cambias de idea. O si se te ocurre otra cosa. ¿Vale?

—De acuerdo. —Mia se metió la tarjeta en el bolsillo trasero del pantalón, justo cuando la puerta del ascensor se abría lentamente con un tintineo.

Fuera, en la calle, el aire de la primavera parecía más fresco de lo habitual.

Mia se quedó totalmente inmóvil sobre el asfalto, hasta que los fuertes latidos de su corazón se calmaron por fin.

Después se encaminó muy despacio a la calle Hausmanns-gate.

Para tomar el tranvía a su casa, en Torshov.

10

Había puesto la alarma a las nueve y media, pero a las nueve ya estaba despierta. La música sonaba a través de la pared desde la habitación de al lado, y Mia se dio cuenta de que había olvidado que era lunes. Los estudiantes de segundo empezaban tarde los martes, así que se había convertido en una tradición. La birra del lunes. Cena en la calle Vogtsgate. Las futuras policías maquilladas, hasta diez o quince de ellas, se juntaban en el pequeño salón. Mia se había planteado decirles algo, aunque enseguida había descartado la idea. Ya la miraban raro desde antes. Si querían beber hasta perder el conocimiento, tenían todo el derecho del mundo a hacerlo. Pero ¿tenía que ser justo donde ella vivía? ¿En el apartamento, que ya de por sí era pequeño? Eran tres, pese a que algunas veces parecía que había mucha más gente. El baño nunca estaba libre, ni el retrete. Nunca podía prepararse la comida tranquila. Mia llevaba casi año y medio viviendo en Torshov y, cuando el tiempo lo permitía, a menudo terminaba pasando tanto tiempo fuera como dentro de casa. Le gustaba estar en el parque Torshov con un libro. O iba en bici hasta Maridalen para darse un chapuzón. Prefería eso a quedarse en el angosto apartamento escuchando cotilleos. Torrentes de palabras que no decían nada. A Mia Krüger ese tipo de gente le producía alergia. Estar sola era mil veces mejor. Buscando por las calles. Por las noches también. Así mataba dos pájaros de un tiro. Estar sola con sus propios pensamientos.

Y podía buscar a Sigrid.

Le apetecía darse una ducha, pero esa noche no iba a poder, claro, así que se puso los vaqueros negros ajustados y buscó una camiseta negra y un jersey negro, que era fino pero abrigaba. Sacó la mochila grande de su escondite en el armario y metió lo que necesitaba en ella. Guantes. Una linterna. Un montón de carteles. ¿Cuántos? ¿Cincuenta? Le quedaban cada vez menos en el bolso.

¿Has visto a esta chica?

Sigrid Krüger.

Si sabes algo de ella, ¡llámame, por favor!

En breve debía pasar por la recepción de la academia y mendigar algunas copias más. Mia se fijó el arnés, dejando que el mango del cuchillo le quedara a la altura de la axila izquierda. Un EKA Nordic, íntegramente de metal, desde el extremo hasta la punta, con un mango de plástico recubierto de goma que era ligero pero a la vez fácil de agarrar. Por supuesto, era ilegal portar armas blancas por las calles de Oslo, y si la pillaban podían echarla de la academia, pero pasaba de andar por esta ciudad toda la noche sin nada para defenderse. La ingenuidad de la gente era increíble. Tomabas el tranvía para ir y volver del trabajo. Cena con la familia y los amigos. En pleno día. Un rato de programas de entretenimiento mediocres en la tele, algo adecuado, y se iban a la cama un poco más tontos, pero muy contentos. La hermosa ciudad de Oslo. El seguro país de Noruega. Donde todo el mundo se iba de paseo con sus cazadoras. «Hola, hola. Qué buen día, ¿eh?».

Hasta que caía la oscuridad.

Cuando despertaban todas las cucarachas.

Mia metió el cuchillo en la funda del arnés, se calzó las botas Doc Martens, se puso una cazadora negra con capucha y se enfundó un gorro. Luego se miró en el espejo junto al armario una última vez antes de salir.

Le gustaba lo que veía.

Era casi como un disfraz.

Una coraza contra todo lo que pudiera encontrar en las calles.

Agachó la cabeza al pasar por el follón de gente del apartamento y poco después ya estaba en el tranvía rumbo al centro.

Oslo S.

La plaza.

Siempre empezaba por allí.

Era donde se juntaban los yonquis.

¿Heroína?

Mia no creía lo que oía cuando su hermana lo soltó. No quería que lo supiera, pero no le había dejado otra opción. ¿Qué coño te pasa, Sigrid? Ya casi no te veo el pelo. ¿No íbamos a estar juntas? ¿Pasarlo bien? ¿Estudiar? ¿Aquí en Oslo? Llamé a la universidad —sí, no me quedó más remedio— y me dijeron que lo habías dejado. Que apenas habías aparecido por clase. ¿Enfermería? ¿No era eso lo que ibas a estudiar? ¿Qué coño te está pasando?

«Bueno, no me pincho».

«Solo fumamos».

Su hermana, cansada y delgada, con unos ojos inexpresivos, bajo el pelo rubio que tiempo atrás había llevado tan largo y bonito.

¿Pincharte?

¿Fumar?

¿De qué coño me estás hablando?

Sigrid.

La chica más buena, trabajadora y educada de todo Åsgårdstrand.

Que jugaba al balonmano, montaba a caballo, sacaba buenas notas y trabajaba como voluntaria en la residencia de ancianos.

No.

Pensó que se trataba de una broma.

Que aparecería alguien con una cámara, eliminaría el maquillaje gris de la cara demacrada de su hermana y arrojaría confeti desde un agujero en el techo. Se oirían aplausos y risas, y al final todo no sería más que una broma que se habían inventado para tomarle el pelo.

«Bueno, lo voy a dejar».

«Joder, Sigrid...».

«Claro que lo voy a dejar, pero justo ahora no puedo. Bueno, debo algo de dinero. No mucho, solo un par de miles. ¿Puedes prestarme? ¿Solo unos días? ¿Porfa?».

Habían ido juntas.

Al cajero automático.

Mia había sacado casi todo lo que tenía.

Diez mil.

Ya habían pasado tres meses desde entonces.

Fue la última vez que la había visto.

«¿Dónde estás, Sigrid?».

Mia Krüger sacó un par de fotocopias del bolso y se metió entre la gente. La plaza de Christian Frederiks. Justo entre la estación de tren y la Bolsa de Oslo. Llamada así por el rey danés que una vez fue el rey de Noruega y tomaba el té en el elegante jardín del castillo. Era allí donde habían acordado juntarse los yonquis de la ciudad. Ya quedaba poco de la realeza. Eran la chusma. Los perdedores. Los turistas se habían quejado. Se bajaban del tren procedente del aeropuerto para visitar la hermosa ciudad de Oslo, y lo primero que veían era eso. Caballo, H, jaco, dragón, dama blanca. Dedos temblorosos y sucios, pantalones de chándal llenos de agujeros y plumíferos viejos y desgastados. Mil coronas por gramo. Cinco dosis por gramo. Papel de aluminio arrugado con un mechero por debajo. Las burbujas, el chisporroteo. La aguja que chupaba el líquido color marrón amarillento. El tubo de goma rojo alrededor de los finos brazos. Para hacer las venas más visibles bajo la piel. Las pajitas cortadas. Sacadas del Burger King que había calle arriba. Para los que preferían fumar. Figuras que tiritaban, zombis humanos, formando círculos en el frío asfalto, inclinados sobre lo más sagrado, con estas pipas blancas caseras colgando de la boca. Mia había estado a punto de vomitar la primera vez que notó aquel olor punzante. Se habían metido un chute justo a su lado. Un chico y una chica jóvenes. No tendrían más de quince o dieciséis años. Por Dios. Se había desanimado tanto… Se sintió casi como si todo lo bonito de este mundo la hubiese abandonado. Todo lo bueno. Todo lo bello. Desapareció en un instante. Viendo a esos adolescentes en la calle. Casi muertos ya. La humillación. Y las sonrisas que se extendían repentinamente en los jóvenes rostros cuando llegaba el subidón, que los liberaba de toda la miseria durante unos breves instantes.

—Hola, Polly. ¿Cómo te va?

Ya había ido muchas veces. Al principio se habían mostrado elusivos. El instinto del drogadicto. Casi podía leerlo en sus ojos. No estaba ahí para comprar. Era una forastera. Pero con el tiempo se habían acostumbrado a ella y la dejaban entrar en el grupo. «No era más que la tipa que andaba buscando a su hermana. Oye, ¿alguien ha visto a su hermana? ¿Cómo se llamaba la pava? ¿Alguien sabe algo? ¿Te sobran unas coronas para el autobús? ¿O para el café? Aunque sean unas monedillas. Sigrid, ¿alguien ha visto a una que se llama Sigrid? ¿Una chavala de Horten o por ahí?».

La chica cansada que tenía delante asintió con la cabeza poco a poco, le costaba mantener los ojos abiertos, pero de algún modo se las arreglaba para sostenerse en pie. Eran campeones mundiales esos yonquis. De aguantar. Nada de comida. Nada de sueño. Nada de nutrición. Aun así, un día sí y otro también seguían allí, como motores al ralentí, sin más combustible que algún que otro chute de vez en cuando.

Los ojos de la joven se iluminaron un poco cuando la reconoció.

—Hola, ¿eres tú? ¿Qué haces aquí?

La yonqui que se llamaba Polly lanzó una mirada furtiva a su alrededor y se ajustó la chaqueta de punto gris. Su voz salió como un murmullo sordo entre unos labios agrietados.

—Es lo que dijimos, ¿no? —respondió Mia con cautela—. Que iba a venir hoy. Con un regalo para ti. ¿No te acuerdas?

La cabeza bajo el gorro sucio procesó la información lentamente.

—Ah, sí. Joder. —Una sonrisa vacilante apareció en la cara de la joven—. ¿Lo has traído o qué?

—Sí —dijo Mia, inclinando la cabeza hacia su bolso—. Ibas a ayudarme, ¿lo recuerdas? ¿Dijiste que tal vez sabías dónde estaba Sigrid?

Un ceño fruncido, y después otra mirada alrededor.

—Ven. Aquí no —dijo la joven yonqui, asintiendo con la cabeza, y se encaminó a la esquina de la Terminal Este, arrastrando los pies.

Una mirada más alrededor.

La paranoia.

No era el sitio más seguro del mundo.

La plaza.

—¿Puedo verlo? —preguntó la chica con una sonrisa curiosa y se rascó un poco la cara.

—Por supuesto —dijo Mia, al tiempo que se quitaba la mochila—. Pero ibas a ayudarme, ¿no te acuerdas?

—Sí, claro —contestó la chica con nerviosismo—. ¿Qué color es?

—Querías una de color rosa, ¿no? —preguntó Mia, y sacó la pequeña muñeca de la mochila.

Polly. De Bergen. La primera que se le había acercado. Con la fotocopia en la mano.

«Sé quién es».

«Sigrid».

«La he visto».

Hacía ya tres semanas de aquello, y Mia había ido todas las noches desde entonces, sin suerte. La joven yonqui con el pelo revuelto que había desaparecido de la faz de la Tierra, pero que por fin había regresado de entre los vivos.

«Puedo ayudarte».

«Creo».

«Pero necesito una cosa».

«¿Un regalo?».

«¿Puedes traérmelo?».

Su cuenta bancaria estaba casi vacía, otra vez. Inocentemente, como una aficionada, había ido dando dinero a la gente. A cambio de información. «Sí, a esa la conozco. Dame trecientas coronas y haré una llamada». No eran samaritanos esos yonquis; lo suyo era sobrevivir, y las mentiras no eran nada personal. Así que lo había dejado, había espabilado, pero el deseo de esa chica había sido tan especial que no había podido resistirse.

Una Muñeca Repollo.

«Tenía una de esas cuando era pequeña».

«Me cuidaba».

«¿Crees que podrías conseguirme una nueva?».

Mia Krüger no lloraba muy a menudo, casi nunca, pero al volver a casa aquella mañana no había podido contenerse. Tan cansada. Tan poco sueño. Sigrid no estaba en ninguna parte. Toda esa miseria. ¿Y esa pobre chica quería una muñeca?

Por Dios. Claro que sí.

Claro que te traeré la muñeca.

Había ido a la juguetería nada más despertarse, ni siquiera había desayunado, y se había gastado sus últimas coronas. Había tenido que retrasar el pago del alquiler, pero daba lo mismo, tendría que esperar.

Era como si hubiesen encendido una luz brillante en aquellos ojos cansados cuando la chica vio la muñeca y se la apretó contra la mejilla. Dos breves segundos, y después volvió la mirada de siempre, antes de que se subiera el jersey a toda prisa y se metiera la muñeca debajo.

—Muchas gracias.

—No hay de qué. Pero dijiste que sabías algo, ¿verdad?

La chica asintió con la cabeza cautelosamente, y miró nerviosa a su alrededor de nuevo.

—Pero esto no te lo he contado yo, ¿vale?

—No, claro.

—Me van a matar.

—¿Qué?

Había pasado a murmurar, a susurrar; a Mía le costaba entender lo que le decía.

—Dicen que es una de las nuevas. Que viajan.

—¿Que viajan? ¿Qué quieres decir?

La chica de repente se sobresaltó, había jaleo por la plaza, una discusión acalorada, pies que corrían por el asfalto, algunas luces que parpadeaban.

Y luego parecía que ya no era seguro estar allí.

Unas caras avanzaban por la plaza hacia ellas.

—Oye, Polly, ¿en qué andas?

—Markus Skog —murmuró la chica, inclinó la cabeza y se ajustó mejor la chaqueta de punto antes de salir corriendo, y al momento desapareció en la oscuridad.

«¿Qué?».

Mía sintió que la invadía la ira. Tuvo que apartarse de las caras que venían corriendo con gesto inquisitivo, para no hacerles nada.

Markus Skog.

El hijo de puta de Markus Skog.

Tenía espuma alrededor de la boca, al dejar la plaza y a los yonquis, y se quedó resoplando junto a Byporten, tratando de calmarse.

«Tranquila, Mia».

«No te enfades tanto».

«Aunque tengas ganas de matarlo».

«Aunque merezca pudrirse en el infierno».

«Eso no va a ayudar a Sigrid, ¿verdad?».

Mia se caló la capucha e inspiró hondo otra vez. De pronto se sentía muy cansada.

No le quedaban fuerzas.

Y eso que acababa de dormir.

Un coche pasó por su lado con las ventanillas bajadas. Unos adolescentes agitaban botellas en el aire y aullaban con la música, unos pringados de fuera que venían de fiesta a la ciudad, esa noche había fiesta por las calles de Oslo. Tuvo un *flashback* repentino al oír la música que ponían en el estéreo.

Weezer.

Esa banda de *nerds* de California que Sigrid había insistido en que escuchara.

Fue la primera vez, en realidad, que pensó: «Aquí hay algo que no encaja».

La pequeña Sigrid.

Que escuchaba Céline Dion y Whitney Houston.

Que tenía pósters de los Backstreet Boys y NSYNC en las paredes.

—Escucha esto, Mia, ¿no te parece guay?

Una noche de verano en el jardín de Åsgårdstrand. Cuando aún eran solo ellas dos. Sus padres no estaban, y tenían la casa para ellas. Fiesta de hermanas. Champán, fresas y la sopa de pescado rosa que Sigrid siempre preparaba, que no estaba especialmente rica, pero que formaba parte del rollo, de algún modo.

El coche con los adolescentes que aullaban desapareció por la calle Fred Olsensgate, pero la música siguió reverberándole en los oídos.

Weezer.

En el jardín, bajo las farolas.

Fue la primera vez que le había hablado de él. Markus Skog.

Se había enamorado.

De un músico de Horten.

Y Mia tenía que prometer que no diría nada a mamá y a papá, porque no iba a caerles bien.

Porque era diferente.

Porque lo había tenido difícil.

Pero todo saldría bien.

Porque ella había prometido ayudarlo.

Porque sabía tantas cosas.

Era una persona muy profunda.

Esa música, por ejemplo.

¿No le parecía guay?

Mira, este es el logotipo…

Bailaba, vestida con su falda blanca, sobre la hierba caliente, sonriendo de un modo que Mia nunca había visto. Parecía estar casi ausente, tan feliz, cruzando los dedos para que formasen una W.

Weezer.

Puto Markus Skog.

Puto pringado.

Puto yonqui.

Todo aquello era su culpa.

Mia se puso la capucha y caminó pesadamente hacia el semáforo, y estaba a punto de pulsar el botón cuando de pronto se dio cuenta de algo.

«Hay que joderse...».

Casi temblaba cuando sacó el teléfono de la mochila y marcó el número con dedos temblorosos.

—Aquí Munch.

—Creo que lo tengo.

—¿Con quién estoy hablando?

—Mia. Mia Krüger. Creo que sé qué es lo que no pude ver.

—¿Sí?

—La escayola. La escayola del chico. Se había roto la mano, ¿verdad?

—Eh, ¿sí...?

—Ha escrito en ella.

—¿Quién?

—El autor del crimen. La ha firmado.

—¿Cómo...?

—Todos los demás nombres son completos —continuó Mia—. Pero no el suyo. Solo una letra. Míralo y verás. He sido muy estúpida al no verlo desde el primer momento.

—¿Podemos seguir hablando de esto mañana por la mañana? —Munch tenía la voz cansada—. Tenemos una reunión a las nueve. ¿Vienes?

—Me lo pensaré.

—Vale, perfecto.

Mia sonrió para sí y volvió a dejar el móvil en la mochila. La luz del semáforo cambió de rojo a verde.

2

11

L ydia Clemens, de doce años, estaba en cuclillas en el bosquecillo, agarrando con firmeza el arco tensado mientras
pensaba que era una pena que el mundo estuviera a punto de acabar. Que todas las cosas bellas a su alrededor fueran a desaparecer
en breve. Las anémonas junto al tocón. Los corzos que pastaban
en la ciénaga. Las hojas verdes del abedul grande, bajo el cual solía descansar cuando salía a caminar. Que todo eso fuera a desaparecer porque la gente no era buena y había destrozado el planeta. No sabía cuándo iba a suceder, pero no faltaba mucho;
lo había dicho el abuelo Willy. Por eso vivían los dos allí solos y
habían aprendido a sobrevivir sin la ayuda de nadie. Iba a ser
como un invierno largo y oscuro. Iba a durar mucho. Nieves
eternas y frío. Y todos debían cuidarse lo mejor que pudieran,
hasta que la Madre Tierra hubiese eliminado a toda la gente mala,
a esos que no eran capaces de cuidar los unos de los otros ni del
planeta. Era una verdadera pena. Que todo aquello fuera a desaparecer. Sobre todo entonces, cuando había llegado la primavera.

Había contado un total de catorce flores de primavera diferentes solo en el camino hasta allí. Malva, margarita, jara blanca, manzanilla, azulejo, crocus, colza, amapola, diente de león,
verónica, romero, prímula, borraja, tomillo. Aparte de las ané-

monas, claro, que eran las más bonitas. A la niña le encantaba el color lila, y esas flores eran casi de color lila, con sus seis pétalos en torno a los pistilos blancos. Puede que no del todo, pero eran muy hermosas. Las anémonas, igual que todas las demás flores y plantas a su alrededor, también tenían un nombre en latín, o el nombre auténtico, como decía su abuelo Willy cuando tocaba hacer una clase en la pequeña casa. *Hepatica nobilis. Hepatica* porque significaba «hígado», es decir, el órgano grande que estaba justo debajo de la caja torácica en todas las personas y que el cuerpo usaba para limpiarse por dentro. Las hojas de la anémona tenían forma de hígado.

El abuelo Willy le había explicado la teoría de las signaturas, una doctrina antigua que decía que cosas parecidas se curaban mutuamente. Puesto que la anémona tenía las hojas con forma de hígado, estas se usaban contra enfermedades del hígado. Otras plantas del bosque también tenían nombres relacionados con su uso, como *Leonurus cardiaca, Pulmonaria officinalis* y *Lichen parietinus*. La planta más popular e importante era la mandrágora. Tenía una raíz que se parecía a un cuerpo humano, por eso se decía que podía curar cualquier cosa y, antes de que la gente lo destrozase todo con sus nuevas tecnologías, era muy valorada, se consideraba casi sagrada.

La habían mirado un poco raro, los dos profesores con los que tenía que quedar una vez al año, los que habían negado con la cabeza la primera vez que salieron de la pequeña casa, y además había oído lo que se dijeron: «Una niña no puede vivir así, ¿no?».

El abuelo Willy se había enfadado mucho. Casi le salía espuma por la boca cuando le había contado lo que había oído y le había preguntado qué era lo de la Protección de Menores. Normalmente nunca se ponía así. Era tan amable y bueno, y muy divertido, y Lydia se sentía muy afortunada de poder pasar el «tiempo largo» justo con él. Nadie era tan listo como el abuelo Willy. Sabía de todo, y Lydia a menudo se quedaba boquiabierta cuando estaba en clase, impresionada por sus conocimientos. Era como una biblioteca con patas. Lydia no había viajado mucho, solo a Vassenden, cuando se les acababan las cosas que no podían preparar solos, el azúcar, por ejemplo.

Pero sabía mucho sobre el mundo. En un país llamado Egipto, en una ciudad llamada Alejandría, había estado la biblioteca más bella del mundo, que contenía todos los conocimientos que los seres humanos necesitaban para vivir juntos en armonía. Entonces unos hombres malvados la habían quemado, y la mayor parte de los conocimientos había desaparecido. En lugar de ello, los malos habían convencido a la población del mundo de que había un señor entre las nubes que los estaba observando. Y, si no hacían lo que él decía, iban a arder todos en un lugar llamado «infierno». Esto asustaba mucho a la gente, que se ponía muy nerviosa, y aunque había quien trataba de luchar contra esa idea y decir que no era verdad —gente como el abuelo Willy—, al final los malos habían ganado. Y ahora todo el mundo tenía que estar con la cabeza gacha, y pedir ayuda y amor al hombre de las nubes si se habían equivocado, y también tenía que regalar el dinero que había ganado, porque, aunque el hombre de las nubes lo sabía todo y podía verlo todo, parecía que no era capaz de ganar su propio dinero, y parecía que necesitaba mucho, por lo que había encargado la tarea de recolectarlo a algunas personas especiales, que sabían lo que él necesitaba.

Historia. Y ciencias naturales. Era lo que más le gustaba a Lydia. Y física. Ah, casi se le olvidaban las matemáticas, que era lo que le gustaba más que cualquier otra cosa. El abuelo Willy era el profesor más entretenido del mundo, porque hacía que todo lo que contaba sonara interesante, a diferencia de los que iban a hablar con ella una vez al año, que se habían reído de ella y ni siquiera sabían lo que era la teoría de las signaturas. Las matemáticas. Los números, que estaban en todo. En la cuerda del arco que estaba tensando en ese preciso momento delante de su ojo derecho. En las hojas verdes de los fresnos del otro lado del cenagal, que también habían salido. Lydia se había fijado en los fresnos a lo largo de todo el año, porque el abuelo Willy había dicho que los fresnos eran buenos y ayudaban a la gente. Y parecía que tenía razón, como siempre, porque una vez había abrazado uno de los fresnos, y casi había podido oírle susurrar: «Tú eres la princesa. Del "tiempo largo"». Y después los había visitado casi todos los días, si no tenía demasiadas cosas que hacer en la pequeña casa. Normalmente había mucho que hacer, claro, porque no era fácil prepararse para todo lo que iba a llegar. ¿Cuánto necesitaban de cada cosa? La casa pequeña era demasiado pequeña para guardarlo todo, eso era evidente.

Allí solo tenían una cocina, un baño, la habitación del abuelo Willy, su propia habitación y el aula. Por eso era fabuloso que el abuelo Willy hubiese dedicado casi toda su vida a excavar el búnker secreto, que tenía una entrada que nadie descubriría si no sabía dónde estaba. ¡Allí había mucho sitio, desde luego! ¡Era como una sala enorme! También estaba preparada para poder dormir allí y protegerse cuando la gente mala comenzara con sus guerras. Porque era así como iba a empezar. Con una guerra. Ya había empezado en el mundo. Casi todas las noches, después de leer algo que el abuelo Willy le había sacado de la biblioteca de Vassenden, cuando estaba en el baño para prepararse para ir a la cama, el abuelo Willy le contaba las últimas noticias del mundo. Lydia sabía lo que eran los periódicos, internet y la televisión, claro, pero no tenían esas cosas en el bosque. Porque no hacían más que difundir mentiras. Todos eran sirvientes de los que creían en el hombre de las nubes, y solo querían usarlos, hacerles comprar cosas que no podían usar y que con el tiempo destruirían todo el planeta. Pero el abuelo Willy tenía una radio. No era una de esas radios con una antena que sobresalía, no, se trataba de una radio en condiciones. Era una radio de larga frecuencia. Willy la tenía en un cuarto propio en el búnker y la usaba para comunicarse con otros que eran como ellos. Que también eran buenos y también se preparaban y, cuando todo terminase, viajarían para encontrarse, en una tierra que era pura y buena y hermosa.

«Ahora hay guerra en Sri Lanka».

El abuelo Willy estaba detrás mientras ella se peinaba el pelo, rubio, para que no se enredase.

«Ahora hay guerra en Angola».

Mientras se quitaba la ceniza que llevaba en los pómulos cuando cazaba, para que el sol no brillase con demasiada fuerza en sus ojos.

«Sigue la guerra en Afganistán».

Mientras se lavaba los dientes.

«Ahora están matándose otra vez en Cisjordania».

Lydia nunca había visto una guerra, solo había leído sobre ellas y había oído lo que el abuelo Willy le había contado. La guerra significaba que las personas normales, como ellos, comenzaban a matarse unas a otras con armas, porque no estaban de acuerdo en algunas cosas. Normalmente discutían sobre el color del pelo del hombre de las nubes o sobre si el hombre de las nubes había dado o no permiso para una cosa u otra. No terminaban de ponerse de acuerdo, así que se mataban los unos a los otros. Y algunas veces no estaban de acuerdo en quién era el dueño de qué parte del país o en si una montaña o un río pertenecía a uno u otro, por lo que comenzaban a matarse por esa razón. La guerra era el principio del fin, y ya había ido tan lejos ahí fuera que el «tiempo largo» estaba a punto de llegar.

Lydia bajó el arco y sintió tristeza otra vez, por todas estas cosas que iban a desaparecer. No tenía amigos, no conocía a otros niños, y eso era lo único que tenía. No es que fuera poco, no, amaba los árboles, el río, los pájaros —en fin, todo lo que la rodeaba— y se pondría muy triste el día que llegase la oscuridad también ahí. Era bastante raro. Lo frágil que era todo. Como en ese momento, por ejemplo. Había tenido el corzo en el punto de mira. Con que hubiese soltado la cuerda, la flecha habría hendido el aire por encima del cenagal, para atravesar la cabeza del hermoso animal y terminar con su vida. Habría dejado de respirar, el corazón se le habría parado en unos instantes, solo porque ella había soltado la cuerda. ¿No era un poco extraño? ¿Por qué no era todo lo que tenían a su alrededor un poco, bueno, un poco más robusto? Para que la naturaleza y todos los animales y, bueno, también la gente buena pudieran resistir a los malvados. Había preguntado al abuelo Willy sobre ello un día que tenían clase libre, que era cuando no se dedicaban a lo que decía el plan de estudios y podía preguntar sobre cualquier cosa que quisiera, pero no había recibido respuesta. Él se había limitado a ponerse triste. Se había rascado la gran barba, negando con la cabeza abatido, y la había mirado con sus ojos, castaños y cálidos, y le había dicho: «Ojalá lo supiera, cariño».

Y fue entonces cuando se dio cuenta de que, aunque el abuelo Willy era probablemente la persona más sabia del mundo, no lo sabía todo.

Como lo de la otra casa del bosque, por ejemplo.

No sabía nada de eso.

Tampoco sabía que ella echaba en falta a otros niños.

Alguien con quien jugar.

Y que algunas veces en la tele enseñaban cosas que eran entretenidas y divertidas, y que le hacían sonreír y sentir calor por dentro.

Y era allí adonde iba ahora.

A la casa del bosque.

La había descubierto por casualidad.

Y desde entonces iba siempre que se atrevía…

Porque podía mirar por las ventanas.

Y a veces el hombre que vivía allí tenía el televisor encendido.

Ella se sentía culpable, pero aun así no podía dejarlo.

La última vez se había acercado hasta la misma ventana.

Había sido muy entretenido.

Había visto un muñeco que era una rana y que hablaba con una muñeca cerda, que era una especie de princesa, porque llevaba un vestido rosa precioso, y podía hacer desaparecer las cosas al agitar una varita mágica.

La niña levantó la vista hacia el débil sol y calculó.

Sí, podría hacerlo.

Llegaría a tiempo para la cena sin problemas.

Lydia Clemens sonrió para sí, devolvió la flecha al carcaj, se fijó el arco sobre el pecho y echó a caminar deprisa por el húmedo cenagal, hacia el bosque del otro lado.

12

La mañana del martes. Cuarenta y ocho horas. Fredrik Riis estaba en el ascensor, subiendo a la tercera planta, y no recordaba la última vez que había dormido tan mal. Normalmente no le molestaban esas cosas. La primera vez que había visto un cadáver, bueno, claro que había reaccionado. Se trataba de una señora mayor, asesinada en su propia cama en el barrio de Sagene, y había sido uno de los primeros en llegar al lugar de los hechos, pero aquello era diferente. Pulsó el botón del ascensor y trató de recomponerse. Vio una imagen de su propia cara en las brillantes puertas, pero se giró hacia otro lado, igual que había hecho en el baño de su casa hacía poco, cansado, mientras buscaba el cepillo de dientes. No tenía fuerzas para mirarse en el espejo. Fredrik no era capaz de olvidar lo que había visto en el pequeño cobertizo de la fuente. Era casi irreal, como algo que solo salía en las películas, algo tan malvado y oscuro. No había estado preparado, había derribado todas sus defensas, y desde entonces el recuerdo de los detalles no le dejaba en paz. Dos horas. Quizá tres. Había dado vueltas en la cama, casi desesperado. Sabía muy bien qué día era, y que necesitaba estar fuerte. La puesta al día después de cuarenta y ocho horas. El paso de los primeros dos días siempre suponía un punto de inflexión. Había colaborado con Munch en cinco casos, y el proceso que su habilidoso jefe seguía siempre era el mismo. No había que formular conclusiones en los primeros dos días. Solo se recogía información. A menos que hubiera pistas claras, algo que investigar. Fredrik había reaccionado con un poco de impaciencia en el primer caso, cuando Munch se mostraba tan tranquilo mientras él estaba con los nervios a flor de piel. Una señora mayor, asesinada en su propia casa, ¿por qué no hacían nada? Lo que fuera. Pero se había dado cuenta de que las cosas no funcionaban así. «No es una carrera de cien metros lisos, es un maratón». Fredrik Riis acabó mirándose en las brillantes planchas de metal cuando la campanilla anunció la llegada del ascensor, solo para comprobar que no tuviera un aspecto cadavérico total, porque era así como se sentía. ¿Esta vez iba a tocarle a él? El síndrome. Había oído historias sobre investigadores curtidos que, después de diez años sin reacciones, de repente se hundían por algún caso que se les había metido en los huesos. ¿Iba a pasar con ese caso? ¿A él?

Agachando la cabeza. Entrando por la puertecilla.

El olor.

No sabía a qué olía, pero algo era.

El frío.

Algo podrido.

Inhumano.

Revistas en el suelo. Mujeres desnudas en la portada. Probablemente un señuelo, revistas eróticas, interesantes para críos de once años.

Las botellas a lo largo de una de las paredes. Coca-Cola.

Refrescos de sabor naranja.

Bolsas vacías.

Habían contenido chuches.

Le había dado una arcada.

Fredrik Riis se metió la camisa en el pantalón, se peinó el flequillo rubio hacia un lado y trató de poner una cara medianamente normal cuando las puertas del ascensor se abrieron ante él.

La sala de reuniones. Intentó no mirar de manera directa las nuevas fotografías que colgaban de la pared y encontró una silla al fondo de la sala. Le duraría poco, ¿no? Un pequeño *shock*, nada más. Se le pasaría.

Todo el mundo estaba presente. Y fue un alivio para él, de algún modo extraño, que todos estuvieran allí. Que lo afrontaran juntos.

—Vale, todo el mundo —dijo Munch con impaciencia, de pie al lado de la pantalla; él tampoco parecía haber dormido mucho.

El pelo revuelto. El mismo jersey gris y pantalón de terciopelo marrón que el día anterior. El jefe se rascó la barba poco antes de estirar el brazo en busca del mando del proyector.

Una imagen de los dos chicos salió en la pantalla.

—Ruben Lundgren. Once años. Tommy Sivertsen. Once años.

Otra fotografía, esta del campo labrado.

—Encontrados en un campo a unos cientos de metros de su casa. Ruben estaba desnudo. Tommy llevaba los calzoncillos puestos.

Una nueva imagen. Esta vez más de cerca.

—Los dos chicos fueron estrangulados, probablemente con un cable, tal vez hilo de pescar.

Otra fotografía.

—Según Wik no hay señales de abuso sexual; los cuerpos tampoco presentan señales de lesiones externas.

Munch volvió a pulsar el botón, y Fredrik tuvo que apartar la mirada un momento. El interior del cobertizo de la fuente.

—Encontramos esto a cuatrocientos metros del lugar del hallazgo.

Más imágenes. Primeros planos de los diferentes objetos.

—En las botellas de refrescos y las botellitas de alcohol encontramos restos de Rohypnol y Valium.

—Qué hijo de puta.

Fue Karl Oxen el que rompió el silencio.

Anette Goli lo miró y se llevó un dedo a los labios, pero el musculoso investigador no pudo dejarlo.

—Me cago en la puta. ¿Chuches, alcohol y porno? ¿Aprovechándose de ellos mientras estaban sedados?

—Karl —lo interrumpió Munch.

—Ya, pero joder. ¿Quién coño...?

Karl Oxen.

La persona con la que Fredrik tenía menos ganas de trabajar. Había sentido una pequeña punzada cuando se enteró de que el viejo boxeador también iba a formar parte del equipo. En realidad no entendía por qué. Munch siempre prefería la inteligencia a los músculos, ¿no era así? Grønlie, por poner un ejemplo. Anette Goli. Katja van den Burg. Bueno, él mismo. ¿El hombre fornido de uno noventa, con bigote y tatuajes de marinero, que vestía como si fuera un leñador canadiense? Eso sí, el tipo tenía sus méritos. Karl Oxen. El policía que conocía a prácticamente todos los criminales de bandas organizadas de la región de Østlandet. Los clubes de moteros. Por algún motivo, se habían encariñado con Oxen, considerándolo uno de los suyos. Por norma odiaban a la policía como la peste, pero con Oxen no les importaba hablar. Si se había cometido un crimen o habían interceptado un camión lleno de pastillas en la frontera, Oxen solo tenía que hacer un par de llamadas y en nada se enteraba, al menos, de quién no lo había hecho. Un hombre muy especial, por supuesto, y un recurso importante como agente. Pero ¿en esa unidad? No, a Fredrik todavía le costaba hacerse a él.

En cualquier caso, Oxen había expresado lo que todos los presentes sentían.

—No hay que sacar conclusiones prematuras, pero tiene pinta de que ocurrió así —dijo Munch, y volvió a pulsar el botón.

Un plano general.

El campo labrado.

El viejo bosque.

La cantera de arena.

El campo de tiro.

—Como podemos ver, el cobertizo de la fuente está aquí. Oculto por el bosque. No se ve hasta que uno se acerca mucho. Como decía Karl, puede parecer que el autor del crimen los trajo hasta aquí y los drogó. Después los estranguló, les quitó la ropa y los llevó hasta el campo, donde los colocó tal y como quería que fueran a encontrarlos.

—¿En la furgoneta blanca? —preguntó Ludvig Grønlie, que estaba junto a la pared con su portátil en las manos.

—Posiblemente —dijo Munch, y volvió a pulsar el botón—. Como ya sabéis, hemos obtenido un total de cuatro identificaciones de un vehículo comercial de este tipo. Una Peugeot Boxer.

Una imagen de una furgoneta blanca apareció en la pantalla.

Munch pulsó el mando varias veces para regresar al plano general.

—Las identificaciones se han efectuado aquí. El sábado hacia las 16.00. Y aquí, el sábado a las 20.00. Y luego aquí de nuevo, la madrugada del domingo, hacia la una, y finalmente aquí, el domingo a las siete de la mañana.

—¿Creemos que los tuvo allí toda la noche? ¿En el cobertizo?

Esta vez era Katja van den Burg, con una expresión más seria que de costumbre. A diferencia de lo que ocurría con Oxen, Fredrik se había alegrado de la oportunidad de trabajar con la alta holandesa. Habían congeniado desde el primer momento en Grønland. No sabía exactamente cómo había acabado en Noruega, pero se decía que había conocido a un noruego durante el servicio militar, en Afganistán, y después se había dado cuenta de que amaba más el país que al hombre. A esas alturas hablaba bien la lengua, con el acento lento y un poco entrecortado que a menudo tienen los extranjeros. Su belleza llamaba la atención, tenía el aspecto típico holandés, era alta y delgada y con pómulos prominentes. Movía los brazos y las piernas sin parar, y siempre estaba dispuesta a soltar algún comentario ácido. Se habían echado unas buenas risas juntos muchas veces; de hecho, Katja era la única del equipo con la que quedaba fuera del trabajo. No por los sellos. Había negado con la cabeza y le había preguntado cuántos años tenía, cuando en una ocasión mencionó que acababa de conseguir un Rey Haakon azul verdoso de 1910 y un Lærdal sellado de veinte peniques de 1885, que estaba en camino.

Las películas, más bien. Era así como pasaban el tiempo juntos. Se sentía tan a gusto con ella que durante un tiempo llegó a pensar que estaba un poco enamorado, pero una noche, cuando se le había sentado un poco demasiado cerca en el sofá, ella lo había apartado con una expresión casi irónica en la cara. «¿En serio, Frikk?». Aunque no por ello había dejado de ir. Afortunadamente. Había sido hacía tiempo ya. Daban *2001: Una odisea del espacio*, de Kubrick, en los cines Gimle, y tenía pensado preguntarle si quería ir, pero, bueno, ya no iba a hacerlo, claro.

Tenían mejores cosas que hacer.

—Bien, podemos suponerlo, pero no lo sabemos seguro —dijo Munch, y puso otra diapositiva.

En la pantalla se leía «Sospechosos».

—¿Ludvig?

—Hemos dado con una lista de un total de catorce candidatos que estaban a una distancia razonable en el momento del crimen. Se trata de pedófilos condenados y otros que han aparecido bajo nuestro radar.

—Como ya sabéis, tenemos un equipo trabajando para nosotros en Grønland —le interrumpió Anette Goli—. Reciben mensajes y avisos de la gente.

—Tras comprobar los datos de estas personas —continuó Grønlie—, tenemos a una persona en concreto que parece muy interesante.

Munch proyectó otra imagen en la pantalla.

—Philip Pettersen.

La fotografía mostraba a un hombre de unos cincuenta y pico años, con el pelo ligeramente canoso y las cejas espesas. La imagen tenía bastante grano, parecía sacada desde una distancia considerable.

—Varias personas nos han hablado de este tal Pettersen —explicó Anette Goli, ojeando sus papeles—. Antes era bedel en la escuela de Finstad, a la que iban nuestros chicos, pero lo despidieron hace unos años después de varias denuncias por «comportamiento inapropiado». No tenemos acceso a todos los detalles, pero según varios lugareños, es decir, la gente que nos ha llamado, se trataba entre otras cosas de vídeos de niños en las duchas e intentos de ponerse en contacto con varios alumnos fuera del horario escolar.

—Lo dicho: cuando miramos lo que teníamos sobre Philip Pettersen en nuestros archivos, encontramos varias cosas —continuó Grønlie—. No había condenas, pero en total cuatro denuncias.

—¿Por qué? —preguntó Katja.

—El mismo tipo de comportamiento. Invitaciones a niños a subir a su casa, merodeos por los parques infantiles, esa clase de cosas. Pero nunca fue condenado.

—Uno podrá pasar un rato en un parque infantil, ¿no? —dijo Oxen con un tono un poco ácido, levantando las palmas de las manos a la altura del pecho.

—En efecto —continuó Goli—. Por eso no está en la cárcel, pero generó cierta preocupación y acabaron despidiéndolo de la escuela.

—Bien —dijo Munch, y volvió a pulsar el botón—. Philip Pettersen. —Alzó la vista hacia los reunidos—. Hemos tenido a una patrulla siguiéndolo durante casi veinticuatro horas. Y hoy queremos ir a hablar con él.

—Disculpadme —le interrumpió Anette Goli—. Se me ha olvidado decir que Pettersen tenía su domicilio registrado en Gotemburgo. Es decir, a tan solo una hora de distancia del lugar de los asesinatos anteriores. Cambió de domicilio oficialmente, a ver, un momento…

Volvió a consultar sus papeles.

—Sí, registró otra vez un domicilio en Noruega cuando volvió a Lørenskog en agosto de 1993, poco más de un mes después de los asesinatos de Suecia.

Se extendió un murmullo tenue entre los reunidos.

—En resumen —dijo Munch—: Philip Pettersen, 51 años de edad, antiguo bedel. Luego hablamos de cuántos vamos a acercarnos a él; os avisaré de cómo lo haremos y de quiénes asumirán papeles activos.

Tras la tensión hubo una especie de risas. El propio Fredrik Riis podía sentirlo, una leve sonrisa en la cara cansada.

Por fin tenían algo.

—¿Puedo? —comenzó Oxen, pero se vio interrumpido.

—Lo dicho: yo os comunico cómo lo hacemos y quiénes van, pero debo deciros que tengo un presentimiento ligeramente positivo.

Munch ya casi sonreía a la luz del proyector.

—Mientras tanto, sigamos. La demografía en torno a nuestras víctimas. Familias. Amigos. Profesores. ¿Quién tiene algo sobre eso?

Fredrik y Katja levantaron las manos al mismo tiempo.

—¿Sí, Katja?

—Tommy Sivertsen vivía solo con su madre, Hanna Sivertsen. Como creo que ya sabéis, iba a ir a buscarla al aeropuerto, pero tuvo una indisposición y no quisieron dejarla subir al avión. Ahora mismo está en…

Hojeó su cuaderno rápidamente.

—En el hospital Vithas de Alicante. Anoche hablé con un médico de allí. No quería decir gran cosa, pero he estado en contacto con un representante del Ministerio de Asuntos Exteriores que viajará al lugar hoy. Me mantendrá informada.

—Bien. —Munch asintió con la cabeza.

—En cuanto a otros miembros de la familia, no he encontrado a casi ninguno. Da la impresión de que nadie sabe dónde está el padre, y Hanna, la madre, tiene una hermana que vive en la región de Finnmark, pero parece que hace mucho que no se hablan.

Hojeó el cuaderno un poco más.

—En cuanto a los vecinos, los que se suponía que debían cuidar al niño, han cambiado ligeramente su versión. Ahora dicen: «Sí, íbamos a hacerlo, pero no sabíamos que era esta semana...». —La holandesa levantó la cabeza y se llevó a una botella imaginaria a los labios—. Estaban muy espesos. Me costó entrar en el piso de las botellas vacías que tenían.

—Vale. Muy bien, gracias —dijo Munch, y estuvo a punto de seguir con la lista que tenía delante cuando de repente le sonó el móvil.

Lo miró y se formó una sonrisa en sus labios.

—Vamos a dejarlo por un momento. Hacemos una pausa de cinco minutos, y después os presento a alguien, ¿vale?

13

Mia Krüger estaba en el despacho de Munch, un poco sobrecogida por lo que había vivido durante la última hora. Se había paseado por la calle Majorstuveien durante horas, sin encontrar nada con un mínimo de interés. Se había echado en la cama, agotada, en un piso afortunadamente vacío —sus compañeras fiesteras ya habían dado la noche por terminada—, otra vez con la leve sensación de que la habían engañado. Polly. La drogadicta de Bergen. Mia seguía siendo un poco inocente, al parecer. Por pensar que la gente de la plaza podía tener algún interés en ayudarla. Uno se lo había dicho sin tapujos una noche. «No puedes fiarte de los yonquis. Hacemos cualquier cosa, decimos cualquier cosa, a cambio de un chute. Es lo único que nos importa. Por desgracia». Una sonrisa torcida sobre unos dientes marrones y una mano extendida. Le había dado unas coronas. «¿Una de las que viajan?». ¿Qué significaba eso? Probablemente se lo habría inventado.

Mia se había dormido con las imágenes de la escayola en la cabeza. De todos los nombres. Y esa letra, algo apartada, en una esquina inferior y con un punto.

W.

«Tenemos una puesta al día a las nueve».

«¿Vienes?».

Cuando se despertó, se sentía casi extrañamente descansada.

Por Dios, Mia.

¿En qué estabas pensando?

«Por supuesto que vas a aceptar».

El tranvía estaba lleno de caras que no parecían alegrarse de la llegada del nuevo día. Pero ella había sonreído durante todo el trayecto. Notaba que el corazón le latía con fuerza bajo la cazadora de cuero. Se había parado junto a los pilares del portal, mirando la fachada alta de color crema con una actitud casi reverencial. Llegaba un poco tarde, pero a Munch no le molestó. Tenía una gran sonrisa en medio de la barba cuando salió del ascensor. Casi parecía que quisiera darle un abrazo.

«Bienvenida, Mia».

«Qué bien».

«Me has alegrado el día».

«Ven, te presento a todo el mundo».

Experimentó una extraña timidez al dar la vuelta por la gran sala de reuniones. Había nuevas fotografías en las paredes. Con motivos pornográficos. Botellas de refrescos.

Le había costado mantener la concentración. Manos que estrechaban la suya. Saludos de cabeza. Sonrisas.

«Katja».

Alta como una atleta olímpica.

«Hola, hola».

Fredrik.

Trajeado y con una sonrisa bonita.

«Muy buenas».

Karl Oxen.

Una voz grave y un ancla en el antebrazo.

Ludvig y Anja.

«Hola, ya nos conocemos».

Anette Goli.

La misma cara de empleada de banca, pero con una expresión mucho más amable.

«He redactado un borrador de contrato para ti. Podemos hablar de ello después de la reunión».

Y luego tuvo que someterse a la misma prueba.

En esta ocasión delante de un grupo entero.

Las fotografías, otra vez.

Munch había preparado una serie de fotografías especialmente para ella. Actuaba casi como un padre orgulloso junto a la pantalla, mientras pulsaba el botón del mando y comentaba las cosas que salían. Con la luz del proyector en la cara.

No tenía la sensación de estar en un circo. Afortunadamente.

Había tenido la extraña sensación de que todo estaba en su sitio. Como si esta vez fuera de verdad. Que iba en serio.

La habían recibido con los brazos abiertos, y le costaba acostumbrarse a ello, era casi demasiado.

—Me dije: voy a jugármela. —Tras el escritorio, Munch sonrió con un cigarrillo sin encender colgando de la comisura de los labios y sacó algo de un cajón.

Dejó sobre la mesa una tarjeta con una cinta para colgar alrededor del cuello.

—¿Para mí?

—Si vas a trabajar aquí, necesitas una tarjeta de identificación. Y, sobre todo, una de estas.

Abrió otro cajón con llave y puso una pistola encima de la mesa.

—¿Estás familiarizada con ella?

—Sí.

No parecía del todo satisfecho con la respuesta, así que Mia continuó:

—Una Glock 17, sistema Safe Action, 9 mm. Diecisiete balas en el cargador, con opción de hasta 33. Fabricada en Austria por Glock Ges. Un arma de fuego muy utilizada en todo el mundo, sobre todo por las fuerzas armadas. Popularizada por Bruce Willis en la película *Jungla de cristal 2*.

—Eh…

—Ya. Sé que se dice que es una Glock 7, pero es una 17. De cuarta generación. Como esta.

Mia hizo un gesto hacia el arma con la cabeza y se sacó un caramelo del bolsillo. Munch esbozó una sonrisa.

—Lo que quería preguntar era si sabes disparar.

—Ah, bueno, perdón. Sí, sé disparar. Pero la policía de Noruega no lleva armas, ¿no?

Munch volvió a sonreír y sacó un clip del cajón.

—Sí, sí. Te darás cuenta de que tenemos muchos privilegios aquí; es una de las razones por las que estamos separados del resto. Esto, entre ellas.

Puso algo en una nota y se la pasó.

—¿Qué es esto?

—Es tu sueldo.

Entonces le tocó a ella callarse.

—¿Suficiente?

Munch volvió a sonreír y se inclinó hacia atrás.

—Eh, sí, por Dios…

—Anette se pasará luego con tu contrato. ¿Estamos de acuerdo, entonces? —Otra sonrisa, y le tendió la mano por encima del escritorio—. Bienvenida al equipo. Te hemos preparado una oficina, está en la esquina, justo al final del pasillo. He pedido a Ludvig que te saque lo más importante de Suecia, para que tengas algo con lo que abrir boca. También tendrás una carpeta con información sobre Philip Pettersen, lo que tenemos a día de hoy. Algo me dice que tal vez no tenga nada que ver con esto, pero por algo hay que empezar.

Siguió a su nuevo jefe hasta el pasillo.

—Me avisas si necesitas alguna otra cosa, ¿vale?

—De acuerdo, muchas gracias. —Mia asintió y echó a andar cautelosamente por el pasillo en busca de su despacho.

14

Fredrik Riis se encontraba fuera de la sala de profesores de la escuela de Finstad. En realidad estaba muy contento con la tarea que Munch le había encomendado. La escuela. Los maestros. Los alumnos. La gente que había rodeado a esos dos chicos, que ya no estaban allí. Una triste bandera noruega a media asta, ondeando con la brisa primaveral, y el ambiente dentro del edificio amarillo era igual. Una conmoción silenciosa. La directora hablaba en voz baja en su oficina. «Silje le recibirá: le he dicho que esté a su disposición en cuanto termine con una clase de quinto. Silje Simonsen. Tutora de 6.º B. Está al tanto de casi todo. Hemos hablado sobre el secreto profesional, pero los policías que vinieron ayer nos dijeron que deja de ser válido si hay víctimas mortales, ¿es así? He hablado con Educación, e iban a mirar el tema, pero nos dijeron que se suspendía dentro de unos límites razonables. No es que tengamos nada que ocultar, pero hay cosas que hay que respetar, ¿verdad? Por el bien de nuestros alumnos. Y de los padres. Por cierto, ¿sabe algo sobre el funeral? Todo el mundo quiere participar, claro, pero tenemos trescientos alumnos y treinta maestros, y entiendo que no cabemos todos en la iglesia». En condiciones normales, la mujer, de cincuenta y algo, con el pelo corto y gafas con montura de plástico blanca, seguramente sería bastante estricta. Ahora tenía la mirada perdida y asumía una autoridad que en realidad no tenía fuerzas para sostener, según parecía. Una directora que había perdido a dos de sus alumnos. «No tardará más que unos diez-quince minutos. ¿Quiere tomar algo? ¿Un vaso de agua? ¿Una taza de café?».

Fredrik Riis declinó ambas ofertas y se acordó de que había prometido llamar a la familia.

El funeral.

En realidad, los forenses habían terminado con sus pesquisas, pero Munch les había dicho que necesitaba más información y que no iban a entregarles los cuerpos hasta dentro de unos días.

Le sonó el tono de mensajes en el bolsillo, al tiempo que se activaba la sirena de la escuela. Las puertas se abrieron con cuidado, y unos niños callados salieron a ponerse los abrigos antes de encaminarse hacia las puertas de salida.

«¿Te veo esta noche?».

Riis suspiró y negó con la cabeza.

—Hola. ¿Quería hablar conmigo?

Una mujer rubia que cargaba con un montón de libros le observó con curiosidad. Fredrik se levantó, asintiendo con la cabeza.

—Soy Fredrik Riis.

—Silje.

—¿Hay algún sitio donde podamos…?

—Sí, claro —dijo la maestra con una sonrisa, y le guio hasta una habitación que daba al pasillo.

Tres mesas, dispuestas de modo que se habían creado seis puestos de trabajo. Las mesas estaban completamente atestadas. El sistema educativo noruego, probablemente de los mejores del mundo, pero aún tenía recursos escasos; hacía unos días había leído en la prensa que estaban organizando una huelga. Esta vez no era para reivindicar la necesidad de mejorar sus sueldos, sino de adquirir nuevos libros de texto. En los casos más cantosos, el rey Olav seguía siendo el rey, y Ronald Reagan, presidente de Estados Unidos, y en un libro sobre economía doméstica, los alumnos podían leer que era importante que una mujer supiera manejarse bien en la cocina. Así que, sí, los entendía muy bien. Parecía que aún no iban a iniciar la huelga, porque todavía había gente en la pequeña sala de profesores, pero la directora los habría avisado y poco después ya estaban solos ahí dentro.

—¿Quiere algo? ¿Un café? ¿Una taza de té?

Fredrik Riis no tenía esa mirada de policía de la que hablaba todo el mundo, la capacidad de captar todos los detalles y describir hasta los rasgos más nimios de una cara. Eso le había costado bastante esfuerzo, las pocas veces que lo habían trabajado en la academia. Quedarse con las características físicas, y describirlas posteriormente, no era su fuerte. Siempre se concentraba en cómo se sentía cuando estaba cerca de otras personas, enseguida comenzaba a pensar en quiénes eran, por qué y cómo habían acabado donde estaban. Qué era lo que les había motivado a tomar un camino en la vida. Cómo habían sido cuando eran niños o adolescentes. Ese tipo de cosas. Qué hacían en sus casas. Cuando nadie los veía.

En una ocasión, unos años antes, Munch se había abstenido de echarle una reprimenda, aunque sí había soltado un resoplido, cuando le pidió que describiese a un hombre mayor al que acababa de interrogar en relación con un caso. Así que Fredrik se había esforzado y se había entrenado un poco.

Silje Simonsen era una mujer guapa de unos treinta y pico años. Ojos azules y el pelo rubio ceniza que le llegaba justo a la altura de los hombros. No llevaba anillo, por lo que quizá no estuviera casada. Riis echó una ojeada a la mesa rebosante, y no vio fotografías ni de hombres ni de niños. Llevaba una chaqueta de algodón beis sobre los delgados hombros. Vaqueros desgastados en la zona de las rodillas, zapatillas de deporte planas, unas Adidas rojas. Tenía pecas.

—No nos llevará mucho tiempo —explicó Riis, y se sacó la fotografía del bolsillo de la americana.

Ella la miró, algo sorprendida.

—¿Por qué…?

—Esto es confidencial, así que le pediría que no mencione a nadie lo que va a ver, ¿le parece bien?

—Por supuesto —dijo cautelosamente, asintiendo con la cabeza.

—Lo que quiero que haga en concreto, si puede, es identificar todas las firmas de esta escayola.

—¿Decir quién ha escrito en ella?

—Sí. ¿Cree que podrá hacerlo?

Cogió la fotografía y la observó más de cerca, con expresión de curiosidad.

—¿Ya reconoce alguna de las firmas?

—¿Cómo? Sí, claro. Aquí tenemos a Trond, a Sylvia, a Bente, a Einar… pero ¿por qué…?

Fredrik podía ver en su cara que ya había dado con la respuesta a su propia pregunta.

«Creemos que el autor del crimen la ha firmado».

—¿Estoy buscando…?

Frunció el ceño con gesto serio y cerró la boca, apretando los labios.

—No lo sabemos. Solo queremos, bueno, es algo que queremos aclarar. No puedo decir mucho más.

—Por supuesto —murmuró Silje, y volvió a escrutar la fotografía—. Creo que ya reconozco la firma de casi todos. Son como un equipo, ¿sabe? En la clase. Los chicos juegan en el mismo equipo de fútbol. Tres de ellos también hacen esgrima.

—¿Ruben hacía esgrima?

—Sí.

Riis se sacó el cuaderno del bolsillo y cogió un bolígrafo de una taza que había en la mesa.

—¿Esta será la hermana, entiendo? —Sonrió con reservas y señaló con el dedo en la foto.

«Sanne».

El nombre estaba escrito con letras inequívocas, el primer contacto con el alfabeto de una persona de cinco años.

—La única persona que no sé quién podría ser es esta… —Señaló la imagen de nuevo y lanzó una mirada inquisitiva hacia Fredrik—. ¿W?

—¿No es de la clase?

Simonsen reflexionó un momento.

—No… No tenemos a ninguno que empiece por W.

Se abrió la puerta, y una cara un poco sorprendida se disculpó y estuvo a punto de cerrarla de nuevo.

—Hola, Konrad, ¿tenéis a alguien que empiece por W en A?

—Eh, ¿cómo?

—¿Tenéis algún alumno de 6.º A cuyo nombre empiece por W?

—No…

—¿Y en 6.º C?

—Eh, no lo sé, ¿por qué…?

Riis cogió la fotografía y la puso boca abajo. Sonrió y señaló con la cabeza hacia el profesor recién llegado, que captó la indirecta y volvió a cerrar la puerta.

—Bueno, como le decía antes…

—Oh, lo siento —dijo Silje Simonsen—. No estaba pensando, he actuado por impulso…

—No pasa nada. Pero ya sabe cómo se extienden los rumores, ¿verdad? De momento preferimos mantener estas cosas en secreto.

—Pero ¿están buscando a alguien con un nombre que empiece por W?

—Eso no lo he dicho. Simplemente queremos saber quién firmó la escayola de Ruben. No tiene por qué ser importante. Puede que no tenga relevancia alguna. Puede que sea la firma de un mendigo al que le dio dinero. O la de un chico de la tienda donde compraba chicles. Si averiguamos quién es, podemos concentrarnos en otras cosas. ¿De acuerdo?

—Entiendo —dijo Silje Simonsen con cara seria, y metió la fotografía en un libro de la mesa, como para dar a entender que esas cosas se quedaban entre ellos.

—¿Dónde ocurrió?

—¿El qué?

—¿El brazo? ¿Cómo se lo rompió?

Ella lo miró con sorpresa.

—¿No lo saben?

—¿No?

—Bueno, pues fue un drama por aquí, quiero decir, antes de que...

—¿Sí?

—El asunto salió en la prensa y todo. De hecho, Ruben se hizo famoso, al menos aquí en la escuela.

—¿Por?

—Porque tuvo mucha suerte, claro.

Lanzó otra mirada inquisitiva a Fredrik, casi incrédula, como si no se creyera que no estuviera al tanto del asunto.

—¿Sí? ¿Se cayó de algún sitio o...?

—Ah, no. Un coche chocó con el coche en el que iba Ruben. Tuvo mucha suerte. Tuvieron que cortar el coche para sacarlo.

—¿Dónde pasó esto?

—Junto al restaurante Grillen.

—¿Y eso está...?

Silje sonrió levemente.

—Lo siento, me olvido de que no todo el mundo conoce estas cosas. Este es un lugar muy pequeño.

—Bien, el Grillen. ¿Un sitio de comida rápida?

—Sí, el local está en el cruce de Gamleveien con Nord-liveien. Su padre había aparcado el coche. Ruben estaba en el asiento de atrás. Dicen que llegó un coche a toda velocidad por la plaza y le dio de lleno. Después se fue. Fue una noticia importante por aquí hace unas semanas. Decían que había tenido mucha suerte de romperse solo el brazo. Podría haber sido mucho peor.

—Así que... ¿un *hit-and-run*?

—Soy profesora de noruego, así que recomendaría decir que el conductor se dio a la fuga, pero sí. —Simonsen sonrió.

—¿Y nunca encontraron al otro conductor?

—Que yo sepa, no. Pero... —Parecía reacia a seguir.

—¿Qué?

—No...

Tenía una expresión de inseguridad en la mirada. Como si no estuviera segura de si debía decir lo que estaba pensando.

—¿Saben...? No sé cómo decirlo. Están al tanto de lo del padre de Ruben, o... ¿no se han enterado, quizá?

—¿Qué quiere decir?

—Bueno, que...

La profesora no pudo seguir. De repente se abrió la puerta y volvió a aparecer la directora con aquellas gafas blancas.

—Siento mucho interrumpir, pero Ragnar ha tenido que irse a casa. ¿Crees que puedes ocuparte del C? Ya llevan diez minutos solos, y no encuentro a nadie más —dijo sonriendo, como si quisiera disculparse.

—Por supuesto —contestó Simonsen—. ¿Qué tienen?

—Religión, pero, bueno, haz lo que puedas.

Lanzó otra mirada de disculpa, y después se marchó.

—Lo siento —dijo Silje y se levantó.

—Lo entiendo perfectamente —contestó Riis y se sacó una tarjeta de visita del bolsillo—. ¿Cree que podría llamarme después? ¿Esta noche? ¿O cuando encuentre un momento?

—Sí, claro, lo haré.

Simonsen sonrió y desapareció por la puerta.

Para cuando Fredrik llegó al parking y se encontraba delante de la triste estampa de la bandera a media asta, el móvil ya le había vibrado varias veces en el bolsillo. El mismo mensaje.

«¿Por qué no?».

«¿Por qué no?».

Fredrik reflexionó un momento antes de contestar a regañadientes.

«Porque estás casada, ¿vale?».

Arrancó el coche y se dirigió hacia el Grillen Gatekjøkken.

15

Ludvig Grønlie llevaba la misma ropa que el día anterior, y Mia comprendió el motivo cuando ocultó un bostezo y se quedó quieto en la pequeña habitación, con expresión ausente. No había dormido mucho. Se había pasado toda la noche allí. Mia casi se sintió culpable. Era por ella. Al parecer Munch ya sabía que iba a aceptar cuando le llamó en medio de la noche. Que iba a decir que sí al trabajo. Grønlie esbozó una sonrisa cansada y se pasó una mano por el ralo pelo, antes de hacer un gesto hacia las carpetas que había dejado colocadas pulcramente encima de la mesa. Llevaba la corbata roja de punto medio desanudada bajo el cuello de la camisa azul, que le colgaba arrugada por encima de la cintura. Calzaba unas zapatillas de cuadros, y eso hizo pensar a Mia que Ludvig Grønlie tal vez no fuera muy activo fuera de la oficina, corriendo armado por ahí; seguramente se pasaría la mayor parte del tiempo aquí.

—No hagas mucho caso a la gente —dijo Grønlie y apoyó el trasero en la mesa.

—¿A qué te refieres?

—Si te llega algún comentario sobre la rapidez con la que has sido contratada. No todos los que trabajan aquí son buena gente. La envidia. Ya sabes cómo es.

—No, la verdad es que no —dijo Mia con cautela.

Grønlie sonrió levemente.

—No, tienes razón, claro. ¿Cuántos años has dicho que tenías?

—Veintidós. Dentro de poco.

—Ah, los veintidós —dijo Grønlie con voz soñadora, y se quitó las gafas otra vez—. La juventud. Sin preocupaciones. Sin responsabilidad. La inocencia. La búsqueda del amor. La fe en que el mundo sigue siendo un lugar bueno. En que puedes marcar la diferencia. Disfrútalo mientras puedas.

—Eh, gracias, creo —contestó Mia con una pequeña sonrisa.

—Je, je. —Grønlie se rio y volvió a ponerse las gafas—. No me hagas caso. Me pongo algo existencialista cuando estoy cansado.

—¿Te ha tenido despierto?

—Me llamó a las doce y media. Dijo que ibas a empezar. Quería que tuviese todo preparado.

—Vaya.

—No, no pasa nada, en serio. Hay que elegir en esta vida. Y después ser consecuente con tus decisiones. Podría haber sido pescador. Levantarme a las cinco de la mañana, ser dueño y señor de mí mismo en el mar. O quizá pastor de la iglesia. Soltar un sermón sobre los pecados de la humanidad y tomarme el resto de la semana libre. Pero resulta que estoy aquí. Munch es el jefe. Yo obedezco. Lo he elegido libremente, por lo que no puedo quejarme.

Grønlie parpadeó y se rascó la frente.

—¿Qué te estaba diciendo?

Mia sonrió y le pasó la taza de café que en realidad había cogido para ella de camino al despacho.

Lo recibió y se quedó callado otra vez, mirando la habitación con cierta confusión en la cara.

—¿Las carpetas?

—Sí, claro. Munch quería que te hiciera un pequeño resumen, pero aún no he llegado ahí. Ocho años de investigación, por Dios, no puedo ni imaginarme cómo tuvo que ser para ellos. Afortunadamente alguna persona inteligente organizó el material en función de su prioridad; si no fuera por eso, estaríamos aquí hasta Navidad solo para poner orden a todo.

—Entonces ¿qué es lo que me has traído? —preguntó Mia y miró la mesa con curiosidad.

—Es lo más importante que hemos encontrado hasta ahora —explicó Grønlie, y dio un sorbo al café—. En la primera tenemos a los sospechosos. No son pocos, pero hemos reducido la lista a tres, los tres más investigados a lo largo de los años. De hecho, intentaron llevar a dos de ellos a juicio, pero el fiscal regional no lo permitió en ninguna de las dos ocasiones. La desesperación, Mia. Sé que acabas de llegar, literalmente, y que todo puede parecer muy guay ahora mismo, pero espera a que pase una semana. Dos semanas. Un mes. Un año…

Grønlie alzó las cejas.

—Comprendo.

—El primer caso con el que trabajé, hace casi treinta años, nos llevó cinco años.

—Tanto, ¿eh?

—Y todavía me pregunto cómo lo conseguimos al final. Pura suerte. Se entregó. Un golpe de cargo de conciencia. Si no hubiera dicho nada, ¿quién sabe si habríamos llegado a resolver el caso?

—Esta vez no lo hará —dijo Mia y abrió la primera carpeta.

—¿El qué?

—Entregarse.

—¿No? ¿Cómo puedes estar tan segura?

—Es solo una sensación. —Puso las fotografías juntas encima de la mesa—. ¿Son estas tres?

—Así es. —Asintió Grønlie, el café parecía haberle espabilado un poco—. He quitado todo de las paredes, por si quieres componer tu propio sistema.

Hizo un gesto hacia el celo, que estaba al lado del ordenador apagado.

Mia colgó la primera fotografía en la pared junto a la ventana.

—Steinar Svensson —dijo Grønlie, dejando la taza en la mesa—. Fontanero. Había realizado unas obras en casa de la familia Hellberg unas semanas antes de los crímenes. Además, fue visto en el lugar de los hechos la noche antes de que encontrasen a los chicos. En su casa descubrieron una habitación con revistas, fotografías, bueno, ya sabes. Resulta que no era el típico ciudadano medio el tal señor Svensson. Había viajado a Tailandia nueve veces en los últimos años. No pudieron relacionarlo con nada estrictamente ilegal allí, solo eran suposiciones.

—¿No había pruebas técnicas?

Grønlie negó con la cabeza.

—Extraño, ¿verdad? Esos lugares de los hechos tan limpios. Ni un cabello. Casi parece que sabe lo que está haciendo, ¿verdad? —Levantó las cejas con una expresión inquisitiva y estiró la mano en busca de la taza de café otra vez.

—¿En qué sentido? —preguntó Mia con curiosidad.

—Bueno, diría que en muchos. Por lo general, son lo que los vincula definitivamente al crimen. Sangre. Semen. ADN extraído de un cabello. En un caso en el que trabajé una vez, el autor del crimen había escupido a la víctima. Incluso yo me quedé impresionado por las cosas que los técnicos pudieron sacar de eso. Olvídate de todo lo que has leído o visto en la tele, Mia. Somos mejores de lo que la gente piensa. Encontrar una aguja en un pajar, eso no es nada. He visto... Bueno, sabes interpretar las señales. Pero ¿esta vez?

La miró con una expresión algo extraña.

—Así que ¿no tenemos ninguna pista?

—No.

—¿En Suecia no había? ¿Y aquí sigue sin haber?

Grønlie se encogió de hombros levemente y la observó con la misma expresión extraña de antes.

—Ahora, Munch no quiere darse por vencido, les ha pedido que le den otra vuelta, pero…

—¿Qué significa esa mirada tuya? —preguntó Mia, y se encontró un caramelo en el bolsillo del pantalón.

—¿Qué?

—Dices algo y, mientras tanto, me miras raro.

Grønlie se rio en alto esta vez.

—Munch ya lo dijo.

—¿El qué?

—Que no eres como los demás.

Grønlie se dirigió a la puerta y echó un vistazo al pasillo antes de cerrarla.

—Lo que quiero decir, ya que lo preguntas de un modo tan directo, es que hay algo de este caso de lo que no se habla.

—¿Sí?

—¿Estos lugares del crimen tan limpios? ¿La ausencia de pruebas técnicas?

Se quedó mirándola como si estuviera esperando a que dijera algo.

—No termino de entenderlo.

Grønlie dio un paso hacia ella y bajó la voz.

—Puede parecer que sabe lo que hace. Y que lo sabe muy bien. Como si supiera qué estamos buscando. Muy consciente de ello. Los procedimientos que no puedes aprender leyendo cosas. Cosas que solo nosotros conocemos…

—Oh, quieres decir que es…

Se llevó un dedo a los labios y lanzó otra ojeada a la puerta.

—No decimos esas cosas en alto.

—Un... ¿policía? —preguntó Mia en voz baja.

—No podemos descartarlo.

Grønlie se encogió de hombros y tomó otro sorbo de café.

—¿Echamos un vistazo a los otros sospechosos?

16

Fredrik Riis entró en el restaurante de comida rápida Grillen Gatekjøkken, y se vio abrumado por el penetrante olor del interior. Era vegetariano desde los quince años y no recordaba la última vez que había estado en un lugar como ese. El menú sobre el desgastado mostrador decía que no era el lugar adecuado para mantener el colesterol bajo, ni para tratar de llevar ninguna clase de vida sana, por otra parte. El empleado era un joven que llevaba una camisa y una gorra rojas con el logotipo del establecimiento: una gran G que descansaba sobre algo parecido a una hamburguesa triple, flanqueada por dos patatas fritas dobladas casi idénticas a la forma dorada del logo de una cadena de comida rápida mucho más conocida. Sería un asunto para los abogados, probablemente, si es que alguno de ellos pasara por esos lugares, algo que a Riis le resultaba muy poco probable. Prácticamente toda la clientela consistía en gente joven que no parecía tener nada mejor que hacer que estar ahí, fumando, y gastándose las pocas perras que tenían en unos *nuggets* de pollo por solo 29 coronas, y tal vez una Mega Lørencola (que no Coca-Cola) por tan solo 8,99 coronas, una más si la tomaban dentro. Riis esperó con paciencia a que el joven del mostrador tomase nota del pedido de los clientes que tenía delante y se acordó de un artículo que había leído hacía no mucho, en una revista británica que tenían en la sala de espera del dentista. «El fundador». La historia de Ray Kroc. Un vendedor de máquinas para hacer batidos, que un día se había topado con una hamburguesería muy especial en San Bernardino, California, regentada por los hermanos Richard y Maurice McDonald. En aquellos tiempos, en los felices años cincuenta, en ese tipo de establecimientos siempre había camareras que llevaban la comida a la gente, que esperaba en sus coches, lo cual significaba mucho tiempo de espera y pocos beneficios, así que los hermanos habían inventado algo que llamaban «el sistema rápido». Ray Kroc compró los derechos de uso a los hermanos McDonald por una suma de 2,7 millones de dólares, además de un acuerdo verbal de que se llevarían un uno por ciento de los beneficios totales. Los hermanos nunca recibieron un céntimo de esto último, y para colmo, tuvieron que cerrar el restaurante original de McDonald's, porque ya no tenían los derechos para utilizar su nombre. Una idea única y, de repente, la obra de toda una vida se había esfumado. ¿Quién hace algo así a otras personas? La historia le había fascinado tanto que casi se le olvidó que tenían que ponerle un empaste. Estaba furioso por el destino de los dos hermanos, quienes habían perdido tanto su nombre como el negocio de una vida entera. No es que la actitud fuera nueva para él. Llevaba mucho tiempo tratando de ser parte de la familia, y cuando era más joven había participado en las ostentosas cenas con champán en abundancia, siempre marcadas por el mismo tipo de conversaciones: el dinero, quién lo tenía y cómo conseguir más. ¿Sería adoptado? Las fotos que tenían en la pared de su casa desde hacía tiempo mostraban un parecido físico evidente tanto con su padre como son su madre, por lo que esa posibilidad quedaba descartada, pero aun así.

Tampoco los necesitaba. Se arreglaba solo.

—Siguiente.

El chico del mostrador lo sacó de sus ensoñaciones.

—Fredrik Riis, de la policía —dijo Riis y le mostró su tarjeta—. ¿Puedo hablar con el encargado?

—¿Te refieres a Laila? —preguntándose el chico lentamente, secándose el sudor de la frente bajo la gorra.

—Si ella es la encargada, sí —contestó Riis.

—No está aquí.

Se produjo un momento de silencio junto al sucio mostrador.

—Vale. ¿Y cuándo viene?

—No lo sé.

Otro silencio, seguido del sonido del timbre de la puerta.

—¿Vas a pedir algo?

—No, solo tengo un par de preguntas. Quizá puedas ayudarme.

—Eh, vale —dijo el chico y se rascó la mejilla—. Pero tengo clientes, así que...

—Seguro que pueden esperar un poco. Se trata de un accidente de coche, un atropello que se produjo en el parking hace unas semanas. ¿No estarías trabajando ese día?

—Eh, pues sí.

—¿De modo que viste lo que pasó?

—No. Solo oí el golpe. ¿Es sobre el chico ese o qué?

—Sí.

—Bueno, siempre me resultaba un poco extraño —dijo el empleado, negando levemente con la cabeza.

—¿Qué quiere decir?

—Bueno, que siempre se quedaba en el coche.

—¿Venían a menudo? ¿Toda la familia?

—No, solo él y el padre. Pero el chico siempre tenía que quedarse en el coche.

—Eso no es tan extraño, ¿no? Quiero decir, el padre pide comida y la comen juntos luego.

—No, no —le interrumpió el empleado—. Solo era para él.

—¿Para el padre?

—Sí.

—¿Cada vez?

—Eh, no me estoy metiendo en un lío, ¿no?

—¿Por qué lo dices?

—Bueno, ya sabes, hablando con la pasma y eso...

El chico se sacó un trapo del bolsillo y comenzó a secar el mostrador sin mirar por dónde pasaba la mano.

—En absoluto. He visto unas cámaras ahí fuera, ¿tenéis la grabación de lo ocurrido?

El empleado negó con la cabeza.

—No funcionan. Solo están para disuadir.

—Bien. Vale, y Laila, la encargada, ¿puedes darme su número de teléfono?

—No.

—No. ¿No tiene teléfono?

El empleado tardó en contestar.

—Pregúntame si puedo enseñarte algo ahí fuera —dijo, y pasó el trapo por el mostrador una vez más.

—¿Qué?

El empleado hizo un gesto con la cabeza hacia la puerta y dijo, levantando ligeramente la voz:

—Bien, de acuerdo, pero tendrá que ser rápido. Tengo clientes esperando.

Se echó el trapo al hombro, dejó el mostrador y negó con la cabeza mientras se encaminaba hacia la puerta.

Un grupo de adolescentes que estaban sentados alrededor de una mesa se rieron.

—Lo siento, pero no quiero perder los dientes —dijo el empleado cautelosamente al dar la vuelta a la esquina—. La pasma no goza de buena fama por aquí, no sé si me entiendes.

—Te entiendo —dijo Riis, asintiendo con la cabeza—. Así que ¿fue aquí donde pasó?

—Sí. El coche estaba aparcado por ahí y, bueno, no sé muy bien cómo coño ocurrió, pero el otro coche llegó de repente desde la calle Gamleveien y cruzó la hierba de aquí.

El empleado señaló con el dedo.

—Se armó un follón de puta madre. La policía y los bomberos y la grúa y yo qué sé qué. Tuvimos que cerrar, la gente no podía entrar. Al final tuvieron que cortar la chapa del coche para sacarlo.

—¿A Ruben?

—¿Así se llamaba? Pobre chico.

—¿Y el otro coche se dio a la fuga?

—Que yo sepa, sí.

—¿Y estas no funcionan?

Riis hizo un gesto hacia las cámaras que había montadas en la pared.

—No, como te he dicho antes, son solo para disuadir. Pero...

—¿Sí?

El empleado miró a su alrededor y dio un paso hacia Riis.

—No es que yo sea un soplón que ayuda a la policía y esas cosas, pero yo que tú iría a ver a Kruppel, que vive en la casa gris de ahí arriba.

Señaló con la cabeza hacia una casa al otro lado de la calle.

—¿Kruppel?

—Sí, es un tipo raro. Pero tiene cámaras.

—Ah, ¿sí?

—Rara vez sale de casa. La gente dice que tiene alguna clase de paranoia, parece que una vez le dieron una paliza en su casa, y ahora cuenta con un equipo de seguridad, ya sabes, alarmas y un montón de cámaras. Se pueden ver desde aquí si...

El empleado hizo un nuevo gesto con la cabeza hacia la casa, pero en ese momento uno de los clientes abrió la puerta y asomó la cabeza.

—¿Es posible pedir una hamburguesa, Kevin? ¿Estás haciéndole una paja a ese nuevo amigo tuyo o qué?

Se oyeron unas risas desde la puerta.

—Kruppel —repitió el empleado en voz baja, antes de apresurarse a volver.

Riis se había sentado al volante del Audi cuando sonó el teléfono; era Munch, y le habló en voz baja.

—Soy Munch, ¿me habías llamado?

—Sí, ¿dónde andas?

—Estamos fuera de la casa de Philip Pettersen. Acaba de volver. Vamos a entrar. ¿Era algo importante?

—No, luego te cuento.

—Vale, muy bien —murmuró Munch, y colgó.

¿Kruppel? ¿No había oído ese nombre en algún lugar antes?

Fredrik Riis se guardó el móvil en el bolsillo de la americana e introdujo la llave.

17

Munch entró en la sede de la calle Mariboesgate, 13, con un leve sentimiento de culpa, si bien se le pasó cuando vio a la joven en el despacho de la esquina a través de la pared de cristal. Era su primer día en el trabajo y la había metido de lleno en el caso, pero afortunadamente no parecía haberle molestado demasiado. Había empujado la mesa hasta un rincón, separado la silla, colocado el ordenador fuera de la vista y cubierto prácticamente toda la superficie de las paredes: hojas de tamaño A4, notas y fotografías, colocadas juntas de un modo decorativo. No distinguía el sistema desde el lugar donde estaba, pero no había duda de que existía uno. Susurró para sí mientras movía algunas imágenes de un lugar a otro, se sentó en el suelo con la cabeza apoyada en las manos un momento, antes de levantarse de un salto y acercarse a la pared para cambiar lo que acababa de hacer.

Munch tuvo que llamar dos veces al marco de la puerta para que se diera cuenta de que estaba allí.

—¿Te molesto?

—Sí —dijo Mia.

Se tapó la boca con la mano y dirigió la mirada, bajo unos párpados entrecerrados, a alguna cosa de la pared, como si pretendiera que cobrase vida.

El comentario hizo sonreír a Munch. La verdad es que la chica le caía muy bien, no podía evitarlo. Su manera de ser. El modo en que parecía pasar de las convenciones habituales. Como si su mundo estuviera regido por otras reglas.

Resultaba muy refrescante. Tenía la sensación de que estaba recuperando el buen humor. Se había pasado todo el viaje de vuelta irritado a causa de la expedición fallida a casa de Pettersen, pero se le estaba pasando lentamente mientras contemplaba a Mia, que movió otra fotografía a otra parte de la habitación.

—¿Eso quiere decir que preferirías estar sola?

—Eh... ¿Qué?

Le lanzó una ojeada distraída, como si le sorprendiese de nuevo que estuviera allí.

—No, es solo que...

Mia se quedó un rato más con los ojos azules clavados en la pared. Parecía que estaba tratando de captar alguna que otra cosa invisible delante de ella, pero al final lo dejó con un suspiro y regresó a la habitación.

—¿Has dado con algo?

—¿Cómo? Sí, bueno...

Se pasó una mano por el pelo y negó levemente con la cabeza.

—Me parece que hay muchas cosas que están bastante claras, pero otras, en fin...

Munch se quitó la chaqueta y se apoyó en una de las paredes.

—Repásalo conmigo. Dime qué piensas.

—Vale —dijo Mia, que carraspeó y atravesó la habitación hacia uno de los conjuntos de fotografías.

La liebre. El zorro. Imágenes desde todos los ángulos, varias de las cuales él no había visto antes; debía de haber pedido a Ludvig que le pusiera en contacto con el fotógrafo directamente.

—Los animales —dijo, volviéndose hacia él—. Creo que ya me he enterado de por qué los ha colocado allí.

—¿Sí?

—¿Te acuerdas del diario de uno de los chicos? ¿Una de las víctimas suecas?

—Sigue.

Arrancó una hoja de la pared y se la pasó.

—El diario que fue publicado. «Mañana hay luna llena. Tengo miedo del lobo».

Volvió a acercarse rápidamente a las fotografías de los animales, y puso el dedo índice con firmeza sobre las dos.

—No te sigo del todo...

—¿El Lobo? —dijo otra vez, y volvió a estudiar las fotografías de los animales—. ¿No crees que...?

—¿No creo qué? —Munch ya estaba sonriendo un poco—. Tendrás que...

—Ah, vale, lo siento. Creo que, si él se ve a sí mismo como el Lobo, esto encaja, ¿no te parece?

De inmediato puso un dedo en la cabeza de la liebre.

¿Y esto?

El zorro.

Poco a poco, Munch comenzaba a entender adónde quería llegar.

—¿La liebre y el zorro son presas? ¿Del lobo? ¿Es eso lo que quieres decir?

—Sí, en efecto.

Mostró una sonrisa triunfal.

—Presas. Esa era la palabra que estaba buscando. Nos lo está enseñando, ¿verdad? ¿Has tenido gato alguna vez?

—¿Gato?

—Sí, en tu casa. Nosotros tuvimos gato, y siempre entraba con ratones. Los dejaba en el suelo delante de nosotros. Quería enseñarnos lo buen cazador que era. Lo que era capaz de hacer.

—¿Quieres decir que estaban allí para nosotros?

Se calló por un momento. Giró la cara hacia la pared otra vez y desapareció de nuevo.

—Quizá no para nosotros —dijo al cabo de un rato—. O, bueno, no lo sé. Quizá sobre todo para él mismo. «Mirad, soy el Lobo. Mirad lo que soy capaz de hacer». ¿Tiene sentido o...?

De pronto, Mia parecía un poco insegura. Se giró hacia él y se rascó la frente.

—Suena muy plausible —murmuró Munch despacio, y no pudo ocultar que estaba impresionado.

¿Cuántas horas había estado fuera? ¿Tres? Entretanto, esa joven ya había...

—Vale, muy bien —dijo Mia con una sonrisa—. Esto por un lado.

Se acercó a toda prisa a otro conjunto de fotografías, dispuestas al lado de un mapa del lugar del crimen y los alrededores. Esta vez, las víctimas. Había elegido unas fotografías sacadas desde cierta distancia, no primeros planos. Munch la siguió, con curiosidad.

—Por el otro lado, se me ha ocurrido que... —Frunció el ceño un momento—. Bueno, es algo menos concreto, más bien una intuición mía. ¿Sirve eso?

—Sí, por supuesto.

—Vale. Mira esto. Hay algo del aspecto visual en todo esto. Cierta belleza, ¿no crees? Parece que es algo importante para él. La dimensión estética. Y lo de, bueno, el aspecto visual, ya lo he dicho dos veces, pero no sé muy bien cómo...

—No hay problema. Continúa.

—Bien, lo que te decía. Estoy casi segura de que está dispuesto así para ser disfrutado. Visualmente. Así que estaba pensando que... —Se acercó al mapa—. Tuvo que haber mirado.

—¿A qué te refieres?

—Que estuvo mirando. —Se giró hacia él—. A ver. Observando el lugar del crimen. Disfrutando de su creación. ¿No crees? Imagínatelo. Creó todo esto. Y luego lo encontramos nosotros.

Menudo subidón. Tuvo que estar allí. Así que le he pedido un mapa a Ludvig, y mira esto…

Puso un dedo en el mapa y se volvió hacia Munch.

—Es el único sitio que queda más alto, así que he pensado que tuvo que ser aquí, o tal vez aquí, pero me gustaría empezar…

—¿La cantera de grava?

—Sí, o puede que sea demasiado oscuro. ¿El bosque de aquí quizá sea más probable, por ejemplo? Allí podría haberse escondido mejor.

—¿Quieres decir que estuvo observándonos?

—Sí.

Le brillaban los ojos.

—¿No lo harías tú? ¿No querrías disfrutar viendo cómo descubríamos tu creación?

Munch asintió con la cabeza y se acercó a la pared.

—Esto es bueno, Mia.

—¿Te parece?

—Muy bueno. Llevemos a gente al lugar ahora mismo. O sea ¿que has pensado que aquí?

Lo señaló en el mapa.

—Sí. O tal vez aquí, no lo sé, es tan sencillo como buscar un lugar con vistas despejadas del lugar donde estaban. No tiene pinta de que pueda haber muchos. Quiero decir que cualquier sitio de por aquí sería demasiado bajo, ¿no crees?

—Bien, Mia. Muy, muy bien. Por un momento estaba preocupado por haberte dejado sola aquí.

Lo miró con cara de no comprender.

—¿Por qué? No necesito a nadie.

—Ya veo —dijo Munch con una sonrisa—. Excelente trabajo. ¿Esto ha sido todo?

—Sí. O no.

—¿No?

—Solo una cosita más.

Volvió a moverse, hasta el otro extremo de la habitación.

—Acabo de empezar a redactarla, pero me parece importante.

Era una lista que solo tenía dos entradas.

—¿Y esto es...?

—1993. Dos asesinatos en Suecia. 2001. Dos asesinatos en Noruega. ¿Ocho años de diferencia?

—¿Sí?

Hizo un gesto de rendición.

—¿Dónde ha estado durante todo este tiempo?

—Sí, claro. A mí también me mosquea.

—¿Verdad?

Asintió con la cabeza y se despejó el flequillo de la frente.

—¿Qué estás pensando?

Mia reflexionó un momento antes de contestar.

—Es difícil saberlo. Puede que no tuviera ganas. Puede que no encontrase a nadie que le pareciera adecuado. Pero...

—¿Qué?

—Lo más probable es que no pudiera, ¿no crees?

—¿No pudiera porque...?

—No sé, la verdad. Este hombre está enfermo, claro. Puede que esté en su propio mundo, sin más, pero evidentemente está enfermo, según nuestra vara de medir. Quiero decir, si él es el Lobo...

—¿Qué estás pensando?

Mia dudó un instante.

—No, puede que sea demasiado fácil. Pero ¿quizá lo encerraran en algún sitio?

—¿La cárcel?

—¿Sí? ¿O en un lugar donde tratan a gente como él?

—¿Un manicomio?

Mia sonrió levemente.

—Creo que ya no lo llaman así, pero algo parecido a eso, sí.

—Buen trabajo, Mia, de verdad.

—Vaya, casi me olvido de lo más importante.

Mia negó con la cabeza y volvió a las fotografías de los animales. Bajó una y se la pasó.

—¿Lo ves?

Se sacó una manzana del bolsillo, dio un mordisco y señaló la fotografía con expectación.

El zorro.

Un primer plano de la cabeza.

—No del todo…

—Míralo más de cerca, pues —pidió con impaciencia y volvió a señalar la foto—. Fíjate en la oreja…

—¿Sí?

—¿No lo ves? ¿Esas marcas de ahí, justo en el extremo?

Munch miró donde ella le indicaba y lo vio.

Uau.

Increíble.

—¿Crees que podía haber estado… marcado?

—¿Sí? Tiene toda la pinta, ¿verdad? —Volvió a sonreír, y siguió hablando rápidamente—. Una marca en la oreja. Si es así, le hicieron un seguimiento, ¿cierto? Para trazar sus movimientos. Parece que ha quitado la marca, pero… ¿y si tenía un transmisor activo? ¿Uno de esos que funcionan por satélite? Si alguien se lo quitó, pues…

Lo miró casi con picardía.

—Joder. —Munch sonrió.

—¿Verdad? Si dejó de funcionar cuando se lo quitaron, sabemos dónde…

—La leche. —Munch se rio un poco—. ¿Has…?

Mia ya estaba atravesando la habitación en busca de sus notas, con la manzana en la boca.

—He hecho unas llamadas y, en cuanto al zorro rojo, parece que hay que hablar con la Escuela Universitaria de Lillehammer, al menos en esta parte del país. Tienen un proyecto en marcha en colaboración con el Instituto Noruego de Investigación de la Naturaleza. Me han dado un nombre… ¿Cómo era? Sí, Nina Dobrov. Estaba ocupada cuando he llamado, pero me ha dicho que podía ir mañana por la mañana.

—Todo esto es muy bueno, Mia. —Munch sonrió y se sacó un cigarrillo del bolsillo.

En ese momento, llamaron a la puerta, y un jadeante Fredrik Riis asomó la cabeza con expresión emocionada.

—¿Interrumpo algo? Tengo algo que debéis ver sin falta…

El investigador trajeado no esperó respuesta, sino que siguió caminando rápidamente hacia su despacho, donde metió una memoria USB en su ordenador.

—Vale, os pongo en antecedentes. He subido a la escuela para preguntar por el tema de la escayola, y entonces me he dado cuenta de que no sabemos por qué la llevaba. Me había imaginado que no tenía nada que ver con el caso; quiero decir, era un chico de once años, podría haber sido cualquier cosa. Pero su profesora me ha dicho algo que me ha llamado la atención.

Ya había captado su atención. Munch sacó una silla y volvió a meter el cigarrillo en el paquete.

—Parece ser que Ruben se hizo famoso hace no mucho. Estaba escayolado debido a un accidente de tráfico. Un accidente bastante extraño. Su profesora, Silje Simonsen, me ha dicho que todos se habían alegrado mucho de que saliera bien. Que podía haber acabado mucho peor. Así que he decidido ahondar en el asunto. Lo que vais a ver ahora sucedió junto a un restaurante del pueblo, el Grillen. Ruben y su padre estaban allí para comprar comida. Es decir, su padre estaba dentro comprando comida, mientras Ruben esperaba en el coche, en el parking justo al lado…

—¿Lo grabaron?

—No. Sus cámaras no funcionan, solo están allí para disuadir. Pero uno de los empleados me ha dicho algo. ¿Os acordáis de Roy Kruppel?

Munch asintió con la cabeza.

—¿No fue el hombre ese que…?

—En efecto. —Riis sonrió, impaciente por seguir.

—¿Quién? —preguntó Mia, mirándolos a los dos.

Munch se disponía a explicárselo, pero Riis se le adelantó.

—Roy Kruppel. Un caso feo de hace unos años. Una cosa muy poco común aquí en Noruega. Muy brutal. Por eso atrajo tanta atención. Roy Kruppel era un hombre completamente normal, trabajaba en el sector de los seguros; su mujer era empleada de una guardería cerca de aquí. Tenían dos hijos, pero ambos se habían ido ya de casa. Casa, coche, perro; en fin, ya entendéis, gente normal, con una vida normal. Hasta un día de…, bueno, podría haber sido el mes de mayo de hace unos años, sí, el dieciocho, de hecho, lo recuerdo porque había celebrado el Día Nacional el día antes en compañía de…

Munch carraspeó levemente.

—Sí, claro, lo siento…

Riis miró a Mia con una sonrisa un poco avergonzada.

—Sea como fuere, esa noche tres hombres entraron en su casa. Sin motivo alguno, según parecía. Un intento de robo, tal vez, no estaba claro, el caso es que no tenía nada especialmente valioso, al menos nada que saliera en los informes que leí. En fin, los dos fueron atados y amordazados, durmieron al perro, y estuvieron así durante muchas horas hasta que de repente, y no se sabe muy bien por qué, el autor del crimen comenzó a apalearles. Primero fue el perro. Golpeado hasta la muerte. Luego la esposa de Kruppel. De un modo muy agresivo, otra vez, todo parecía un sinsentido…

—Se quedó muy tocada después de la agresión —añadió Munch, algo impaciente—. ¿Y esto es importante porque…?

—Sí, lo siento… En cualquier caso, después de este acontecimiento, al parecer Roy Kruppel se convirtió en otra persona. Se entiende perfectamente, claro, ¿quién no cambiaría tras ser asaltado en su propia casa, donde se supone que tienes que estar seguro? En cualquier caso, ahora sentiría pánico total por la posibilidad de que volviera a pasar, así que convirtió la casa en una especie de fortín. Puso una valla alrededor del jardín, con alambre de espino encima, y sobre todo cámaras por todas partes...

—Así que ¿grabó lo que ocurrió en el parking del restaurante?

—Sí, pero eso no es todo...

—¿Por qué no nos lo enseñas, sin más? —preguntó Munch, y volvió a sacar el paquete de tabaco.

Al joven investigador le habría gustado decir algo más, pero acató la orden, se giró hacia el ordenador y puso en marcha el vídeo.

Las imágenes tenían un poco de ruido. Blanco y negro. La cámara había sido colocada para abarcar el perímetro delante de la casa, y no estaba enfocada hacia el edificio del otro lado de la carretera, así que lo que vieron transcurría en una de las esquinas superiores, casi fuera de la vista. Un coche de color claro, aparcado detrás del restaurante. Riis paró el vídeo y lo señaló.

—Este es el Volvo de la familia Lundgren. Podemos atisbar a Ruben en el asiento trasero.

Volvió a pulsar el botón.

Durante muchos segundos, apenas pasaba nada. El coche claro seguía en su sitio, sin más. El chico del asiento trasero no se movía.

—Prestad atención ahora...

De pronto, salida de la nada, apareció una furgoneta blanca. Atravesó la hierba derrapando a gran velocidad e impactó contra la puerta trasera del Volvo.

—Joder...

Mia se sobresaltó ligeramente.

—Fijaos ahora...

Riis puso el dedo en la pantalla y se volvió hacia ellos con una expresión expectante.

—No se para ni por un momento.

La furgoneta derrapó un poco en el asfalto.

—Aquí parece que trata de meter la marcha... —Chocó dos veces más contra la puerta donde estaba sentado el chico—. Y aquí ya encuentra la marcha atrás.

La furgoneta retrocedió antes de pararse por completo.

—Vuelve a ponerla en marcha...

La furgoneta blanca giró y, derrapando de nuevo, salió de la imagen para no volver.

—Jesús —murmuró Munch.

—Extraño, ¿verdad? —dijo Riis, girándose hacia ellos.

—¿Que salga de la nada? ¿Choque de lleno con el Volvo? ¿Derrape como un loco y se largue otra vez? Ni siquiera sale del coche para echar un vistazo.

—¿Hubo una investigación?

Riis se sacó un cuaderno del bolsillo de la americana.

—Sí. He hablado con un tipo de tráfico. Denunciado, investigado y archivado. No hubo muertos, así que no era prioritario.

—Pero sí había lesiones personales.

—Sí, es lo que he dicho yo también, pero esa ha sido la respuesta. No parecía estar muy al tanto del asunto, pero me ha dicho que me enviaría el informe por e-mail.

—¿Y eso es todo lo que tenemos? —preguntó Munch, con un gesto hacia la pantalla.

—No, no —contestó Riis—. Kruppel tenía todo el día; bueno, de hecho, tenía toda la semana. Me enseñó su archivo. Tenía el equipo completo en el sótano. Parecía una central de operaciones. Hasta la CIA se quedaría corta.

—Pobre hombre —susurró Munch, y se llevó el cigarrillo a los labios—. ¿Y es todo lo que tenemos del suceso en sí?

—Sí —dijo Fredrik, y buscó otro documento en la memoria USB—. Aparte de esto.

—¿Y esto, qué es?

—Lo que pasa después. Llega la policía. Los bomberos, con esas cizallas negras que usan para cortar chapa y sacar a gente de vehículos. La grúa llega bastante rápido. La ambulancia tarda algo más, lo cual es un poco extraño, la verdad. Sacan al chico del coche y lo colocan en el suelo, y allí se queda un buen rato. Muchos espectadores curiosos.

Riis se encogió de hombros.

—El chico está en la ambulancia. Todo el mundo se va. La grúa se lleva el Volvo...

Munch se levantó.

—Excelente trabajo, Fredrik. Muy bien.

—Gracias —dijo el investigador con una sonrisa, y lanzó una mirada a Mia, que tenía los ojos clavados en la pantalla.

—Una furgoneta blanca —dijo con prudencia—. ¿No teníais más identificaciones de una de esas junto al lugar del crimen?

—En efecto, *teníamos* esas identificaciones, sí —dijo Munch, guiñándole un ojo, y sacó un mechero del bolsillo.

—Bueno, lo siento. ¿No *estábamos* buscando una de esas? ¿Una Peugeot Boxer blanca? ¿Ya la hemos localizado?

—No.

—No sé si os habéis dado cuenta, pero faltaba la matrícula delantera —intervino Riis.

—Pero sí estaba la trasera, ¿verdad? —preguntó Mia, inclinándose hacia la pantalla, donde Riis había detenido el vídeo justo antes de que la furgoneta saliera de la imagen—. ¿Se ve el número?

—Por desgracia, no. Pero he enviado el vídeo a los técnicos. Intentarán ampliar la imagen. Con un poco de suerte sacaremos el número, si no sale demasiado pixelado.

—Excelente trabajo, Fredrik —dijo Munch otra vez, y después le sonó el móvil. Salió al pasillo para contestar—. ¿Sí?

—Soy Anette. Parece que no ha habido suerte.

—¿Pettersen?

—Sí. Tiene una coartada sólida.

—Mierda. De acuerdo. Gracias. ¿Ya vienes?

—Estoy en camino.

—Muy bien. Por cierto, ¿cuántos agentes tenemos por ahí ahora?

—¿En la finca de Finstad?

—¿Sí? Gente que anda llamando a las puertas de las casas y eso.

—No estoy segura, alrededor de treinta, ¿por qué?

Munch se apoyó el teléfono entre la barbilla y la mejilla, y entró en el despacho de la esquina.

—¿Puedes enviar a diez o doce al bosque?

—Vale. ¿Qué quieres que hagan?

—Mia piensa que podría haber estado espiándonos. Tengo una localización exacta aquí. ¿Tienes un boli?

—Sí.

—Vale, envíalos a este sitio —dijo Munch, y acto seguido leyó las coordenadas del amplio mapa que la joven novata había encontrado y colgado en la pared.

18

Lydia Clemens se movía de forma lenta y silenciosa por el bosque. Hacía un tiempo que había comenzado a jugar a ese juego, el de fingir que era un tigre que avanzaba en silencio por el bosquecillo sin que nadie lo viera. La niña se había convertido rápidamente en una experta, tal y como sucedía con casi todo lo que se proponía aprender. El tiro con arco, por ejemplo; no le había costado mucho tiempo superar incluso al abuelo Willy. «Jesús», había dicho este la vez que había disparado tres flechas sucesivas en el centro de la diana que él había fabricado en el terreno raso detrás de la casa. A esas alturas podía dar en el blanco a cualquier cosa. Con sus propias flechas. El abuelo Willy había forjado las afiladas puntas en la herrería, igual que el cuchillo que le había regalado por su cumpleaños. Nunca olvidaría su cara cuando vio cuánto se alegraba Lydia. El abuelo Willy nunca lloraba, pero se le había escapado una lágrima en aquel momento, delante de la chimenea, en el salón de la casita.

—¡Es fantástico! —había exclamado ella, y se había lanzado para darle un abrazo.

—¿Sí? ¿Seguro? ¿Te gusta?

—¡Un montón!

Y era verdad, porque el cuchillo que había usado hasta entonces para descuartizar corzos, limpiar el pescado, cortar hierba para las cabras y preparar las pieles de zorro, y tallar muñecos de madera y cualquier otra cosa, realmente estaba en las últimas. Al final se había quejado un poco mientras lo ponía contra la piedra de afilar. «Si ya no queda casi nada de él». Se había enfadado un poco, cuando el abuelo le había dicho sin más: «Aún aguantará mucho ese cuchillo». Aun así le había fabricado uno nuevo. Por eso había ido tanto a la herrería últimamente. «Voy a ir un rato a la herrería, Lydia. Tú haz los deberes mientras tanto».

Los deberes, siempre los deberes. Algunas veces casi era demasiado, pero Lydia Clemens se daba cuenta de que eran importantes, así que aguantaba, aunque no todo era muy divertido. Porque después del «tiempo largo» llegaría el «verano eterno», y entonces la tierra necesitaría a gente como ella. Que supiera hacer muchas cosas. Así, la civilización no tenía que volver a empezar desde cero. Iba a hacer falta gente inteligente, que hubiese leído mucho y supiera de todo. Historia. Ciencias naturales. Matemáticas. Química. Pero también de cosas prácticas, como por ejemplo construir refugios y fabricar sus propias velas de cera. Y cazar, claro, eso era lo más importante, con lo del arco y el cuchillo, había que conseguir comida para la familia, no solo durante el «tiempo largo», sino también después, cuando todo terminase. Porque iba a costar tiempo volver a construir una sociedad, tal vez cientos de años, después de toda la destrucción causada por la gente mala. Así que, aunque no le gustara matar animales, se daba cuenta de que era necesario.

Lydia había compuesto un pequeño poema que siempre murmuraba entre dientes justo antes de matar algo, solo para mostrar al mundo que la rodeaba, a todos los espíritus de los árboles y los que les miraban desde las estrellas, que tenía respeto por la vida que estaba a punto de tomar. «Disculpa, querido. —Con la cuerda tensada pegada al ojo—. Te quiero mucho. Espero que haya un cielo para… —y aquí introducía el tipo de animal, por ejemplo la liebre—. Y que cuando llegues a él, estés siempre alegre». Cerrar los ojos. Le habría gustado hacerlo, pero no podía, claro. Tenía que seguir la flecha hasta el blanco mismo. Ese era el secreto del tiro con arco. Había que decidir con la cabeza dónde iba a impactar la flecha y después simplemente había que seguirla durante toda su trayectoria.

Los veinte ríos más largos de China: Yangsté, Huang, Amur, el Río de las Perlas, Mekong, Tarim, Argún, Hanjiang, Wu Jiang, Selenga, Nen, Liao, Hai, Yalong, Kerulen, Orjón, Yarlung Zangbo, Dadu, Jialing, Huái.

Los veinte primeros elementos químicos de la tabla periódica: 1. Hidrógeno. 2. Helio. 3. Litio. 4. Berilio. 5. Boro. 6. Carbono. 7. Nitrógeno. 8. Oxígeno. 9. Flúor. 10. Neón. 11. Sodio. 12. Magnesio. 13. Aluminio. 14. Silicio. 15. Fósforo. 16. Azufre. 17. Cloro. 18. Argón. 19. Potasio. 20. Calcio.

La Revolución rusa de 1917: Los grandes terratenientes e industriales eran los dueños de la mayoría de los bienes de Rusia, mientras el pueblo pasaba hambre y era pobre. Los ricos no querían compartir con nadie, y por eso el pueblo se rebeló. Encabezada por Vladimir Ilich Ulianov (Lenin), la gente se hizo con el liderazgo del país, para que todo el mundo pudiera comer y trabajar en cosas decentes sin tener que agachar la cabeza y humillarse ante los capitalistas.

La receta de jabón casero: 150 gramos de grasa animal, 360 gramos de aceite de colza, 150 gramos de agua fría, 71 gramos de lejía (si hubiera).

La última era una prueba práctica. La pregunta sobre la Revolución rusa había sido una tarea escrita y le había costado un poco hacerla, porque le resultaba más fácil hablar que escribir, pero de alguna manera había conseguido terminarla. Y el abuelo Willy se había puesto muy contento, incluso le había dicho que en breve usarían parte del azúcar para hacer una tarta, y entonces ya no le molestaron las estúpidas palabras, que no hacían más que pegar saltos de aquí para allá, sin querer juntarse como debían en el papel.

Silenciosa como un ratoncillo, todavía ágil como un tigre mientras se acercaba a la casita del otro lado del cenagal. Se agachó con cautela entre el brezo detrás de un viejo y alto pino, y sacó los prismáticos. Todo parecía muy quieto en la casa. No había humo en la chimenea, como la última vez. Vaya. Tampoco es que hiciera falta. No hacía tanto frío fuera, así que no era necesario encender fuego, aunque el hombre que vivía allí lo había hecho la última vez que había ido. Volvió a guardarse los pequeños prismáticos en el cinturón de cuero y se acercó con cautela a la casa por las matas amarillentas. Le encantaba el olor de la ciénaga. Era casi mágico, como si hubiera metal oxidado metido entre las grietas húmedas. Debía tener cuidado, claro, de colocar siempre los pies sobre la turba y no tratar de atajar por los agujeros fangosos, si no podría desaparecer para siempre. Eso no le iba a pasar a ella, naturalmente. Se conocía el bosque como la palma de la mano, y ya era amiga de todas las matas de turba de ese cenagal. La casa era vieja. Marrón. No muy bonita. La pintura se había desconchado en varios sitios. Una casita pequeña gris, sin pintar, al otro lado de un pequeño claro. No había jardín. No había huerto ni flores, ni nada. El que vivía allí no cuidaba sus cosas. No tenía respeto ni por sí mismo ni por sus cosas, como habría dicho el abuelo Willy. Había un pequeño quad aparcado en el camino junto a la casa, pero todo estaba quieto. Lydia se tumbó boca abajo y se arrastró el último trecho hasta llegar a la fachada. Se quedó allí sentada, sintiendo los latidos de su corazón bajo la chaqueta de piel de corzo. Ya sabía que la tele no estaba encendida, claro; lo había visto mientras atravesaba la ciénaga, porque la última vez había iluminado la estancia, y había oído el sonido a través de las finas paredes, pero aun así alzó la cabeza ligeramente para echar una ojeada furtiva por la ventana. Pues sí. La pantalla estaba negra y carente de vida. «Narices». Con las ganas que tenía. Suspiró y se hundió en la hierba parda junto a la fachada. El sol ya estaba alcanzando las copas de los árboles, que proyectaban largas sombras sobre el claro, de un color marrón amarillento, así que tal vez fuera mejor marcharse ya a casa. Escuchar las noticias en la radio del abuelo Willy mientras se lavaba los dientes. Recostar la cabeza en la almohada y sentir el calor del edredón.

Lydia acababa de incorporarse cuando oyó un extraño sonido metálico. Y un repiqueteo. Y unos golpes. Se deslizó con cuidado hacia la esquina de la casa. Ya no se oía nada.

¿Había sido su...?

No, ahí estaba, otra vez.

Cruzó el claro con sigilo.

Los zapatos de piel apenas producían ruido alguno en la grava desigual, y entonces, de repente, estaba ante él. Un tejón.

En una jaula.

Encerrado.

Dos ojitos y un pequeño morro que trataba de abrirse paso por la puerta de malla.

«¿Cómo...?».

Lydia se puso furiosa.

¿Atrapar animales?

¿Con trampas?

No, eso ya era el colmo.

Pensó con odio en el hombre que vivía en la vieja casa y abrió la cerradura que mantenía al animal encerrado. Este husmeó precavidamente.

Después salió del todo, con cautela.

El tejón la miró con gratitud antes de echar a correr hacia la libertad del sotobosque.

¿Qué?

¿Encerrar a un animal de esa manera?

La idea hizo que le hirviera la sangre.

Lydia lanzó una mirada enfadada hacia la puerta de entrada de la casa y escupió a la grava, antes de adoptar una postura más inclinada.

Echó a andar de vuelta a casa por el húmedo cenagal.

19

Fredrik Riis cerró la puerta tras de sí en el pequeño piso de Briskeby por primera vez en dos días, pues, aunque podría haber aguantado una noche más en el pequeño sofá de su despacho, tenía que ir a casa para ver cómo estaba su pájaro. No era algo que dijera a nadie, claro. Era suficiente que lo considerasen el esnob que siempre iba trajeado, sería el colmo que además lo llamasen el hombre-pájaro. Se quitó los zapatos italianos, llevó su bolso hasta la cocina y se encontró con la pequeña cacatúa, que estaba sentada sobre el extractor de humos, encima del horno, y lo miró con aire abatido. Fredrik sonrió y le ofreció la mano al pájaro. Era un poco reacio a hacerle caso, como siempre ocurría cuando llevaba tiempo fuera, pero al final fue paseando hasta sus dedos y, subiendo por el brazo, alcanzó el hombro, donde se posó junto a la cabeza de Fredrik, donde más le gustaba estar. Sjöberg. Una cacatúa gris y blanca, con la cabeza amarilla y las mejillas naranjas. Se llamaba así por el saltador de altura Patrik Sjöberg, que marcó el récord mundial en Estocolmo en 1987. 2,42 metros. Se acercó al plato del pájaro, hablándole amablemente, y enseñó al animal que le cambiaba el agua y echaba más semillas, y algo extra en la pequeña bola que colgaba bajo la campanilla. Había leído que era importante interactuar todo lo posible con el pájaro. La cacatúa gris movió las alas e hizo un sonido. Contento. Fredrik fue a buscar el sushi que había recogido de camino, y se quedaron así un rato, comiendo juntos en la cocina. Acababa de salir de la ducha cuando sonó el teléfono. Era un número desconocido. Fredrik se lo llevó al dormitorio.

—Sí, ¿Fredrik Riis?

—Sí, hola, Fredrik. Soy Silje Simonsen.

Cansado, rebuscó en la memoria hasta encontrarla. La maestra rubia de la escuela.

—Sí, hola, me acuerdo perfectamente. ¿Cómo va todo?

—Bien, gracias.

Por la voz, parecía estar sonriendo al otro lado.

—Siento llamarle tan tarde, pero he tenido un día muy intenso. Mi hija estaba enfadada conmigo porque la he recogido tarde del parvulario. Así que le ha costado dormirse.

—No hay problema —dijo Fredrik.

—Le llamaba por lo de la escayola —continuó la profesora—. La W, ¿verdad?

—Sí, en efecto. ¿Qué ha descubierto?

—Nada que me suene, la verdad. Había un tal Erik de clase de esgrima, pero él ya había firmado, así que creo que podría ser una pista importante.

—¿Ha llamado a alguien que no sea alumno suyo?

—Sí, ¿no debería haberlo hecho?

—Sí, sí. —Fredrik sonrió—. Es muy amable de su parte, pero, bueno, no tenía por qué hacerlo.

Entró en la cocina, sacó una botella de agua del frigorífico y se la llevó de vuelta al salón.

—Quería ayudar —dijo la dulce voz—. Lo encontraba divertido. Jugar a ser detective. No suelo tener la oportunidad de hacer eso. Mi trabajo no es tan emocionante como el suyo.

—Ah, no esté tan segura de eso —dijo Riis, y volvió a dejarse caer en el sofá.

—Bueno, en fin, en realidad era lo único que quería decirle.

—De acuerdo, muy bien. Gracias por la ayuda. Ya tiene mi número, por si se le ocurre alguna otra cosa.

—Sí... —respondió, con tono vacilante.

—¿Alguna cosa más?

Guardó silencio un momento.

—No, no estoy segura.

—¿Vale?

—Es solo que... tengo un par de chicos en clase que... no sé cómo decirlo. Han empezado a comportarse de un modo extraño.

—¿Sí? ¿En qué sentido?

—Bueno, es un poco difícil de explicar. Podría ser la seriedad de la situación, sin más. Que lo que ha pasado se les ha metido bajo la piel, pero no sé. Suelen ser muy abiertos conmigo, y últimamente me están evitando. ¿No sé si tiene sentido lo que le digo?

—Sí, sin duda —contestó Fredrik y se dirigió a la habitación.

—Y justo hoy, cuando estaba vigilando el patio, he doblado la esquina, me han visto y se han callado de golpe. Parecía que se sentían culpables, no sé si me entiende.

—Entiendo —dijo Fredrik—. ¿Quizá debería darme otra vuelta por la escuela?

—Sí, ¿por qué no?

—Necesitamos el permiso de los padres para llevar a cabo entrevistas formales con niños, pero podríamos charlar un poco con ellos, para ver si sale algo.

—Me parece bien. —Simonsen sonrió—. Eso estaría muy bien.

—Perfecto, quedamos así, pues. ¿La aviso mañana?

—Genial. Siento haberle llamado tan tarde.

—No pasa nada. Estaba levantado, en todo caso.

—Vale. Buenas noches.

—Buenas noches —dijo Fredrik Riis, y dejó el móvil en la mesilla de noche.

¿Buenas noches?

¿Un poco privado, tal vez?

No, estaba demasiado cansado para pensar en ese momento.

Tenía que irse a la cama.

Acababa de salir del baño y cubrir la jaula de Sjöberg con la manta para que durmiera bien, y por fin se había metido entre las sábanas, cuando oyó una vibración desde la mesilla de noche.

«¿Podemos quedar pronto?».

Suspiró y escribió una respuesta a regañadientes.

«No, no puede ser».

El mensaje siguiente llegó apenas unos segundos más tarde.

«¿Solo un rato? ¿Por favor?».

Se lo pensó un momento, y casi le entraron ganas, pero, a fin de cuentas, ya se había decidido.

«No puede ser, no».

De inmediato llegó un nuevo mensaje.

«¿Por qué no?».

Se incorporó en la cama y se llevó las manos a la cara. ¿Cómo cojones se había metido en ese lío? No, no podía ser…

Se mordió el labio y escribió una rápida respuesta.

«Porque estás casada.

Con uno de mis colegas.

¿Vale?».

3

20

Susanne Hval Pedersen descorrió las cortinas de la cocina del número 13 de la calle Timoteiveien y miró fuera con nerviosismo, tratando de recordar dónde había escondido sus pastillas. Tenía que ser un buen escondite, eso sí, porque la idea era que no las encontrase. El médico se las había recetado unas semanas antes. ¿Valium? ¿A ella? Vaya idea. No era para nada el tipo de persona que necesitaba esa clase de ayuda para dormir. Pero el médico había insistido. Para que pudiera relajarse después de todo lo que había pasado. Su marido había perdido el trabajo y estaba comportándose de un modo extraño. Era tan raro. Estaba casi irreconocible. Salía por las noches. Y, cuando se despertaba, volvía a desaparecer, sin decir nada. Sin dar explicaciones de dónde había estado. O adónde iba. «¿Dónde he dejado las pastillas? Tuvo que haber sido en el baño, ¿no? ¿En el armario de primeros auxilios? No, ya has buscado allí. Tres veces, además». Allí no había nada más que paracetamol y la medicina contra el asma de Nora.

Susanne volvió a mirar por la ventana de la cocina, pero apartó la cara al ver un coche desconocido que pasaba lentamente por delante de la casa. ¿Y ahora, eso? ¿Como si no tuviera problemas suficientes? ¿Ruben? ¿El chico de esa misma calle? ¿El hijo de Jan-Otto y Vibeke? Asesinado, en una finca de la zona. Por Dios. Era tan terrible. No parecía posible. No podía ser verdad. Aunque todo el país no hacía más que hablar de ello. En la radio, cuando se levantaba para preparar el desayuno. En el periódico local, que estaba en las escaleras cuando sacaba al gato. En todas las emisoras mientras llevaba a Nora en coche al parvulario y, después, cuando seguía hasta Lillestrøm para abrir la tienda. En los televisores que llenaban el escaparate de la tienda de electrodomésticos. Por lo general solo ponían bonitos documentales de naturaleza o vídeos musicales, pero ya no. Había emisiones especiales. Todo el día. Tanto en la NRK como en la TV 2. Reporteros importantes con caras serias ante los micrófonos. Grandes letras que pasaban por las pantallas. ÚLTIMAS NOTICIAS: LA POLICÍA REVELA LOS NOMBRES DE LOS CHICOS ASESINADOS. Era prácticamente imposible evadirse. Caras conocidas, de gente importante. Policías con uniformes sobrios. El ministro de Justicia. ¿No era ese? ¿El que se parecía a una rata? En el quiosco de la esquina, cuando había terminado de comer y fue a comprar tabaco. Los carteles de los tabloides. Primeras planas escandalosas. NO HAY SOSPECHOSOS. UN PAÍS EN DUELO. Como si fuera una guerra. Como si la nación entera hubiese perdido a esos dos niños. La gente que iba delante de ella en la cola del supermercado. Susurrando y cotilleando. «¿Has oído que la madre de uno de ellos se había ido a España?». «Dejó al crío solo en casa». «Sí, es lo que dicen». «¿Cómo? No, parece que unos vecinos, pero se cree que no se habían enterado bien de las fechas». «¿Hay gente así?». «Sí, claro, en los barrios bajos». «¿Qué? No, no tengo ni idea de quién es ese chico. Tommy. Pero sí conocemos a Ruben». «Sí, ¿no lo sabías? Mi hija Anita está en su mismo curso. Pues sí, vino a nuestra casa una vez. Un chico guapo. Con pecas. Pelo rubio. Como un angelito».

Susanne Hval Pedersen echó las cortinas y miró el reloj de la encimera. Las nueve y cuarto. Acababa de acostar a Nora. Sola.

Otra vez. Y eso que la pobre había vuelto a preguntar por él. «¿Dónde está papá? Quiero que papá me lea algo». La pequeña oruga glotona. «No, tú no, mamá, quiero que lo haga papá». Había tenido que cantar el doble de lo habitual antes de que la niña se quedase dormida. Había dejado de llamarle al móvil porque nunca contestaba. La última vez que lo había visto fue… Bueno, ¿cuándo había sido? ¿La noche anterior? ¿El domingo por la mañana? No, no lo había visto, solo había oído la puerta. Se había quedado despierta, esperando que fuera a la habitación, a abrazarla como antes, y que todo eso terminase. Lo que fuera. No, no había entrado, solo había oído unos pasos pesados que subían por las escaleras. Rumbo a la habitación de invitados. Y luego los pasos cuando volvió a bajar, mucho antes de su hora de levantarse, pero se había quedado despierta. El golpe de la puerta de la calle. El coche, que arrancó y se alejó.

¿Dónde había escondido esas pastillas?

Bajó al sótano y entró en el taller. No solía ir allí a menudo, le costó encontrar el interruptor. Era la habitación de él. Donde tenía sus herramientas. Un pequeño estéreo en una esquina. Los discos de cuando era joven, de su habitación de adolescente, y los carteles, que le había prohibido poner en el salón. Led Zeppelin. Rolling Stones. Jimi Hendrix. Thin Lizzy. Toda esa música que ella en realidad odiaba. Bueno, odiar no, era exagerado, pero todo ese rock era un poco cutre, no estaba acostumbrada. Sus padres lo habían mirado con cierto desprecio, y ella misma se había llevado ese desprecio a la vida adulta. Música clásica. Eso era lo que valía algo. Tenían un gran piano en el salón, donde se juntaban todos cuando su madre tocaba. Un árbol de Navidad enorme. Vestidos bonitos. La clase alta. Un poco al estilo de *Fanny y Alexander*. Niños que debían estar allí pero sin hacer ruido. No había tenido nada en contra de ello. Le había encantado su infancia. Ella había tocado el chelo. No a nivel profesional, claro, pero tampoco se le daba mal. La habían escogido varias veces para tocar en el concierto anual de verano de la Barratt Due. Y luego había conocido a ese hombre. Que no sabía distinguir entre el tenedor y el cuchillo cuando comía. Que vestía como alguien que había comprado en la tienda de ropa de Cáritas para salir del paso. ¿Se habían distanciado? ¿Era eso lo que había pasado? Todas esas rutinas. Las cosas del día a día. Primero el hijo, que ya tenía veintitrés años y se había ido de casa. A Bergen, para estudiar. Y además Medicina. Susanne estaba increíblemente orgullosa, se había alegrado mucho cuando lo dijo. Lo habían aceptado. En Oslo, no, pero Bergen seguro que era una segunda alternativa fabulosa. ¿Cuánta gente lo habría intentado? ¿Para cuántas plazas? Su hijo había ido a la escuela privada Bjørknes Privatskole todos los días durante un año entero para subir las notas de aquellas asignaturas donde aún no tenía la nota más alta. ¿Médico? Qué pasada. Su madre se había puesto muy contenta, Susanne no podía recordar la última vez que había sonreído de esa manera. ¿Era eso? ¿Se habían ido distanciando? ¿Acaso no era simplemente eso lo que estaba pasando desde hacía unos meses? Y la pequeña y maravillosa Nora, que había llegado sin pedir permiso; ni siquiera lo habían intentado. El sexo ya no era habitual en la habitación pintada de azul. Eso era algo normal en las parejas de su edad, según le habían contado sus amigas, pero aun así, de repente, un día estaba embarazada. Increíble. ¿Que si quería tener el niño? ¿Cómo? Por supuesto, claro que quería tenerlo, ¿de qué estaban hablando? ¿Acaso treinta y nueve años se consideraba una edad avanzada? La diabetes, ¿qué? ¿Qué tenía eso que ver con nada? No, se había enfadado, incluso había cambiado de médico. Y ahora Nora estaba ahí arriba, tan guapa en su cama. «¿Dónde está papá? ¡Quiero que venga papá!».

Susanne suspiró y se quedó de pie en medio de la habitación. Ni siquiera sabía a qué había ido. No había escondido las pastillas ahí. Hacía años que no iba al taller. Wenche, una amiga que vivía en la calle Kløverveien, le había dicho que ella no, pero una persona a la que conocía pero cuyo nombre no podía revelar había encontrado una habitación secreta detrás de la sala de entrenamiento de su marido en el sótano. Susanne no se lo había creído, sonaba totalmente absurdo, aunque su amiga había insistido en que era verdad. Un armario de esos pequeños. Con un interruptor oculto, una cosa de esas que solo salen en las películas. Y dentro había encontrado, bueno, sonaba como algo muy estrafalario, cosas para —¿cómo se llamaba, S&M? Máscaras y cadenas y látigos y ropa de cuero y grandes consoladores, y Wenche se lo había contado todo con pelos y señales, recreándose en los detalles, pero al cabo de un rato Susanne había cerrado los oídos y había comenzado a pensar en otra cosa. ¿Ahí? ¿En ese barrio? ¿En las calles con nombres de flores? ¿Donde todos se conocían? No, no le cuadraba. Pero ¿ahora? ¿Después de todo lo que había pasado? Ya no sabía qué pensar.

Susanne Hval Pedersen estaba a punto de volver a apagar la luz cuando vio algo en una esquina. Un montón de ropa. ¿No era su camisa? Se acercó cautelosamente. ¿Y un pantalón? El viejo pantalón de albañil que no le había dejado tirar a la basura. Levantó la ropa del suelo y se quedó mirándola con curiosidad. ¿Qué estaban haciendo esas prendas ahí? Siempre las dejaba donde la lavadora, tal y como ella le había pedido, para que pudiera hacerse una idea de la colada. No le importaba lavar la ropa de la familia, pero tenía su sistema, eso sí que lo comprendía, ¿no? No podía tirarla de cualquier manera, se lo había dejado muy claro.

Irritada, levantó la camisa del suelo, y fue entonces cuando las vio.

Las manchas.

Algo rojo.

Seco.

¿Qué narices podía ser?

Estaba por todas partes.

Por dios, Gunnar, ¿qué has estado haciendo?

Bueno, ya vale.

Tenemos que hablar de esto.

Tomó la decisión.

Ya no iba a esperar más en la cama.

Pondría una silla.

Junto a la puerta.

Y esperaría hasta que llegase.

Sin más.

Es lo que iba a hacer.

Se llevó el hato de ropa a la lavadora y lo puso todo a sesenta grados.

Después subió a la cocina a poner la cafetera.

21

El Instituto Noruego de Investigación de la Naturaleza estaba en un edificio de ladrillo rojo, junto al estadio de Ullevaal, y Mia Krüger no podía dejar de pensar en su padre, en la conversación que habían tenido la noche anterior y lo fácil que había sido mentirle, aunque en realidad la culpa no era de ella. Una mentira piadosa, tal vez, pero no dejaba de ser una mentira. Ullevaal. El fútbol. La selección noruega. A Mia le importaba un pepino, pero quería a su padre, y le había acompañado al partido aquella vez, porque él había tenido tantas ganas de que fuera con él. Sigrid no. Se lo había preguntado, y era sobre todo eso lo que recordaba de la visita al estadio de Ullevaal. La compañía. Papá y ella. Por una vez, parecía que Noruega había jugado bien. Tenía posibilidades de clasificarse para el Mundial por primera vez desde… ¿1938? Algo así. Hacía un montón de tiempo, en todo caso. Un nuevo entrenador. Había puesto las pilas a los jugadores. Incluso Mia se había enterado de quién era el tipo. Drillo. Un hombre excéntrico, que votaba a la izquierda, caminaba con botas de goma, lo sabía todo sobre la geografía mundial, llamaba «ruido» a toda clase de música y había creado una nueva forma de fútbol, que todo el mundo odiaba, pero que conseguía buenos resultados, según parecía. No le había interesado demasiado lo que sucedía en el campo, pero recordaba la buena sensación de estar allí, los dos manos a mano, rodeados de banderas y cascos, y de gente que se había pintado la cara. Noruega–Inglaterra. El hermano pequeño contra el hermano mayor. Bueno, eso no era del todo cierto. La nada contra el país donde se había inventado el fútbol, más bien. Pero van y ganan. La pequeña Noruega. 2-0. Tenía catorce años, y se había alegrado mucho. Porque todos los demás estaban muy alegres. Treinta mil personas que se alegraban juntas, y después, en el coche, nunca había visto a su padre tan contento. Cantaba con las ventanillas bajadas, y así había estado el país durante varios días.

—¿Por qué no hablas con Sigrid? ¿Y le dices que mamá no quería decir aquello? Dile que los dos la echamos en falta.

Su amable voz en el móvil. Tuvo que morderse el labio para no decir nada.

Hasta cierto punto le venía bien que hubiesen discutido. Eso le daba más tiempo para encontrar a su hermana, arreglar ese asunto, antes de que su padre empezara a sospechar. El dolor lo mataría, ni más ni menos; de eso estaba casi segura.

Mamá, inflexible y severa, como siempre: «Si sigues con ese palurdo, no quiero volver a verte por casa, ¿te enteras?».

Siempre decía ese tipo de cosas, para después arrepentirse. Pero ella nunca daba el brazo a torcer. Si había dicho que Sigrid no podía volver a casa si tenía a Marcus Skog como novio, no había vuelta de hoja. Y ahora papá, el diplomático que siempre se encontraba entre la espada y la pared, pensaba que Sigrid era tan cabezona como su madre.

—¿Ni siquiera contesta el teléfono? Ni cuando yo la llamo. ¿Qué le he hecho yo? ¡Echo en falta a mis chicas! ¿Puedes decirle que venga ya a casa? ¿Por favor?

Mia, en realidad, no había querido decir nada. Quería esperar hasta llegar a casa, pero lo había soltado en ese momento, sobre todo para cambiar el tema de conversación.

—He conseguido un trabajo, papá.

—¿Qué? ¿Pero...?

Estaba muy orgulloso de ella.

Típico de su padre, tan bueno.

Mia había advertido en su voz que se había emocionado. A él todo lo que podía decirle le parecía poco.

—¡Hay que celebrarlo! Porque vendrás el sábado, ¿no?

El sábado.

La abuela cumplía ochenta.

Todavía no le había preguntado a Munch, no sabía muy bien cómo funcionaban esas cosas. Parecía que toda la gente del equipo trabajaba veinticuatro horas al día, toda la semana. Aun así, había dicho que sí a su padre.

Nina Dobrov, la directora de investigación, era una mujer de unos cuarenta y pico años, y era como Mia se la había imaginado. Gafas de montura metálica. Una melena color miel que le llegaba hasta los hombros. Un pantalón incoloro y, arriba, un jersey con la misma falta de color. Una cara sin maquillar, una mirada distraída que se desviaba repetidas veces durante la conversación. No todos los investigadores encajaban tanto con el estereotipo, claro, pero esa mujer sí. Parecía totalmente indiferente a su aspecto exterior, a menudo daba la impresión de estar ausente, tenía un despacho desaliñado, y hablaba con intensidad y entusiasmo sobre su campo de estudio.

Se lo explicó a Mia con todo lujo de detalles, señalando y precisando los pormenores.

—El Instituto Noruego de Investigación de la Naturaleza, o ININA a secas, tiene su gracia, ¿verdad? ¿La jefa del ININA se llama Nina?

La mujer tenía un pegote de algo que podría ser yogur en la mejilla, pero a Mia no se le ocurrió decirle nada. Se limitó a asentir educadamente, mientras la guiaba por los estrechos pasillos, entrando y saliendo de los numerosos despachos, que estaban prácticamente vacíos.

—Bueno, no es cierto que sea la jefa de todo esto, nuestra sede está en Trondheim, pero somos unos cuantos aquí también. Seremos una treintena ahora mismo, contando a los becarios. Nuestro campo de trabajo son la ecología y la diversidad natural de los bosques, las montañas, las zonas pantanosas, paisajes culturales. Todo, en realidad. Daniel, que no está hoy en este despacho, trabaja con la taxonomía entomológica. Y aquí está Vibeke, que trabaja con la vigilancia de la naturaleza terrestre. Arnt... Bueno, como puedes ver, la mayoría de nuestros investigadores están fuera, trabajando en el campo; ese es nuestro entorno de investigación, a fin de cuentas, no un pequeño despacho. Arnt se dedica a la vigilancia de insectos. Berit, que tiene su despacho allí, está trabajando en un proyecto muy interesante sobre la salud del rutilo y la trucha en lagos con mucho azufre en el agua. La fundación ININA fue inaugurada por el Parlamento en 1988, después de un proceso increíblemente largo. Había que separar la investigación de la administración. Sacar por fin a los investigadores del Departamento de Protección del Medioambiente. Es algo parecido al Estado y la religión, ¿verdad? No podemos tener un departamento poniendo límites a la investigación. Se supone que debe ser libre. Tomemos el ejemplo del salmón de piscifactorías. Sumamente importante para la economía de Noruega, ¿no? Pero ¿es bueno para el medioambiente? ¿Para la gente? No podemos tener a un Estado que decida lo que es bueno y malo, ¿verdad? ¿Que solo tenga en cuenta el impacto económico. No, nuestros...

Interesante sin duda, de acuerdo, pero ahí Mia tuvo que pararla. Parecía que la jefa de investigación se había venido arriba con su tema y que casi se le había olvidado por qué estaba ella allí.

—Bueno, he venido para hablar del asunto del zorro —dijo, dando una palmadita a su bolso.

—Ah. Sí, claro —respondió Dobrov, y por fin se quitó la mancha de yogur de la mejilla—. En realidad, deberías hablar con Lars, es el que más sabe de estas cosas, pero está en Lillehammer.

Como puedes ver, estamos repartidos por todo el país. La escuela universitaria de Lillehammer es la que se ocupa de la mayor parte del marcaje de la fauna salvaje en la región de Østlandet. Eso sí, la administración se lleva a cabo sobre todo aquí y, como soy la jefa, alguna idea sí tengo.

Sonrió y llevó a Mia hasta una sala de reuniones.

—Tenía unas fotografías, ¿es así?

Mia se sentó y sacó las fotografías de su bolso.

—Quiero que eche un vistazo a este zorro rojo —dijo, y le pasó la fotografía por encima de la mesa—. Como puede ver, tiene unas marcas en esta oreja, y he pensado que quizá...

—Hummm, sí, en efecto, sí las tiene, sí. Wilfred es el que tendría que haber estado aquí ahora.

La mujer esbozó una nueva sonrisa.

—¿Sí? ¿Y quién es...?

Un hombre con una camisa a cuadros de franela y el pelo revuelto asomó la cabeza por la puerta.

—¿No teníamos reunión hoy?

—No, la hemos pospuesto hasta la semana que viene. Ottar ha tenido que ir a Vadsø.

—¿Vadsø? Si he venido solo para esto.

—¿No te han avisado? —dijo Dobrov con una sonrisa.

—No. Siempre pasa lo mismo. Si alguien pudiera...

El hombre, rendido, murmuró algo inaudible, negó con la cabeza y se marchó.

—¿Por dónde íbamos?

—Ha dicho algo de un tal Wilfred.

—Sí, Wilfred. —Dobrov sonrió—. Es uno de nuestros doctorandos becados. Es muy bueno, y le encantan los zorros. Me habría gustado ofrecerle un puesto fijo, pero encontró el amor, desafortunadamente. Ahora está en Australia. Bueno, así es la vida.

—Vale, pero ¿cree que...?

Mia volvió a poner el dedo en la fotografía, un poco más firme esta vez.

—Sí, aquí bien podría haber habido una marca, sí —convino Dobrov, mirando con interés a través de los gruesos cristales de las gafas—. Extraño, diría yo.

—¿Extraño, por qué?

—Bueno, porque en realidad hemos dejado de hacer esto.

—¿Hacer el qué?

—Poner este tipo de marcaje pasivo. Al menos al zorro rojo. El año pasado, antes de Navidad, nos llegaron los nuevos transmisores. Es decir, esos que...

Se pasó los dedos sobre el cuello.

—Cintas. Transmisores de GPS. Son mejores para el animal, y sobre todo para nosotros; ahora podemos seguir sus pasos, vayan a donde vayan. Podemos ver en nuestros ordenadores dónde se encuentran exactamente. Emocionante, ¿verdad? ¿Lo que es capaz de hacer esta nueva tecnología?

—¿Ha dicho... marcaje pasivo?

—Hay muchos tipos de marcaje —empezó Dobrov, con tono de profesora otra vez—. Anillas para las patas, por ejemplo, que usamos en aves. Antaño se usaban entre otras cosas transmisores de radio, que se introducían en el estómago del pobre animal a través de una operación. De hecho, encontramos dos osos pardos muertos: el implante dejaba pasar la humedad y se oxidó, de modo que las baterías sufrieron un cortocircuito. Trágico. Así que hemos dejado de hacer eso. La idea era que...

—Bien, pero el marcaje pasivo. —Mia carraspeó con discreción—. Como en esta fotografía. ¿Quiere decir eso que no saben dónde ha podido estar este animal?

—Sí. Para eso necesitamos un collar. Por desgracia.

—¿Y eso es lo que usan en los zorros rojos en la actualidad?

—Sí, empezamos hace un año. Así que resulta un poco extraño…

—Es decir, que a este zorro lo marcaron antes. ¿Hace más de un año?

—Diría que sí.

—Pasivamente.

—Sí.

—¿Y eso hace que no podamos ver dónde ha estado?

—Nosotros marcamos en la región de Østlandet. Pero, si lo han marcado otros, puede venir de cualquier otro sitio. De Suecia, por ejemplo. Trabajamos mucho con ellos.

—Vale, gracias por la ayuda, en cualquier caso —dijo Mia, tratando de ocultar la decepción, mientras devolvía las fotografías al bolso.

Fuera, en el parking, estaba a punto de entrar en el coche cuando le sonó el móvil. En la pantalla salía un número que no había guardado.

—¿Sí, hola?

—¿Hola?

Una voz conocida, que le hizo sonreír.

—¿Abuela?

—¿Hola? ¿Mia? ¿Hola?

—Te oigo, abuela.

—¿Hola?

Hubo un murmullo al otro lado, y luego, de repente, se cortó la llamada.

Mia sonrió cuando volvió a sonar el móvil.

—¿Hola?

—Hola, abuela.

—Anda. Ahí estás. Creo que he debido de pulsar algún botón que no debía. ¿Tienen que ser tan pequeños estos botones? ¿Qué sentido tiene eso?

—¿Tienes un móvil?

—Sí, mira, tengo uno —dijo la voz, orgullosa—. Es rojo y cabe en el bolsillo de la camisa.

—Qué bien, abuela. ¿Cómo estás?

—¿Yo? No quiero hablar de mí. ¿Me dicen que has conseguido un trabajo? Enhorabuena.

—Gracias, abuela. Espero que pueda ir este sábado.

—¿Qué pasa el sábado?

—Es tu cumpleaños, ¿no?

La anciana bufó un poco al otro lado.

—No, gracias. No voy a invitar a nadie.

—¿No? Pero…

—En lugar de eso te voy a hacer un regalo.

—¿Qué?

—Llevo mucho tiempo pensándolo, ya va siendo hora. Mañana voy a Oslo. ¿Puedes quedar?

—¿Qué quieres decir…?

—Te voy a hacer un regalo. ¿Puedes quedar a las doce?

—No sé muy bien…

La anciana se ausentó un momento, pero debió de arreglar algo y volvió.

—¿Puedes, Mia? ¿Detrás del Castillo? ¿A las doce?

—Intentaré…

—¿Qué?

—Iré —dijo Mia con una sonrisa—. Pero no podré estar mucho tiempo.

—No va a llevar apenas nada.

—Muy bien. Nos vemos, entonces.

Se produjo un silencio, aunque podía oír que la anciana seguía allí.

—¿Abuela?

—¿Sí?

—¿Quieres colgar?

—Eh, ¿sí…?

—Pulsa el botón rojo.

—Sí, vale, gracias, cariño.

—Nos vemos mañana.

—Sí, hasta mañana.

22

M unch se encontraba en la cantera de arena de la finca de Finstad, tratando de ver la señal roja que habían colocado en el campo labrado. No había estado al cien por cien seguro de la recién llegada, debía reconocerlo, y había tenido que aguantar algunos comentarios de Anette Goli también. La abogada era conocida por decir exactamente lo que pensaba, y también lo había hecho en esta ocasión. «Le ofreces un puesto fijo después de conocerla durante, ¿qué? ¿Quince minutos?». Pero las voces ya se habían callado. Tanto en su cabeza, como en la de Anette, que después de solo unos días había pasado del escepticismo a ser una de las fans principales de la recién llegada. «¿Qué había encontrado? ¿En serio? ¿En la oreja del zorro? ¿Qué es lo que dices que ha recomendado? Menuda cabeza. No se me había ocurrido». Goli fue caminando hacia él. Se había cambiado la ropa de oficina por algo más práctico. Era una de las razones por las que Munch había elegido a las personas con las que trabajaba. No se limitaban a hacer lo que debían. Hacían un montón de cosas más. Porque querían. Había trabajado en sitios con gente con tan poca energía que parecía el comedor de una residencia de ancianos. Pero en Mariboesgate, 13 ocurría lo contrario. A veces incluso era demasiado, pero era lo que había. Mia había lanzado la idea de que el autor del crimen los había observado. Cuando encontraron los cadáveres. Los miembros del equipo se habían tomado eso como un insulto personal. ¿De verdad? Todos los que no tenían nada mejor que hacer se habían puesto ropa de calle y estaban peinando el bosque en busca de pistas. Munch se terminó el cigarrillo y encendió otro, y en ese momento llegó Anette a su lado, señalando con el dedo.

—Hay que subir hasta aquellos árboles para poder ver la señal. Desde allí hay una vista despejada de unos trescientos metros o así, en todas las direcciones. Se necesitan prismáticos, claro, aunque supongo que los tenía. Pero ahora debo irme, me ha llamado Dreyer. Te dije que quería verte en la oficina, ¿verdad?

—No tengo tiempo.

—Ya, ya, pero sí que te lo dije, ¿no?

—Sí, claro.

—Bien. Entonces no me echará la bronca cuando empiece a soltar sus retahílas.

Goli sonrió y comenzó a abrirse paso hacia la cantera de arena, pero se paró al cabo de unos metros y volvió a subir.

—Por cierto, casi se me olvida. Me llamaron de la comisaría general de la policía judicial de Estocolmo. Querían saber si necesitábamos ayuda.

—¿Vale? ¿A cuál de los equipos que no consiguieron resolver el caso van a enviar?

No había querido hablar con sarcasmo, pero salió así.

—Tienen a un hombre que trabajó en el caso desde el principio. Es psicólogo. Ha trabajado como analista de conductas criminales elaborando perfiles para la policía. Patrick no sé qué. De ese modo, Ludvig y Anja no tienen que empezar de cero. Buena idea, ¿no te parece?

—Sin duda.

—Daba por hecho que ibas a contestar eso, así que les dije que era bienvenido; viene en avión mañana por la tarde. Voy a reservar uno de los apartamentos para invitados, si tenemos alguno libre. En cualquier caso, quedarás con él, ¿entiendo?

—Por supuesto.

—Vale, genial. Te mando los datos del lugar y la hora cuando sepa algo más.

Goli asintió con la cabeza y volvió a emprender el descenso hacia la cantera de arena. A Munch le sonó el teléfono.

«Marianne».

Munch echó un vistazo al bosque, donde una cincuentena de personas ya estaba registrando la zona.

En realidad, no le gustaban esas cosas.

Estas interrupciones de casa.

Era otro mundo.

No había que mezclarlo con ese. Necesitaba que fuera así.

No solo para concentrarse al máximo y adentrarse tanto en su propia cabeza como fuera necesario, sino también para otra cosa, que podría ser igual de importante: así podía tener una vida normal cuando llegaba a casa. Una vida en la que nadie encontraba a niños de once años muertos en un campo labrado.

El móvil dejó de sonar, pero volvió a aparecer el nombre en la pantalla.

Y entonces se dio cuenta.

¿Era ese día?

23 de abril.

Sí, era ese día, claro.

Se había olvidado por completo.

Munch pulsó el botón verde.

—Hola, Marianne.

—Hola, cariño, ¿cómo va todo?

—Bien...

—No quería molestar, pero sabes qué día es hoy, ¿no? ¿Vamos a ir este año, como siempre, o lo dejamos?

Munch dio una calada profunda al cigarrillo y tardó un rato en contestar la última pregunta.

23 de abril de 1992.

Hacía nueve años que su padre había perdido la vida. Habían mantenido esta tradición cada año desde entonces. Toda la familia, reunida en la tumba. Un momento bonito.

Munch trató de evaluar lo cansado que estaba. Apenas había dormido desde que encontraron a los dos chicos, y estaba empezando a notarlo. Cierta fragilidad. Una grieta que dejaba que unos pequeños pensamientos negativos se le colasen bajo la piel.

¿Ocho años?

¿Era ese el tiempo que los suecos habían dedicado al caso? ¿Y todavía sin resolverlo?

¿Él mismo estaría ahí al cabo de ocho años? ¿Sin respuestas?

—Holger, ¿estás ahí?

—¿Qué? Sí, claro. Oye, que creo que este año vamos a tener que dejarlo. Estamos a tope aquí…

La mujer sonaba un poco molesta.

—Sí, claro. ¿Quizá podamos hacerlo más adelante? ¿Este fin de semana, por ejemplo?

Una pequeña esperanza en la voz, pero él no podía prometer nada.

—Lo vemos, ¿vale?

—Muy bien, ¿vienes a casa esta noche o qué? ¿Quieres que te prepare algo de comer? ¿Te saco ropa limpia?

Ya llegaron los pensamientos, al final, aunque tratase de mantenerlos a raya.

Su padre.

Todo lo que aún estaba sin procesar.

Podía verlo.

Orgulloso y sonriente.

En una de esas salidas de esquí nórdico en las que siempre tenía que participar.

Munch había crecido en un piso de un edificio de adosados de Larvik, y allí esas excursiones de los domingos eran obligatorias. El padre, esquiando con brío delante de él, con chocolate caliente y naranjas en la mochila. La madre, afortunadamente más paciente mientras el hijo torpe trataba de coordinar las piernas, siguiendo al padre en busca de alguna cosa más adelante. «Un poco más». Noruega. El nacionalismo. Por fin llegaban a lo alto de alguna cima, y allí estaba el padre, sonriendo como un rey, oteando el paisaje. «Mira nuestro reino, Holger. La patria de los luchadores. Esto hay que compartirlo, ¿no crees? ¡No podemos dejar que los capitalistas nos lo quiten!». El padre había trabajado en el ferrocarril y había sido uno de los primeros nombres en la lista del Partido Comunista de Noruega. Nunca tuvo ningún cargo político, claro, sencillamente porque ya nadie votaba a los comunistas, pero parecía que ese dato pasaba desapercibido para su padre. Cada vez que había noche electoral, obligaba a su hijo a quedarse despierto, siempre tan emocionado, siempre tan optimista: «Hoy es el día, Holger, ¡hoy les vamos a enseñar!». El póster de Lenin en la entrada, y esa extraña gorra verde con la estrella roja delante, que la madre le obligaba a guardar en el armario, pero que se ponía cada vez que eran elecciones nacionales o municipales. Soltaba alguna lagrimilla mientras lo hacía, claro; a Holger le costó muchos años darse cuenta de que su padre era alcohólico. Nunca ponía las manos encima de nadie, nunca se pasaba bebiendo mientras sus hijos estuvieran despiertos. Era la madre la que tenía que ocuparse; también eso lo entendió demasiado tarde, en realidad hasta que leyó el informe de la autopsia tras el accidente de tráfico. Dos gramos de alcohol en sangre y se había cruzado con un camión. Nunca se habló de si era un suicidio o no, fue solo una indirecta del médico al que vio después. El padre tenía un hígado que ya no funcionaba, y el médico le había dado menos de dos años de vida. Después de aquello, la madre había ido desapareciendo. Se había convertido en otra persona. Ahora estaba ingresada en un hospital y había encontrado a Jesús, y apenas reconocía a Holger cuando se pasaba por allí, lo que había provocado que las visitas fueran cada vez más esporádicas.

Munch se había emborrachado una vez en la vida, cuando tenía catorce años, tomando el licor de cerezas de su padre.

Desde entonces no había tocado una botella.

—¿Sigues ahí, Holger?

—¿Qué? No, estoy aquí. Voy a intentar pasarme por casa luego.

—Muy bien. Te dejo algo para la cena.

Algo estaba pasando ahí arriba.

Podía ver a Katja haciendo aspavientos.

—Gracias. Oye, debo irme, hablamos esta noche, ¿vale?

—Vale.

—¡Holger!

La voz de la holandesa resonaba alta y clara desde la cantera de arena.

—¡Hemos encontrado algo! ¡Creo que tenemos el sitio!

Munch soltó el cigarrillo, que cayó a la grava del suelo, y comenzó a mover su pesado cuerpo por la empinada cuesta.

23

F redrik Riis tenía la sensación, algo extraña, de que se alegraba de volver a verla, cuando Silje Simonsen cerró la puerta
tras ellos y se quedaron solos en el aula. La escuela. Resultaba un
poco raro estar ahí ya de mayor, casi parecía que estuviera haciendo algo prohibido cuando Silje bajó la foto de la clase de la pared
y se la puso delante. A Fredrik no le gustaban las autoridades,
quizá se tratase de eso. Su padre había sido duro, muy duro. Y él
lo llevaba consigo, un respeto casi exagerado por aquellos que
eran sus superiores o mayores que él. El profesorado de su propio colegio había sido de la vieja escuela, casi como un vestigio de
la pedagogía de los años cincuenta. No es que fuera una pedagogía, claro. En cualquier caso, los niños no constituían el centro de
atención. Los niños debían convertirse en adultos decentes y contestar con educación o callarse. Las cosas habían cambiado ahora,
afortunadamente. Había acompañado a su primo a la jornada de
puertas abiertas hacía algún tiempo, y le habían sorprendido de
manera positiva la libertad y el buen ambiente que había, en com-
paración con cómo estaban las cosas quince años antes. Por suerte, el mundo estaba cambiando para mejor.

—Son estos dos —dijo Silje en voz baja, y señaló la foto
con el dedo—. Lasse. Y Karl-Martin. Normalmente son unos

chicos bastante animados, pero últimamente, como ya te dije, se están comportando de un modo algo diferente.

—¿Has intentado hablar con ellos? —preguntó Fredrik, girando la foto hacia sí.

Aparecía una veintena de niños que sonreían ante la cámara, inmortalizados en un grupo que, al cabo de unos años, se dispersaría.

—¿Quizá debería haberlo hecho? —dijo Silje, y se mordisqueó el labio—. Ahora me entra la duda. Después de todo lo que ha ocurrido, ya sabes. No quiero asustar a nadie tampoco. Ya han pasado suficientes ratos malos, ¿verdad?

—Cierto —convino Fredrik, asintiendo con la cabeza—. Es bueno que me hayas esperado. Por cierto, miré la normativa y parece que estaba un poco equivocado. Es verdad que necesitamos el permiso de los padres, pero solo si se trata de un interrogatorio formal. Podemos hablar un rato con ellos perfectamente.

—Vale, qué bien —respondió Silje—. ¿Quieres que vaya a buscarlos?

—¿Puedes?

—Sí, ya he hablado con Bente, la tutora del C; me ha dicho que la avisara cuando llegaras.

—Perfecto. —Fredrik asintió.

Silje Simonsen se levantó y se dirigió a la puerta.

—¿Juntos? ¿O de uno en uno?

—No lo sé. Creo que será mejor juntos. No quiero que lo pasen mal, seguramente estarán más cómodos juntos.

—Vale. —Silje sonrió y se alejó por el pasillo.

Notó una vibración en el bolsillo de la americana y se fue a la ventana para contestar la llamada.

—Riis.

—Sí, hola, soy Bernhard, del grupo-e. ¿Nos habías enviado un vídeo y querías ver el número de una matrícula?

—¿Sí? ¿Cómo va todo?

—¿Quieres las buenas noticias primero? ¿O las malas? ¿Quizá un combo de las dos al mismo tiempo? —La joven voz se rio un poco.

—¿Un qué?

—¿Un combo? ¿Buenas noticias? ¿Malas noticias?

Fredrik Riis suspiró y echó un vistazo al patio del instituto. El grupo-e. Por fin la comisaría general se había dado cuenta de que no estaban actualizados en lo que se refería a la investigación electrónica, así que habían peinado la red a la desesperada en busca de gente para contratar y habían acabado con una panda de críos de diecinueve años que apenas habían visto la luz del sol. También llamados el grupo-e. Bueno, tan mal no estaba la cosa, pero casi. Aunque le habían dicho que estaban mejorando, parecía que se había topado con uno que seguía viviendo en casa de mamá.

—Entonces ¿las buenas noticias o las malas?

Oía que el chico masticaba alguna cosa y tenía el teléfono pillado contra la mejilla mientras martilleaba un teclado cercano.

—¿Podéis ver el número de la matrícula o no?

—*Affirmative*.

—¿Qué?

—Sí. Podemos verlo. Estoy seguro al 99,7 por cien.

—¿Vale?

—Pero… El sistema ha sufrido una avería. Otra vez.

—¿Windows? —dijo Riis con sequedad.

Era una broma estándar en el grupo. Había estado en contacto con ellos antes.

—En efecto —respondió el niñato—. ¿No te parece raro que los viejos insistan en montar el caballo de Bill Gates, aunque sea un saco de huesos lleno de agujeros?

Se rio un poco de su propia broma y echó un trago de un vaso.

—Sí, muy extraño. ¿Por qué no hacer todo con Linux?

—Exacto —exclamó el chico—. Podría haberlo hecho mejor en mi casa, ¿sabes?

—Muy bien. ¿Te lo llevarás a casa, entonces?

—Eh, ¿qué? Eh, no… Yo…

—¿Cuándo crees que volverá a funcionar? —Riis suspiró, mientras un balón iba botando hacia él.

Una chica de piel oscura llegó corriendo y lo recogió. Se quedó mirándolo un momento, ladeando la cabeza, antes de saludar con la mano y volver corriendo con los otros niños con el balón entre las manos.

«Qué niña más guapa».

Fredrik esbozó una sonrisa amplia. Lo había sentido la última vez que estuvo con su primito. ¿Los chicos también tenían un reloj biológico? ¿Como las mujeres? ¿Que les decía que había llegado el momento de tener hijos? No lo sabía, pero a veces se sentía así. Últimamente se fijaba mucho en la gente que salía a caminar con carritos de bebé.

—Puede llevar una hora, puede que toda la noche. Lo último es lo más probable. Ya sabes que el caballo de Bill Gates…

—Llámame cuando tengas el número de la matrícula.

—Sí, claro. Voy a…

Riis colgó mientras se abría la puerta, y dos niños con cara de curiosidad se asomaron cautelosamente.

—Mirad, aquí lo tenemos —dijo Silje con tono amable, usando otra vez su voz de profesora—. Se llama Fredrik y es policía, pero eso no quiere decir que tengáis un problema. Solo quiere hablar con vosotros. Queremos hablar con vosotros.

Los chicos atravesaron la clase y le dieron la mano.

—Lasse.

—Karl-Martin.

—Fredrik —saludó él con una sonrisa—. Sentaos. En efecto, es justo como dice Silje. Solo queremos hablar un poco con vosotros.

Se apoyó en la mesa de la maestra del modo más informal posible, mientras los chicos se sentaban tras un pupitre cada uno.

Se miraron, con nerviosismo, y tenían las espaldas tan rectas que a Fredrik casi le dolía solo de verlos.

—Erais amigos de Ruben, ¿verdad? —Sonrió, trataba de hablar con toda la amabilidad de la que era capaz.

—¿Sí? —contestaron los dos a la vez, mirándose otra vez.

—¿De Tommy también?

—No, casi no conocíamos a Tommy —dijo el chico que se llamaba Karl-Martin.

Tenía el pelo rubio liso y los ojos azules claros, y recordaba levemente al Emil de los libros de Astrid Lindgren.

—¿Por alguna razón en especial?

El chico que se llamaba Lasse se volvió en la silla.

—No, Tommy no está..., no estaba en nuestro grupo, no sé...

Miró de reojo a Silje Simonsen, que le devolvió una sonrisa tranquilizadora.

—Tommy no le interesaba —dijo Karl-Martin, de pronto.

Su amigo reaccionó.

—Kalle...

—Sí, pero... ¿No íbamos a...?

—¿A quién? —dijo Fredrik con curiosidad—. ¿No le interesaba a quién? ¿A otro chico?

Los dos negaron con la cabeza en silencio.

—Al hombre —respondió Karl-Martin.

Fredrik podía verlo en sus caras. El nerviosismo. Había pensado que era por la reunión con la policía, pero de repente se dio cuenta de que se trataba de algo mucho más serio. Los dos parecían tener miedo, tal cual. De alguna cosa.

—Chicos —dijo Fredrik tranquilamente, inclinándose hacia ellos—, lo primero que quiero deciros es que, si habéis visto algo y aún no se lo habéis contado a nadie, no pasa nada. No hay que tener cargo de conciencia por eso. En segundo lugar, si habéis...

El niño llamado Lasse se echó a llorar de golpe.

—Dijo que nos mataría —sollozó—. Si le contábamos algo a alguien.

—¿Un hombre? —preguntó Fredrik con cautela.

Los dos asintieron con la cabeza.

A Karl-Martin le temblaba la voz cuando habló.

—Quería que le ayudásemos a llevar a Ruben a ese lugar.

—¿A qué lugar? —quiso saber Silje.

—Al cobertizo de la fuente —sollozó Lasse, y se pasó una mano por debajo de la nariz.

Fredrik lanzó una mirada breve a Silje, que tenía los ojos abiertos de par en par.

—¿Estuvisteis con un hombre? ¿Que quería que lo acompañaseis al cobertizo de la fuente? ¿Ese cobertizo rojo, junto al campo de tiro?

Los chicos asintieron y negaron con la cabeza.

—A nosotros, no, quería que Ruben fuera allí.

—¿Sí? ¿Estáis seguros?

Levantaron la vista hacia él.

—¿Qué?

—Me refiero si estáis seguros de que quería que fuera justo Ruben a ese lugar. No cualquiera, sino él.

—Sí —dijo el chico rubio con una expresión seria en la cara—. Es justo lo que dijo. Dijo que nos pagaría si lo ayudábamos. Iba a ser una sorpresa. Tenía un regalo para Ruben ahí arriba. Y nos iba a pagar cien coronas a cada uno si lo llevábamos.

Fredrik podía ver que las pequeñas manos le temblaban bajo la mesa.

—¿Es un lugar que todo el mundo conoce? —preguntó Fredrik—. ¿El cobertizo ese?

—Quizá no todo el mundo, pero la mayoría. Algunas parejas de adolescentes suelen subir allí a morrearse. Y nosotros hemos ido a espiar. No hemos hecho nada malo, ¿verdad?

—En absoluto —dijo Silje con voz tranquilizadora.

—Por supuesto que no —coincidió Fredrik—. Sois unos buenos detectives, nada menos. Tenéis que estar orgullosos de poder contarnos esto. ¿Vale?

Los chicos se miraron con cautela.

—¿Podemos empezar desde el principio? ¿Creéis que tenéis fuerzas para hacer eso?

Ambos asintieron con la cabeza y parecían haberse soltado un poco. Fredrik Riis se sacó el cuaderno del bolsillo de la americana.

—¿Dónde visteis a ese hombre por primera vez?

—En el campo de fútbol.

—No, no fue allí —dijo el chico rubio—. Lo vimos en el Grillen la primera vez, ¿no?

—¿Cómo? No, yo no.

—Sí, ¿no te acuerdas? Yo tenía ese billete de cincuenta coronas que me había dado mi madre, e íbamos a comprar una bolsa de patatas fritas.

—No, no fui yo —dijo Lasse.

—Claro que sí —replicó el otro—. Else-Karin también estaba, y dijo que Tove quería que fuéramos a verla en la bodega de su casa.

—¿Fuisteis a ver a Tove en su bodega?

—No, al final no, pero sí que estabas...

—No, tuvo que haber sido Mats.

—Bueno, chicos —interrumpió Fredrik con suavidad—. Ese hombre al que visteis en el campo de fútbol.

—Y en el Grillen.

—Y en el Grillen. ¿Creéis que podéis describirlo?

Los dos chicos estaban ansiosos por ayudar, parecía que ya apenas sentían miedo.

—Tenía bigote —dijo Lasse.

—Y los dientes raros —explicó Karl-Martin.

—Sí, eran muy raros. —Lasse asintió—. Parecía que se le amontonaran aquí delante. —Abrió la boca para enseñárselo.

—¿Era mayor?

—Sí. —Lasse asintió.

—¿Cuántos años podría tener, más o menos?

—Como tú, quizá —dijo el chico rubio, señalándolo.

—¿Unos treinta?

—Sí. O quizá cuarenta.

—Era muy extraño, parecía que quería ser nuestro amigo, aunque fuera tan mayor. Nos preguntó sobre fútbol, si nos gustaba el Manchester United y demás...

—Y Solskjær.

—Sí —añadió el amigo rápidamente—. Nos preguntó si nos gustaba Solskjær, y dijo que, si era así, él podía conseguirnos un *autografo*.

—Autógrafo.

—Sí, un autógrafo.

—¿Sí?

—Sí, dijo que había ido al instituto con Solskjær. Presumió de que en realidad era mucho mejor delantero que él, y que era él quien debería estar en el Manchester United, pero le había pasado algo en el pie...

—En la rodilla. —Karl-Martin asintió y se señaló su propia pierna.

—Tropezaba un poco, así que sería verdad.

—¿Te refieres a que cojeaba? —intervino Silje.

—Sí, lo siento, cojeaba.

—De modo que iba a daros el autógrafo de Solskjær. ¿Habló también de Ruben en aquella ocasión?

Se miraron un momento.

—No, la primera vez, no.

—Entonces ¿volvisteis a verlo?

—Sí, por la parada de autobuses. Nos paró cuando íbamos en bici. Fue entonces cuando nos preguntó sobre eso.

—Nos enseñó una foto —dijo Karl-Martin con precaución.

—¿De Ruben?

—Sí. Nos preguntó si lo conocíamos y eso. Si podíamos ayudarle con algo...

—¿Conseguir que subiera al cobertizo de la fuente?

Los dos chicos asintieron con la cabeza en silencio.

—¿Y qué le dijisteis entonces? —preguntó Silje con amabilidad.

—Dijimos que no.

—Vale —intervino Fredrik—. ¿Puedo preguntar por qué? ¿Por qué no quisisteis ayudarlo?

La respuesta tardó en llegar.

—Ya no era simpático.

—¿No? ¿A qué te refieres?

—Estaba diferente. Mucho más, bueno, adulto y serio, un poco como... —Lasse lanzó una mirada a Silje.

—¿Como yo?

—Sí. O no. No justo como tú, pero, ya sabes, como cuando los profesores se enfadan...

—¿Era agresivo? —preguntó Fredrik con cuidado.

—Sí, eso, casi le salía saliva por la boca cuando hablaba.

—Y fue entonces cuando lo dijo —añadió Lasse nervioso—. Que nos iba a matar si le contábamos a alguien que habíamos hablado con él.

—El bigote también era diferente.

—¿Qué?

—Bueno, era en plan...

El chico rubio se pasó un dedo por debajo de la nariz con gesto inseguro.

—Bueno, la primera vez iba así, pero esta vez iba más en plan...

—¿Creéis —dijo Fredrik con tranquilidad— que, si consigo un dibujante, nos lo podéis describir?

—¿Un dibujante?

Se miraron sin comprender.

—Sí, a veces los usamos en la policía. Si no sabemos cómo es, físicamente, alguien a quien estamos buscando.

—¿Tenemos que dibujar?

—No, no, tenéis que decirme lo que habéis visto sin más, y el dibujante hará el resto.

—¿Sí?

Se miraron otra vez.

—Quizá —dijo Lasse.

—Pero había cambiado un poco —añadió su amigo.

—No pasa nada. ¿Podemos hacer eso, entonces? ¿Enviamos a alguien aquí? ¿Para que le contéis cómo era?

—Vale —dijeron los chicos, y casi parecían contentos.

—Solo una cosa más: ¿estáis seguros de eso? ¿De que estaba buscando a Ruben? ¿Y no a otro?

—Sí. Eso fue lo que dijo.

—¿Os dijo algo de por qué?

Los dos negaron con la cabeza.

—Muy bien. —Fredrik se levantó—. ¿Sabéis una cosa, chicos? Os estoy muy agradecido. Lo habéis hecho muy bien. Y ahora estamos aquí para protegeros, así que ya no debéis tener miedo. ¿Me lo vais a prometer?

Unas sonrisas se extendieron en las pequeñas bocas.

—Vale.

Les estrechó la mano con firmeza a cada uno y los siguió con la mirada mientras Silje los acompañaba hasta el pasillo.

Se sacó el móvil del bolsillo, con dedos temblorosos, en el momento en que la puerta se cerró de golpe tras ellos.

—¿Sí, Munch?

—Soy Fredrik. Tenemos una descripción de nuestro hombre.

—¿Qué?

—Dos chicos. Han estado con él varias veces. ¿Puedes conseguir un dibujante?

—Sí, claro.

—Genial. ¿Y sabes qué?

—¿Qué?

—Estaba buscando a Ruben.

—¿Qué?

—Las víctimas no son fortuitas. Sabía perfectamente a quién estaba buscando.

—Hay que joderse.

—Exacto.

—Buen trabajo. ¿Vienes a comisaría?

—Enseguida. Voy a ocuparme de algunos detalles por aquí primero.

Fredrik Riis se metió el teléfono en el bolsillo y salió de la sala para ir a buscar a Silje Simonsen.

24

El anciano de pelo blanco había estado esperando algo, pero ni en sus fantasías más disparatadas podría haberse imaginado que fueran a descubrirlo tan rápido. Claro que era atrevido invitar a cenar a seis de las mayores personalidades de Suecia, pero era lo que había que hacer, ¿no? Vivir la vida con arrojo. Joder, un hombre normal podría haber elegido un camino más normal, pero él no, eso no era para él. Era un aventurero, que se abría paso a machetazos por selvas inexploradas. Lo había aprendido ya desde pequeño, porque había pasado muchas noches a la intemperie, como un zorro en su madriguera, cuando no le dejaban entrar en casa. Algunas veces también en invierno, pero ¿qué era eso para un trotamundos como él? Nada, aunque había hecho mucho frío en las montañas cubiertas de hielo de los bosques de las afueras de Uddevalla. Todavía tenía dos dedos de la mano izquierda que no le funcionaban muy bien debido a la congelación, pero, si su madre le decía que era un pequeño diablo que se merecía dormir en la calle, sería verdad. Porque había que hacer caso a las madres, aunque su voz a veces saliera por la radio, incluso cuando nadie la había encendido.

La cena había sido un éxito rotundo. Mikael Persbrandt se había emborrachado, claro, y había insistido en jugar a hacer girar la botella encima de la mesa para ver a quién apuntaba, pero Allan Edwall se había negado a jugar, y menos mal, porque Persbrandt no hacía más que hablar de la tal Maria Bonnevie, y cómo iba a molerla a palos ese galán de Fredrik Skavlan. Se había subido a la silla, claro, mientras agitaba el puño en el aire. Él había pensado que no hubiese venido tan mal, eso de hacer girar la botella sobre la mesa un poco, porque de ese modo los invitados tal vez habrían escuchado a los demás en lugar de hablar de sí mismos constantemente. Por suerte, Cornelis Vreeswijk había sacado su vieja guitarra para cantar la balada de «Fredrik Åkare och Cecilia Lind», y entonces todos habían soltado alguna lagrimilla mientras vaciaban las copas de aguardiente de Hallands Fläder, hasta que llegó el deprimido Ingmar Bergman. Era un tipo desesperante. Menudo aguafiestas. Pero se habían puesto de acuerdo entre todos, y al final lo habían encerrado en el sótano. A veces lo oían dar golpes en el techo con la escoba, pero nadie le hacía caso, sobre todo cuando llevaron los creps a la mesa, y él había sacado un bidón de orujo casero, que había robado del cobertizo del vecino del otro lado del bosque.

El anciano miraba por debajo del borde de la sombrilla revestida de aluminio y se preguntó cómo podía ser que las autoridades lo hubiesen descubierto tan rápido. Se había despertado en el suelo con la cazadora de Max von Sydow echada encima, y fue entonces cuando las oyó. Las voces que se colaban entre las tablas de la pared de la cocina. La pared no era del todo estanca, la verdad. Había introducido papel de periódico en las grietas más llamativas, pero el viento lo había arrancado; luego había encontrado unos rollos de lana mineral que alguien había tirado en un garaje junto a una casa recién construida de Äsperöd, pero picaba mucho y se metían trozos amarillos en la comida, de modo que prefería que corriera el viento. Y llegasen los sonidos. No obstante, enseguida había constatado que los sonidos eran un problema. Se trataba de unos poderes extraños que bajaban de la luna y otras ciudades, así que había que esconderse echando leches. Papel de aluminio. Había oído que eso ayudaba. Así pues, había cogido la bici y había ido lo más rápido que pudo al supermercado de ICA Kvantum de la calle Göteborgsvägen, y allí se había escondido en el almacén, detrás de unas bolsas de patatas fritas, hasta que apagaron las luces, y entonces pudo servirse libremente. De papel de aluminio.

El nuevo trabajo.

Se le había ocurrido que esa era la razón por la que las autoridades lo estaban buscando.

Es un nuevo móvil, tan bonito.

El azul.

Que no dejaba de sonar desde el armario de la cocina.

Mierda.

Ya había tomado la decisión.

Tenía que deshacerse de él.

Había que poner fin a esos trabajos de actor.

El nuevo trabajo.

El teléfono móvil.

Tenía que quitárselo de encima.

Eso era lo que tenía que hacer.

El anciano de pelo blanco se preparó, contó hasta tres y atravesó el patio corriendo.

Una vez dentro, se quedó con la espalda apoyada en la puerta.

«Bien».

«Hasta aquí, bien».

Ya no había más sonidos.

Avanzó con pasos cautelosos y se abstuvo de dar patadas a las botellas vacías, que estaban por todas partes. Se tapó los oídos un momento cuando oyó que Ingmar Bergman seguía en el sótano, dando golpes con la escoba, pero por fin llegó.

Al armario de la cocina.

«Piensa, piensa».

¿Cómo iba a hacerlo?

Miró alrededor de la cocina y afortunadamente encontró la solución justo delante de él.

Los guantes de fregar amarillos.

«Perfecto».

Contento, se puso los guantes, y acababa de abrir el armario cuando volvió a sonar.

«Demonios».

Miró de reojo el pequeño teléfono azul.

«Hoja 2. Escena 3. ¿Vale?».

Reflexionó un momento.

Iba a tener que defraudar al director.

Debió de estar un tiempo así, porque volvió a pitar.

«Hoja 2. Escena 3. ¿Vale?».

Vale, pues.

Había que arriesgar.

«Una última conversación».

El anciano se acercó a la carpeta que tenía sobre el banco debajo de la ventana.

Inspiró aire con mesura.

Y marcó el número en el otro móvil.

25

Mia había dormido bien por primera vez en mucho tiempo y notó el optimismo que transmitían los otros miembros del equipo, que se habían reunido en la sala para el primer repaso del día. Munch entró con una sonrisa y se situó junto al proyector.

—Bienvenidos todos, ayer fue un día fantástico, y hoy hay que seguir con la buena racha. Tenemos que hablar de muchas cosas, así que propongo ir al grano.

Pulsó el botón del mando a distancia y la primera imagen apareció en pantalla.

Un pino alto del bosque encima de la cantera de grava.

—El autor del crimen nos observó.

Otra imagen, del suelo junto al árbol.

—Sé lo que esto ha provocado en algunos de vosotros, y eso está bien. Pienso que debemos usar esa irritación en nuestro favor.

—Hijo de puta —murmuró Karl Oxen, y se metió una bola de rapé bajo el labio superior.

—Eso es, Karl, muy bien. Aunque la vista desde ahí arriba no era fabulosa, el lugar era perfecto. Un poco oculto por los árboles, pero al mismo tiempo con una visión ininterrumpida hacia el campo donde estaban los chicos.

Munch pasó a la siguiente imagen, que mostraba la vista del lugar donde habían encontrado a los niños.

—Me pregunto si eligió este sitio desde el principio —dijo Katja van den Burg.

—¿Qué?

Ese día la holandesa llevaba un chándal azul de Adidas y parecía que había salido a correr.

—Bueno, que todo parece tan planificado, ¿verdad? Mientras que ese punto en el campo parecía casualidad, ¿no? Así que quizá sea la respuesta. De la pregunta de por qué los puso justo ahí. Porque ya había encontrado un lugar desde donde mirar.

Hubo un murmullo bajo entre los presentes y cabezas que asintieron.

—Bien pensado, Katja.

—En realidad dice mucho —murmuró Anette Goli.

—¿Como qué?

Karl Oxen, otra vez. Mia tenía la sensación de que ese tipo ruidoso empezaba a sacarla de quicio. En realidad, era raro que Munch, que en condiciones normales tomaba decisiones tan inteligentes, hubiese querido que formase parte del equipo.

—¿Supongo que lo entiendes, Karl? —Katja suspiró. Cruzó los brazos sobre la chaqueta deportiva.

—Pues no.

—Vamos, amigos. Un poco de cordura. No tenemos tiempo para estas discusiones.

Ludvig Grønlie había hablado desde su posición junto a la pared. El investigador, más mayor y algo canoso, no solía intervenir mucho, por lo que llamaba la atención cuando de vez en cuando abría la boca.

—¿Qué quieres decir? —preguntó Oxen bruscamente y se giró.

—Quiere decir que te calles la boca —intervino Katja, con los brazos aún cruzados.

—¿Por qué coño iba a callarme? —gruñó, fulminando con la mirada a la holandesa—. Es una pregunta legítima, ¿o qué? ¿Por qué es importante que encontrase primero el lugar desde donde iba a mirar?

Katja suspiró y negó con la cabeza.

—No tenemos tiempo para esto, amigos. —Era Ludvig Grønlie, otra vez.

Karl Oxen masculló algo inaudible.

—Gracias, Ludvig —dijo Munch desde su posición junto a la pantalla—. En el lugar donde estuvo encontramos estos...

Sacó la imagen siguiente.

Unas cuantas colillas. En el suelo junto al árbol.

—Pueden ser de otra persona. Pero parece bastante probable que sean de nuestro hombre. La marca es Camel Light, y ya están en manos de los técnicos. Les he pedido que les den máxima prioridad, así que espero que nos confirmen si es posible extraer ADN de ellas, quizá tengamos algo a lo largo del día de hoy.

Sonrisas y nuevos gestos de asentimientos en la sala.

—¿Cómo de fácil es eso, en realidad?

Esta vez el comentario provenía de Anja. La gafotas, experta en ordenadores, tampoco solía hablar mucho en esas reuniones.

—¿El qué?

—Sacar muestras de ADN de colillas. ¿No es eso algo que solo se ve en la tele? ¿Es posible, en realidad? —Se encogió un poco de hombros y miró a su alrededor.

—¿No estudiaste en Harvard? —dijo Oxen con una leve sonrisa.

—No, estudié en... En fin, da igual, se podrá preguntar, ¿no?

Anja parecía algo molesta.

—Todo rastro biológico dejado sobre una superficie puede ser rastreado —intervino Ludvig—. Sangre, vómitos, semen, piel, células epiteliales. Lo que importa es si la cantidad es lo bastante grande. Si lo es, sí se puede sacar el perfil de ADN.

—Por eso. ¿Podemos obtener suficiente en una colilla?

Mia se compadeció de la joven, que no había sido contratada por sus habilidades técnicas en el laboratorio, sino por sus conocimientos informáticos.

—Con suerte, tendremos suficiente —dijo Munch—. Tenemos doce colillas. No os diré que está tirado, pero debería bastar. Lo dicho, espero que nos den una respuesta entre hoy y mañana.

»¿Fredrik? —Munch hizo un gesto hacia el investigador trajeado, que se levantó y se acercó a la pantalla.

—Como ya sabréis, ayer hablé con dos chicos en la escuela de Finstad. —Cogió el mando de Munch—. Los chicos me dijeron que habían estado en contacto con un hombre que había intentado convencerlos de que llevaran a Ruben hasta el cobertizo rojo de la fuente. Con la ayuda de un dibujante, ayer llegamos a sacar estos bocetos del sospechoso.

En la pantalla aparecieron dos bocetos a lápiz.

—Espera un momento —intervino Oxen, y esta vez levantó la mano—. ¿Qué has dicho? ¿No los incitaron a ir?

—No.

—Joder. Eso quiere decir que... ¿solo estaba buscando a Ruben? —Miró a su alrededor en la sala.

—En efecto, Sherlock —dijo Katja, y mordió una manzana.

Un leve murmullo se extendió entre los demás.

—Sí, pero...

—Claro. —Riis prosiguió—: Si me preguntáis a mí, esta información resulta sumamente importante. Es evidente que este hombre estuvo en contacto con varios niños del lugar antes de los asesinatos. Y, como Karl ha señalado con tanta perspicacia, estaba buscando a Ruben en concreto...

«Mierda», pensó Mia, y no se dio cuenta de que lo había dicho en alto.

Todos los ojos se volvieron hacia ella.

—¿Sí, Mia?

—Bueno, lo siento, solo estaba pensando…

—¿Sí?

—Bueno, en ese otro chico. Tommy. No formaba parte de ese grupo, ¿verdad? ¿No era de…, qué decías, Fredrik, del otro lado de la calle o algo así?

—Sí, era del otro lado —confirmó Riis.

—Así que ¿qué estás pensando, Mia? —dijo Munch.

—Bueno, puede que no sea especialmente importante, pero esos chicos con los que hablaste al final no hicieron lo que les pidió, ¿cierto?

—¿El qué?

—¿No llevaron a Ruben hasta el cobertizo de la fuente?

—No, parece que no estaban por la labor —dijo Riis.

—Por tanto, puede que lo hiciera Tommy.

En la sala reinó el silencio.

—El otro chico —continuó Mia—. Estoy pensando que, bueno, venía del otro lado, quizá no fuera muy popular, ya nos han dicho cómo era la situación en su casa: ayuda social, una madre que no estaba nunca… Puede que se viera más inclinado a hacer este tipo de cosas. ¿Un desconocido aparece y le ofrece tanto dinero como una atención largamente necesitada?

—Bien pensado —dijo Munch.

—Eso explicaría muchas cosas —añadió Goli—. Nos hemos hecho numerosas preguntas en torno a esta constelación, es decir, Ruben y Tommy; no parecían ser amigos, en circunstancias normales.

—También explicaría el lugar del crimen —continuó Mia—. Los dos chicos. Cada uno en una postura tan distinta. Era evidente, al menos para mí, que Ruben era el protagonista de la composición. Además, era el único que estaba desnudo.

—Así que este Tommy no era más que…

—Alguien a quien usó —apuntó Mia cautelosamente—. Una víctima fortuita.

—Agudo —dijo Munch, e indicó a Riis que regresase a su sitio—. De acuerdo, recapitulemos un poco, para no perder ningún detalle. Dos víctimas, una usada para atrapar a la otra. ¿Por qué?

—Porque estaba buscando a Ruben —afirmó Katja.

—Pero ¿por qué? ¿Por qué precisamente a Ruben?

La sala quedó sumida de nuevo en el silencio.

—El accidente de coche —continuó Munch—. Cuando atropellaron a Ruben junto al Grillen. ¿Cómo llevamos ese tema?

—Los técnicos tenían algunos problemas, pero confiaban en poder darnos un número de matrícula a lo largo del día.

—Muy bien, cuando nos llegue el dato, tendrá máxima prioridad, ¿vale?

Los demás asintieron.

—Otra vez os planteo la pregunta: ¿por qué Ruben? ¿Por qué justo él?

—Quizá tendríamos que echar un vistazo a la familia —propuso Goli—. Puede que la respuesta esté allí.

—Bien —dijo Munch.

—Ya nos han llegado algunos mensajes preocupantes acerca de su padre —convino Grønlie.

—Así es —dijo Munch—. Había tomado la decisión de esperar un poco con respeto a este tema, pero ahora parece relevante seguir esa pista. Ludvig y... Katja, ¿podéis hacer el seguimiento de los que nos han llamado?

Grønlie asintió desde la pared, y la holandesa hizo lo mismo.

—Tampoco podemos olvidarnos de Suecia —dijo Mia.

—¿A qué te refieres?

—Todo apunta a que eligió a Ruben, sí, pero ¿a quién eligió de los chicos de Suecia? La respuesta no solo estará en la familia de Ruben aquí en Noruega, ¿verdad?

Se oyó otro murmullo en la sala.

—A menos que haya una conexión entre las familias de Suecia y las de aquí.

Karl Oxen, nuevamente. Era la primera cosa sensata que había salido de su boca ese día.

—Lo he pensado, claro —dijo Mia—. Pero apenas he tenido tiempo de repasar todos los datos del noventa y tres.

Alzó la vista hacia Ludvig, quien continuó.

—Tenemos un montón de material de Suecia. Hemos llegado casi a…

—Cien mil —apostilló Anja.

—Sí, casi cien mil páginas de documentos relacionados con el caso, y la cuestión es dónde empezar a buscar…

—Empieza con esto —dijo Munch con tono decidido—. Todo lo que lleve a pensar en conexiones entre las familias Lundgren y…

Se volvió hacia Mia.

—¿Quién opinas que puede ser el protagonista del escenario del crimen de Suecia?

—Oliver.

—Vale, las familias Lundgren y Hellberg, pues. Recogéis todo lo que tenemos y comprobáis si hay algo ahí.

Katja y Ludvig asintieron con la cabeza.

—Con eso nos pueden ayudar hoy —intervino Anette Goli.

—Sí, claro, es cierto —dijo Munch, y atrajo la atención del grupo otra vez—. Suecia nos ha enviado a un hombre que nos va a ayudar con la investigación. Es psicólogo. Trabajó elaborando perfiles criminales para los tres equipos que se ocuparon del caso, de modo que creo que este hombre puede ayudarnos mucho. Se llama…

—Patrick Olsson —terminó Goli.

—En efecto. Olsson llega esta tarde, y entonces haremos un plan para usarlo de la manera más eficiente.

—¿Quizá nosotros primero? —dijo Ludvig, ladeando la cabeza hacia Katja.

—Sin duda. Las pistas relativas a las familias. Lundgren y Hellberg. ¿Hay una conexión ahí? ¿Por qué eligió nuestro hombre justo a Ruben? ¿Y justo a Oliver?

—Si es correcto lo que dice nuestra joven compañera, claro —soltó Oxen con sequedad, ladeando la cabeza hacia Mia, que estaba detrás de él.

—Seguro que sí —contestó Munch, que la miró con una leve sonrisa—. Vale, las familias. ¿Qué más? —Se rascó la cabeza un poco.

—Los dibujos —dijo Riis, centrándose en los bocetos que llevaban ya tiempo en la pared.

—Sí, claro —dijo Munch—. Como podéis ver, son dos aspectos diferentes. Esto es porque se comportó de manera distinta las dos veces que se encontraron con él. Desde ese punto de vista, no creo que vayamos a poder sacar gran cosa de esto; da la impresión de que le gusta disfrazarse, sin más.

—¿Crees que son disfraces?

—Puede parecer eso. Al menos, uno de ellos, sí. Habrá que hablar de si debemos hacerlos públicos, si tenemos capacidad suficiente para recibir todas las eventuales llamadas de identificación errónea de estos dos.

Se giró hacia Goli.

—Pienso que sí debemos hacerlos públicos. Voy a hablar con Dreyer, a ver si consigo que ponga a más gente a contestar al teléfono en Grønland.

—Vale, muy bien, quedamos así, pues. Bien, saquemos estos dos dibujos en los medios de comunicación a lo largo del día, quizá contribuyan a poner en marcha la rueda.

Se frotó la nariz y reflexionó durante un momento.

—Bien, ¿alguien tenía algo más?

Riis levantó un dedo.

—¿Sí?

—Solo una cosilla, no sé si es importante o no. Puede ser mentira, no lo sé, pero algo me dice que puede haber algo ahí.

—¿De qué se trata?

—Los chicos con los que hablé dijeron algo sobre el fútbol. El Manchester United. Nuestro hombre lo había usado como puerta de entrada para ponerse en contacto con ellos. Mencionó algo sobre Solskjær también. Que habían ido al mismo instituto. Tal vez incluso jugasen en el mismo equipo. En las categorías inferiores, claro. Dijo algo sobre una lesión en la rodilla. Nuestro hombre tenía una ligera cojera. Podría habérselo inventado, como digo, pero...

—Merece la pena comprobarlo, sin duda —concluyó Munch.

—Clausenengen —dijo Oxen.

—¿Qué?

—Ole Gunnar Solskjær. Jugó en el Clausenengen cuando era joven. En Kristiansund.

—Bien. Ocúpate de eso, Karl. Habla con los antiguos entrenadores. Fotos antiguas. Bueno, ya sabes.

—Yo me encargo.

—Bien, tenemos unas cuantas cosas ya. Ahora a darlo todo, y nos reuniremos esta tarde para ponernos al día, o en cualquier momento, claro está, si sacamos algo en limpio antes.

Munch buscó un cigarrillo en su trenca.

—¿Mia? Querías hablar conmigo.

—Nada importante. Una cosa privada.

—Vale, en mi despacho dentro de unos minutos. Muy bien, equipo. Suerte con todo hoy.

Munch sonrió, se llevó el cigarrillo a los labios y salió de la sala rumbo a la terraza de fumar.

26

El cambio había supuesto una sacudida en todos los sentidos. Mia estaba tan inmersa en los pormenores de su nuevo trabajo que casi se había olvidado de que había un mundo fuera, pero en ese momento se acercó nuevamente a ella, cuando dejó atrás la avenida de Karl Johan y comenzó a ascender hacia el parque de Slottsparken. Los grandes y hermosos árboles daban la bienvenida a la primavera con hojas verdes y brillantes que se movían a la leve brisa. No podía ver los pájaros, pero daba la impresión de que estaban por todas partes. El gorjeo era tan intenso que parecía que se habían reunido en masa en ese lugar para esparcirse justo delante del castillo noruego. La bandera se hallaba izada, lo cual significaba que el rey estaba en casa. Era algo que había aprendido de pequeña y en aquella ocasión se había preguntado si encontrarían el camino dentro de un edificio tan grande. Para ir al baño, o para acostarse, había que andar tanto que la caminata cansaba, o para ir a desayunar. El rey tendría que planificarlo todo con mucha antelación; si no, ¿cómo iba a conseguirlo? Habían estado allí una vez el 17 de Mayo, el día que todo el país se ponía el traje regional y saludaba a la familia real en el balcón. Había tenido muchas ganas de verlos, pero no había sido fácil. Bocinazos y caballos de la policía pisoteando, gente que aullaba y gritaba y agitaba sus banderitas. Casi se había agobiado un poco, atrapada entre las multitudes de la calle, pero allí estaba él, con sus fuertes brazos. Papá. Y la había levantado, para subirla a hombros, y de repente el mundo parecía totalmente distinto. Él no era monárquico, nunca lo admitiría, pero en cualquier caso lo era más que mamá, quien siempre se quejaba de la gran cantidad de dinero que gastaban en la familia real. «Mirad el caso de Inglaterra. Se casan con vestidos de plata y tronos de oro y toda clase de ostentación, por el valor de millones de coronas, mientras hay gente que pasa hambre en los barrios obreros. ¿Qué sentido tiene?». No, mejor con su padre, que olía bien, llevaba el traje recién planchado y gastaba su dinero libremente. Más tarde participaba en las procesiones de la escuela de Åsgårdstrand, y no estaban mal, pero no era lo mismo. Era hija de su padre. Le entró cargo de conciencia al pasar por delante de Grotten, la residencia honorífica del Estado para artistas, diseñada y levantada por Henrik Wergeland en 1841, y desde entonces el hogar de tan solo un puñado de artistas que se han considerado lo bastante importantes para representar al país, que tenían su propio piso lindando con el castillo. Ahora estaba viviendo allí el músico contemporáneo Arne Nordheim, que hacía música «plingplong», en palabras de su padre, pero a su madre le encantaba, claro. Si había algo elevado y un poco elitista, siempre le gustaba. «Le gustas más que yo». Sigrid, de pie fuera del garaje, y siempre la llamaba así cuando quería burlarse de ella. «Niña de papá». Mia siempre lo había considerado un insulto. «Conque niña de papá, ¿eh?». A ella le gustaba acompañarlo en el garaje mientras sacaba brillo a su Jaguar, de color verde jade, el que había comprado a pesar de la negativa de su madre. Pasaba casi todas las noches arreglándolo, con la esperanza de poder sacarlo a la carretera algún día. Chicazo. Eso sonaba ligeramente peor, pero con el tiempo había dejado de molestarla. Lo decían las chicas de su clase. Porque ella no iba, como el resto, a Mobil, a mascar chicle rosa y tomar alcohol, y esperar que alguien la subiese en su coche para llevarla hasta la punta sur del lago Borrevannet para enrollarse. En lugar de ello, le regalaron una moto, una Honda CB 100 roja, lo cual había sacado de quicio a su madre. «¿Qué? ¿Quieres que se mate? Estás mal de la cabeza, Kyrre. Su razonable padre, tomando partido por ella también aquí. Podrá usar el dinero de la confirmación en lo que le dé la gana, ¿no? Sigrid juega al balonmano y monta a caballo. ¿Mia no va a tener algo propio también?». Sí, era la niña de papá, tenían razón. Puede que esa fuera la razón por la que siempre se había llevado tan bien con la abuela.

—Rayo de Luna —dijo la anciana con una amplia sonrisa, y le dio un largo y sentido abrazo.

La señora se había maquillado para la ocasión. Se había recogido el pelo, negro e indomable, en un moño, y se había pintado la cara con colores vivos. Llevaba un abrigo rojo muy bonito que Mia sabía que le gustaba, y esos botines que siempre le encantaban también, dorados y con pompones por detrás. Los ojos oscuros y profundos la miraban con amabilidad, mientras la anciana le acariciaba la mejilla con una mano.

—Qué guapa estás, abuela.

—No, la guapa eres tú, Mia. —La anciana se rio, cogiéndola de las manos—. Déjame que te vea. Qué grande se ha hecho mi pequeña india.

—Hace solo unas semanas que me viste, abuela.

—Sí, sí, pero aun así. Ahora tienes un trabajo y a saber qué más cosas. Bueno, hacía ya tiempo que quería enseñarte esto. Ven. Tengo ganas de que lo veas.

La abuela sonrió, la cogió del brazo y la llevó por la calle Parkveien hasta la calle de atrás.

—Esta, amiga mía —dijo la abuela con una sonrisa pícara—, es la calle Inkognitogata.

—¿Vale?

—Allí —continuó, ya convertida en guía turística, mientras enfilaban la elegante calle— está la embajada coreana. Y allí, la italiana. Un poco más adelante, está la residencia del primer ministro. Y más allá, están la chilena, la sueca y la cubana. Me refiero a las embajadas. De modo que, amiga mía, es un lugar con cierto renombre. Aún más, si cabe, por tener al rey de vecino.

La anciana le guiñó un ojo, atravesó un portal y entró en un patio que se extendía delante de una casa grande de color blanco.

—Construida en 1879, con diseño del arquitecto Stener Lenschow, y como puedes ver, tiene una fachada asimétrica de estilo neorrenacentista.

Dijo lo último con un tono ligeramente exagerado, como si estuviera imitando algún documental de los que le gustaba ver en la tele a su madre.

—Todos tenemos nuestros secretos, ¿verdad? Y este es el mío.

Su abuela le guiñó el ojo otra vez y se sacó algo del bolsillo.

—Es un regalo, porque te quiero tanto.

Una llave.

—¿Qué?

La anciana sonrió, contenta.

—Adelante, querida.

Mia miró la llave sin entender nada. Observó la fachada de la casa, increíblemente bella, y después a su abuela.

—Verás, en los años cincuenta —dijo la anciana—, este cuerpo que tengo era más terso. Swinging Oslo, así se referían a la época, pero no hacía justicia al ambiente. En los años de la posguerra, todos hicimos cosas..., bueno, ¿cómo decirlo? Cosas un pelín irresponsables y extrañas.

Soltó una risita y empezó a toser.

—¿Estás bien, abuela?

—Sí, por supuesto —contestó la anciana.

—¿Esta casa es... tuya?

—Así es —respondió la anciana con la sonrisa pícara—. O bueno, toda la casa no, para eso tendría que haber sido más rica que en aquella época, pero toda la segunda planta es mía. Doscientos cincuenta metros cuadrados.

La llave, otra vez, delante de su cara.

—Y ahora es tuya.

—No, no puedes hacer eso…

Mia estaba en estado de shock. No sabía qué decir.

—Oh, claro que puedo.

La abuela la agarró del brazo otra vez.

—Por Dios, abuela, esto…

—Ven. —La anciana sonrió y subió el primer peldaño de la enorme escalera—. ¿No quieres ver cómo es por dentro?

27

Fredrik Riis acababa de recoger su comida de la panadería de la calle Wilsesgate, y estaba en el ascensor cuando le sonó el móvil. Era del grupo-e otra vez, pero en esta ocasión, afortunadamente, lo llamaba uno de los jefes.

—Hola, soy Morten Olsen, ¿hablo con Riis?

—¿Sí?

—Siento que hayamos tardado tanto, tuvimos una avería informática.

—Sí, ya me dijeron. ¿Al final lo habéis sacado?

—Sí, al final, sí. Nos costó un poco sacar la última cifra, no sabíamos si era un 7 o un 1, pero al final hemos llegado a la conclusión de que era un 7.

—Vale —dijo Riis, quien ya se había olvidado de que tenía hambre.

Habían identificado el coche.

—Tengo que reconocer que nos ha chocado un poco —continuó el hombre en el otro lado.

—¿Y eso?

—No, hemos visto tu nombre en esta petición, y he pensado que debía de ser una broma.

—¿Por qué?

El ascensor llegaba a la tercera planta. Grønlie salió al pasillo y parecía que quería decirle algo, pero Fredrik hizo un gesto disuasorio con la cabeza, señalando el móvil.

—Bueno, que tu nombre es Fredrik Riis, ¿verdad?

—¿Sí?

—¿Y trabajas con Munch?

—¿Sí?

—¿Y no se trata de una broma, entonces?

—Escucha —dijo Fredrik, quien estaba empezando a perder la paciencia—, dime sin más a nombre de quién está registrado el vehículo, ¿vale?

—Sí, claro, solo tenía que comprobarlo contigo. La furgoneta blanca que aparece en el vídeo que mandasteis está registrada a tu nombre.

—¿Qué?

—A alguien con tu nombre, en todo caso. ¿Tienes una empresa en Alnabru?

—No.

—Entonces será un tocayo tuyo, a todos los efectos. La furgoneta Boxer lleva la matrícula DK 87127, y está registrada a nombre de Fredrik Riis AS, gerente, calle Furulundsvei, 12. O sea que no eres tú, ¿no?

—Ya te he dicho que no —contestó Fredrik, dejó la comida sin tocar en la mesa y volvió al pasillo—. ¿Sabéis de qué empresa se trata?

—No, solo tengo aquí el nombre y la dirección.

—Ok, muy bien, gracias por la ayuda —dijo Riis y cortó la llamada, cuando Ludvig Grønlie volvió a asomar la cabeza de su despacho.

—¿Tienes dos minutos?

—No, en realidad, no. Han identificado la furgoneta del accidente del Grillen. Voy para allá ahora. ¿Era algo importante?

—Sí y no. El entierro del chico se ha adelantado a mañana.

—¿Ya? ¿Y eso?

Grønlie se encogió de hombros.

—No lo sé. ¿Qué harías tú si fueras padre y hubieras perdido a un hijo? Me imagino que para poder iniciar el proceso de luto. Munch quiere mandar a un equipo al lugar, ¿puedes ocuparte tú, con Katja?

—Por supuesto. ¿Qué estamos pensando? ¿Que, si nos vio en el lugar del crimen, bien podría aparecer también allí?

—Algo así. —Grønlie asintió—. La ceremonia comienza a las doce en la iglesia de Lørenskog.

—Ok, muy bien, avisaré a Katja. —Fredrik tomó el ascensor al garaje subterráneo.

«¿Fredrik Riis AS?».

En otras circunstancias, quizá le habría resultado divertido, pero ese día no estaba de humor. Se había despertado con varios mensajes de texto en el móvil de nuevo, y esta vez había elegido no contestar. Mierda. ¿Cómo había conseguido meterse en semejante lío? ¿Y ahora esa situación? ¿Era razonable? ¿Cuáles serían las probabilidades?

Un concierto de Grünerløkka, un trío de jazz, no recordaba el nombre del grupo. Había ido solo, lo hacía a menudo, no le importaba lo más mínimo estar solo, dejándose envolver por la música. Después, en el vestíbulo, había estado de un humor extraño. Bien, pero también algo triste, melancólico; la música le había afectado. Y allí había estado ella. No había muchos sitios libres, así que le había preguntado, con cierta cautela: «¿Está libre?». No había tenido ninguna intención de nada, simplemente necesitaba una silla y un lugar para dejar la cerveza. Tres horas más tarde, lo sabía casi todo de ella. La conversación fluía con una singular naturalidad. Al principio había sido ligera, un poco de coqueteo. Música, películas, algo de política, sentimientos, pensamientos. Cuando el club de jazz cerró, fueron a otro bar, como si fuera lo más natural del mundo. Estaban más ebrios, pero no borrachos, todavía con la cabeza en su sitio, y entonces habían comenzado las historias tristes, otra vez. Fredrik Riis no sabía qué le pasaba, pero algo debía de ser, porque la gente siempre le confiaba cosas. Las cosas más privadas. Parecía que llevara alzacuellos de cura o algo. O simplemente que transmitía una gran amabilidad; no estaba seguro, pero en cualquier caso había sido así desde la adolescencia. Los compañeros de clase contándole sus secretos en su habitación, y siempre terminaban con las palabras: «Esto no se lo puedes contar a nadie». Y así había seguido también en la edad adulta. Y era eso lo que al final le había desarmado. Esa tristeza. Esa frágil figura delante de él, que aparentemente necesitaba alguien a quien poder abrazar.

«Mi marido no es una buena persona».

«Si no hubiera sido por nuestra hija…».

«No es que ella le importe a él».

El cuerpo suave y desconocido bajo el edredón en su habitación.

No había ocurrido hasta más tarde.

La cuarta vez.

«¿A qué se dedica tu marido, por cierto?».

Mierda.

Aparcó el coche delante del gran edificio del almacén y volvió a mirar su teléfono, pero no había más mensajes.

«Por suerte».

Una pequeña placa dorada, y una puerta que le condujo hasta la segunda planta, donde una hilera de pequeños despachos se sucedían en un largo pasillo. Llamó tímidamente a la primera puerta, y una mujer mayor le dijo que entrase. La mujer estaba en algo que semejaba una recepción de las de antes. No constaba qué clase de actividad desempeñaba la empresa, pero daba la impresión de que llevaban allí mucho tiempo, porque el interior de la habitación no parecía haber cambiado nada desde los años setenta.

La señora de pelo cano sonrió y terminó la llamada que la había mantenido ocupada.

—Hola, me llamo Fredrik Riis, vengo de la policía.

La señora mayor se rio un poco y le cogió la tarjeta.

—¿Está de broma?

—Eh, no, es que soy...

—¡Olav! —gritó la mujer, y dio unos golpes en la pared, fina como el papel, que daba a un despacho interior.

Un hombre de la misma edad, que llevaba chaleco y un pantalón de seda, asomó la cabeza por una puerta.

—¿Sí?

—Ha venido a vernos tu abuelo —dijo la señora con una sonrisa.

—Eh, ¿de qué se trata?

—Mi nombre es Fredrik Riis —se presentó Fredrik, y tendió la mano al recién llegado.

—Mira.

Laboriosamente, la señora dejó su silla tras la recepción y le enseñó la tarjeta de identificación.

—Madre mía —dijo el hombre del chaleco con una sonrisa, y se puso las gafas que llevaba colgadas del cuello—. ¿La policía? ¿Hemos cometido algún crimen?

—Tengo una pregunta sobre este coche —dijo Fredrik y enseñó la fotografía—. Está registrado a nombre de su empresa. ¿Lo reconoce?

El hombre del chaleco murmuró algo, y se adelantó a Fredrik por el estrecho pasillo. Subió unas finas cortinas delante de una ventana, volvió a sonreír y señaló el patio trasero.

—¿Se refiere a una de esas?

Fredrik miró la fila de vehículos aparcados allí.

—Tenemos unos treinta —dijo el señor mayor con otra sonrisa—. De modo que bien podría ser uno de los nuestros, sí.

—¿Qué clase de empresa es esta?

—Es una lavandería industrial —explicó el hombre, orgulloso—. El año que viene cumplimos cuarenta años. ¿Quiere que le enseñe las instalaciones?

—No hace falta —respondió Fredrik—. Lavandería industrial... ¿Puede explicarme un poco más?

—Hoteles. Seis mil camas de hotel, repartidas por toda la región de Østlandet, que necesitan sábanas limpias todos los días. Cuando mi abuelo comenzó, eran otros tiempos, claro. Por aquel entonces estábamos en el centro, una lavandería normal y corriente, pero un día..., de hecho, durante una comida en Kaffistova, en fin, él había venido a la capital desde Seljord y no le gustaba toda esa comida moderna, como la llamaba él...

—Muy bien, me alegro mucho —interrumpió Fredrik discretamente—. ¿Y esa es la razón por la que tienen todos estos vehículos?

—Recogemos sábanas sucias y las devolvemos limpias —dijo, sonriendo—. Podría ser nuestro lema. Todos los días. Sin parar. La mayoría de nuestros clientes están en el centro, claro, pero también vamos a Lillestrøm, Gardermoen, Drammen...

—Pero ¿este coche qué? —dijo Fredrik y levantó la foto otra vez.

El señor mayor volvió a escudriñar por encima de las gafas.

—Sí, bien podría ser nuestro. ¿Ha estado en la oficina de los conductores?

—No. ¿Eso dónde está?

—Venga —dijo y bajó, por delante de Fredrik, por una escalera de caracol con los peldaños chirriantes, hasta otra habitación en la planta de abajo.

Era casi como una cafetería. Al parecer se trataba de la sala de descanso. Había una máquina de refrescos en una esquina y un pequeño mostrador donde, según un letrero, los conductores podían servirse café y bollos, pero: «Máximo tres por persona. Si alguien quiere más, que deje dinero en la cesta».

Miradas sospechosas por encima de unos vasos de papel.

Un hombre de pelo moreno y bigote dejó el periódico a un lado cuando entraron.

—Olav, ¿qué trae la dirección a los mortales? ¿Otra vez nos va a subir el sueldo?

Se oyeron risas desde el grupo de conductores que estaban sentados en los bancos junto a la ventana.

—Hoy, no —contestó el jefe, quien no se dejó afectar por el evidente sarcasmo—. Estamos buscando una furgoneta.

Asintió con la cabeza hacia Fredrik, quien mostró la fotografía al hombre con aspecto de pirata.

—DK 87127. Hummm.

El hombre de pelo moreno se levantó y se acercó a una lista que colgaba en la pared.

—Sí, es nuestro, efectivamente. ¿Por qué?

Devolvió la fotografía y se quitó una miga del bigote.

—¿Quién lo usa? —preguntó Fredrik—. ¿Tienen un conductor fijo para cada coche o…?

El hombre se giró hacia el grupo junto a la ventana.

—¿Alguien sabe quién conduce… —volvió a mirar el número— DK 87127?

Negaron con la cabeza sobre el borde de las tazas de café.

—Tenemos un sistema de rotación —explicó, con un gesto de cabeza hacia la pared, donde colgaban muchas llaves debajo de un cartel en el que ponía LIBRE—. Si necesitas furgoneta, coges una llave y ya.

—De modo que no saben quién… —comenzó Fredrik, pero se vio interrumpido por un joven que estaba sentado en el banco.

—¿Ese no fue el carro que robaron?

Nuevos murmullos y asentimientos desde los conductores.

—Sí, joder, es verdad.

El hombre de pelo moreno se pasó la mano por el bigote.

—¿Falta un vehículo? —dijo el jefe—. ¿Cuándo pasó esto?

El hombre, que quería una subida de sueldo pero que aparentemente no sabía hacer su trabajo, se quedó callado. Otro conductor acudió en su ayuda.

—Hace un par de semanas.

—Sí, hace un par de semanas o así. Justo iba a avisar, hay que denunciar esas cosas, ahora nos ponemos a ello. ¿Usted es policía? ¿Podemos…?

El jefe estaba irritado y pisoteaba el suelo de linóleo con impaciencia.

—Es tu responsabilidad, ¿verdad?

—Sí, claro… Yo es que…

—Procura denunciar la desaparición del coche ahora mismo. ¿No te había dicho que tenías que poner un poco de orden en las cosas aquí abajo?

—Sí, sí…

El conductor miró al suelo con una expresión avergonzada, mientras que los demás murmuraron entre dientes.

—De modo que nos falta una furgoneta. ¿Y nadie sabe dónde está?

Silencio en el banco.

—Ahora mismo —dijo el hombre del chaleco, y dio unos golpes en la mesa con el índice, delante del hombre que había desatendido sus responsabilidades.

Volvieron a la segunda planta, y no paró de pedir disculpas mientras subían las chirriantes escaleras.

—De nuevo, ya lo siento.

—¿Tienen cámaras por aquí? —preguntó Fredrik y echó una nueva mirada hacia la fila de coches.

—Aquí fuera, no. Se necesita una tarjeta para poder entrar en el aparcamiento. Pero delante de la puerta de salida hay dos. Voy a hablar con el guardia. Le preguntaré si captaron la salida de la furgoneta.

—¿O una lista, quizá? Me imagino que tienen que firmar cuando sacan un coche, ¿no?

El viejo suspiró.

—Sí, debería haber sido así. Pero ya lo ha visto. Soy demasiado bueno. Mi mujer siempre me lo dice. «Eres demasiado bueno, Olav. Esto no es una ONG». Mi abuelo siempre me decía que…

—¿Puede avisarme si se entera de quién condujo el vehículo la última vez? ¿O si alguien se acuerda de algo? —Fredrik se sacó una tarjetas de visita del bolsillo interior y se la dio al viejo jefe, quien asintió con la cabeza.

—Por supuesto. Haré lo que pueda.

—Gracias. Encantado de conocerle.

Fredrik se despidió también de la señora mayor que estaba en la recepción, antes de bajar por las estrechas escaleras hasta su coche.

Narices.

Había querido darle buenas noticias a Munch.

Al menos ya sabían de dónde venía el coche.

Eso era algo.

Fredrik acababa de sentarse al volante, cuando de repente alguien llamó a la puerta.

Reconoció la cara inmediatamente. El conductor junto a la ventana que le había contado que la furgoneta había desaparecido.

El joven lanzó una mirada furtiva a su alrededor.

—Sé quién fue.

—¿Qué?

—Sé quién fue. Sé quién cogió ese coche.

28

Mia Krüger deseaba poder parar el tiempo un momento y rebobinar la última hora, para estar con su abuela en el nuevo piso para siempre. Seguía en estado de shock y no sabía qué decir cuando vio a la querida anciana abrir los brazos mientras daba una pequeña vuelta sobre sí misma en medio del suelo bajo el rosetón de una de las numerosas y enormes habitaciones.

—Como ves, está listo para entrar a vivir —dijo la abuela con una sonrisa—. Llevaba muchos años en alquiler, pero ahora he vuelto a traer todos los muebles que tenía guardados en un almacén. No sé si son de tu estilo, puedes ir cambiándolos poco a poco. Creí que te gustaría que hubiera alguno al llegar.

—Son fabulosos, abuela. —Mia sonrió y quitó la sábana de un sofá amarillo.

—Bueno, no sé yo. No serán muy modernos, pero mejor que nada ya es.

—A mí me gusta todo.

—¿Sí? —dijo la abuela, ladeando la cabeza un poco—. ¿Estarás bien aquí, entonces?

El mundo no se ajustaba del todo a sus deseos, porque le sonó el teléfono, rompiendo el encanto. Entró en la enorme cocina, con vistas a la embajada italiana, y contestó.

—Hola, soy Holger. ¿Dónde estás?

Mia se quedó callada por un momento.

«Eso, ¿dónde estoy realmente?».

Echó otra mirada a las fantásticas estancias del piso y sintió cómo la alegría seguía revoloteando en su interior.

—Estoy con mi abuela. Como te he dicho, tengo un asunto que atender. ¿Va todo bien?

—Sí, sí, todo bien. Hemos encontrado la furgoneta blanca del Grillen.

—¿Sí?

—Fredrik ha hecho un trabajo excelente. Vamos a ir a hablar con él ahora. Por eso te llamaba…

—¿Sí?

—Iba a ir a recibir al sueco, Patrick Olsson. Llega enseguida a la calle Mariboesgate, pero tenemos que salir. ¿Podrías ir a la oficina?

—¿Ahora?

—Sí, llega enseguida. ¿Has sacado alguno de los coches?

—No, ya me acercaré andando.

—Toma un taxi, mejor.

Se oyó jaleo de fondo y Munch desapareció un momento, aunque volvió enseguida.

—Tenemos que salir, ¿estás de camino?

—Enseguida voy —contestó Mia, y sintió cierta decepción cuando se metió el teléfono en el bolsillo del ajustado pantalón.

—¿El trabajo? —preguntó la abuela.

—Sí, lo siento —contestó Mia—. Tengo que irme.

—No pasa nada. Yo me quedaré un rato. Oleré los vestigios de mi antigua vida, si te parece bien.

—Claro que sí, por Dios. Quédate todo lo que quieras. Podríamos vivir aquí las dos juntas, ¿no te parece que estaría muy bien?

La abuela se rio un poco.

—Eres muy buena, Rayo de Luna. Pero prefiero vivir a orillas del fiordo. Bueno, lo que te decía, está todo listo para entrar a vivir. ¿Tienes muchas cosas en tu piso?

—No, casi nada. Lo traeré en cuanto tenga un rato. Esta misma noche, espero.

—Qué bien —dijo la anciana con una sonrisa—. ¿Te he dado las llaves?

Mia le dio otro abrazo largo, sacudió el manojo mientras bajaba por las escaleras, salió por la bonita calle y echó a correr hasta la calle Bogstadveien para coger un taxi. Salió del coche mientras recobraba el aliento, después de haber pagado con demasiada premura, pero al final las prisas fueron innecesarias. Patrick Olsson estaba con los ojos cerrados, apoyado contra la fachada de color amarillo crema, y parecía muy tranquilo. Mia dejó que el taxi se alejara y se quedó mirándolo desde cierta distancia. Psicólogo. Era lo que habría pensado primero. O quizá una profesión creativa. Arquitecto. Diseñador. Algo así. Tenía estilo, tal vez fuera por eso. Una chaqueta gris sobre un jersey negro de cuello alto. Un vaquero azul que terminaba en unas botas marrones de ante, que le llegaban hasta los tobillos. No estaba mal. Casi se quedó impresionada. Pocos hombres entendían de zapatos. Manos finas. Dedos largos. Como los de un pianista. Ojos azules. Sueco. Naturalmente. Pero rubio, no. Pelo oscuro. Como ella, quizá un tono más claro, salpicado de canas aquí y allí. Le quedaba bien. ¿Cuántos años había dicho Munch que tenía? ¿Unos cuarenta? Podría ser verdad. Demasiado mayor para ella, claro, aun así… Era un hombre apuesto, sin duda. Pero ¿de verdad era él? ¿Un especialista en asesinos en serie? ¿El único del equipo sueco que había estado presente desde el principio? Parecía más un modelo masculino que otra cosa. Se sopló el flequillo para despejarse el pelo de los ojos y lanzó una breve mirada a su elegante reloj de pulsera.

Solo había un modo de averiguarlo.

—¿Patrick Olsson?

Mia cruzó la calle y se acercó despacio al guapo sueco.

Los ojos azules se le iluminaron un poco cuando la vio.

—¿Sí?

—Mia Krüger —dijo ella y le dio la mano.

—Encantado —respondió con una sonrisa y levantó un bolso de ante del asfalto—. ¿Munch no viene?

—No, está ocupado, desafortunadamente.

—Vale —dijo Olsson, y cargó con el bolso al hombro.

—¿Es todo lo que has traído?

Se rio ligeramente.

—No, ya he dejado la maleta en el hotel.

—¿No te habían reservado un apartamento? —preguntó Mia y pasó su tarjeta por la cerradura de la puerta.

—Sí, iban a hacerlo, pero parece que aún no estaba preparado. No pasa nada. Paga la policía nacional. Al menos, de momento.

Tenía una voz tranquila. Parecía seguro de sí mismo. Mia no había ido al psicólogo desde que tenía siete años, pero, si alguna vez tuviera que hacerlo, podría ir sin problemas a ver a este hombre. Se tumbaría en el sofá y le contaría todos sus secretos. Tenía un brillo carismático en los ojos y el atisbo de una sonrisa amable jugaba en las comisuras de los labios, mientras esperaba tranquilamente junto a ella delante de la puerta del ascensor.

—Yo acabo de empezar a trabajar aquí —dijo Mia, pulsando el botón—. Pero ya estoy pillándole el tranquillo. Me da buenas sensaciones. No sé si tiene sentido lo que digo…

Los ojos del sueco se iluminaron otra vez.

—Entiendo. Entonces ¿tú eres…?

—No, no soy asistente de nadie, no —dijo Mia, sonriendo—. Munch no asigna un nombre concreto a cada puesto, aunque «elaboradora de perfiles criminales» podría acercarse a lo que hago, no sé.

—¿Tan joven?

Ya la miró directamente. La escrutó de pies a cabeza, pero no se sintió incómoda, como podía suceder en otras ocasiones cuando los hombres la observaban.

—Sí. —Mia asintió y entró en el ascensor—. Estaba en la academia de la policía hasta hace unos días.

Olsson se rio un poco, pero seguía sin ser una risa forzada, solo era amable.

—¿De verdad?

—Sí. En fin, no he avanzado mucho, pero estoy en ello. ¿Quieres ver lo que he encontrado hasta ahora? ¿O prefieres que te haga un repaso general de todo primero?

—No es en absoluto necesario que hagas un repaso general —dijo el sueco, sonriendo.

—Vale, muy bien —dijo Mia y pulsó el botón del tercer piso.

29

Al final, Susanne Hval Pedersen no lo había hecho. No se había quedado en la puerta esperando a que llegara su marido. Es decir, lo había intentado, se había organizado en el pasillo con una silla, una taza de té y unas revistas, pero al cabo de unas horas se había visto a sí misma desde fuera y se había dado cuenta de lo absurdo de lo que estaba haciendo. Por Dios, todas las parejas tenían sus problemas. No cabía duda de que estaban pasando por una mala racha, una fase, lo que fuera, pero hasta el momento siempre habían resuelto las cosas hablando. No le estaba gustando, no, desde luego que no. Él abría la puerta a altas horas de la noche, subía hasta la habitación de invitados sin mirar siquiera cómo estaba ella, dormía mientras ella preparaba a Nora para llevarla a la guardería, y normalmente ya se había marchado cuando volvía. Pero era asunto suyo, ¿no? ¿Acudir a ella si necesitaba su ayuda? Había leído un artículo en la revista *KK* hacía unas semanas: «¿Tu marido se muestra distante e indiferente?». Allí ponía que a los hombres a menudo les pasaba eso cuando alcanzaban cierta edad. Lo llamaban «el pánico». Ella había oído hablar de la crisis de los cuarenta, pero el nombre que le dieran era lo de menos. En cualquier caso, el psicólogo que había escrito el artículo explicaba que los hombres a menudo sufrían esta crisis cuando se percataban de que no había vuelta atrás. Hipoteca y trabajo y niños, y casi cuarenta años. Y de repente entendían que no iban a ser estrellas del rock. O jugadores de fútbol o multimillonarios. Que la vida era esa, la rutina diaria de limpiar la casa y pagar las facturas y aburridos programas de entretenimiento en la tele. La conclusión principal era: «Ten en cuenta que, en esta etapa de la vida, tu marido a menudo querrá buscar consuelo en relaciones extramatrimoniales. A poder ser, con una mujer más joven». ¿Infiel? No podía ser. Se había sentido totalmente mareada. Él presentaba todas las señales, ¿verdad? ¿Pasaba mucho tiempo fuera de casa por la noche? Sí. ¿Contestaba a todas las preguntas con evasivas? Sí. ¿Mostraba cada vez menos interés por su hija? Sí. ¿De pronto se compraba ropa nueva, comenzaba a ir al gimnasio, se cortaba el pelo de un modo diferente, empezaba a echarse colonia y cambiaba de hobbies? Eh, no. Para nada. La última vez que había hablado con él, dos segundos en el pasillo antes de que murmurara algo y saliera por la puerta, había tenido peor aspecto que en mucho tiempo.

Entonces ¿qué le ocurría?

En fin.

Ese día iba a aclararlo.

Había llevado a Nora a la guardería antes de lo habitual, pero, en lugar de ir a la tienda como siempre, había llamado para decirles que estaba enferma.

Pasaría el día en casa.

Así que estaría allí cuando se levantase.

No tendría ninguna posibilidad de escabullirse.

Había tomado la decisión de mostrarse un poco severa.

«¿Qué andas haciendo, Gunnar?».

«Nora te echa en falta».

«Yo también te echo en falta».

«Por Dios, no puedes seguir así».

Susanne no había faltado al trabajo un solo día en toda su vida, pero ahora tenía que hacerlo.

Iba a enterarse de qué iba aquello.

«Hoy».

Vio más movimientos en la calle delante de la ventana de la cocina, mientras iba al fregadero para dejar la taza de té vacía. Otro coche.

Con un fotógrafo en el asiento del acompañante.

¿Qué les pasaba a esos periodistas?

¿No podían dejar a la familia en paz?

Wenche había contado que Holm, que vivía en el número once, se había encontrado a uno en su jardín, cruzándolo en busca de una fotografía de la casa de los Lundgren. Lo había espantado.

Vaya insolencia.

¿Qué sería lo siguiente?

¿Ya estaban tratando de pillarlos en situaciones comprometidas?

¿Acaso esa familia no tenía suficientes problemas ya?

Abrió la puerta del frigorífico y la sintió otra vez, la angustia con la que se había despertado hacía unos días, un miedo que se resistía a abandonarla por completo.

«Podría haber sido Nora».

Menudo agobio…

Había visto imágenes en su cabeza y había correteado por la casa en busca de los tranquilizantes que le había recetado el médico; seguía sin encontrarlos.

Ahora iban a enterrarlo.

A Ruben.

Mañana ya.

Se lo había planteado, ¿debía ir?

¿Era así? Como vivían cerca, ¿tenían la obligación de hacerlo, de algún modo? Para mostrar su apoyo. ¿O era al revés?

¿Debería mantener la distancia? ¿Por respeto a la familia? ¿Para que sintiesen menos presión, por no tener que recibir las condolencias de todo el mundo? ¿Cuál era la etiqueta en estos casos? ¿Y qué era lo mejor para ellos?

Había llegado a la conclusión de que no iba a ir.

Conocía a Vibeke, pero solo de vista. El hombre saludaba con la cabeza, aunque con desgana, y solo si ella lo hacía primero. ¿Cómo se llamaba? ¿Jan-Ottar? ¿Jan-Otto? Algo así. Algo le pasaba, desde luego. También había oído rumores; no debía hacer caso a todo lo que se decía, pero…

Sacó unos huevos, los batió con un chorrito de leche, tomillo y cebollino, y vertió la mezcla en la sartén. Un desayuno tardío y rico. Eso iba a tomar. Antes de la bronca, je, je. Bueno. Sonrió levemente y encendió la radio cuando un coche se detuvo en la calle delante de su casa. Luego otro. Abrió las cortinas un poco. Y ahora ¿qué? Un hombre gordo con la barba rojiza salió del primer coche y señaló aquí y allá, dando alguna que otra instrucción a otro coche, que había parado en el otro lado de la calle. El hombre de la barba subió por el camino de grava hacia ella, seguido de cerca por un hombre trajeado más joven. Llegaban más coches detrás de ellos. De repente había mucho jaleo ahí fuera.

¿Qué narices estaba pasando?

Susanne Hval Pedersen metió las manos rápidamente bajo el chorro de agua del grifo y se las secó en el pantalón mientras se acercaba a la entrada. Tuvo el tiempo justo de llegar a la puerta cuando sonó el timbre.

—¿Gunnar Pedersen?

—Sí, esta es su casa, pero está dormido. ¿Puedo hacer algo por ustedes?

—Me llamo Holger Munch. Este es Fredrik Riis. Somos de la policía.

—¿Qué? ¿Ha pasado algo?

Advirtió movimientos algo más abajo. Un montón de periodistas.

Se acercaban a su casa.

—Pero ¿por qué...?

Le tendieron una hoja.

—Tendríamos que pedirle que lo despierte.

4

30

K evin Myklebust, de once años, estaba en el asiento trasero del viejo Toyota Corolla y deseaba desaparecer de la faz de la tierra. No sabía cómo iba a hacerlo, pero sería lo mejor para todo el mundo. Al menos para su madre. Porque parecía que todo aquello era culpa suya. Que ella tuviera que seguir usando ese coche, tan oxidado que estaba a punto de caerse en pedazos. Que se había parado otra vez ahí, en medio de la nada, rodeado de bosque por todas partes. La noche anterior las había oído otra vez, hablando en el salón. Mamá y Elsebet, una de las amigas que solía ir a casa para ver *Gran Hermano*, y mamá había vuelto a decirlo. «Esa podría haber sido yo. Podría haber estado en la tele. No con este cuerpo, claro, pero como era yo de joven. Estoy contenta de no haber dado de mamar, al menos, ya habría sido el colmo». Las paredes eran finas como el papel, y Kevin se había tapado la cabeza con la manta, como siempre hacía, y eso había ayudado un poco. Y había vuelto a tener ese sueño, el que siempre le alegraba tanto. El sueño en el que un ángel aparecía y se lo llevaba a otro lugar, y cuando despertó había vuelto a pensarlo: sería mejor para todo el mundo que él desapareciera. Pero no sabía cómo hacerlo.

Porque tiempo atrás mamá era joven y guapa, y todos los hombres se giraban para verla, fuera a donde fuese. Una vez, en

Oslo, un hombre la había parado en la calle para preguntarle si quería ser modelo. Ganaría mucho dinero y viviría en Nueva York, en un piso muy elegante, un ático, en lugar de ese apartamento de mierda en un bajo. Por desgracia, se había quedado embarazada y no había tomado medidas hasta que fue demasiado tarde, y entonces ya se había arruinado la vida y poco podía hacer.

Mamá terminó la llamada y se metió en el coche con un suspiro. Giró el espejo hacia su cara para comprobar el estado de su pintalabios, y después lo giró otro poco, de manera que pudiera ver que lo estaba mirando.

—¿Por qué tengo esta vida de mierda, Kevin? ¿Me lo puedes decir?

Se encogió de hombros levemente.

—¿Este coche? ¿Eh? ¿Qué sentido tiene? ¿Por qué no puedo tener un coche bueno, como todo el mundo? ¿Uno nuevo? ¿Un todoterreno? Con tracción a las cuatro ruedas y techo solar y un cofre de techo para los esquís, un Mercedes, tal vez. Imagínatelo, ¿no te habría gustado ver a tu madre conduciendo un elegante Mercedes grande?

—Sí, me habría gustado eso, mamá.

—¿Verdad que sí? ¿Y lo tengo? No.

Negó con la cabeza y sacó los cigarrillos del bolso. Resopló un poco al ver que solo quedaban dos en el paquete.

—Me cago en...

Kevin había mirado las cajetillas de cigarrillos en la tienda y habría deseado tener el valor suficiente para robarle una, o incluso varias, para que no se pusiera triste al pensar que era tan pobre que ni siquiera podía permitirse el lujo de fumar todo lo que quisiera. Sabía que varios chicos de su clase lo hacían, mangaban cosas, pero le dolía la tripa solo de pensarlo y se sentía avergonzado en el camino de casa. No era más que un estorbo, y ni siquiera tenía valor suficiente para robar un paquete de cigarrillos.

Los otros niños de la calle tenían abuelos. O la mayoría los tenía. Si hubiera sido su caso también, todo habría sido más sencillo. Podría haber hecho la mochila y ni siquiera habría tenido que decir nada. Se habría montado en la bici, o en el autobús, y se habría ido a su casa. A la de su abuela materna o a la de la paterna. Pero nunca había oído hablar de ninguna de ellas, así que no sabía si existían o no, y la única señora mayor que conocía era la de la biblioteca, y la verdad es que era muy buena, pero no podía presentarse en su casa sin más.

No, no era tan sencillo.

—Bueno, tenemos el seguro, al menos. A ese gandul se le olvidó cancelarlo, ¿verdad?

Mamá sonrió en el espejo y se encendió un cigarrillo después de todo.

—Ya es algo, Kevin. Algo bueno le sacamos antes de que se largara.

El niño de once años asintió con la cabeza y trató de sonreír también. Por lo menos no le echaba la bronca a él. A veces lo hacía, cuando ella estaba muy enfadada; preguntaba como por casualidad por alguno de los hombres que habían vivido con ellos un tiempo, porque sabía que con eso se enfadaba aún más y empezaba a echarles la bronca a ellos en lugar de a él.

—Putos perdedores. ¿No es posible encontrar a un buen hombre? Parece que no. Por aquí, en medio de la nada, no. ¿Por qué no podemos vivir en Oslo? ¿Por qué tengo que vivir aquí? ¿Puedes explicarle eso a mamá? ¿Por qué el mundo es tan injusto?

No podía hacerlo, aunque uno de los maestros había contado a la clase que el dinero que había en el mundo estaba repartido de tal manera que algunos tenían mucho, y otros, casi nada, pero no veía que su madre se refiriese a eso. En cualquier caso, pese a que lo había pensado a menudo, no sabía qué iba a hacer para mejorar su vida.

—Una puta hora. —Su madre suspiró, mirando el reloj—.
¿Qué sentido tiene? ¿Por qué pago para que me ayuden si luego
tengo que estar sentada aquí tanto tiempo?

Kevin iba a decir que no había pagado nada, que quien pa-
gaba era Jan-Erik. Igual que había pagado todo lo demás durante
los meses que vivió con ellos. El alquiler y la luz y una tele nueva
y ropa para ella, y aunque su madre dijera que solo era un pez dorado, no un hombre de verdad, había llorado un poco el día que
hizo la maleta y se marchó. Pero no había durado mucho, porque
solo unos días después había llegado otro hombre, Rune, y después de eso otro que se llamaba Gunnar, pero era Jan-Erik el que
mejor le había caído a Kevin y en realidad se sentía algo triste
porque ya no estuviera.

Después de estar tanto tiempo con ellos.

Normalmente solo se quedaban unas semanas, a su madre
le pasaba eso. Al principio mostraba mucho interés, se esforzaba,
se maquillaba mucho y se reía en alto de cualquier cosa, y luego se
pegaba a ellos como una gata y les hacía la pelota, por ejemplo,
si tenían una moto chula, aunque él sabía que en realidad no le
interesaban las motos. O si eran unos cachas, porque eso sí que
le gustaba; incluso le había alabado los músculos a Ronny, uno de
sus amigos, diciéndole que cuando creciera se convertiría en un
hombre muy elegante. Y entonces le había metido los dedos en el
pelo, y después la madre de Ronny había llamado a la puerta y le
había dicho que Ronny no podía ir más a su casa, y que Kevin
tampoco podía ir a ver a Ronny, lo cual era una pena, porque en
el sótano de su casa tenían el Scalextric más grande del mundo,
que había montado el padre de Ronny. Y le encantaba estar allí y
jugar con los coches, tan divertidos, pero ya no se podía.

«Pez dorado».

Sabía muy bien lo que eso significaba. No era lo que todo
el mundo pensaba, es decir, un pececillo que venía de otro país y
que ahora nadaba en un acuario, como en casa de Nina y su fami-

lia, o, bueno, también era eso. Pero mamá solía llamar «peces dorados» a los hombres que llegaban, o al menos a la mayoría, y significaba que así, durante un tiempo, no tenían que preocuparse por el dinero, ya que había ido a vivir con ellos alguien que podía pagar.

Kevin no sabía lo que prefería. Estaba claro que vivir solo con su madre era la mejor opción, pero siempre se volvía todo muy complicado después de un tiempo, porque cada vez que llegaban sobres con el correo se echaba a llorar, aunque no abría la mayoría, sino que los metía en un cajón hasta que ya casi no podía cerrarse. De modo que lo mejor sería que fuera alguien que pudiera pagar, aunque no todos eran igual de simpáticos, e incluso parecían decepcionados al descubrir que no vivía sola allí, sino que también había un niño en el piso, que se había escondido en su habitación mientras ellos estaban en el salón. Algunas veces se largaban nada más descubrirlo, sin saludar siquiera, pero Jan-Erik, no; había sido totalmente distinto con respecto a los demás.

Casi como un padre.

Kevin nunca había conocido a su padre, aunque estaba casi seguro de tener uno, porque de vez en cuando, cuando a su madre las cosas le iban muy mal, se le ocurría decir cosas como: «Deja de mirarme con esos ojos y con esas pecas. Me recuerdas a alguien a quien no tengo ningunas ganas de recordar ahora mismo, ¿vale?». Entonces pensaba que seguramente se refería a su padre de verdad. Alguien a quien se parecía. Con rizos rubios y pecas. Y entonces hacía lo que siempre hacía cuando las cosas se ponían feas: se sentaba en la marquesina de la parada del autobús y se quedaba allí hasta que oscurecía, fantaseando sobre quién era ese hombre y sobre todo dónde estaba. Y entonces pensaba que podía ser como en un cómic que había leído, en el que el mundo estaba compuesto de varias dimensiones, y él había acabado por casualidad en una que no era para él, y que, por ahí, en algún sitio, había otra que sí era para él, donde su padre lo estaba esperando. Y, cuando pensaba eso, siempre se animaba.

Su madre bajó la ventanilla, tiró la colilla y volvió a mirar el paquete, donde ya solo quedaba un cigarrillo, y primero lo devolvió al bolso, pero luego cambió de idea y lo encendió, esta vez con un suspiro aún más profundo.

—Por Dios, Kevin, ¿qué va a ser de mí? —Se examinó la cara en el espejo otra vez y negó con la cabeza—. Mira qué cara tengo. Mírala.

Su madre se volvió hacia él y se tiró un poco de la piel bajo los ojos y en las mejillas.

—Me parece que eres muy guapa.

—¿Sí? ¿No tengo demasiadas arrugas?

—No, demasiadas, no.

—¿Qué quieres decir? ¿Tengo arrugas? ¿Dónde tengo arrugas?

—No tienes arrugas, mamá.

—¿No? Si acabas de decir que no tenía muchas. Decídete.

—Eres muy guapa, mamá.

Se giró hacia el espejo y negó con la cabeza otra vez, antes de reaccionar de repente ante algo que había en la carretera tras ellos.

—Oh, por fin. Aquí viene.

Se sacó el pintalabios del bolso, puso un poco más de rojo por encima de lo que ya estaba rojo y se bajó el jersey para enseñar un hombro.

—Espera aquí.

Su madre abrió la puerta y saludó alegremente al hombre que venía en la grúa amarilla.

Kevin abrió la ventanilla parcialmente para dejar salir el espeso humo, y ya podía oírlo en su voz, verlo en sus movimientos.

Como una gata, otra vez.

—Bien, ¿y qué ha pasado por aquí?

El hombre se rascó el pelo, como si no terminase de creer que hubiera gente que aún condujera esas chatarras.

—Ni idea. Pero eres un caballero, ¿verdad? Alguien que ayuda a una doncella en apuros.

—Habrá que hacer eso. —El hombre asintió y volvió a negar con la cabeza.

—Genial. —Su madre sonrió.

Y le puso una mano sobre la suya.

31

Katja entró en la habitación, dejó la taza de café en la pequeña mesa junto a la ventana de cristal tintado y se quedó al lado de Munch, quien observaba con cara de preocupación al hombre, de unos cuarenta años, que estaba en la pequeña sala de interrogatorios.

—¿Dejamos que espere?

Munch asintió con la cabeza.

—Tiene que tranquilizarse.

—Tiene un aspecto horrible —dijo la holandesa y se sacó una manzana del bolsillo de la chaqueta del chándal—. ¿Ha dicho algo hasta ahora?

—Ni una palabra en el coche —respondió Fredrik Riis, que se había sentado en una silla en el extremo de la habitación.

—¿Y no quería un abogado?

—No, es lo que dice —respondió Munch.

—Es raro. De todas maneras, parece muy culpable.

Katja dio un mordisco a la manzana y acercó la cara a la ventana de cristal tintado.

—Está completamente blanco. Mira, está tiritando. Es culpable, si quieres saber mi opinión.

—Puede ser. —Munch suspiró—. Pero ¿de qué?

Se encogió de hombros levemente, se quitó la cazadora y entró solo en la sala de interrogatorios. El hombre se sobresaltó y se levantó de la silla.

—Quédese ahí sentado, Gunnar —dijo Munch, que le indicó con la cabeza para que volviera a sentarse—. ¿Quiere tomar algo? ¿Un café? ¿O un poco de agua?

—No, gracias —murmuró el otro, temblando—. Bueno, sí, quizá un poco de agua. Tengo la boca muy seca.

—¿Traéis un vaso de agua? —pidió Munch con un gesto hacia el cristal de espejo, antes de acomodarse en la silla delante de Gunnar y pulsar el botón integrado en el tablero de la mesa.

—24 de abril. Son las 15.20. Nos disponemos a interrogar a Gunnar Egil Pedersen. Presentes en la sala están Pedersen y el investigador jefe Holger Munch. Gunnar Egil Pedersen ha rechazado su derecho a un abogado.

Munch miró al hombre del otro lado de la mesa.

—¿Puede decirlo en alto, Gunnar?

—¿Qué?

Se había quedado ausente por un momento, no parecía que terminase de entender dónde estaba.

—Al micrófono. No quiere un abogado, ¿es así?

—¿Qué? Eh, no gracias. No necesito ningún abogado.

—De acuerdo —dijo Munch y abrió la carpeta que había llevado a la sala—. Gunnar Egil Pedersen. Nacido el 12 de enero, 1961. ¿Correcto?

—¿Qué? Eh, sí.

—¿Vive en la calle Timoteiveien, 13? ¿Está casado con Susanne Hval Pedersen? ¿Tiene una hija? Nora, ¿de cinco años?

Pedersen se pasó una mano por la arrugada frente y asintió con la cabeza.

—Muy bien. Entonces se trata del hombre al que estábamos buscando. Comencemos con algo sencillo. ¿Sabe por qué está aquí?

Se abrió la puerta. Katja dejó un botellín de agua encima de la mesa y volvió a salir tan silenciosamente como había llegado.

Pedersen también estaba callado. Parecía que aún estaba tratando de encajar las piezas dentro de su cabeza. Como si no supiera si eso era algo que realmente estaba pasando o si seguía en la cama, en su casa.

—No —acabó diciendo, al tiempo que lanzaba una mirada fugaz a Munch.

—¿No? Eso no ha sonado muy convincente, Gunnar. ¿Probemos otra vez? ¿Sabe por qué está aquí?

El hombre se mordió el labio y se volvió hacia una ventana inexistente.

—Yo... No creo.

—Tendrá que decidirse, Gunnar. ¿No sabe por qué está aquí? ¿O cree que no lo sabe? ¿Me está diciendo que no tiene ni idea? ¿Que ha sido una casualidad total que le hayamos ido a buscar?

—No, puede que no haya sido casualidad —contestó Pedersen en voz baja, bajando los ojos hacia la mesa de nuevo.

—¿Por qué no nos ahorramos un poco de tiempo, Gunnar? A todos. No es que sea muy divertido estar aquí, ¿verdad? ¿Por qué no lo confiesa tal cual, para que podamos irnos todos de aquí? ¿Acaso no sería mejor eso?

—Si lo hago, ¿podré irme a casa? —preguntó Pedersen cautelosamente.

—Bueno —dijo Munch, señalando el botellín de agua con la cabeza.

El hombre estaba tan nervioso que no parecía que se hubiese dado cuenta de que había entrado la holandesa.

—Eso dependerá de lo que nos cuente, ¿no cree?

Pedersen quitó el tapón, pero le temblaban tanto las manos que le costó llevarse el botellín a la boca.

—No quería que... —comenzó, mirando de reojo a Munch otra vez.

—¿No quería que...?

—Bueno, no quería. Que saliera de ese modo. —Volvía a tener la vista clavada en el suelo, en un punto entre los pies—. Pensé... Bueno, en fin. No quería que saliera así. No era mi intención, en resumen.

—¿Solo quería jugar un poco?

—Eh, sí... o no, «jugar» quizá no sea la palabra, pero pensé que no era tan grave. No para empezar, no sé si me entiende.

Volvió a lanzar una mirada cautelosa a Munch.

—No, no lo entiendo, Gunnar. Pero eso quiere decir que sabe por qué está aquí, en todo caso, ¿cierto?

Pedersen volvió a enroscar el tapón, dejó el botellín junto a sus pies en el suelo y asintió lentamente.

—¿Sí? ¿Sabe por qué está aquí?

—Sí. Sé por qué.

Daba la impresión de que se había quitado de encima una pesada losa. Un extraño alivio se apoderó del delgado cuerpo. Soltó el aire de los pulmones ruidosamente y observó a Munch con algo que casi parecía una sonrisa.

—Ahora, no había pensado que... Bueno, ya sabe. Que las cosas salieran tan mal.

Aquella cara blanca se volvió seria de nuevo. Se aclaró la garganta y alzó la vista hacia Munch una vez más.

—Solo quería jugar un poco, ¿es así?

—Sí. O no. «Jugar» quizá no sea la palabra más adecuada. Pero sí, estaba cabreado. Enfadado. Eso es cierto. Quería vengarme. Les dije que devolvería el dinero. Pero nada, no querían hacerme caso. Tampoco es que fuera muchísimo dinero. Cincuenta mil coronas, nada más. Por algo así no se despide a la gente, ¿verdad? Llevo diez años trabajando allí. ¿Cree que era lo que yo quería hacer? ¿Llevar la contabilidad de una lavandería? Para nada. Les he regalado mi vida. Trabajando sin parar, un día sí y otro también.

Munch lo interrumpió.

—¿Qué quiere decir? ¿Cincuenta mil?

Pedersen se sobresaltó.

—Eh, sí. ¿El dinero que robé? ¿No es esa la razón por la que estoy aquí?

—No, Gunnar. —Munch sacó una fotografía de la carpeta y se la pasó por encima de la mesa—. Esta es la razón por la que está aquí.

Pedersen miró la foto con los ojos abiertos de par en par.

—¿Qué?

El lugar del crimen. Los chicos en el campo labrado con el zorro entre ellos.

—¿Está loco…? ¿No creerán que…?

—¿Solo quería jugar un poco, Gunnar? ¿Primero? ¿Con los chicos? ¿Fue eso lo que ocurrió? ¿Allí, en el cobertizo de la fuente? Pasar un buen rato, ¿esa era la idea? ¿Emborracharlos? ¿Tocarlos un poco?

—No, no… Es que…

Pedersen tenía los ojos como platos y negaba de forma enérgica con la cabeza.

—Pero entonces se desmadró la cosa, ¿es así? ¿Los mató allí dentro, Gunnar? ¿O eso pasó más tarde? ¿Estaban con vida cuando los llevó al campo?

Pedersen tenía la cara completamente roja y luchaba por permanecer quieto en la silla.

—No, no, no… —Se echó hacia atrás y levantó las manos delante de sí—. Quite esa foto. Quítela.

—Entonces ¿no fue usted? —preguntó Munch con calma, y puso otra fotografía junto a la primera.

—Oh, no puedo. —Pedersen giró la cabeza hacia un lado bruscamente.

—¿No? —Munch dejó una tercera foto sobre la mesa—. ¿No fue usted quien mató a Ruben?

Apuntó con el dedo al cuerpo desnudo del chico.

—¿Ni a Tommy?

El otro volvió a estremecerse, incluso le costó ocultar la cara en las manos.

—Al final sí quiero —dijo en voz baja.

—¿Qué es lo que al final quiere, Gunnar?

—Un abogado —murmuró, temblando—. Quiero un abogado.

32

Mia Krüger estaba en el restaurante Mother India, en la calle Pilestredet, bajo un busto del dios Shiva, y se notaba algo tensa, porque no terminaba de interpretar al psicólogo sueco. Solo había hablado ella. Se había pasado dos horas delante de las fotografías del despacho, con la sensación de que se había repetido hasta la saciedad, y Patrick Olsson no había pronunciado palabra en ningún momento. La chaqueta gris estaba colgada de una silla junto a él. Un par de gafas de lectura bajo un ceño fruncido. Algunos leves gestos de asentimiento de vez en cuando. Iba abriendo el cuaderno que tenía sobre el regazo, y apuntaba alguna cosa, pero no hizo comentarios. Al final Mia había tenido suficiente. Se había cruzado de brazos y se lo había preguntado directamente.

—¿Qué crees? ¿Voy por buen camino o no?

El sueco se había limitado a sonreír un poco, había devuelto las gafas a su funda de forma cuidadosa y había murmurado en voz baja:

—Creo que necesitamos comer algo. ¿Sabes si hay algún indio decente cerca de aquí?

Por norma se habría sentido irritada. Ella era una principiante y estaba compartiendo sus ideas con alguien que llevaba tiempo en el oficio: «Vamos, hombre, dime algo. ¿Me estoy acercando? ¿He comprendido quién es esa persona? ¿O estoy completamente perdida?». Pero había algo en él que le impedía reaccionar así. Era tan tranquilo. Tan amable. Tan seguro de sí mismo. Su silencio era como la cosa más natural del mundo. Y, tal vez lo más importante, en ningún momento de su pequeña exposición había tenido la sensación de que no estuviese tratándola de tú a tú. Aunque solo llevase tres días haciendo eso. Aunque todo lo que en realidad sabía viniera de libros de la biblioteca, muchos de ellos correctos, pero, aun así, eso era algo muy diferente, claro. No era como las imágenes de un manual americano. «Colombus, Ohio, 4 de abril de 1987. Observen que las dos prostitutas, igual que en el anterior escenario del crimen, están colocadas una frente a la otra, con las uñas de los dedos arrancadas y las manos apoyadas en las caderas de la otra». No era eso. Eso era la realidad. Pero, si en algún momento de la exposición él había pensado que Mia no servía para eso, no lo había mencionado.

—Pollo con curry y cilantro suena muy bien —dijo el sueco desde el otro lado de la carta—. ¿Has estado aquí antes?

—Una vez —dijo Mia.

—¿Y qué pediste?

—Korma de cordero. El número 53.

—¿Y te gustó?

Ya estaba impaciente, no quería esperar mucho más.

—Mucho. Pero me han dicho que está todo bueno.

—Con el pollo tikka masala siempre aciertas —dijo el sueco tras las gafas de lectura, y volvió a concentrarse en la carta.

Y entonces volvió la sensación que llevaba tiempo sin experimentar.

«De estar en el psicólogo».

Por aquel entonces, tenía siete años, y no había entendido gran cosa. Era un domingo a primera hora de la mañana, sus padres estaban despiertos, para variar, también su madre, pese a que le gustaba dormir hasta tarde.

«Hay algo de lo que queremos hablar contigo, Mia».

Nunca había visto a sus padres tan serios y comenzó a darle vueltas a la cabeza, claro. ¿Había hecho algo malo? ¿Qué podría ser? ¿Las treinta coronas en monedas que habían cogido de la maceta junto a la puerta de entrada? La idea había sido de Sigrid, pero ella se había apuntado, así que notó una punzada en el estómago. Se habían comprado chuches en el quiosco y las habían escondido en su lugar secreto del ático. ¿O era la grieta en la ventana del sótano? Habían jugado al cróquet en el jardín, y ella había tenido mala suerte. No había acertado en el último palo y la bola había salido disparada. Chocó con la ventana, pero no se rompió, por suerte. Solo se abrió una grieta. ¿La habían descubierto? ¡Si casi no se veía!

Pero al final resultaba que no iban a echarle la bronca.

Los dos tan tranquilos, con caras amables. Había un crep recién hecho con mermelada en el plato, delante de ella.

—¿Sabes, Mia, cuando a veces te quedas un poco… ausente?

—¿Qué quieres decir, papá?

—Ya sabes, cuando parece que estás en otro lugar.

—¿En otro lugar?

Sus padres se miraron.

—Papá se refiere a cuando te quedas con la mirada perdida. Eso no es bueno.

—¿Cuándo tengo la mirada perdida?

El crep ya no tenía el mismo sabor de siempre, se le había convertido en una bola fría en el estómago.

—Ya sabes a qué nos referimos, Mia.

—Bueno, no pasa nada, solo hemos pensado que estaría bien que hablaras con alguien sobre ello.

Sintió la mano caliente de papá encima de la suya, afortunadamente.

—¿Sabes lo que es un psicólogo?

Y así, durante los siguientes seis meses, una vez cada catorce días.

La pequeña Mia en la gran butaca de cuero que olía raro, delante de esa persona adulta que quería parecer amable, pero ella notaba que solo fingía, que en realidad solo tenía curiosidad, y siempre le hacía la misma pregunta, como si le diera igual que se la hubiera hecho una y otra vez ya: «Pero ¿qué es lo que *ves* cuando te quedas mirando estas cosas durante horas?».

Un camarero simpático ayudó al sueco a decidirse, y pareció que por fin había llegado el momento de oír lo que él pensaba. El psicólogo se dejó las gafas puestas, sacó su cuaderno de notas del bolso beis y lo dejó junto al plato.

—Vale —dijo, con una leve sonrisa—. Lo primero que tengo que decir es: uau.

Se echó hacia atrás en la silla, levantó los brazos ligeramente y lo dijo otra vez.

—Uau. Estoy muy impresionado, por decirlo de una manera suave. No, tampoco basta con decir eso…, —Sonrió un poco, mostrando una fila de dientes blancos—. Estoy en estado de shock. ¿Puedo decir eso? Llevo en este trabajo casi… bueno, ¿cuánto tiempo ya?

El sueco fue interrumpido por el camarero, que volvió con un vaso de agua.

—¿Quince años? ¿Y tú llevas… cuánto tiempo haciendo esto?

Mia sintió que la invadía un calor por dentro, debajo del jersey, que bordeaba el nerviosismo.

—Bueno, he leído bastante —dijo con una sonrisa—. Durante un tiempo, la biblioteca fue mi segunda casa…

—Sí, sí, pero ¿lo que tienes aquí? ¿Esa mirada tuya…?

Se llevó un dedo al rabillo de un ojo.

—No es algo que se aprenda en una biblioteca.

—Bueno, no sé. —Mia esbozó otra sonrisa y ocultó la cara dando un sorbo del gran vaso de agua.

—Ya eres una experta. —El sueco se rio—. ¿Y cuántos años tienes, dices?

—Casi veintidós —contestó Mia.

—Madre mía. En fin, me parece increíble, estoy muy impresionado. Ya estoy impaciente por verte en acción de nuevo.

El sueco volvió a sonreír, y el camarero regresó para servirle una copa de vino.

—¿Estás segura de que no quieres?

—¿Vino?

—¿Sí?

Mia negó con la cabeza.

—No tomo alcohol.

—¿No?

—O muy raras veces. No hay nada en mi vida que necesite anestesia. Me gusta el mundo tal y como es.

Lo último había salido mal. Mia vio que el otro fruncía el ceño rápidamente y se le cambió la cara, como si le hubiera recordado algo.

—En fin, será mi físico, mi cabeza. La mayoría de la gente que conozco bebe, todo el mundo bebe, ¿no es lo que hace la gente? ¿Beber? Así que supongo que la rara soy yo en ese sentido.

El sueco había vuelto en sí, sonrió de nuevo, pero parecía un poco confuso mientras probó el vino.

«Por Dios, Mia».

«Espabila».

«¿Siempre tienes que pensar en alto?».

Apartó la vista, de pronto un poco avergonzada, y fingió estudiar el busto que tenía detrás. Shiva. Casado con Parvati. El dios de los opuestos, tanto hombre como mujer, tanto asceta como glotón, tanto creador como destructor. De pronto se acordaba de Sigrid, en clase, justo delante de ella. Religión. El profesor estaba suspirando porque ella tenía otra pregunta. Tanto creador como destructor. Mia se aclaró la garganta y miró al sueco de reojo, esperando que no hubiese hecho justo eso, destruir algo entre ellos ya. A fin de cuentas, tenían que trabajar juntos, mano a mano, quizá durante una buena temporada, hasta que eso terminase. Pero el psicólogo parecía habérselo tomado con cordura, tenía el cuaderno abierto delante y sujetaba la copa de vino con la otra mano.

—¿Quieres oír mi respuesta a tus ideas?

La observó con cierta socarronería por encima del borde de la copa, mientras el olor a cordero recién frito y curry rojo iba ascendiendo en el aire.

—Me encantaría.

Entre ellos, la mesa ya estaba llena de manjares que despedían olores intensos de otro mundo.

—¿Comemos primero?

—No, ¿tenemos que hacerlo?

—¿Quieres que te lo cuente ya?

—Sí, claro. La verdad es que no aguanto más.

Se rio un poco.

—¿Siempre eres tan sincera?

—Sí. Por desgracia.

—Refrescante. Creo que vamos a trabajar muy bien juntos. Ya tengo ganas de seguir.

El psicólogo sonrió, levantó la copa y empujó el cuaderno hacia ella sobre el mantel blanco.

—¿Ves esto?

—¿Sí?

—Ahí creo que tienes razón al cien por cien.

33

Fredrik Riis llevaba tanto tiempo sentado tras el espejo que daba a la sala de interrogatorios que ya sentía las extremidades rígidas, pero lo que había ocurrido ahí dentro lo había fascinado hasta tal punto que no había podido levantarse de la silla. El interrogatorio había comenzado con expectación, porque al principio pensaba que habían arrestado al hombre correcto. Gunnar Pedersen estaba como un flan, blanco como la pared y hundido en la silla, listo para confesar sus pecados, pero cuando llegó el abogado, y el hombre comenzó a articular frases más coherentes, Fredrik había empezado a darse cuenta de que no era tan sencillo como había pensado. Culpable, sí. Pero no de asesinato. Eso había ido quedando cada vez más claro. También lo había notado en Munch, que se comportaba de un modo muy profesional en esos interrogatorios. Cuando más trataba de explicarse Pedersen, más suave se volvía la voz del investigador. Ya habían alcanzado la fase final, y Fredrik acababa de decidir que tenía que estirar las piernas e ir a buscar un café, cuando Anette Goli entró en la pequeña habitación con dos vasos de papel, de los cuales uno era para él, afortunadamente.

—¿Cómo va todo? —preguntó la abogada, que tomó asiento en la silla de al lado y miró con curiosidad a la sala tras el espejo invertido.

Resultaba casi extraño verla así. Sentada. Fredrik sabía que Anette Goli había sido la primera elección de Munch cuando se puso a contratar a gente para la nueva unidad, y lo entendía perfectamente. En Grønland se había ganado el mote de Conejo Duracell. En teoría, solo era abogada de la fiscalía, pero en la práctica hacía todo tipo de trabajos. En definitiva, en los años que llevaban trabajando juntos, Fredrik no la había visto sentada, siempre estaba haciendo algo, prácticamente con un teléfono pegado a cada oreja. Todo el mundo sabía que Munch no tenía buena relación con los jefes de la comisaría central, ni con el antiguo ni con la nueva, así que Anette también se encargaba de eso: mantenía las líneas de comunicación abiertas, procuraba que la colaboración funcionase de manera adecuada. En resumidas cuentas, ella lo impresionaba.

—¿Es nuestro hombre? —preguntó en voz baja, y le tendió uno de los vasos por encima de la mesa.

—No, desafortunadamente.

—¿Estamos seguros? —Su voz reflejaba cierta decepción, la misma que había sentido él unas horas antes.

—Sí, desafortunadamente. O eso es lo que creo. Además, parece que Munch coincide con esa opinión. Es probable que lo retengamos hasta mañana, aunque el abogado está tratando de sacarlo de aquí para que pueda irse a su casa ya.

Goli frunció el ceño y tomó un sorbo de su café.

—¿Y qué nos cuenta?

Riis negó con la cabeza, un tanto desanimado.

—Bueno, en realidad es una historia muy triste.

—Hazme un resumen —dijo Goli, y miró uno de los móviles que había dejado en la mesa delante de ella—. Breve. Tendré que marcharme enseguida.

—Vale. Gunnar Pedersen. Contable en Fredrik Riis AS.

Goli esbozó una sonrisa.

—Es curioso, ¿verdad? Una extraña coincidencia. Quizá debería haber trabajado allí.

—Me alegro de que estés con nosotros —le aseguró Goli, y contestó rápido a un mensaje que le había llegado.

—En cualquier caso, y no sé muy bien por qué, quizá porque se había cansado de su matrimonio o de la vida en general… Total, que parece ser que en los últimos años ha desarrollado una importante ludopatía.

—¿Vale?

—No está claro de qué clase de juego se trata, pero creo que tiene que ver con esas máquinas que han colocado por todas partes ya. Ya sabes, metes unas monedas, todo parpadea, y debes tratar de que salgan tres limones alineados o algo parecido.

Goli recibió otro mensaje, pero no le hizo caso.

—Así que ¿estaba enganchado a las máquinas de juego? ¿Un hombre hecho y derecho?

Riis se encogió de hombros.

—Parece ser que es más habitual de lo que pensamos. Una depresión general, probablemente. La promesa de felicidad a corto plazo. Un chute de dopamina. No lo sé.

—Es triste.

—¿Verdad? Y también alguna otra cosa, algunas acciones que se habían hundido, un equipo de póquer cuyos miembros, según él, lo habían engañado…

—¿Problemas de dinero, sin más?

—Sí. Y en un momento de desesperación había robado de la caja, no mucho, creo, unas cincuenta mil, pero lo descubrieron y lo despidieron, y fue entonces cuando se vino abajo un poco.

—Pero ¿fue él el de la furgoneta? ¿El que atropelló a Ruben?

Fredrik asintió con la cabeza y se tomó un sorbo de café.

—Estaba bajo los efectos del alcohol. No sé si todo lo que dice es verdad o no, pero no había tenido problemas con eso antes, y de repente los tiene muy graves. No recuerda casi nada, parece que se le han mezclado las cosas en la cabeza. El caso es que afirma que robó la furgoneta de la lavandería, como una especie de venganza, no estoy seguro, y reconoce haber conducido ebrio ese día, o al menos es lo que él cree. Chocó con el coche en el que estaba Ruben y se despertó al día siguiente con la nariz rota y la ropa ensangrentada, por lo que supone que fue él.

—Vale. —Goli asintió, echando otro vistazo a su teléfono mientras el abogado y un Pedersen cabizbajo se levantaban de las sillas en la sala de interrogatorios—. Bien, al menos eso ha quedado explicado —dijo—. Otra cosa que podemos tachar de la lista.

—¿Ya tenemos los resultados de las pruebas de ADN? ¿De las colillas?

Goli negó con la cabeza.

—Dicen que a lo largo de mañana. Lo siento, tengo que contestar a esta llamada.

»Sí, soy Goli.

La abogada se despidió con un gesto breve con la cabeza y una sonrisa leve, y se marchó rápidamente de la habitación.

34

Munch aparcó el coche junto al garaje delante de la casa blanca, apagó el motor y se quedó un momento sentado al volante. Tenía una casa. Una mujer fantástica. Una maravillosa hija de catorce años. En días como ese, se preguntaba de verdad por qué hacía lo que hacía. ¿Por qué no se quedaba en casa? Podía poner una sinfonía, abrir las ventanas que daban a la parte trasera del jardín, regar las rosas. Ese otoño cumpliría cuarenta y tres años, pero se sentía mucho mayor. Y el día no había ayudado. La miseria humana. Un pobre hombre que andaba buscando sentido en la vida, había dado un par de pasos en falso y había perdido el trabajo, y después casi acaba como un asesino. Mala suerte, sin más. Munch negó con la cabeza, desanimado, salió del coche, se encendió un cigarrillo y se quedó mirando el cielo. Abril en Oslo. Días cada vez más claros. Un atardecer nebuloso, suave y agradable, que se posaba sobre la ciudad, y ese olor a primavera. ¿Se había equivocado al aceptar montar su propia unidad? ¿Era una cuestión de vanidad y ambición? Dio unos pasos por el camino de grava y ya podía verla ahí dentro. Sentada en el sofá. Con las piernas dobladas bajo el cuerpo. La luz de una lámpara que caía sobre un libro que casi se le había resbalado de las manos. Se había quedado dormida. Cansada. No era de extrañar para nada. Con jornada completa en una clase de inmigrantes. Niños que buscaban asilo de las miserias del mundo, y ella tenía que enseñarles noruego, ayudarles a encontrar un hueco en un país nuevo, en un mundo radicalmente distinto. Él la amaba por ello. Por ser así. Porque ayudaba a los demás. Sin pedir nada a cambio.

Munch se acercó al seto, tiró la colilla a la calle y se encendió otro cigarrillo justo cuando empezaba a sonarle el móvil.

—Hola, Mia.

—Hola, Holger, ¿te molesto?

—No, no, por supuesto que no. ¿Sigues trabajando?

—¿Cómo?

—¿Estás aún en la oficina?

—Eh, sí.

—Ya sabes que no tienes por qué. De vez en cuando debes tomarte un respiro. Esto puede llevarnos un tiempo. Te necesito descansada, ¿vale?

—Ya, sí, solo estoy terminando algo que he empezado con Patrick.

Patrick Olsson. El elaborador de perfiles sueco. Tendría que haber estado allí para recibirlo, claro, pero no había sido posible. En todo caso, la siguiente puesta al día sería una buena ocasión para dejar que se presentase a todo el mundo. No obstante, se alegraba de que Mia ya estuviera tratándole de tú a tú.

—¿Cómo ha ido?

—¿Qué?

Munch no pudo evitar sonreír un poco. La joven llevaba pocos días en el equipo, pero tenía la sensación de que ya iba conociéndola. En su mundo constantemente. Lo había llamado ella, pero parecía que ya se le había olvidado. Casi podía imaginársela. El pelo largo y oscuro. Los ojos azules que no se apartaban de las fotografías de la pared, como si esperase que fueran a cobrar vida unos instantes y no quisiera perdérselo por nada en el mundo.

—Mia, ¿estás ahí?

—¿Qué? Sí, solo tengo que...

—Bueno, ¿ha ido bien con Olsson? ¿Ya se ha instalado en el apartamento?

—No.

—¿No?

—Parece que aún no estaba preparado, así que se ha ido a un hotel.

—¿Sí? Bueno, voy a ver qué puedo hacer.

Munch hizo una nota mental de ello y la puso al final de la larga lista de cosas que ya llenaban su cabeza hasta los topes. «Preguntar a Anette por el apartamento de Olssen. Programar una conversación con Dreyer. Repasar las notas de Anja y de Ludvig. Comentar el asunto del funeral el día siguiente a Katja y a Fredrik: Fotografías / cámara en el coche / pedir a Katja que se ponga algo que no sea el chándal azul. Pedir a Anette que redacte un informe sobre el padre de Ruben. Los rumores /¿hay algo de cierto en ellos? / ¿deberíamos convocarlo para un interrogatorio?».

—Y sí —dijo Mia.

—Sí, ¿qué?

—Va todo bien. Con Patrick. Primero hemos estado aquí un par de horas. He repasado con él lo que tenemos hasta ahora, después hemos ido a comer y luego se ha ido al hotel, y yo llevo aquí desde entonces. Hay algo que no acaba de encajar...

Desapareció, pero volvió a aparecer.

—¿De qué se trata?

—Es eso lo que no acabo de aclarar. Patrick ha dicho algo de que no teníamos todas las fotografías relevantes de Suecia. He intentado preguntarle a Ludvig, pero no he conseguido dar con él. ¿Sabes algo de eso?

—¿De Ludvig?

—No, de las fotos que faltan del caso sueco.

Otra nota mental, metida junto con las otras.

—Lo miraré. ¿Ha mencionado algo sobre qué tipo de fotos?

—No...

Volvió a desaparecer. Munch oyó que estaba moviendo alguna cosa.

—¿Mia?

La oscuridad ya era más espesa a su alrededor. El atardecer había terminado por el día; las farolas se encendieron. Miró con envidia al jardín de los vecinos. El televisor despedía una luz azul y podía verlos ahí dentro. Juntos en el sofá.

—Pero ha traído algunas.

—¿Qué?

—Patrick. Ha traído bastante material del caso, así que he pensado que quizá podríamos usar eso, sin más, ¿no crees que será lo mejor? ¿En lugar de tener a Ludvig y a Anja varios días buscando entre lo que ya nos enviaron?

—Claro. Buena idea —dijo Munch, y se encendió otro cigarrillo cuando terminó el anterior.

—Y bueno, en realidad te he llamado para eso. También hay otra cosa, pero primero tengo que pensar un poco, ¿vale?

—¿Qué es lo que tienes que pensar?

—Si debería preguntarte sobre las dos partes o solo sobre una.

Munch esbozó una leve sonrisa. Su sinceridad era refrescante, por decirlo de un modo suave. Se hizo otra nota mental para no olvidarse de enviar sus agradecimientos a Yttre por haberles enviado a esa chica.

—Vale. Entonces pregúntame por la primera parte, mientras piensas. Se está haciendo algo tarde, ¿no?

—Tengo un piso nuevo.

—Qué bien, enhorabuena. ¿Eso era una pregunta?

Volvió a desaparecer, pero regresó poco después.

—Tengo muy poco espacio aquí. No hay sitio para todo. Así que he pensado que el nuevo piso tiene unas paredes enormes. Como grandes pantallas blancas. Podrían servirme. Podría volver a empezar allí. Ver todo con una mirada más fresca, no sé si me entiendes. Y quizá Patrick podría tener otras paredes. Con sus propias cosas. De ese modo podríamos coordinarnos mejor, ¿cómo lo ves?

La chica le inspiraba ternura, y se recordó a sí mismo algo que no debía olvidar nunca: por muy lista, talentosa y aparentemente fuerte que pudiera parecer, no dejaba de ser una joven frágil.

—Oye, Mia.

—¿Sí?

—Ya no estás en la escuela.

—¿Qué quieres decir?

—Quiero decir que puedes hacer prácticamente lo que quieras. Está bien que me llames de vez en cuando para decirme dónde estás y qué estás haciendo, pero, por lo demás, decides tú. ¿Vale? ¿Que si quieres llevarte todas las cosas al nuevo piso? Por supuesto. Me parece una idea brillante. ¿Combinarlo con lo que tiene el sueco? Perfecto. Me siento doblemente afortunado de teneros a los dos. Solo mantén el móvil encendido, ¿vale?

—Sí, claro —dijo Mia, aunque parecía ausente.

—¿Te has enterado?

—¿Qué?

—Tengo que poder dar contigo, es lo único.

—Por supuesto. Oye, una cosa.

—¿Sí?

—¿Cómo va todo con la madre de Tommy Sivertsen?

—Una mujer del consulado ha visitado el hospital de allí hoy, pero no ha podido hablar con ella.

—Qué pena, ¿sabemos cuándo?

—Anette está en contacto con ellos. ¿Por qué?

—No, no sé…

—Di sin más lo que piensas.

—El chico tiene unas marcas que le cruzan los tobillos. Al principio no lo vi, porque boca abajo no se veían, pero acaban de llegar las imágenes de la autopsia, y en ellas, bueno, no sé…

—¿De qué clase de marcas estamos hablando?

—No, unos… puntitos, sin más.

—¿Las mencionan en el informe de la autopsia?

—No lo he leído.

Volvió a desaparecer un momento.

—Comprueba si pone algo. Así le echo un vistazo mañana cuando vaya, ¿vale?

—Vale… ¿Tenemos puesta al día mañana a primera hora?

—Sí, a las nueve.

—Intentaré estar y, si no puedo, te dejaré unas copias de las imágenes en tu despacho, ¿te parece bien?

—Muy bien, Mia.

Esperó un momento a que le preguntase algo más.

—¿Había algo más?

Silencio en el otro lado.

—¿Lo otro? ¿Eso que quizá querrías preguntarme?

Se produjo otro silencio, antes de que Mia volviera, hablando en voz baja.

—Puede que en otra ocasión. Esta noche, no.

—Vale, Mia. Buen trabajo, buenas noches.

—Buenas noches, Holger.

Munch se guardó el teléfono en el bolsillo de la trenca y entró por la puerta lo más sigilosamente que pudo, para no despertar a Marianne.

35

Las campanas habían dejado de sonar hacía mucho, pero, cuando Fredrik Riis comprobó las cámaras que habían fijado en el interior del coche, tenía la sensación de que el sonido seguía metido en su alma. Una cámara miraba hacia la iglesia sobre el salpicadero, y otras dos en la parte de arriba de sendas ventanillas; la idea era cubrir las calles en ambos lados. Era algo que le venía de la infancia, eso de las campanas, y aunque la perturbación que sentía había ido remitiendo con los años, aún se estremecía un poco cuando las oía y casi podía oír la voz de su abuela. La sensación de impotencia y traición. Porque sus padres no les hacían caso a él y a su hermana pequeña, y cada verano tenían que ir a la región de Telemark, cuando papá y mamá se iban al sur de vacaciones, dejando a los niños en la prisión de la tortura, tal y como acabaron llamándolo. Año tras año, la misma rutina. El viaje en coche pasando por Ulefoss, hasta ese lugar que debería ser el epítome de la afluencia noruega. Una finca grande y hermosa con vistas a Nomevatn, el lago en medio del bonito canal de Telemarkskanalen. Prados amarillos y vacas pastando. Gallinas en el gallinero y cabras en el tejado del cobertizo. Como en un cuento popular de Asbjørnsen y Moe, inmortalizado en una pintura de Tidemand y Gude. Todo habría sido fabuloso si solo hubiese estado el abuelo, o uno de los dos tíos abuelos que vivían en la cabaña. Pero no, en la finca de Nedre Riis solo mandaba una persona: la abuela. Esta no solo había visto a Jesús una noche en el bosque; también había recibido un mensaje en esa aparición, a efectos de que el mundo era una pocilga llena de vicios y su misión personal consistía en procurar que se convirtiese en el reino de Dios. En otras palabras, en un lugar severo. Eran tres semanas en el infierno, por decirlo con suavidad. Aquello ya quedaba lejos en el tiempo, afortunadamente, pero le había marcado, y no podía evitar un leve escalofrío cada vez que oía el repique de las desagradables campanas.

—Es guapo, el sueco —dijo Katja, para tomarle el pelo.

—Sí, ¿te parece?

—Desde luego, es mi tipo de hombre. Casi me entran ganas de ir al psicólogo. —Katja se rio un poco y bajó la ventanilla.

En la reunión de la mañana, todos habían estado algo tensos. Otro miembro en el equipo, y además alguien que ya había trabajado en el caso de Suecia. Podía haber salido de cualquier manera, pero incluso Oxen se había callado, dejándose impresionar.

Era tranquilo y amable, y claro, él mismo se había dado cuenta de que el encantador elaborador de perfiles estaba de buen ver.

—Creo que nos vendrá bien —murmuró Katja.

—¿El qué?

—Que haya venido. Por la experiencia que tiene, quiero decir. Parece aguda, nuestra pequeña estudiante, pero aun así…

—¿Qué quieres decir?

—Bueno, lo hemos hablado un poco. Tiene buenas ideas, pero no podemos dejar que toda nuestra investigación se fundamente en sus… ¿cómo decirlo…?

—¿Ocurrencias?

—No, no quería decir eso, solo que…

—Munch lo supervisa todo.

—Sí, claro, solo digo que me parece un plus que haya venido.

—¿Porque es tan guapo?

—Ja, ja.

Hizo una mueca y le dio un puñetazo en el hombro.

—No, quiero decir que es un elaborador de perfiles con experiencia. Que sabe lo que hace. Tengo una buena sensación. Como si estuviéramos en buenas manos.

Fredrik se sirvió un poco de café del termo y echó una ojeada a las puertas de la iglesia.

—¿Cuánto tiempo iba a durar? —preguntó Katja, y miró el móvil.

A eso estaban esperando. Tanto ellos como los dos policías uniformados, que sobre todo se encontraban allí para mantener a la prensa a raya. Un representante de la familia había salido en las noticias de la televisión el día anterior para pedir a los que no conocían a la familia que se abstuvieran de ir al funeral. Lo había dicho en términos amables, pero todo el mundo había captado el mensaje. Que los periodistas no se acerquen, joder. No parecía que las palabras hubiesen surtido mucho efecto. Puede que no fueran hordas, pero habían bastado para obligar a los agentes, que en ese momento caminaban inquietos de un lado a otro por la acera, a colocar unas cintas para cerrar la calle al tráfico general. Había tres coches delante de las desgastadas escaleras, listos para llevarse del lugar a los parientes más cercanos. Parecía una película de Hollywood. O un funeral de Estado. La iglesia de Lørenskog. Con un aforo máximo de ciento cuarenta personas. Pero había asistido muchísima más gente. De nuevo, parecía una especie de luto nacional por un jefe de Estado, con grandes cantidades de personas que, llorando, no sabían muy bien dónde meterse cuando al fin se cerraron las puertas, además de montones de flores y fotos y velas encendidas. Los fotógrafos estaban preparados con sus teleobjetivos montados sobre grandes trípodes, dirigidos hacia el cementerio, seguramente con la esperanza de sacar los mejores primeros planos de las caras marcadas por el dolor cuando bajasen el ataúd, pero él sabía más que ellos, claro. Por razones de seguridad, se había tomado la decisión de que la familia no sacaría el ataúd de la iglesia. Eso sucedería de manera extraoficial al día siguiente, con la esperanza de que la familia tuviera un momento en privado para despedirse por última vez de su hijo.

—No lo sé —dijo Fredrik, repiqueteando con los dedos en el volante—. Al final no han empezado hasta... la una, ¿no? Y solo sacar a la gente de la iglesia llevará otros...

—Sí, sí, pero primero dejarán salir a la familia y a los parientes más cercanos, ¿verdad? —lo interrumpió Katja, con un golpecito a la carpeta que les había entregado Grønlie.

Tenían una visión completa de todos los miembros de la familia, tanto cercana como lejana; ya habían tachado a la mayoría, pero quedaban algunos.

—¿Hemos visto a este?

Katja puso el dedo en la foto de un hombre con gafas y bigote.

—¿Quién es? ¿Es el tío por parte de la madre?

—Sí. Loke. ¿Quién coño llama a su hijo Loke? Supongo que conoces la mitología nórdica mejor que yo, pero ¿Loke? ¿No era un embaucador? ¿Un estafador? ¿No es algo así como llamar a tu hijo Judas?

—¿Mitología nórdica? ¿Cómo puedes saber algo de eso? ¿Forma parte del currículum en las escuelas de Holanda?

Katja se retorció un poco en el asiento, ya estaba incómoda. Munch le había pedido que se pusiera algo que no fuera el chándal para no dejar en mal lugar a la policía durante el funeral. Parecía que Anette Goli le hubiese prestado su ropa, no le gustaba.

Fredrik soltó una risita.

—¿Eh? ¿La mitología nórdica? Cuéntamelo.

Katja suspiró.

—No, apenas dimos nada de eso, pero tuve un novio.

—¿Sí?

—¿En serio? ¿Me vas a obligar a decirlo?

—Por supuesto. Ya me ha picado la curiosidad. ¿Hace cuánto tiempo?

—Bueno, unos seis o siete años.

—Vaya, si fue hace poco. ¿Y bien? ¿La mitología nórdica?

Katja se retorció de nuevo en el asiento, y no solo porque la falda le resultase incómoda.

—¿No íbamos a repasar esta lista?

—Ya lo hemos hecho. Tenemos a todo el mundo, ¿no? Aparte de los que han dicho que no venían. La abuela, que está en el hospital. Su tía, que vive… ¿dónde era?

—En Nueva Zelanda.

—¿Sí? Entonces ¿qué pasa con Loke?

Volvió a sonreír ligeramente, le gustaba tomarle el pelo de ese modo. Hacía tiempo que no pasaban un rato juntos; en realidad todo se había estancado un poco desde aquella vez que la había entendido mal en el sofá. No era el fin del mundo, pero aun así le gustaba compartir ese rato con ella, como una especie de contrapeso a la tragedia que estaba teniendo lugar en la iglesia blanca delante de ellos.

Katja suspiró.

—No quiero que saques el tema en la oficina, ¿de acuerdo?

—Por supuesto. Ahora sí que me tienes en vilo.

Katja negó con la cabeza.

—Estaba saliendo con un chico, ¿vale? Le gustaba el black metal. Era de Noruega. Mayhem. Burzum. Darkthrone. Immortal. Y no solo la música, sino toda la cultura en torno a ella. La tienda de discos Helvete y la mitología nórdica y todo eso. Y, bueno, ¿qué se hace en esa situación? Empecé a interesarme por lo mismo que mi novio. He conocido a unos cuantos satanistas, por decirlo de alguna forma.

Le guiñó un ojo y dio un mordisco a la manzana, que había guardado junto a la palanca de cambios.

—Vaya. ¿Quién lo iba decir?

—Mi pasado oscuro. —Se rio.

—Bueno, ¿de qué estamos hablado? Quiero decir, ¿uñas negras, pelo negro…?

—Todo el paquete.

—¿Ibas a conciertos maquillada como un cadáver?

—Aquí termina el interrogatorio por hoy.

—¿En serio? ¿Con la cara blanca?

Se selló la boca con la mano como si fuera una cremallera.

—Vamos, cuéntame. ¿Por eso te vistes como la Spice deportista ahora o qué? ¿Para compensar?

Le golpeó en el hombro, tan fuerte que le dolió, y Fredrik estuvo a punto de soltar otra broma cuando comenzaron a repicar las campanas y la gravedad volvió a instalarse en el coche.

Katja sujetaba la cámara delante de los ojos y usó el zoom para registrar el entorno.

—Dónde estás… Dónde estás…

Las colillas de la arboleda. Ese era el motivo principal por el que Munch les había encargado esa vigilancia.

«Le gusta mirar».

«Contemplar su creación».

«¿Qué mejor oportunidad que un funeral?».

—Te gusta esto, ¿no es así? Vamos, ven con Katja.

El sonido del obturador, el espejito que se levantaba para que las imágenes quedasen fijas en el sensor, era como el de una ametralladora. Las puertas de la iglesia se abrieron, y de repente estaban ahí. Las cabezas inclinadas. La ropa negra. La madre salió sollozando, y tuvieron que sujetarla para poder seguir adelante. Los periodistas se pusieron nerviosos, un arsenal de objetivos apuntó hacia los dolientes, que bajaban a tientas por las escaleras hacia los coches que esperaban, y luego sucedió todo muy rápido.

Como una escena a cámara lenta.

Un fotógrafo había sobrepasado la cinta policial. Unos brazos trataron en vano de agarrarlo. El susto en las caras de los dolientes cuando de pronto miraron a la cámara, y después pasó aquello de lo que más tarde hablarían tanto.

El tío.

Loke.

—¡Dame esa cámara, hijo de puta!

Las manos arrancaron la cámara al fotógrafo y le asestaron un golpe en la cara, y luego otro y otro más. Enseguida cayó de rodillas con la sangre manchándole la camisa, hasta que acabó doblado sobre el asfalto.

—Te gusta esto, ¿eh? ¿Torturar a la gente?

El tío alzó la cámara que acababa de quitarle y la bajó con suma fuerza contra la cabeza del hombre, que ya estaba en el suelo. Una vez. Y otra.

—¿Te gusta esto también? ¿Eh?

Levantó un pie para pisarle la cara, que ya estaba sangrando, pero entonces llegó.

Katja.

Agarró al hombre y lo empujó al suelo al tiempo que hacía un gesto a Fredrik con la cabeza.

«Sácalos de aquí».

Él ya estaba en medio de la gente. Podía verlo todo de cerca.

Los ojos hundidos.

Las lágrimas que corrían por las mejillas.

—Por aquí. Eso es. Entren en el coche.

Unos segundos después, todo había terminado.

Las luces traseras rojas se alejaban.

Katja, apoyada en la espalda del tío, miraba a los agentes uniformados, que solo entonces acudieron para ayudar.

—¿Qué cojones estabais haciendo? Traed el puto coche patrulla ya.

Fredrik Riis no descubrió hasta más tarde que tenía sangre en los zapatos, cuando se apartó del camino, temblando ligeramente.

Para llamar a la ambulancia.

36

Mia Krüger retrocedió unos pasos y, con algo parecido al orgullo, contempló la pared que acababa de decorar. No tenía nada que ver con la chapuza del pequeño despacho. Le gustaba mucho más. Una visión general mucho más clara. Atravesó el viejo suelo de madera rápidamente, con una sonrisa en la cara, entró en la cocina y regresó al salón con una taza de café recién hecho. El piso era enorme y disponía de varios salones, pero había decidido que iría despacio. Primero se acostumbraría a unas pocas habitaciones. Había hecho tres viajes a lo largo de la tarde, en tranvía hasta Torshov y después bajando hasta el Teatro Nacional, y se había dado cuenta de que en realidad no poseía casi nada. La habitación del apartamento de estudiantes ya casi estaba vacía, y lo que quedaba tendría que seguir allí de momento, le daba lo mismo. A alguien seguramente le interesarían esas últimas cosas. Cuando salía por la puerta tras el último viaje, se había percatado: «Por Dios, qué cansada estaba del apartamento de estudiantes, y qué contenta de trasladarme a este nuevo y fantástico piso». ¿Y era suyo? Casi no se lo creía. Tendría que hablar con su abuela más adelante. No podía ser. Recibir un regalo tan fantástico. Quizá pudiera alquilárselo. Pagaría por él. Ahora tenía dinero para hacerlo. El primer sueldo ya había entrado en su cuenta, como un anticipo. Naturalmente, le dolía un poco la fianza que había pagado por la habitación del apartamento, que era poco probable que fuera a recuperar, pero bueno. Daba lo mismo. La abuela sí que le había dejado unos muebles, unas respetables mesas y sillas cubiertas de sábanas blancas, pero Mia había metido todo en una de las habitaciones y había cerrado la puerta. Ahora estaba todo completamente vacío. En realidad, era fabuloso. No había nada que pudiera molestarla. Había elegido la habitación que daba al jardín. Una gran cama en medio de la habitación, allí tampoco había nada que la molestara. Dos grandes habitaciones y la hermosa cocina. Sería suficiente. Lo que importaba en ese momento era eso. Todo lo que había fijado en las paredes a su alrededor. El resto de la vida tendría que ser algo secundario. Podría esperar. Se sentó en bragas en medio del suelo y dejó el teléfono delante de ella. Le había enviado un mensaje, pero no había contestado. Había sonreído al ver cómo se enviaba. «Ya estoy lista». Era justo así como se sentía. Estaba despierta. Presente. Más concentrada que en mucho tiempo. Con los sentidos aguzados. Como una cazadora tras la presa. Le había costado dormirse. Se había quedado tiesa en la gran cama blanca, esperando la llegada de la luz del nuevo día. Le remordía la conciencia, claro, por no estar fuera, buscando. Pero llevaba mucho tiempo haciéndolo, ¿no? Había repartido información por todas partes. Si Sigrid estaba en la ciudad, sin duda se había enterado de que Mia la estaba buscando. La ciudad no era tan grande, al menos no en el ambiente de los yonquis. Ya los conocía a casi todos. «Joder, Sigrid. ¿Por qué me haces esto?». Se sintió culpable por eso también, por pensarlo. Por si de algún modo estaba sufriendo. Porque no era así, ahí estaba, en su nuevo palacio, con un nuevo trabajo y todo, mientras su hermana estaba ahí fuera…

Se paró a sí misma en ese punto. No quería entrar en eso. Era una visión de pesadilla, que varias veces había estado a punto de romperle la cabeza. Imágenes retorcidas de Sigrid; drogada, rodeada de… «Que no, joder». Lo apartó de la mente. Volvió a llenarse la taza de café. Debería haber desayunado algo, pero la comida le afectaba. La aletargaba. Se quedaba atontada. Prefería estar como estaba en ese momento, haber dormido poco y tomado mucho café, con la cabeza despejada, los nervios a flor de piel, casi al borde de lo razonable. Se levantó, bajó dos fotografías de la pared y las fijó en la pared vacía que daba a la cocina.

Un zorro muerto.

Una liebre muerta.

Un zorro.

Una liebre.

Uno rojo.

La otra, blanca.

¿Blanca?

¿Pureza?

¿Inocencia?

Con los dientes, quitó rápidamente el tapón del rotulador que tenía delante y se acercó corriendo a la tercera pared, que había llenado de hojas en blanco.

El blanco.

El niño.

La inocencia.

Sí, sin duda.

Ahí había algo.

Entonces ¿por qué te gusta la inocencia? ¿Lo vulnerable? ¿Te da una sensación de poder? ¿Eso te gusta? ¿Ser el que está al mando? ¿Por una vez? ¿No es lo normal para ti? ¿En tu vida?

¿Esos ocho años?

¿Fue por eso?

¿Te encerraron?

¿Durante ocho años?

¿En una unidad psiquiátrica?

¿Tenías que hacer lo que te decían?

¿Hacían que te sintieras pequeño otra vez?

¿Insignificante?

¿De modo que querías enseñarles?

¿Otra vez?

¿Cuando salieras de nuevo?

¿Quién eres realmente?

¿Que no eres alguien con quien puedan jugar?

¿Que eres…?

Escribió EL LOBO, en mayúsculas, en una de las grandes hojas de papel.

«Mañana hay luna llena. Tengo miedo del lobo».

Del diario de Oliver Hellberg.

El ángel rubio de Suecia.

Era fácil, claro, ni siquiera había tenido que repasar la información del caso.

28 de mayo de 1993.

Se podía buscar en internet.

Luna llena.

Vació la taza de café y atravesó el bonito suelo de nuevo para prepararse otro café. Esperó con impaciencia a que hirviese el agua, no quería parar el flujo de pensamientos en que estaba metida.

El Lobo.

«Es tu excusa, ¿verdad?».

«¿Para matar a alguien?».

«¿Es mejor así?».

«¿Llevar a cabo lo que sientes que debes hacer?».

Patrick. En el restaurante. Era lo que había puesto en el cuaderno que le había pasado por encima de la mesa, lo que, según él, ella había acertado.

Estás fingiendo.

Por ti.

Un lobo.

Que va cazando sus presas.

Como si esto fuera natural.

Como si lo que haces fuera normal.

«No es culpa tuya, ¿verdad?».

Se le desparramó el café de la taza cuando volvía, pero no tenía tiempo para limpiarlo, no entonces. Se acercó a toda prisa a la pared otra vez.

«Está fingiendo».

«Para justificarse».

Pero no significa nada.

Para mí, no.

Ahí es donde tengo que buscar, en cualquier caso.

¿POR QUÉ PRECISAMENTE ESOS CHICOS?

No.

Lo tachó y volvió a empezar.

¿Por qué Oliver?

¿Por qué Sven-Olof?

¿Por qué Ruben?

¿Por qué Tommy?

Rellenó la taza y se sentó en el suelo otra vez.

No, no.

No estaba acertando.

El interrogatorio de Fredrik a los dos chicos, los amigos de clase que habían quedado con él.

«Ruben».

Él era el importante.

Tommy no era más que alguien a quien usaba para atraerlo. ¿Había ocurrido lo mismo en Suecia?

Miró el teléfono, pero Patrick aún no había contestado.

Narices, en ese momento lo necesitaba.

Pero…

No, no…

Por Dios, qué espesa estaba.

Eso ya lo sabía.

Se incorporó de un salto y se acercó corriendo a la pared, donde bajó las fotos del zorro y la liebre, que reemplazó con otras dos imágenes, las de los lugares del crimen. Los dos. Donde podía ver todos los cuerpos.

Vamos, Mia.

Está ahí.

Tú misma lo viste.

En la obra de arte.

Uno de los chicos completamente desnudo, boca arriba y en el centro de la composición; el otro, que importaba, ni siquiera desvestido del todo.

Escribió rápidamente bajo las fotografías.

«Quiero a Ruben».

«Quiero a Oliver».

«¿Por qué?».

Lo tachó de nuevo, y lo escribió con letras más grandes.

¿POR QUÉ?

Ya estaba temblando, le costaba tomarse el resto del café.

Concéntrate, Mia.

Si está aquí.

Tiene que estar delante de tus narices.

Vamos ya.

De repente le sonó el móvil, un número desconocido, pero no tenía ganas de contestar, ahora no.

¿Por qué Ruben?

¿Por qué Oliver?

Se alejó un poco más de la pared.

Está ahí, Mia, en serio.

Los ha elegido por algo.

Y de pronto lo vio.

Por Dios.

Volvió a cruzar la habitación, bajó las fotografías de la pared, las llevó a la luz que entraba por la ventana.

«Joder».

«Anda que no estás espesa».

«Justo delante de tus narices».

«¿Será posible?».

En el suelo estaba vibrando su teléfono otra vez, y pulsó el botón rojo con fuerza para cortar la llamada entrante y después buscó el número de Munch en la agenda.

—Sí, aquí Holger.

—Hola, soy Mia.

Ella misma se daba cuenta de lo rápido que hablaba. El corazón la latía a toda velocidad bajo el jersey negro.

—Hola, Mia, ¿va todo bien?

—Sé por qué, Holger.

—Por qué, ¿qué?

—Cómo los elige. Por qué los ha elegido justo a ellos.

—¿Estás en el piso nuevo?

—Sí.

—¿Dónde está?

—Calle Inkognitogata, 12.

—Quédate ahí. Voy. Dame diez minutos.

37

Fredrik Riis se sentía mal en la sala de reuniones, con los zapatos en el regazo, frotando la piel suave con el trapo mojado para eliminar la sangre. Katja estaba de tan mal humor como él, hundida en una silla a su lado, mientras que Ludvig Grønlie negaba con la cabeza y colgó la última de las fotos que había sacado en la pared delante de ellos.

—Esto no ha estado bien.

Grønlie suspiró y repitió lo mismo, esta vez mirándolos a ellos.

—No ha estado bien.

—¿Qué cojones? —Katja resopló con gesto abatido—. ¿Acaso estábamos allí de niñeros? No ha sido culpa nuestra, joder.

—De cualquier modo, no ha estado bien. —Grønlie suspiró de nuevo, empujándose las gafas hacia el puente de la nariz—. Ya sabéis cómo nos deja esto, ¿verdad?

—Como unos aficionados —murmuró Fredrik, sin dejar de estudiar uno de los zapatos, que parecía haber quedado casi limpio, afortunadamente.

—En efecto —dijo Grønlie.

Munch acababa de salir de la sala, gruñendo. Pocas veces había visto al jefe tan irritado, menos mal que había recibido una llamada y se había marchado antes de que la cosa se pusiera más fea.

—El imbécil sobrevivirá —dijo Katja, que se había quitado el traje y estaba otra vez en chándal—. Tendrá que aguantarse. Quiero decir, habrá que mostrar un mínimo de respeto, ¿no? ¿Quién le manda meter la cámara en el morro de esa pobre gente?

—Esa no es la cuestión —continuó Grønlie—. Habrá tenido lo que se merecía; el caso es que todos los medios de comunicación de Noruega estaban allí, desde los locales hasta los nacionales. ¿Habéis visto las noticias? ¡Está por todas partes! ¿Cómo crees que se lo va a tomar Dreyer? Está buscando cualquier excusa para pillarnos. ¿Crees que Munch puede mantener esta unidad para siempre? No, olvida eso. Si por ella fuera, habría…

Se pasó un dedo en horizontal por el cuello.

—Ya, sí, pero, joder, estábamos allí para sacar fotos. Munch era el responsable de los agentes de la calle, ¿o no? ¿O Anette? No nos echéis la culpa a nosotros.

—Yo solo digo que a Munch ya le han convocado.

—¿Adónde?

—Al despacho de nuestra querida Hanne-Louise Dreyer. Según los rumores, quiere reasignar el caso.

—Bah.

—No, en serio. Es lo que están diciendo. Parece ser que ya les han dicho a los de Kripos que se preparen. Que se pongan al día.

La mujer del chándal se quedó callada. Fredrik no sabía muy bien por qué, pero, tras el último caso, Katja había dejado la unidad brevemente y había pasado un tiempo en Kripos.

—Ok, ¿podemos dejar esto ya? Pongámonos con lo que hemos venido a hacer.

Fredrik volvió a calzarse los zapatos y se puso de pie. Se acercó a la pared y señaló las fotografías con la cabeza.

—Hay que recortarlas. ¿Cómo lo hacemos?

Nadie contestó.

—Vamos, ya. El tiempo dirá si nos quitan del caso, pero hasta entonces tenemos que hacer todo lo que esté en nuestras manos. Y sí, Katja, estoy de acuerdo contigo. Esto no es nuestra culpa. ¿La seguridad? No era para nada nuestra responsabilidad.

El humor de Katja pareció mejorar un poco y se levantó de la silla.

—¿Estas son todas las imágenes, Ludvig?

—Son todas las que me han dado, sí.

—Vale, pues, ¿por dónde empezamos?

Ludvig se encogió de hombros.

—¿Por ahí, quizá? ¿La prensa? ¿Los fotógrafos? Puedo ponerme en contacto con ellos y enviar estas imágenes a las redacciones. Que identifiquen a sus periodistas y fotógrafos. Miramos a ver si sale alguien a quien nadie identifica.

—Buena idea. —Fredrik asintió con la cabeza.

—Joder, esto nos va a llevar semanas.

—No, unos días, quizá, pero, ¿cómo lo hacemos, si no?

—Bien, bien —dijo Fredrik con voz alentadora—. Empecemos por ahí. ¿Cuántos puede haber? ¿Alrededor de cincuenta? No tardaremos tanto. Por Dios, yo mismo podría identificar casi a la mitad de ellos.

—Tengo más esperanzas puestas en este grupo —dijo Katja, apoyando el dedo en otra imagen—. Pero ¿por dónde cojones empezamos?

Los invitados. Con sus flores, los peluches y las fotografías. Los dolientes que no habían cabido dentro de la iglesia.

—Bueno, quizá de este modo —dijo Ludvig, sacó un bolígrafo del bolsillo y se acercó a la fotografía.

—Mujeres y niños. Quedan excluidos, ¿verdad? Y componen un…, digamos, sesenta por ciento. Por tanto, ¿qué nos queda? ¿Unos cuarenta hombres? Y si tachamos todos los niños y adolescentes, ¿qué nos queda? Mira esto, de repente. A ojo, de doce a quince, más o menos. Es algo con lo que podemos trabajar, ¿no crees, rayo de sol?

Katja le hizo una mueca, pero asintió con la cabeza, mostrando su conformidad.

—Bueno, sí, podemos hacerlo.

—Ese es el espíritu. ¿Qué es lo que dicen los americanos? ¿«Si el mundo te da limones, haz limonada»? ¿Quizá no uséis esta expresión en Holanda?

—No, no decimos eso, pero tenemos otra.

Se levantó y le quitó el bolígrafo.

—¿Y cuál es?

—Deja de ser tan positivo y tráeme una Coca-Cola, y prometo estar de buen humor cuando vuelvas.

—Por Dios. Qué poético.

—¿Verdad?

Katja le hizo otra mueca amable y comenzó a tachar caras en la amplia fotografía. Ludvig soltó una risita y salió de la habitación.

—Tiene razón, ¿no crees? —preguntó Katja—. Mira esto. No hay muchos hombres adultos.

Fredrik se dirigía a ella cuando le sonó el móvil. Al ver quién era salió al pasillo para contestar.

—Hola, Silje.

—Hola.

Su voz sonaba distinta de lo normal.

—¿Pasa algo?

—Yo…

—¿Qué pasa?

—Creo que he hecho algo que no debía. Y no sabía muy bien a quién llamar…

—Qué bueno que me hayas llamado, entonces. ¿Qué ocurre?

Se produjo un silencio en el otro lado durante un momento, antes de que contestase.

—Es sobre el padre de Ruben.

—¿Jan-Otto? ¿Qué le pasa?

—Bueno, en fin, ahora me siento mal, no estoy segura de que pueda contarte esto...

La profesora, normalmente tan simpática, parecía al borde del llanto.

—Relájate. Seguro que no pasa nada. ¿Qué dices que has hecho?

Cerró la puerta de la sala de reuniones y se alejó un poco por el pasillo.

—Ya sabes, decíamos que su padre tal vez no fuera una persona muy agradable. ¿Que había rumores que decían que no había tratado muy bien a Ruben?

—¿Sí?

Hubo otro breve silencio.

—Tengo una amiga que trabaja en Protección de Menores. Sin más, se me ocurrió de pronto que podría preguntarle si había algo sobre él en los registros.

—¿Un caso?

—Sí.

—¿Y?

—Bueno, ella tampoco tiene permiso para hacer estas cosas, pero la conozco bien, hemos sido amigas durante mucho tiempo, así que...

—¿Habéis encontrado algo?

Volvió a desaparecer.

—¿Hola?

—Lo siento, en fin... No sé si me parece correcto hablar de estas cosas por teléfono. ¿Podríamos quedar en algún sitio? ¿Un lugar que no sea oficial? ¿Un poco más privado?

—¿Dónde estás ahora?

Ludvig se acercaba por el pasillo con una Coca-Cola en la mano y entró con una sonrisa en la sala de reuniones.

—Estoy en la ciudad, en Oslo. Mi madre se ha quedado con Siri, así que estoy sola. ¿Tú dónde estás?

—Estoy en el trabajo. ¿Quieres venir aquí?

—Bueno, no sé...

—¿O en mi casa? ¿Prefieres?

—Uf, estoy nerviosa, no debería haber hecho esto.

—Qué te parece si tomo un taxi, y tú haces lo mismo. Y nos vemos en mi casa dentro de... ¿en cuanto puedas? Te envío la dirección, ¿vale?

Volvió a hacerse un silencio.

—¿Estás seguro de que no te importa?

—Sí, claro. Ya estoy en camino.

—Vale. Muy bien. Mil gracias.

—Faltaría más. Te veo en breve.

38

Munch aparcó y miró la majestuosa casa blanca, preguntándose si Mia podía haberse equivocado de dirección. ¿La calle Inkognitogata? Si ahí no vivía gente normal, que él supiera. Se veía la residencia del primer ministro a escasos cien metros de distancia. De repente, ella lo llamó desde una ventana de la segunda planta.

—Está abierto, sube.

Pasó por detrás de un seto verde chillón, que parecía recortado con precisión matemática, y estaba a punto de entrar por la puerta grande cuando le sonó el teléfono. Había sido escéptico, es verdad. Oxen tenía fama de ser agresivo e innecesariamente ruidoso, pero él quería diversidad en la unidad. Diferentes tipos de personalidades. Puede que hubiera llegado el momento de hablar con él. Katja no le había explicado con claridad por qué de pronto pidió el traslado a Kripos, pero el pequeño roce entre ellos durante la reunión hacía unos días le había hecho comprender que Oxen podía ser una de las razones. Chocaban mucho. Probablemente debería haberse ocupado de eso antes, pero todo era tan reciente… La unidad acababa de formarse. No tenía ganas de reconocer la derrota. De empezar a hacer cambios ya el primer año. Sin embargo, quizá hubiera llegado la hora de hacerlo.

—Hola, Karl. ¿Qué ocurre?

Se sacó otro cigarrillo del bolsillo y lo encendió mirando al sol, que se asomaba tras una nube.

—Ole Gunnar Solskjær. Estoy empezando a hacerme una idea general de todo, aunque no estoy seguro. Algo me dice que podría hacer mejor mi trabajo si me doy una vuelta por el lugar. Para hablar con la gente.

Los chicos a los que Fredrik había interrogado en la escuela. El hombre de los dibujos, que se había jactado de haber jugado en el mismo equipo que el héroe noruego, pero de una manera u otra se había lesionado, echando su carrera a perder.

—Siempre jugó en Clausenengen. Me refiero a cuando era pequeño. Debutó en el primer equipo con 17 años. Me pregunto si debería ir hasta allí para echar un vistazo a fotos antiguas del equipo y esa clase de cosas. Ya he hablado con uno de los antiguos entrenadores. ¿Cómo lo ves, crees que merece la pena o qué?

—No estoy seguro —contestó Munch—. Todo lo que tenemos sobre eso es información de terceros, que bien pudo ser inventada. Eso sí, es algo tan específico que creo que deberíamos darle una oportunidad.

—Quieres decir que, si miente, ¿por qué iba a mentir de un modo tan concreto?

—Exacto. Podrías dedicarle un día o dos. Y me mantienes al tanto, ¿vale?

—De acuerdo —masculló Oxen y desapareció, justo cuando Mia bajaba por las escaleras con un plátano en la mano.

—¿Vienes o qué?

—Sí, sí.

Munch sonrió y entró tras ella en el respetable edificio.

—Madre mía. ¿Vives aquí?

Mia se encogió de hombros.

—No estoy muy segura de lo que pasó, pero tengo la llave, así que, de momento, sí. Quítate los zapatos en la entrada, si no te importa.

Dejó la piel del plátano en la encimera y entró delante de él a un enorme salón blanco, con un rosetón en el techo. La luminosa habitación estaba vacía por completo, salvo en las paredes, que estaban prácticamente atestadas de fotografías y apuntes.

—Vaya —dijo Munch, impresionado—. Igual tendríamos que haber montado nuestras oficinas aquí.

—Sí —respondió Mia, que no parecía haberse enterado del todo de lo que había dicho.

Ya estaba mirando una de las paredes, donde solo colgaban unas pocas imágenes.

—¿Qué es lo que tienes? —preguntó Munch, situándose a su lado.

—Bien —dijo Mia y apartó unos mechones de los ojos—. Puede que me equivoque totalmente, y después de hablar contigo me han entrado las dudas otra vez, pero merece la pena explorar todas las teorías, ¿no crees?

—Por supuesto. —Munch asintió y silenció el móvil.

—Por cierto, ya me ha contestado Patrick.

—¿Y bien?

—Iba a subir hasta aquí después de la puesta al día esta mañana, pero se ha puesto malo. El estómago. Espero que no fuera el restaurante indio, yo estoy perfectamente. En cualquier caso, ha dicho que se recuperaría pronto, así que he preparado un hueco para todas sus fotografías por ahí.

Mia señaló una parte de una pared que aún no estaba llena.

—Bien, echemos un vistazo a esa teoría tuya —dijo Munch.

—Vale. Primero me he fijado en los lugares del crimen. En la colocación de los chicos. ¿Por qué Ruben está completamente desnudo? Mientras que Tommy lleva ropa interior. Y lo mismo en Suecia. ¿Por qué Oliver está completamente desnudo? Mientras que Sven-Olof lleva calzoncillos. Luego está lo que dijeron los chicos. Estaba buscando a Ruben... Por cierto, ¿hemos vuelto a oír algo de por ahí?

—Wilkinson y su equipo siguen peinando la zona —dijo Munch—. Llamando a puertas, tirando un poco de la lengua a la gente, ya sabes. Mucho chismorreo, pocas cosas concretas hasta ahora. Tenemos algunas identificaciones que pensamos que pueden corresponder al mismo hombre, solo de lejos, eso sí, pero están en ello, así que creo que podemos sacar algo de eso. Siempre hay alguien que sabe algo, aunque no sepan que lo saben. Esa, al menos, es mi experiencia.

—Bien. ¿Y los dibujos? ¿Hay algo ahí?

—Bueno, ¿qué no nos han dicho? Todo el mundo llama a la línea directa de avisos, hablan de cualquier cosa, desde tíos sospechosos hasta gente a la que han visto fisgoneando en el garaje de los vecinos. Ya sabes cómo va.

—En realidad, no.

Munch sonrió levemente.

—Ya, es cierto. No llevas ni una semana con nosotros, pero eres tan profesional que se me olvida.

—¿Eso es un halago? —Se giró y lo miró con gesto amable.

—Es posible.

—Gracias. Bueno, en cualquier caso, los lugares del crimen. Puede parecer que… no, eso es decirlo de un modo demasiado suave. Es absolutamente evidente que está buscando a uno de los chicos en concreto, en ambos casos. Quizá le apetezca matarlos a los dos, pero tengo la sensación de que le apetece especialmente matar a uno de ellos. ¿Me sigues?

—Claro.

—Así que me centré en estas dos imágenes, hasta que me fijé en que, ¿eh, hola? ¿Se puede ser tan espesa? Lo que hay que hacer es centrarse en estos dos. Los chicos cuando estaban vivos. ¿Verdad?

Bajó unas fotos de la pared, las sujetó y volvió a fijarlas, solo para enseñarle lo que quería decir.

—Mira esto.

Dio un paso a un lado y señaló las cuatro fotografías que ahora colgaban allí.

—¿Y bien?

Eran retratos de los chicos mientras vivían.

—¿Qué tengo que buscar?

—Mira esto ahora.

Quitó dos de las fotografías, para que solo quedasen Ruben y Oliver, el niño sueco.

—No, espera un momento.

Mia se acercó a la otra pared y volvió con una de las fotografías del lugar del crimen.

—Esta está mejor. Creo que la primera foto de Oliver es algo vieja. Imagínate que tenía el pelo así cuando murió. O más largo.

—Joder —dijo Munch, y entonces lo vio.

Mia exhibió una sonrisa triunfal.

—Llama la atención lo mucho que se parecen, ¿verdad?

—¿Por qué no lo he visto antes? —murmuró Munch.

—No es tan fácil de ver. Porque no son idénticos, no va de eso. Simplemente transmiten la misma…, ¿cómo decirlo? La misma sensación, de algún modo. ¿No te parece?

—Por Dios…

—Los dos son rubios, llevan el pelo bastante largo y tienen los ojos muy azules. Y mira esto, al principio no me di cuenta, porque los ojos pierden todo el brillo cuando alguien se muere, y en esta foto de Ruben le pasa algo a la luz, pero esta de aquí… Y esta también, la de Oliver, fíjate en los ojos que tiene. Son de un azul muy intenso. Y mira esto. Pecas. Ruben tiene muchas; Oliver menos, pero están ahí, ¿verdad?

Señaló con avidez. Munch asintió despacio con la cabeza.

—Y los dos están muy delgados. Frágiles. Puede que también sean cautelosos, ¿qué sé yo?

—¿Qué quieres decir con cautelosos?

—Como personas, en su actitud. Muchos chicos de esta edad son, no sé cómo decirlo, en fin, se ponen un poco chulitos, ¿no? Buscando bronca y demás. Algunos son como pequeños animales. Pero te apuesto lo que quieras a que, si nos hubiésemos encontrado con estos dos, habrían sido muy mansos. Amables. Humildes. Y eso le gusta…

—Joder, Mia, esto es bueno —murmuró Munch.

—¿Verdad? Tiene que haber algo aquí. Parecen un poco angelicales, ¿no crees? Casi como las típicas imágenes de brillo de los angelitos. ¿Cómo se llaman? ¿Querubines?

—Así que le gusta este tipo de niños… —dijo Munch lentamente.

—Frágiles, pequeños, rubios, humildes, amables…

—Ostras, esto es muy bueno, Mia.

—En realidad, el mérito no es mío —dijo Mia y entró en la cocina a toda prisa. Volvió con un yogur—. Lo siento, pero tengo que comer algo. Me olvido de hacerlo de vez en cuando. Estoy muerta de hambre.

—Si el mérito no es tuyo, ¿de quién es, entonces?

—De Jodie Foster.

—¿Perdón?

—¿No has visto esa película? *¿El silencio de los corderos?*

—No, me temo que no.

—Ah, Dios, Holger. Tienes que verla. Hannibal Lecter. El asesino en serie. Él la ayuda y le da una pista. «Codiciamos lo que vemos».

—¿Y eso qué significa?

—Quieres tenerlo, necesitas tenerlo, no puedes reprimirte, algo así. La película estaba basada en un asesino en serie real. Ed Gein era su nombre verdadero. Vivía en Estados Unidos, claro. En Wisconsin, en un pueblo perdido en el campo. Cuando registraron su casa, encontraron varios muebles que estaban forrados con piel humana auténtica, máscaras hechas con caras reales de mujeres, un cinturón fabricado con pezones de verdad, una lámpara hecha con la piel de una cara. Había partes corporales por todas partes, labios, dedos, genitales...

—La hostia —dijo Munch y levantó la chaqueta en busca de sus cigarrillos.

—¿Verdad? Por eso he pensado que esto podría ser algo, ya que se basa en algo real. Quiero decir, los ve...

Repiqueteó con el dedo en las fotografías.

—Se le antojan. Y decide prenderlos.

Munch se metió un cigarrillo entre los labios.

—Pero ¿cómo?

—¿Sí? ¿Cómo los elige? —continuó Mia.

—No lo tengo claro. ¿En patios escolares? ¿Campos de fútbol?

Mia vaciló.

—Tengo la sensación de que tal vez no sea de un modo tan activo. Que se encuentra con estos niños de un modo casual y de repente le surge. Si no fuera así, tendríamos más víctimas, ¿no crees? Si el impulso fuera tan fuerte que prácticamente le obligara a abalanzarse sobre ellos, estaría peinando los parques infantiles y otros lugares para ver si encuentra a alguno.

—Puede que tengas razón...

—¿Sabes lo que dijo Ed Kemper cuando fue interrogado por primera vez por gente seria que quería saber por qué había decapitado a su madre para después practicar sexo con la cabeza?

—¿Otro asesino en serie?

—Sí.

—¿Llevas mucho tiempo estudiando a esta gente?

—Un montón. En cualquier caso. «Es como un estornudo. Tienes que estornudar, no te puedes reprimir».

—¿Lo comparaba con un estornudo?

—Sí. Como algo que no puedes parar.

—Por Dios.

—¿Será así también para nuestro hombre? Puede que ni siquiera fuera consciente de que le pasaba, ¿sabes? Lo de Suecia podría haber sido la primera vez. Vio a Oliver, este niño guapo y frágil, y no sé, simplemente tuvo que hacerlo.

—Vale, pero ¿por qué esperó ocho años antes de volver a hacerlo?

—¿Igual se asustó después? ¿De su propia violencia? ¿Si fue la primera vez?

—No podemos saber eso.

—No, pero ¿has visto otros asesinatos como este? ¿Dos niños, uno desnudo, con un animal entre ellos? ¿No? Así que pudo haber sido la primera vez. ¿Y cómo te sientes la primera vez? ¿Después de la primera vez?

Lo miró como si esperase una respuesta, pero él permaneció callado.

—¿La primera vez? —continuó—. Una experiencia muy fuerte. Da igual lo que sea. Quiero decir, salto en paracaídas, el sexo, puenting, descenso hasta cuarenta metros de profundidad en apnea… Son sensaciones muy fuertes, ¿verdad? ¿Un chute de adrenalina? Pero, a diferencia de lo que acabo de mencionar, esto es…

Señaló las fotografías de los lugares del crimen otra vez.

—Esto no se parecerá a nada más, entiendo. ¿Quitarle la vida a otra persona? Una descarga así. Pero ahora sabes quién eres, ¿no? Puede que lleves tiempo sabiéndolo en tu interior. Es fácil negarlo si no haces nada, pero ahora lo has hecho, ¿verdad? Ahora sabes quién eres.

—Así que ¿crees que ingresó en una clínica?

—En efecto. —Mia asintió—. Puede que tuviera miedo. De quién era. Estoy enfermo. Necesito ayuda.

—¿En un hospital psiquiátrico?

—Digo yo. Y allí se queda mucho tiempo, años y años. Se siente mejor. Puede que incluso crea que se ha curado. Vuelve a la sociedad. Quizá incluso encuentre un trabajo. Hasta un día. De repente, por casualidad.

Puso un dedo sobre Ruben.

—¿Vuelve a pasar lo mismo? —preguntó Munch.

—Efectivamente.

—Un nuevo deseo.

—Codiciamos lo que vemos.

—Mia, a mí me convence.

—¿Sí?

—Mucho. Has hecho un grandísimo trabajo.

Munch se quitó el cigarrillo de la boca y miró a su alrededor cuando el móvil de Mia comenzó a vibrar en el suelo.

—Tengo que contestar esta vez. Llevan llamándome desde ese número todo el día.

—¿Dónde puedo fumar?

—Sales por esa puerta, pasas un par de habitaciones y llegas a un porche trasero, en la esquina.

Lo despidió con la mano, se mordió el labio y pareció hacer de tripas corazón antes de pulsar el botón verde del teléfono.

39

Kevin Myklebust, de once años, despertó con el ruido del baño y se dio cuenta de que había vuelto a pasar. Había otro hombre en la casa, y su madre sería diferente durante unos días. No es que estuviera mal, eso, porque cuando había un hombre nuevo en casa ella siempre era más amable y no se quejaba tanto de él como solía, pero en realidad había esperado que fuera verdad lo que le había dicho aquella noche unas semanas antes. Su madre era muchas personas distintas. O al menos dos. Una cuando era ella misma, y otra cuando ella y Elsebet tomaban vino, porque entonces de repente parecía que lo quería un poco, al menos cuando Elsebet estaba allí. «Tú y yo, ¿eh, Kevin? Estamos bien los dos. No necesitamos a ningún hombre para estar bien, ¿verdad? Tú eres el hombre de la casa, ¿a que sí?». Elsebet también lo había dicho: «Eres tan afortunada de tener a este chico... Es tan guapo, me encantaría tener a un angelito como él». Y aunque fumaron dentro de casa y la puerta que daba a la habitación donde él dormía estaba estropeada y la ropa de la cama olería a humo muchos días después, no le importó, en ese momento, no. O cuando su madre le dio un abrazo y le dijo que podía ir a por una Coca-Cola a la nevera, aunque en realidad era de ella, y ni siquiera era sábado. En esas ocasiones se emocionaba, y se volvía blando, y le dejaban quedarse allí mucho tiempo, escuchando el tintineo de las botellas, y su madre le besaba la mejilla y le abrazaba con más fuerza, y aunque apestaba, le daba igual, porque lo quería, más allá de los brillantes ojos aletargados. «Tú sí que eres mi chico, Kevin. Mamá tiene mucha suerte de tenerte».

Y entonces era eso lo que había intentado hacer. Desde aquella noche. Ser el hombre de la casa. No tenía muy claro lo que significaba, exactamente, pero había intentado hacer lo que hacían los otros hombres que habían estado allí. Como Rune. Y Gunnar. Y Jan-Erik, que era el que mejor le había caído, incluso le había dicho que le iba a dar una bicicleta, una buena, no la vieja de su madre, que era demasiado grande, y tenía el cuadro curvado, como las bicis para chicas. No, iba a regalarle una bici de verdad, una de montaña. Imagínate. ¿Una de montaña de verdad? Entonces sí que callaría la boca a la gente de la escuela, a los chicos que le sacaban un año y siempre susurraban entre sí y le señalaban con el dedo cuando pasaba por delante de ellos con la bici vieja y grande. «¿Eh? ¿Ahora qué? ¿Qué os parece? ¿Una de montaña? ¿Con llamas en el cuadro? ¿Eh? Ahora, a callar la boca, todo el mundo».

Sin embargo, no resultaba tan fácil como se había creído, eso de ser el hombre de la casa. Había hecho todo lo que hacía normalmente. Preparar el desayuno. Recoger después. Recoger el salón después de una visita de Elsebet u otra amiga de su madre. Las copas que estaban tumbadas en el suelo. Ceniceros y colillas caídas en la mesa. Había aprendido a usar el aspirador sin hacer demasiado ruido, para que a mamá no le doliera tanto la cabeza. Simplemente giraba la rueda hasta la potencia más baja, la que tenía la imagen de una cortina. Pero luego llegaba lo difícil. Pagar las facturas. No era capaz de hacerlo. Por mucho que tratase de encontrar una solución, no podía, porque no tenía dinero, y el dinero que le daban a cambio de reciclar las botellas que había recogido en el campo de fútbol tampoco era para nada suficiente.

Así que tal vez fuera esa la razón.

De que hubiera llevado a un hombre nuevo a casa después de todo.

Los oyó desde el otro lado, las paredes eran finas como el papel, su madre que se reía y decía cosas que antes solo había oído en la tele. Se metió los dedos en los oídos, contó hasta mil, y luego parecía que habían terminado. Ya estaban en la cocina, olía a café y beicon, y esa era la señal. No quería ver a nadie sin ropa, no, no tenía fuerzas para eso, pero parecía que habían terminado, ya podía levantarse.

Kevin se vistió, tumbado en la estrecha cama, y entró en la cocina, esbozando una sonrisa.

—Buenos días.

—Buenos días, tesoro. ¿Te acuerdas de Ulf?

—Sí, buenos días. Hola. Claro.

El hombre de la grúa.

El caballero que acudió ante la necesidad.

Alguien tenía que ser, claro.

Porque él no era capaz de ser el hombre de la casa.

—Siéntate y te pondré algo de desayuno, cariño. —La mamá actriz con la voz afectada que siempre usaba cuando entraba un hombre nuevo en casa.

—No, gracias. No tengo hambre. Y tengo que irme, he quedado. No quiero llegar tarde.

—¿Y adónde vas, hijo mío?

El niño cogió una manzana mientras se encaminaba hacia la puerta.

Le entraron ganas de decir: «Iría con mucho gusto a ver a Ronny, pero ya no puedo hacer eso, mamá, por tu culpa». Pero no pudo hacerlo, no quería ser malo.

—A la biblioteca, sin más. Tenemos una tarea de clase. Quiero hacer un buen trabajo.

—Oh, qué bueno eres, Kevin. —Llevaba un delantal puesto, por alguna razón. Mamá se acercó a él y le apoyó una mano en la cabeza—. Kevin está sacando muy buenas notas. Bueno, no sé de dónde ha sacado esa cabeza; de mí, no, desde luego. —Soltó una risita, se deslizó hasta los brazos del hombre nuevo y le plantó un beso en la mejilla, como seguramente haría una ama de casa de verdad.

—Eso es bueno —dijo el que se llamaba Ulf—. Así quizá no tengas que conducir la grúa.

Soltó una risa sorda, y mamá le dio un golpecito en el hombro.

—Oh, el chico de la grúa. La grúa es una cosa muy buena. Ayuda a gente necesitada.

—Ya lo creo —dijo Ulf y se encogió levemente de hombros, antes de tomarla nuevamente entre sus brazos, riéndose y pinchándole por aquí y por allá.

Con eso ya tenía suficiente.

Y no miró hacia atrás esta vez, porque su madre ya no estaría mirándolo a él. Ya había vuelto a empezar. Y sabía qué iba a pasar. Todo estaría bien durante un tiempo. Hasta que descubrieran cómo era ella. Entonces se marcharían con el rabo entre las piernas, incluso Jan-Erik, que había aguantado mucho tiempo, casi un año, pero al final ni siquiera él lo había soportado.

Fingió que bajaba hacia la carretera, por si acaso estaban mirando después de todo, pero cuando llegó a la altura del cobertizo no dobló a la derecha, hacia el centro, sino que se agachó. Esperó un momento y después se escondió tras el seto y volvió hacia la casa, donde tomó la pista forestal que se internaba en los árboles.

Había estado triste un momento, pero ya no, porque tenía un plan.

Una sonrisa apareció en su pequeña boca cuando pensó en el descubrimiento que había hecho.

Un lugar solo para él.

Su propia casa.

Podría llegar a serlo, ¿no?

No sabía cómo no había encontrado la casita antes. Bueno, sí lo sabía, porque había estado oculta por completo, prácticamente invisible bajo un pequeño acantilado. El corazón casi se le había parado bajo el jersey la primera vez que la vio, una cabaña medio en ruinas entre unos árboles enormes. Un haz de luz se había abierto camino entre las nubes al mismo tiempo, como si alguien ahí arriba le señalase el camino. «Mira, Kevin. Un lugar secreto. Que solo tú conoces».

Media hora después ya había llegado. Volvió a sonreír, casi sonreía por dentro, porque era perfecto. Una pequeña casa, escondida en el bosque. Que solo él conocía. Kevin abrió la puerta con cuidado y encontró las cerillas que había escondido, encendió la vela y colgó la cazadora en el gancho junto a la estropeada encimera. Había subido hasta el lugar varias veces. Llevándose cosas a escondidas en la mochila. Estaba empezando a ponerlo bonito. Una esterilla en un rincón, y el saco de dormir que había encontrado en el garaje del vecino. Estaba ya bastante hogareño. No había luz, pero sí una cocina económica, así que había llevado unos leños en la mochila, y también un hacha, para poder cortar algunos más de los viejos pinos, medio secos. Una cazuela. Un plato. Unos cubiertos. La mesa ya estaba allí, y también la silla. Estaban un poco carcomidas, pero él se encargaría de arreglarlas. Cuando llegase el verano y el sol cobrase fuerza, sacaría todas las cosas y dejaría que se secasen bien. Se acercó al armario, que no tenía puerta, y sacó algunas conservas que había guardado. Los melocotones. Y alubias en salsa de tomate. Atravesó la habitación rápidamente, encontró el pequeño lapicero y comenzó a escribir con mano ávida. «Cosas que necesito: una sartén. Una gran jarra para que pueda recoger agua en el arroyo. Jabón. Toallas». Devolvió el lapicero a su sitio y se quedó delante del pequeño espejo que colgaba en la pared. Era viejo y estaba roto, algo oxidado, así que solo podía verse la cara a medias en él.

Una nueva vida.

Su propia casa.

¿Quizá debía convertirse en otra persona?

¿Cambiar de aspecto?

¿Cortarse el pelo?

¿Teñírselo, tal vez?

Se burlaban de su pelo en la escuela, pero a mamá le gustaba tanto que no se había atrevido a hacer nada con él. Se sentía tan bien al recibir halagos por algo...

El pelo rubio y largo. Las pecas en la nariz.

Como el pelo de una chica.

Tendría que convertirse en alguien un poco más duro.

Kevin Myklebust sonrió para sí, sacó la manzana de la mochila y salió a los escalones de nuevo.

Volvió la cara hacia la débil luz del sol.

40

El taxi acababa de parar en un semáforo junto a la pastelería Pascal, en la calle Henrik Ibsensgate, cuando de golpe comenzó a jarrear sobre el parabrisas y el capó, con tal violencia que tanto Fredrik Riis como el chófer se sobresaltaron.

—*Pakao!* —exclamó el joven que estaba tras el volante.

—Estoy de acuerdo —añadió Fredrik y lanzó una mirada de soslayo hacia las nubes negras que habían colonizado el cielo sobre la capital tan repentinamente—. No es que sepa qué significa, pero suena apropiado.

El taxista se disculpó con una sonrisa en el espejo retrovisor.

—Lo siento.

—No, no, está bien. ¿*Pakao*?

—Joder —murmuró el taxista—. En croata.

—Anda. Bien, creo que lo resume bastante bien.

Riis echó otro vistazo al cielo, cuando un nuevo chaparrón cayó sobre ellos. El semáforo ya se había puesto en verde, pero los coches a su alrededor no se movieron. La calle se había convertido en un río en apenas unos segundos.

Esperaba que Silje se hubiera librado de eso, o que al menos hubiera podido refugiarse en algún sitio, pero parecía que no había sido el caso, desafortunadamente. La profesora estaba tiritando bajo el pequeño techado del portal de su casa. Fredrik salió del taxi de un salto, con las manos sobre la cabeza, y sacó la llave rápidamente.

—Madre mía.

—Sí, la leche.

Subieron por las escaleras, los dos empapados, y vieron a través de las pequeñas ventanas cómo caían los rayos, seguidos de unos estruendosos truenos.

—¿De dónde ha venido? —Silje Simonsen se rio mientras agarraba el bolso delante de la puerta de su casa. Estaba chorreando.

Por fin consiguió abrir la puerta.

—El maquillaje a tomar por saco —dijo, temblando, delante del espejo del pasillo, y se quitó los botines, empapados.

—¿El día del Juico Final? —propuso Fredrik al tiempo que negaba con la cabeza.

Silje lo miró con el maquillaje resbalándole por la cara y le guiñó un ojo.

—Puede ser. En tal caso, no sería la peor compañía en el último día.

Fredrik sonrió un poco y señaló su bolso con la cabeza.

—¿Tienes la carpeta ahí dentro? ¿Ha sobrevivido?

—Espero que sí. —Silje asintió y entró en la cocina, sin dejar de temblar. Había rastros mojados de los dos por el bonito suelo de roble. Dejó el bolso encima de la mesa, se sacudió el pelo mojado y se miró—. No quiero que te parezca raro, porque en realidad apenas te conozco, pero ¿crees que podrías prestarme algo de ropa?

Media hora más tarde, la tormenta ya había remitido. Las nubes negras desaparecieron tan pronto como alcanzaron el otro lado de las ventanas, con rumbo al sur para cebarse con los turistas del barco de Dinamarca. Ya se atisbaba un débil sol que entraba hasta la mesa de la cocina. De repente era todo como una comedia romántica, con ella vestida con una camisa azul claro demasiado grande, calentándose las manos con la taza de té, con el rugido del fuego de la chimenea de fondo. A los dos se les había metido el frío en los huesos.

—Lo siento —dijo Silje al final, con la cara seria otra vez. Tenía la expresión que Fredrik se había imaginado al oír su voz en el teléfono.

—¿Qué es lo que sientes?

—Que te esté atormentando de esta manera. Seguro que ha sido por mi culpa, ¿no crees? ¿Por haber sido tan mala?

Señaló con la cabeza hacia los últimos vestigios de la tormenta, que iban alejándose por encima del fiordo de Oslo.

—¿Crees tú eso? ¿Que hay alguien ahí arriba que te castiga? ¿Quién sería? ¿Un meteorólogo? —Esbozó una sonrisa torcida.

—Sí, ¿por qué no?

—¿Una señora rubia que mueve los brazos delante de una pantalla, vaticinando presiones altas y bajas, y castigando a la humanidad periódicamente?

Silje se rio un poco.

A Fredrik le gustaba su risa. En realidad, toda ella le gustaba. Era una situación peculiar. Fredrik tenía la sensación de que le gustaría dejar que la realidad esperase un poco. Simplemente para disfrutar de esto.

—¿Siri, has dicho?

—¿Qué?

—¿Es tu hija?

Bajó la vista a la mesa y negó con la cabeza.

—Otro motivo para sentirme culpable.

—¿Por qué?

—He mentido a mi madre. Le he dicho que tenía que venir a hacer un recado en la ciudad. Era una mentira, pero tenía que largarme de allí como fuera. El funeral me ha dejado hecha polvo.

—Sí, ha sido un trance, la verdad.

—¿Estabas allí?

Fredrik asintió con la cabeza.

—¿Has visto lo que ha pasado?

—Ha fallado la vigilancia. Seguramente ha sido culpa nuestra, no lo sé.

—Aparece ahí.

Silje lo miró inclinando la cabeza hacia la carpeta que descansaba encima de la mesa.

—¿Quién?

—Loke. El tío de Ruben.

—¿En serio?

Volvió a asentir con la cabeza y se tomó un sorbo del té.

—O sea que ¿has repasado la información?

—No. Me lo ha dicho Nina. Uf, somos malas, ¿verdad? ¿Nos echarán a la calle a las dos? —Dejó la taza en la mesa y miró a su alrededor cautelosamente—. ¿No tendrás un poco de vino?

—Sí, claro. —Fredrik se levantó y se acercó a la balda de la pared, sobre la encimera—. ¿Qué te parece un pinot noir?

—Encantada. Uf, lo siento, parece que estoy algo tocada. En realidad, nunca bebo a estas horas del día.

—Ya son pasadas las cinco, ¿no?

Sonrió y encontró un sacacorchos en el cajón. Bajó dos copas de la balda y sirvió vino en ambas.

—¿Tienes una foto de ella?

—¿Qué?

—¿De tu hija? Siri.

La bonita cara se iluminó de nuevo.

—Sí, tengo.

Sacó la cartera del bolso y le pasó una foto.

—Vaya, qué guapa. ¿Cuántos años?

—Cinco. Empieza el cole este año. Acabamos de hacer la preinscripción.

—Qué emocionante.

—Oh, no sé. En realidad me parece demasiado pequeña. Pobrecita.

Dio un pequeño apretón a la foto y volvió a meterla en la cartera.

—Y... ¿el padre?

Le salió algo forzado y se arrepintió un poco, pero, por la mirada que ella le dirigió, se dio cuenta de que no le importaba.

—Nunca ha estado presente.

—Vale.

—Así que soy, bueno, madre soltera y feliz de serlo. ¿Y tú?

Fredrik abrió los brazos en un gesto hacia el piso.

—Pues soltero, como puedes ver. Aquí vivo solo, a excepción de...

«Patrik Sjöberg».

Con todo el follón, se había olvidado por completo del pájaro. La ruidosa tormenta lo habría aterrado, pobre. Se disculpó y llevó la jaula de la habitación, retiró la manta y dejó salir al pájaro.

—Lo siento.

Sonrió y levantó la copa de la mesa.

—No hay problema. Así que ¿no tienes ni hijos ni novia?

—Novia no tengo, no. Me gustaría tener hijos, pero una cosa suele ir de la mano de la otra, ¿no?

—Eso dicen.

Volvió a sonreír.

—Bueno —dijo, aclarándose la garganta y mirando la carpeta—. ¿Echamos un vistazo...?

—¿Tenemos que hacerlo? Todavía estoy temblando.

—No, claro que no. Tómate el tiempo que necesites.

—¿Seguro?

Dio otro sorbo al vino y le lanzó una mirada furtiva por encima del borde de la copa.

—No tengo prisa por ir a ningún otro lugar —dijo Fredrik con una sonrisa un poco tímida, y levantó la copa en un brindis.

41

Emilie Skog se encontraba sentada sobre las rocas junto a la playa de Hvalstrand Bad y se sentía melancólica, pensando que aquello estaba a punto de acabar. Era mediados de marzo y todavía hacía frío en Asker, pero le importaba poco, porque le gustaba ir a orillas del fiordo por las mañanas para sentarse en las rocas envuelta en una manta y pensar, antes de que se despertasen los demás. La Academia de Arte de Amund Andersen. Una academia privada para pintores. Programas de dos años. Había siete personas en cada curso, para un total de catorce personas en el gran chalet. No todo el mundo se hospedaba allí, pero la mayoría sí, sobre todo los que llegaban de fuera, como ella, que era oriunda de la pintoresca provincia de Grimo, en la región de Vestlandet. Y le faltaba poco para regresar a casa. A lo que iba a ser su vida. La granja. Sus padres. Los manzanos. Y lo había sabido, lo había tenido muy claro. Que era allí donde iba a vivir durante el resto de su vida. No porque tuviera que hacerlo, sino porque quería. No contemplaría la posibilidad de vivir en ningún otro lugar. Así que ¿qué era lo que no entendían? Quería tener dos años para ella primero. Todos habían negado con la cabeza. Sus padres. ¿A Oslo? ¿Para hacer qué? ¿Para pintar? ¿Por qué? Todos habían parecido unos signos de interrogación vivientes, incluso sus amigas: «¿Qué dices que vas a hacer?». En fin, le daba lo mismo, porque Emilie ya se había decidido. Dos años que iban a ser para ella sola. En una academia de arte. Y después volvería para hacerse cargo de la granja, y no solo porque se lo hubiera prometido a su padre. No, era porque ella quería, ¿no podían entenderlo? Se despidieron saludando con los sombreros desde el porche de la gran casa blanca, como si fuera una pintura del siglo XIX o una historia cualquiera de Olav Duun. Ella con la mochila, en la parada del autobús. No, gente, no es así. Para empezar, estamos casi en el siglo XXI, no sé si os habéis enterado. Las chicas ya no necesitan guardar el ajuar en una baúl de novia, con la esperanza de ser cortejada por el primero que pase o por el hijo del vecino. «Despierta, mamá. Despierta, papá. Voy a volver». Las caras empapadas de lágrimas bajo las mantillas bordadas que les cubrían la cabeza; la abuela se había puesto hasta el tocado de plata. Incluso había izado la bandera. «Vamos, no, ya está bien». El autobús por fin había llegado, y el viaje había comenzado.

Emilie encontró una piedra y la lanzó a las tranquilas aguas del fiordo. Ella era diferente de todos los demás de la academia, eso era cierto, pero aun así había hecho amigos para toda la vida allí. Y esa era la idea, ¿no? ¿Ver otra cosa? ¿Conocer a personas distintas? «Y síí, papá, que voy a volver, ¿por qué no iba a volver? ¿Por qué iba a dejar esto?». Lo había llevado hasta la ventana solo para subrayar el mensaje. Las vistas de los manzanos. Las fantásticas manzanas de Hardanger, pequeñas y rojas, como amor puro colgando de las ramas. Las mejores de la región de Vestlandet. Ya elaboraban su propia sidra y la vendían por ahí; incluso los buenos restaurantes de Bergen habían descubierto el increíble sabor. Las montañas que se lanzaban en vertical hasta el brillante fiordo. «Papá, ¿ya lo entiendes? ¡Volveré!».

Primero había pensado en la academia de Kunstakademiet, pero enseguida lo había descartado. Guantes ensangrentados colgados en una pared vacía o cadáveres de ratones sobre helado de pepinillo no era lo suyo. Le gustaba pintar. No cosas profundas. Simplemente representar cosas que veía. Recrearlas. Le encantaba el aspecto visual. Le gustaba cómo se movían sus manos sobre el lienzo. Cómo los colores se fundían en la paleta y se convertían en otro. Nada profundo. Como Hansi, por ejemplo. La ansiedad. El vacío. La irredimible tristeza humana y el miedo a la muerte. Vale que solo tenía diecinueve años, pero daba igual. Hansi era de Trøndelag, y muy guapo, aunque también muy triste, y no sabía cuidarse solo. No quería comer, ni quería beber agua, ni sidra, ni otra cosa tampoco, porque: «La vida no es así, la vida es dura y difícil, y al final nos morimos todos, y nadie sabe por qué. ¿Y yo, mientras tanto, voy a estar aquí tomando tortas y refrescos? Ni de coña».

Escribió «¿Hansi?» en el cuaderno que tenía delante.

¿Podría ser uno de sus retratos fantasma?

Porque eso era lo que pintaba. Personas con la piel tan fina que se veía a través de ellas, el esqueleto y todo. Lo veía moverse delante de los lienzos desde atrás. Menuda técnica con los pinceles que tenía. A veces ella dejaba de pintar solo para mirarlo mientras pintaba.

Por Dios, qué triste.

Qué pobre.

Ella compraría una de sus imágenes antes de volver a casa. Lo había decidido. Hansi era una de las personas becadas. Por el propio Andersen. Solo concedía una beca cada año, y hacía dos se la había dado a Hansi. No se lo quería contar, claro, no quería decirle que había sido ella la que había comprado el cuadro. Solo iba a poner un pósit naranja en él.

—¡Mira, has vendido un cuadro, Hansi!

Para ver la alegría en su cara.

Tenía ganas de eso.

¿O quizá a Amalie?

¿Su cuasi tocaya del norte de Noruega?

Puso el nombre en la hoja.

La exposición final. Por eso estaba ahí esta mañana. Porque Andersen le había encomendado la tarea honorífica.

Oye, Vestland.

La había llamado así desde el primer día.

Oye, Vestland, haz el favor. ¿Estás pintando alces al atardecer o qué? ¡Mira la luz! Horrible. Desesperante. Dame tus pinceles. Los voy a quemar.

Emilie sonrió un poco y se envolvió mejor con la manta, mientras el sol se asomaba sobre Konglungen, al otro lado del fiordo, que ya brillaba.

Podía ser así.

Andersen.

Un excéntrico de ochenta años, que anteponía el arte a cualquier cosa y nunca se lo pensaba dos veces antes de decir lo que pensaba.

Menos mal que no le hablaba así a Hansi, porque Hansi se habría partido en dos y habría caído sobre sus propios zapatos, pero a ella apenas le importaba.

¡La luz, Vestland, ya te lo he dicho! ¡La luz, la luz, la luz, joder!

Aquel dedo arrugado repiqueteando con fuerza sobre el lienzo.

¡No sé qué haces aquí, Vestland! Vuelve a tu granja de cerdos, no quiero ver tus abominaciones.

Manzanas.

¿Qué?

Cultivamos manzanas.

Me da igual. ¡Saca esta horrible pintura de mi estudio ahora mismo!

Pero era a ella a quien había elegido.

Oye, Vestland.

¿Sí?

Quiero hablarte de la exposición final.

¿Sí?

Necesitamos un cartel.

¿Vale?

Quiero que lo hagas tú.

«El cartel de la exposición final».

Uau.

¿Ella?

Ya sabía qué significaba eso.

Que podía elegir su propia pintura.

Y era eso lo que iba a verse, este año y para siempre.

«La academia de arte de Amund Andersen.

»Exposición final de 2001.

»El cartel de este año, hecho por Emilie Skog».

¿Quizá Amalie?

Iba a poner el nombre de su amiga, pero cambió de idea. ¿Por qué tenía esa nota delante? Ya había tomado la decisión, ¿no?

Porque era imposible elegir.

Entre ellos.

Había preguntado a Andersen con tiento: ¿Podía elegir dos pinturas para el cartel? El viejo había bufado. No iba a haber un puto collage, ¿qué creía que era aquello? ¿Una guardería?

Emilie suspiró levemente y devolvió el lápiz al bolsillo.

No, iba a ser lo que había pensado.

El chico con el tejón.

Había encontrado el cuadro en el almacén cuando estaba recogiendo allí. Eso se le daba bien al viejo Andersen, hacer que sus alumnos hicieran su trabajo, ya fuera segar la hierba o sacarle el perro de paseo. En cualquier caso, el cuadro estaba allí, guardado en un rincón.

Un chico rubio y desnudo.

Que la miraba con ojos tristes.

Con un tejón en los brazos.

Había preguntado a Andersen quién lo había pintado, pero él no le había hecho mucho caso. «Un idiota. Se quedó solo unos meses, no podía pagar». Desde entonces estaba colgado sobre la cama de Emilie.

Faltaban seis semanas.

Se lo había pasado bien.

Había hecho amigos para toda la vida.

¿Al final quizá debería elegir a Hansi?

¿No era él quien más lo necesitaba?

No, no podía hacerle eso a Amalie.

Tendría que ser así.

El chico del tejón.

Emilie Skog se levantó de las rocas, estiró los brazos hacia el cielo, sonrió hacia el sol y echó a andar tranquilamente hacia el gran chalet para preparar el desayuno.

5

Se había producido un gran cisma dentro de la pequeña comunidad religiosa cuando la hija de catorce años del pastor tuvo aquella visión. Antes ya había habido cierta discordia que, aunque no había llegado a bronca, sí había derivado en discusiones, pero nada como eso. Ahora había dos bandos definidos: los que creían en la aparición, y los que lo negaban y decían que era una profecía falsa, y en ese momento se había juntado la gente del primer grupo junto a la atalaya de la cima del monte Marifjell. La construcción de madera, bien mirada, podía recordar a la torre de Babel y estaba en el punto más alto de toda la boscosa región, a tan solo unos kilómetros del lugar donde habían construido la nueva iglesia hacía menos de dos años. Porque, cuando por fin terminó la discusión sobre la veracidad de la visión de la hija del pastor, aquellos que se habían dejado convencer no habían tenido que esforzarse para imaginar el lugar donde tendría lugar el acontecimiento. De hecho, la torre era una parte importante de la razón por la que la gente se había dejado convencer. Porque ¿para qué se había construido, si no? ¿Y por qué justo allí? ¿En el monte Marifjell? ¿Cómo se llamaba la hija del pastor? Sí, ¿verdad? Mari. ¿Y cuál era la altura del monte? 718 metros por encima del nivel de mar. ¿Y qué era lo que ponía en Mateo 7:18? «No puede el buen árbol dar malos frutos, ni el árbol malo dar frutos buenos». Karoline esbozó una sonrisa, cuando uno de los chicos se acercó a la piedra sobre la que ella estaba sentada, para ofrecerle un poco de té. El chico, Erik, tenía su misma edad, veintiún años, y era eso lo que había pasado en la pequeña comunidad. El cisma los había dividido en dos, en función de la edad. Los jóvenes contra los viejos. Había sido así durante bastante tiempo, sin que nadie hubiese sacado el tema públicamente. Sobre todo, se había murmurado entre las filas de los miembros más jóvenes de la comunidad. Estas ideas son viejas, ¿no? Esto no podrá ser así. ¿Crees que Dios envía a ángeles para buscarnos si nos portamos así? Cierto, con el tiempo, una pequeña fracción seguía obedeciendo los preceptos, tal y como eran formulados, pero también habían empezado a reunirse en secreto. Por la noche, cuando los viejos se habían acostado. Liderados por Marius, que casi había sido expulsado de la comunidad por sus ideas, pero que, después de las protestas expresadas por los más jóvenes, precisamente, al final había podido quedarse. Con condiciones. Si a partir de entonces seguía las reglas del juego y obedecía a los mayores. Porque llegaría un arca. Naturalmente, esa era la manzana de la discordia. Porque era eso lo que Dios había dicho, ¿acaso no lo había escrito en la Biblia? El arca de Noé, que tras el diluvio había rescatado a dos ejemplares de cada especie y a los humanos elegidos por Dios. Se habían reído mucho de eso durante los encuentros secretos, juntos en el suelo de la pequeña cabaña, iluminada por velas. ¿Un arca? En fin. ¿Iba a llegar una nave enorme hasta allí? ¿Con sitio para todo el mundo? Bah. No era más que una metáfora, eso lo entendía cualquiera. Corrían otros tiempos. Vivían en el mundo moderno. Y Dios no era un anticuado, era la luz que guiaba, por lo que resultaba evidente que no iba a enviar una nave.

—¿Y si fuera un ovni?

Fue Erik el que lo dijo primero, susurrando dentro de la pequeña cabaña; era un pensamiento casi demasiado atrevido para pronunciarlo en voz alta.

Y entonces se había extendido una alegría entre ellos, un espíritu imposible de confundir con otra cosa. Todos habían sentido como esa idea iba calando dentro de ellos y les movía los corazones casi hasta la euforia.

—¡Sí!

—¡Claro!

—Esto lo explica todo, ¿cierto?

Porque era algo que también habían hablado en la pequeña iglesia hacía no mucho, después de que Marius dijera que había visto algo luminoso que volaba por encima de la colina. No solo había visto la luz, también había visto una nave. Era de metal y giraba, de colores relucientes en el eje, casi como en una discoteca, y fue eso lo que había motivado su proyectada expulsión, porque lo contradecía todo. Naturalmente, Dios no andaba haciendo ese tipo de cosas. Platos voladores y hombres verdes y vida en otros planetas, todo el mundo sabía que eran cosas que había inventado Satanás para confundir a la gente, para hacer que dudasen de la creación. Pero no era eso lo que había querido decir Marius. Él quería decir que el ovni era Dios mismo. Eso no había hecho sino empeorar las cosas, y le habían dado otro aviso, pero ya no importaba, por suerte.

Eso era lo que Mari, la hija de catorce años del pastor, había visto: estaba profundamente dormida en su cama, en medio de la noche, cuando una voz la despertó y le pidió que bajase al río. La hija del pastor no había sentido miedo, simplemente había percibido, tal y como dijo, una cálida seguridad y había obedecido la voz. Llevando solo el camisón largo y blanco, había bajado descalza por el bosque, y tal y como ella misma contó: «No llevaba zapatos, pero daba igual. Donde quiera que pisase, nunca me hacía daño, era como si el propio Dios hubiera colocado un camino de algodón solo para mí».

Mientras bajaba entre los árboles, el bosque se había llenado de repente de una hermosa música. Un coro de ángeles acompañado de cuerdas. La había conmovido tanto que las lágrimas le rodaron por las mejillas, y después, cuando alcanzó el río, vio que estaba henchido por las lluvias primaverales, pero aun así la voz le había pedido que se adentrase en el agua. Y he aquí que, aun con el agua fluyendo espumosa a su alrededor, no le había costado nada mantener el equilibrio. Y entonces lo vio.

Ahí abajo. En el agua.

Los pinos en llamas.

24040424.

—¿Cómo van a arder bajo el agua? —le había dicho Erik, guiñándole un ojo, mientras tomaba asiento sobre un tocón junto a ella y volvía la cara hacia el cielo.

Se había convertido en la señal secreta entre ellos.

«¿Cómo van a arder bajo el agua?».

Con el significado de: «¿Quién es el único con poder suficiente para mostrar semejante señal?».

Sí, en efecto.

DIOS.

Y entonces había surgido esa discusión, en la que todos habían tomado parte siempre, desde que se fueran a vivir a ese lugar unos años antes. ¿Dónde aparecerá Dios? ¿Cuándo llegará Dios? ¿Y qué tenemos que hacer para que nos elija justo a nosotros para acompañarle al cielo?

Acerca de lo último, no tenían muchas dudas de que fuera a solucionarse. Porque eran los elegidos. Nadie servía mejor al Señor que ellos.

En cuanto a adónde iba a llegar, bueno, acababan de obtener la respuesta. Mari. El monte Marifjell. ¿Era casualidad que el pastor hubiese elegido ese bosque para construir la nueva iglesia? Por supuesto que no. Entonces, la gran pregunta era: ¿cuándo?

¿Cuándo va a pasar?

¿Cuándo recibiremos nuestra recompensa?

24040424.

—¿Y si significa el 24 de abril? ¿A las 04.24 de la madrugada?

Otra revelación explosiva se había producido en el interior de la pequeña cabaña, y Karoline estuvo a punto de llorar de alegría. Raras veces había sentido semejante certeza.

—No falta mucho.

—Solo unas semanas.

—No hay tiempo que perder.

Y así habían comenzado.

En secreto, de nuevo.

A recoger sus cosas.

Lo poco que necesitaban.

Y allí estaban en ese, temblando de excitación.

Catorce jóvenes.

Era una noche cerrada; solo brillaban unas pocas estrellas desde el cielo sobre el monte, por encima de la congregación que se había apelotonado casi sin darse cuenta.

4.20

4.21

Sentía que el corazón le palpitaba bajo la cazadora. Las manos de la gente comenzaron a encontrarse.

4.22

4.23

4.24…

4.25…

¿Pero…?

4.26…

¿No era a las…?

Se miraron, presos de la confusión, con el inmenso cielo sobre la cabeza.

Fue Marius quien lo vio primero.

—¡Mirad!

Dedos ávidos señalaban las llamas abajo, en el bosque. Primero solo se veían unas pocas, pero después crecieron y se hicieron más fuertes.

Sonrieron al darse cuenta de lo que había pasado. La atalaya del monte Marifjell.

No era ahí donde iba a aterrizar.

Por supuesto que no.

¡Ese era el lugar desde donde iban a verlo!

Karoline soltó un pequeño aullido de alegría al recoger sus escasas pertenencias a toda prisa.

Después echó a correr ladera abajo.

Hacia la señal en llamas.

43

Holger Munch salió del coche y se encendió un cigarrillo mientras Fredrik Riis subía andando por la estrecha pista forestal. Por una vez, el joven investigador no llevaba traje, sino que había elegido, con buen criterio, una vestimenta más adecuada para el entorno.

—¿Falta mucho para llegar? —preguntó Munch. Abrió el maletero y sacó las botas de goma.

—Un kilómetro o menos.

—¿La zona está acordonada?

—Sí, lo poco que hace falta. No hay mucha gente por aquí, como puedes ver.

Riis hizo un gesto hacia el bosque que los rodeaba. La reserva natural de Marifjell, junto al lago Hurdalssjøen, a solo hora y media en coche hacia el norte desde Oslo, pero aun así parecía que ya estaban en medio de la nada. La llamada de la policía local había llegado a primera hora, pues habían tenido el buen tino de ver el contexto. Una furgoneta blanca de la marca Peugeot Boxer. Como la que estaban buscando.

—¿Y quién la encontró?

Riis pareció sopesar la pregunta.

—Un grupo de adolescentes. Han dicho que estaban aquí

de acampada, pero no lo tengo tan claro. No he visto tiendas de campaña, pero sí un montón de cruces alrededor del cuello, lo cual que me dice que habían venido por…, bueno, no estoy tan seguro. Da lo mismo. En cualquier caso, fueron ellos los que avisaron del fuego a los bomberos, y también a nosotros, así que hemos tenido suerte de que estuvieran aquí. El incendio ya se había apagado cuando llegué.

Munch lo siguió por la pista forestal. Hacía tiempo que no se alejaba tanto de la ciudad. El olor de la naturaleza noruega. El aire era tan puro que casi le dañaba los pulmones. Sería bueno, sin duda, últimamente había fumado demasiado. Marianne lo había mirado con preocupación cuando lo ayudó a salir al pasillo.

«Respiras muy pesadamente cuando duermes, Holger. ¿Pedimos hora con el médico otra vez?».

Otro acuerdo roto. Le había prometido un rato con la familia alrededor de la mesa del desayuno.

«Te he preparado algo de comida para que te la lleves».

Una ardilla bajó por el tronco de un árbol y cruzó la pista delante de ellos.

—Pero ¿creemos que es nuestro hombre?

—Nunca se sabe —dijo Riis—. Pero ¿para qué traer una Peugeot blanca casi nueva hasta este lugar remoto y después prenderle fuego? Resulta cuando menos sospechoso. Los locales han estado avispados al ver la relación con nuestro caso tan rápido.

Munch ya respiraba con más dificultad. Le estaba costando mantener el ritmo de su joven colega.

—¿Por qué no vamos hasta allí en coche?

—¿Qué?

—Él condujo hasta allí. ¿Por qué no podemos hacerlo nosotros?

Riis se paró, se volvió y esbozó una sonrisa.

—Te viene bien un poco de entrenamiento, ¿no crees?

—No te digo que no, pero aun así.

—Tienes la respuesta justo al otro lado de esta curva.

Doscientos metros más adelante, Riis se detuvo delante de un gran abeto que bloqueaba el camino.

Señaló el corte reciente en la base del tronco.

—Anda —murmuró Munch.

—Parecería innecesario, pero cortó un árbol para bloquear el acceso.

—Extraño.

Munch se sacó un cigarrillo de la trenca y lo encendió.

—¿Aquí? —Miró a su alrededor—. ¿Quiere decir algo?

—¿A qué te refieres?

—El que lo haya cortado justo en este lugar. ¿Puede significar algo?

—No se me ha ocurrido. —Riis echó un vistazo alrededor y se encogió de hombros—. Será casualidad, me imagino. Podría haber sido cualquier árbol. ¿Solo habrá querido impedir el acceso al lugar, ¿no? Para que tardasen un poco más en encontrar el coche quemado. Quiero decir, eran las cuatro y media de la mañana, era pura casualidad que los adolescentes anduvieran por aquí, independientemente de lo que estuvieran haciendo. Si no, podrían haber tardado semanas en encontrar la furgoneta.

—Nada de lo que hace este tipo parece casualidad —murmuró Munch, girando el cigarrillo entre los dedos—. ¿Cómo volvió?

—¿Qué?

—Vino en la furgoneta hasta este lugar, en medio de la nada. ¿Volvió a casa andando o qué? ¿Lo esperaría otra persona en la carretera?

—Es una pregunta pertinente —dijo Riis, y escudriñó la zona hasta que dio con lo que estaba buscando.

—Mira esto. Son frescas y hay varias, la pista está llena.

Huellas en el suelo mojado.

—Creo que tenía un quad en la furgoneta. Bajó hasta aquí, le prendió fuego y después salió montado en el quad. Es una teoría, en todo caso.

—¿Hace cuántas horas de eso, has dicho?

Munch volvió a mirar a su alrededor.

—Los adolescentes han dicho que sobre las cuatro y media de la mañana. Así que hace unas cinco horas.

—¿Hay muchos caminos de acceso a este lugar?

—Solo el que has usado para venir tú, según los locales. Pero, si mi teoría del quad es correcta, podría haberse salido de la pista en cualquier punto del terreno.

Riis abrió los brazos en un gesto de duda, y ya estaba bajando por la pista otra vez cuando sonó el teléfono de Munch.

Anette.

—Sí, soy Holger.

—Hola, ¿estás ahí?

—Llegando al lugar. ¿Qué ocurre?

—Los técnicos acaban de llamar. Han identificado al fumador. Un perfil de ADN. El tipo lía sus propios cigarrillos. Creo que puede que hayamos encontrado a nuestro hombre, Holger. Estoy viendo fotos de él ahora mismo.

—Espera ahí —dijo Munch de inmediato—. Voy para allá.

Llamó a Riis.

—Tengo que volver. Hemos encontrado rastros de ADN en las colillas. Pide a los locales que sigan estas huellas, me dices hasta dónde podemos rastrearlas y me llamas si los técnicos encuentran algo en el coche, ¿vale?

—De acuerdo.

Munch devolvió el móvil al bolsillo de la trenca, dio una última calada al cigarrillo y regresó a toda prisa a través del bosque.

44

Mia Krüger había dormido fatal y se despertó con una desagradable sensación en todo el cuerpo. La habitación contenía una sola cama, y así se sentía ella, como si la hubiese invadido la soledad. Había abrigado nuevas esperanzas al ver el número de teléfono que no paraba de llamar. El mismo número, siempre.

«¿Sigrid?».

Pero no, claro.

«Hola, llamo de…».

Un puto vendedor.

Mia se obligó a levantarse y se dirigió a la cocina con las piernas flojas. Cogió un yogur del frigorífico. Tenía el estómago revuelto, pero debía tomar algo. Se sobresaltó cuando volvió a sonar el móvil, aunque, por suerte, esta vez ponía Munch en la pantalla.

—Sí, soy Mia.

—Aquí Holger. ¿Estás en casa?

—Sí.

—Hemos conseguido identificar el ADN de las colillas del bosque.

—¿En serio?

—Ya estoy yendo a tu casa para recogerte.

—Me preparo.

Y, unos minutos más tarde, cuando entró en el Audi negro, tuvo la extraña sensación de que había algo que no terminaba de encajar. Munch miraba por el parabrisas con expresión vacía. No era el tipo de reacción que se había esperado Mia. Si habían identificado al fumador de las colillas, ¿por qué no estaba él allí ya? ¿Y por qué esa cara? No había señales de alegría, solo unos ojos cerrados que al final despertaron y la miraron, mientras se ajustaba el cinturón de seguridad.

—¿Y bien?

—¿Qué? —dijo Munch, con voz casi áspera, y puso el coche en marcha.

—¿Quién es? ¿De quién es el ADN?

Munch hizo señaló una carpeta que llevaba entre los asientos, tomó la salida de la calle Parkveien tranquilamente y siguió hacia Majorstua. Sin prisas. Por alguna que otra razón.

Mia sacó las hojas de la carpeta.

—¿Paul Iverson?

Miró la foto. Un hombre de treinta y pico años. Cabeza rapada. Ojos cansados. Tatuajes: uno junto al ojo y varios que se le extendían por el cuello. Al parecer, las imágenes provenían de un arresto, y se habían afanado en documentar todos los detalles de su cuerpo. Varias cicatrices, tanto en el pecho como bajando por los muslos. De un cuchillo, tal vez.

Munch paró en un semáforo y todavía no parecía que tuviera mucha prisa.

—¿Te acuerdas de un caso de hace unos años? —murmuró cuando volvió a arrancar el coche.

—¿Qué caso?

—Un atraco en Lillestrøm. Tuvo gran impacto en los medios de comunicación, no tanto por lo poco que se llevaron como por el hecho de que el conductor de los atracadores no consiguiera alejarse mucho del lugar del crimen. —Esbozó una breve sonrisa antes de que la seriedad volviera a apoderarse de él.

—Ah, ¿es él?

Mia lo recordaba bien. Habían estado sentados delante de la tele, toda la familia, y la noticia de aquel atraco se había convertido en un programa de entretenimiento. Dio que hablar durante semanas; cuando dejó de salir en las noticias, los monologuistas tomaron el relevo. El peor atracador del mundo. El peor conductor del mundo. Recordaba muy bien cómo se habían reído. Era un verano en Åsgårdstrand. Todos tan contentos de volver a estar juntos. Las imágenes de las cámaras de vigilancia. Dentro del banco, donde los atracadores habían blandido sus armas, mandando a la gente al suelo. Las alarmas estaban desactivadas; era una cosa ultraprofesional, como en las películas. Todo muy bien hasta ese momento, pero después llegaron las imágenes de la calle. El coche de huida se había acercado a todo gas hasta parar delante de la puerta, y el conductor había apagado el motor. La película de acción seguía con los atracadores saliendo del banco con las armas en las manos y las cabezas cubiertas con pasamontañas, pero el coche no arrancó. El conductor salió, con la cara descubierta; incluso se las arregló para volver el rostro, marcado por la confusión, hacia una de las cámaras. Abrió el capó. Enredó un poco en el motor. Por fin volvió a subir y, al cabo de un rato, consiguió arrancar el motor, solo para cruzar la calle y chocar contra una farola veinte metros más adelante.

El atraco más corto del mundo.

—¿Es él?

Munch asintió con la cabeza y siguió por la calle Sørkedalsveien.

—¿Él era el conductor?

—Paul Iverson era el conductor, sí. Le cayeron dieciocho meses, una sentencia rebajada por tonto, creo; en cualquier caso, esa es la razón por la que figura en nuestros registros. Ahora ha vuelto a salir, vive de ayudas sociales en Østerås.

—¿Y...?

—¿Y qué?

Mia seguía sin entender qué era lo que pasaba.

¿Las colillas?

Del punto de observación.

En el bosque.

¿Hola?

¿Dónde estaban las sirenas?

¿Por qué había ido a buscarla? Munch frunció el ceño, bajó la ventanilla y encendió un cigarrillo cuando se quedaron parados en otro semáforo.

—Vale —dijo Mia—. ¿Y estamos seguros? ¿El ADN de las colillas es suyo?

—Los forenses dicen que coincide al cien por cien.

—Así que ¿es él?

—Aparentemente.

«Joder, Munch, ¿qué te pasa?».

—¿Y sabemos dónde vice?

—Calle Eiksveien, 88C. Tercer piso.

—¿Ya tenemos un coche ahí arriba?

—No.

—Entonces ¿cómo sabes que está en casa?

—He llamado para preguntar.

—¿Cómo?

—Ha dicho que iba a prepararnos un café.

—¿Le has llamado para decirle que íbamos a su casa?

—Sí, ¿qué pasa?

Mia ya no podía más.

—¿Por qué no estás más contento?

—¿Qué quieres decir?

—El ADN coincide, y aquí estás, dando vueltas tan campante por la ciudad. ¿Para qué te has molestado en venir a buscarme?

Munch volvió a fruncir el ceño.

—Porque quería que lo vieras con tus propios ojos.

—¿El qué?

—Lo que nos espera cuando abramos la puerta.

45

El ambiente enrarecido había durado varios días, y aunque Lydia Clemens pensara que podría ser culpa suya, no era cierto. Ocurría una vez al año. Porque era una niña. Y desde ese punto de vista podría ser culpa suya, porque era por ella por lo que habían ido, pero el abuelo Willy debería entender que ella no había decidido que la gente de Protección de Menores tuviera que ir a verlos. Lo había decidido el Estado, no ella. En fin, a veces Lydia se enfadaba mucho con él. Ahora que había llegado la primavera, todos sus amigos los pájaros habían vuelto y podía correr descalza por el bosque, él no hacía más que estar de morros. «Trata de alegrarte un poco, abuelo», le había dicho, casi con descaro, durante el desayuno. Entonces se había puesto aún más gruñón, se había llevado la comida a la habitación y había cerrado la puerta, y no había vuelto a dar señales de vida. Bueno, no iba a dejar que eso la afectase. Porque había trabajado todo el invierno, sudando la gota gorda delante de la pesada máquina de coser, que no funcionaba con electricidad, sino que tenía un pedal que había que pisar y, como apenas llegaba al suelo, había tenido que fijar un trozo de madera encima. Ya daba igual, porque era el primer día que se la ponía, el primer día que la enseñaba a alguien.

La falda.

Lydia sonrió y sintió cómo se le calentaban las mejillas. Ya estaba lista en el armario, pero no había querido sacarla. Necesitaba una razón. No es que una visita de «los vigilantes» fuera algo que celebrar, pero no tenía sentido enseñar una falda si nadie la veía, ¿verdad? Y a su abuelo Willy no le importaban esas cosas. Tenía sus razones, y ella las conocía. La industria de la moda era una de las razones por las que la tierra sufría, una de las razones por las que el «tiempo largo» estaba a punto de comenzar. Si todo el mundo se hubiera conformado con la ropa estrictamente necesaria, la naturaleza seguiría viva. Pero los humanos no eran así. Los humanos eran unos seres vanidosos y egocéntricos que querían mostrarse más guapos o mejores unos que otros. Lo hacían exteriormente, a veces con piedras preciosas que desenterraban de la tierra con la ayuda de esclavos en África y maquillaje que había sido testado en animales que morían en el proceso, pero lo que más usaban era la ropa, o la «moda», tal y como la gente lo llamaba ahí fuera. La moda era algo que cambiaba constantemente, no porque fuera necesario, sino porque los que se dedicaban a fabricar ropa no iban a ganar mucho dinero si la gente usaba siempre la misma y no compraba prendas nuevas. Así que habían alcanzado un acuerdo tramposo con revistas y periódicos en todo el mundo, para que pareciera que la moda era algo que la gente necesitaba. Y si no seguían esa moda, eran estúpidos y menos que los demás. De esa forma, tanto las revistas como los que vendían ropa ganaban dinero, sin que existiera una necesidad real de lo que fabricaban. Un plan muy inteligente, le había dicho el abuelo Willy el día que le explicó cómo funcionaba. «Las personas avariciosas son muy listas, por alguna razón, lo cual no conviene nada a los demás». A Lydia estas palabras le parecieron sabias y las había copiado de inmediato en su libreta, donde solía pegar cosas que encontraba y apuntar ideas que se le ocurrían cuando, por ejemplo, salía a caminar y veía un águila que era tan elegante y hermosa, y flotaba tan majestuosamente en el cielo, que costaba entender por qué las águilas no mandaban en la tierra en lugar de esas personas estúpidas que habían provocado la llegada inminente del «tiempo largo».

De modo que Lydia había hecho lo que siempre le había dicho el abuelo Willy: «Antes de fabricar algo nuevo, usemos lo que ya tengamos». Primero había resultado un poco difícil, porque todo lo que tenían de ropa lo había fabricado o el abuelo Willy o la propia Lydia, y la mayoría de las cosas estaban hechas de pieles de animales que habían matado, o de lana de las ovejas, y estas cosas no eran muy especiales, por decirlo de algún modo, si iba alguien de visita y una quería estar guapa. Lydia llevaba mucho tiempo pensándolo, antes de darse cuenta de qué era lo que tenía que hacer. En realidad, sabía que no debía, porque «el cofre prohibido» era justo eso, un cofre muy prohibido, y además cerrado con llave, y todo lo que había dentro era secreto, y nadie debía verlo nunca jamás. Pero sabía que el abuelo Willy lo guardaba todo. Él era así. Tan olvidadizo. Así que se había inventado un sistema, y ahora casi todo tenía su lugar propio. También las cosas secretas. Como la llave del «cofre prohibido». Y ella sabía que no debía, que no tenía permiso, pero habían pasado tantos días oscuros ya… Nieve, por todas partes, nieve inquieta que no se quedaba en el suelo; no, nieve pesada y húmeda, que la empapaba cada vez que salía a ordeñar las cabras. Y no tenía a nadie con quien jugar. No tenía a otros niños. Porque los otros niños eran o bien estúpidos o bien malos, ¿no? Con enfermedades tanto en el cuerpo como en la cabeza, y se te contagiaban, o te volvías igual que ellos, o enfermabas y no sobrevivías el «tiempo largo».

Así que lo había hecho.

Un día que el abuelo Willy había bajado a Vassenden para comprar las cosas que no podía cultivar o fabricar él solo.

Aunque no tuviera permiso.

Se subió a una silla, cogió la llave de la vieja cajita de cigarrillos en lo alto del armario, bajó por la senda empinada que llevaba a la bodega, quitó las alfombras y abrió el cofre, pintado de rosa, con dedos temblorosos. Ya lo había hecho en otras ocasiones, y esa era la razón por la que sabía que estaban ahí dentro. Las cortinas con motivos florales. La primera vez solo se había atrevido a echar un vistazo, pero ese invierno había sido más atrevida. Y tal vez no fuera tan extraño, porque ya había cumplido doce años. Doce años era una edad importante. Porque era la edad en la que un niño podía decidir solo. El abuelo Willy había dicho que había dos edades importantes. Doce, porque con esa edad podías decidir con quién ir, si había problemas en casa y los padres querían vivir en casas separadas. Pasaban muchas cosas en el mundo, porque el amor no era fácil, según parecía, y muchos se conocían demasiado pronto, y tenían hijos juntos porque pensaban que iban a quererse para siempre, pero luego cambiaban, y al final ya no se querían, y entonces a menudo ocurría lo que se llamaba «divorcio», y los adultos que no fueran especialmente buenos e inteligentes dejaban que eso afectase a los niños. Por eso el Estado había decidido que los que tenían doce años podían decidir solos. Había tenido una buena sensación ese día. El abuelo Willy se había levantado aún más temprano de lo que solía para prepararle una tarta y había fregado toda la casa, y cuando ella sopló todas las velitas, se había echado a llorar, acariciándole el pelo y diciendo: «Tú eres la mejor chica que existe», y entonces Lydia había sentido cómo un calor le invadía todo el cuerpo, y esa sensación se le había quedado en el cuerpo durante mucho tiempo. Era un poco extraño, en realidad, o eso le había parecido, que el abuelo Willy hubiera alabado algo que había decidido el Estado, lo de los doce años, pero no había querido hacer más preguntas sobre ello. Dieciocho. Ese era el siguiente cumpleaños importante. Los doce años era lo más importante, porque los dieciocho era más que nada para la gente de fuera, pero aun así se alegraba. El «tiempo largo» probablemente llegaría antes, pero estaba bien tener algo de que alegrarse; era mejor eso que no alegrarse de nada, en cualquier caso.

Sintió un revoloteo en el estómago al sacar la falda del armario con aire solemne, dejando que la ropa de piel de corzo cayera al suelo. El espejo no era grande, y además estaba bastante sucio, pero podía verse perfectamente en él, mientras se ponía la falda con motivos florales con cuidado y se colocaba donde incidía la luz de la ventana.

Vaya.

Qué guapa estaba.

Se giró un poco y sonrió. ¿Debería llamar a la puerta del abuelo Willy? ¿Para enseñarle lo guapa que estaba?

No.

Mejor no hacer nada.

Quería disfrutarlo.

Lydia Clemens tenía una amplia sonrisa en la cara cuando salió al pasillo de un salto y se puso las botas.

Luego corrió hasta la verja.

A esperar.

46

Fredrik Riis estaba inclinado hacia el suelo en el punto donde el mojado sendero forestal alcanzaba el camino de grava, un poco más duro, y constató con alivio que, por una vez, el tiempo había estado de su lado. La lluvia había humedecido aún más el embarrado sendero y ese camino de grava, y después de escrutar el suelo durante un rato lo vio. Las huellas del quad. Que se dirigían hacia el sur. Volvió a su coche y extendió el mapa sobre el capó. Era como buscar una aguja en un pajar, claro. Estaba rodeado de bosque por todas partes. En dirección al norte, el camino de grava subía hasta la reserva natural de Gullenhaugen, antes de girar hacia el oeste hacia Øyangen y continuar hasta la carretera nacional 120 a la altura del lago de Hurdalssjøen. Desde allí, el autor del crimen podría haber ido a cualquier sitio; bajar a Eidsvoll o subir a Hurdal; ¿qué capacidad tenía el depósito de un quad? Su tío había tenido uno. No habría sido muy grande. ¿Cuánto podría haber cabido? ¿Tres litros, máximo? Diferentes modelos tenían distintas capacidades, seguramente, pero no estaban hechos para viajes largos, así que ¿hasta dónde podría haber ido en él, en realidad? Fredrik estiró la espalda y observó los bosques a su alrededor.

«El hijo de puta anduvo por aquí».

«Cerca».

Volvió a inclinarse sobre el mapa. Salida por la carretera de Gamle Hurdalsveg. ¿Para llegar hasta allí, qué distancia había tenido que recorrer? ¿Tres kilómetros? ¿Seis? Vale. De modo que tenía unos seis kilómetros hasta alcanzar el asfalto. Allí desaparecerían las huellas. Tenía que estar por ahí arriba. En el camino de grava. ¿Cuántas salidas había contado al ir? Una que llevaba a una zona de tala, con unos montones enormes de troncos al final del camino. Otra que llevaba a algo que parecía un depósito de agua; las señales eran del ayuntamiento. En la última, había dado marcha atrás y había estado a punto de quedarse atascado.

Fredrik Riis se aseguró de que podía ver las huellas y volvió a entrar en el coche.

Todavía sentía su olor. La piel suave bajo las sábanas.

Su sonrisa sobre la almohada después.

La profesora.

Silje Simonsen.

«Joder, Fredrik, como si no tuvieras suficientes cosas entre manos».

La primera botella de vino se había convertido en dos. Durante un tiempo, el mundo se había parado en la cocina, y se había dejado llevar, porque era muy sencillo hablar con ella. Sonaba a cliché, pero era como si se conociesen desde hacía tiempo. Al cabo de un rato, se había puesto un poco pedo, con la música de Billie Holiday a bajo volumen, el mismo disco repitiéndose una y otra vez, mientras las manos de ella se acercaban cada vez más por encima de la mesa.

Afortunadamente, el informe de Protección de Menores no había sido tan malo como pensaba. Eso sí, el chico había ido a la escuela varias veces con moratones, suficientes como para que la dirección al final tomase cartas en el asunto. Una entrevista con el padre. No bastaba para denunciarle por algo, pero Fredrik se había fijado en las palabras de la evaluación final del psicólogo.

«Parece que el padre tiene una manifiesta falta de empatía, y recomiendo enfáticamente seguir de cerca esta relación». Después se formulaba una propuesta de fecha para una nueva entrevista, pero no parecía que se hubiese llevado a cabo. Naturalmente, había tenido la sensación de que algo no iba bien al enterarse de que el chico se había quedado en el coche mientras el padre salía a comprar comida solo para él, pero ¿de ahí al asesinato? No, no había encontrado nada que apuntara a algo así. Hablaría con Munch. Un interrogatorio no haría daño. A menos que ya hubiesen dado con el hombre correcto, claro. Las colillas. Una correspondencia total de ADN. Del bosque. Seguía sin entender cómo se le había ocurrido a la estudiante. Mia Krüger. El primer día habían hablado, pero ahora todo el mundo estaba callado. Había encandilado a todo el mundo, incluso Oxen había dejado de refunfuñar.

Oxen.

En fin, no tenía fuerzas para pensar en ello en ese momento.

Juró entre dientes por encima del volante cuando de repente las huellas desaparecieron delante de él. El camino estaba demasiado duro. Salió rápidamente del coche y se arrodilló.

No.

«Mierda».

Un charco, justo antes de llegar al cruce con la carretera de Gamle Hurdalsveg reavivó sus esperanzas, pero, una vez en el asfalto, seguía sin ver nada.

Fue interrumpido por un mensaje.

«Buenos días... Hoy estoy "enferma". Pensando en ti. S.».

Salió del coche y se puso a mirar el bosque de alrededor.

¿Se había perdido algo?

¿Habría una salida de la que no se hubiera percatado?

Ay, Dios.

Vale.

Fredrik Riis se guardó el teléfono en el bolsillo del forro polar, se sentó al volante y giró el coche.

Y comenzó a conducir despacio por el estrecho camino de grava.

47

A Munch casi le daba pena verla sentada sobre el capó del Audi, con la cabeza inclinada y las manos metidas en los bolsillos de la cazadora de cuero negra. Se recordó a sí mismo que debía estar pendiente de esa chica, porque era frágil, y para nada tan dura como a ella le habría gustado parecer. Ya la encontraba casi transparente, al alzar la vista y escrutar los edificios bajos que tenían delante. La voz de Anette seguía hablando en el móvil, que tenía apretado contra la oreja, pero ya casi había dejado de escuchar.

—Dreyer está furiosa. ¿Has visto los periódicos hoy?

—¿Qué?

—Vamos, Holger. Quiere verte. Le he dicho que bajarás a Grønland mañana en algún momento a lo largo del día, ¿vale?

Munch suspiró y encendió otro cigarrillo.

—¿A verla? ¿Con qué fin?

Anette suspiró, desanimada.

—Por Dios, Holger, ¿no has oído nada de lo que te he dicho? ¿Has visto los periódicos hoy?

En la primera plana de los dos periódicos principales.

«La policía no tiene pistas sobre el asesino de los chicos».

«Se niega a hablar con la prensa».

«¿Las autoridades tienen algo que ocultar?».

—¿Qué has dicho?

—Joder, Holger. Ya sabes que estas cosas le importan. Tenemos que salir bien en los medios. La responsabilidad hacia la sociedad. A mí me da exactamente igual, pero por alguna razón me ha tocado hacer de contacto entre vosotros dos. ¿Qué tal si te paso todas sus llamadas directamente a partir de ahora? Ya estoy harta.

Por la voz parecía que Anette se había levantado con el pie izquierdo, si es que había dormido algo para empezar.

¿La prensa?

¿Qué coño tenía la prensa que ver con nada?

—¿Estás ahí, Holger?

Mia volvió a levantar la cabeza y se quedó sentada, contemplando los bloques de pisos que acababan de visitar.

—Sí, tranquilízate. Mañana voy a verla, ¿vale?

—No me digas que me tranquilice.

—Vale. Me ocupo. ¿De acuerdo, Anette?

—Entonces voy a convocar una rueda de prensa esta tarde.

—¿Por qué?

—¿Cómo que por qué?

Oyó que Anette respiraba hondo al otro lado.

—Convócala si quieres, pero no tengo fuerzas para hablar con nadie. No soy un mono de feria, tengo un trabajo entre manos…

—Ya, pero el caso es que…

—Tú puedes hacerlo. Oxen podría hacerlo también, ¿o Ludvig?

—Pero, Holger…

—No, es lo que hay. Mañana iré a ver a Dreyer, no hay problema, pero más no voy a hacer. ¿Has encontrado lo otro que te he pedido?

Se produjo un silencio en el otro lado. Se oyó claramente como la abogada inspiraba hondo.

—Sí, hablé con la cárcel de Ullersmo.

—¿Y?

—Solo para que me quede claro. ¿Vas a verla mañana? ¿Se lo confirmo?

—Sí, sí.

Munch encendió otro cigarrillo nada más terminar el anterior.

—Así que ¿de verdad estuvo en una silla de ruedas?

—Sí.

—Hay que joderse.

—En efecto.

—¿Y cómo acabaron las colillas ahí, en el bosque?

—No tengo ni idea. ¿Estamos seguros al cien por cien?

Anette suspiró.

—Por quinta vez, les he llamado ya en tres ocasiones e incluso han repetido el análisis. Y sí, Paul Iverson es nuestro hombre. Su ADN aparece no solo en una, sino en las trece colillas que encontramos allí arriba.

—Mierda.

—¿Cuál es nuestra idea, entonces? ¿Cómo acabaron allí?

—Bueno, esa es la pregunta del millón. Quiero que Katja se lleve a una cuadrilla de Grønland para ver si Iverson puede proporcionarnos un resumen de su entorno criminal. Estaba bastante ido. El piso apestaba, estaba lleno de botellas, quizá no sea de extrañar.

—¿Crees que alguien se llevó las colillas de su piso?

—Es posible. ¿Cómo, si no? No lo sé; en cualquier caso, estamos hablando de algo completamente distinto de lo que me había esperado. Y también pienso que debemos estar más espabilados de lo que lo hemos estado hasta ahora.

—¿Qué quieres decir?

—Todo parece mucho más calculado de lo que suponíamos. Es más listo de lo que yo pensaba. El cobertizo de la fuente sí muestra que no fue algo espontáneo, pero esto lo lleva a otro nivel, ¿verdad? Casi como si estuviera jugando con nosotros. Ahora tenemos que adelantarnos a él. Quiero una relación completa de todo lo que pueda recordar a desapariciones, ¿vale?

—Genial. Chicos y chicas de ocho a doce años, ¿algo así?

—Sí.

Munch echó otro vistazo a la espalda doblada de Mia.

—O no, con chicos es suficiente. Le gustan los chicos. Y parece ser que tienen que ser rubios.

—¿Qué quieres decir?

—Que sea una relación de todos los chicos. De ocho a doce está bien.

—¿Quieres meter a los medios de comunicación? ¿Un aviso general a la gente?

Munch lo rumió.

—No, vamos a esperar un poco. Quizá lo hable con Dreyer mañana.

Anette soltó una risa burlona.

—Sí, me imagino la conversación.

—Ahora, ¿Ullersmo? ¿Fue allí donde se rompió la espalda?

—Sí. En la sala del gimnasio. Consta en los registros como accidente, pero resulta muy dudoso, si me preguntas a mí. Lo encontraron con una pesa de veinte kilos clavada en la parte inferior de la columna vertebral.

—Joder.

—Ya te digo.

—¿Puede ser por venganza? ¿Tenemos información de su entorno?

—Las personas con las que he hablado no estaban muy al día, pero no veo nada en los papeles que enviaron. Puede que fuera un gesto de agradecimiento.

—¿Por el atraco?

Volvió a suspirar.

—No lo sé. En cualquier caso, puede que no sea muy relevante para nosotros. ¿Has hablado con ella o qué? ¿Con Katja?

—Sí, está viniendo ahora. ¿Sabemos algo sobre el tiempo?

—¿De qué?

—De los forenses. ¿Del tiempo que llevaban las colillas allí?

—No, pero quizá sepas más que yo. Podríamos echar un vistazo a los ceniceros que has dejado en la terraza de fumar. Ver si han cambiado algo desde que empezaste a fumar allí a finales del año pasado.

—Ja, ja.

—Dudo mucho que nos puedan dar algo muy detallado, pero voy a preguntar.

—¿Cuándo salió?

—Hace seis meses.

—Vale. Mira a ver si pueden situar las colillas en algún momento antes o después de su estancia en la cárcel.

—De acuerdo.

Siguió un silencio al otro lado.

—¿Y bien? —dijo ella al final.

—¿Qué?

—«Gracias, Anette. Por todo lo que haces por mí».

—Claro, perdona. Gracias, Anette. Por todo lo que haces por mí.

—Ahí está. Tan difícil no ha sido, ¿verdad? ¿Nos reunimos aquí a las seis?

Munch miró su reloj.

—Mejor a las siete.

—Vale.

Casi no le dio tiempo a pulsar el botón rojo antes de que volviera a sonarle el móvil.

Esta vez era Fredrik Riis.

—Hola, Fredrik, ¿cómo te ha ido?

Se oyó una respiración entrecortada al otro lado.

—Lo tengo.

—¿Cómo?

—Bueno, no es que lo tenga, pero sí lo tengo. En una grabación de una cámara de seguridad.

—¿Dónde estás?

—En una estación de servicio de ESSO en Maura. ¿Estás en la oficina?

—Voy para allá.

—Vale, me acerco.

48

Mia Krüger salió del coche delante de la casa de la calle Inkognitogata y pasó al lado de Munch.

—¿Has quedado con Patrick ahora?

—Sí, ya está aquí. Vamos a juntar todo lo que tenemos. Sumergirnos en ello juntos.

—Bien. —Munch asintió—. Tenemos una puesta al día a las siete, pero no tenéis por qué ir, si estáis ocupados.

—Gracias —dijo Mia, ajustándose la cazadora.

No hacía tanto frío fuera, pero aun así ella lo tenía.

Munch le echó otro vistazo curioso.

—¿Estás segura de que va todo bien?

—Sí, claro.

—¿Has sacado algo en claro?

—¿De qué?

—De nuestro encuentro con Iverson. Quizá debería haberte explicado la situación de antemano, pero… —Se encogió ligeramente de hombros tras el volante.

—¿Qué es lo que querías?

—No, quería ver si se te ocurría algo, no sé…

—¿Una visión?

Munch se rio un poco.

—No, pero sí…

—No es así como funciona, Munch.

—Ya, claro. No sé lo que estaba pensando.

Se rascó la frente y la miró con expresión arrepentida.

—¿Qué pensabas? ¿Que iba a sufrir una reacción al verlo en la silla de ruedas, a caerme al suelo y empezar a hablar en otras lenguas? «El hombre manco lo hizo». ¿Algo así?

Munch volvió a reírse.

—No sé, Mia.

—Veo cosas y me doy cuenta de cosas. Algunas veces funciona. Otras, no.

—Claro, Mia. Lo siento, debería haberte puesto en antecedentes. Pero ¿qué piensas?

—¿Acerca de la silla de ruedas? ¿Y el hecho de que encontrásemos sus colillas en el bosque?

—¿Sí?

Se encogió levemente de hombros.

—Lo mismo que tú. Debió de dejarlas allí otra persona.

—Sí, claro, pero ¿eso no te resulta un tanto raro?

Munch frunció el ceño y sacó otro cigarrillo de la cajetilla. Parecía que no quería terminar de soltar a Mia.

—¿Hay algo que no me estás contando? —preguntó al final.

—¿Qué quieres decir?

—No te conozco más que de unos pocos días, pero nunca te había visto así. Es mi responsabilidad ocuparme de que esto sea algo que puedas manejar. ¿Has visto algo en la cabeza de ese tipo que no me has contado? ¿O quizá sea pronto para ti, todo esto? ¿Quieres volver a la academia? Siempre te guardaría una plaza aquí. Esto ha ido muy rápido; si quieres vuelves el año que viene. ¿Estarías más cómoda así?

—Gracias, pero estoy bien. Envíame la grabación que ha encontrado Fredrik, ¿vale?

—Claro.

Mia podía sentir sus ojos en la espalda cuando se marchó.

¿Tenía razón?

¿Era demasiado pronto para ella?

Cerró la puerta tras de sí.

No.

«Qué va».

Había llegado la hora de hacerse mayor.

—Patrick, ¿estás ahí?

—Aquí arriba.

El sueco estaba plantado en medio de la habitación, con las dos manos alrededor de una taza de café y la cara vuelta hacia todas las fotografías nuevas.

—Empecemos. —Mia asintió, girándose hacia las imágenes de la pared.

49

Fredrik Riis no era un tipo vanidoso, a pesar de lo que pudiera pensar la gente por su costumbre de ir en traje todos los días, pero le gustaban las miradas apreciativas que le lanzaban en la sala de reuniones. Incluso Oxen le había dedicado un gesto de aprobación.

—Bueno, atención, todos —dijo Munch desde su posición junto a la pantalla—. Todos hemos visto la grabación, y volveremos a verla, claro, pero primero hay que ponerse manos a la obra y comenzar desde el principio. Porque, aunque podamos pensar que hemos avanzado un poco, en realidad no lo hemos hecho, ¿verdad? Si hacemos caso a los medios de comunicación, somos todos idiotas, aunque solo llevemos una semana investigando este caso, pero yo lo noto claramente, y vosotros, seguro que también. Ya no estamos en el asiento del conductor. Nuestras pistas se quedan en agua de borrajas, y si nos fijamos en la grabación que nos ha conseguido Fredrik, esto puede tener dimensiones que van más allá de lo que habíamos pensado en un principio. Parece algo aún más planificado, ¿no creéis? No insinúo que esté jugando con nosotros, exactamente, pero tiene las cosas mucho más claras de lo que habíamos calculado; es decir, acerca de nosotros y cómo puede sacarnos de quicio. Quiero decir, ¿trece colillas en el bosque? He dado libertad a Mia para que trabaje con

Patrick esta tarde, y espero de verdad que nos devuelvan al lugar que nos corresponde, porque ahora mismo reconozco que tengo la sensación de estar caminando un poco a ciegas.

Munch echó un vistazo a los reunidos e hizo una seña a Ludvig Grønlie, quien apagó la luz.

—Así que vamos a hacer lo siguiente. Volvemos a empezar de cero. Que nadie siga con lo que tenga entre manos. Si habíais hecho otros planes, canceladlos. Nos quedaremos aquí hasta que tengamos la sensación de haber vuelto a la buena senda.

Se oyeron unos murmullos en la sala, sobre todo de Oxen, pero Munch no le hizo caso.

—Bien —continuó, al tiempo que encendía el proyector.

Las imágenes del lugar del crimen, otra vez.

De vuelta al día 1.

—El domingo por la mañana encontramos a Ruben y a Tommy, asesinados en un campo de labranza, y sabemos que antes de eso habían estado en el cobertizo de la fuente, que el autor de los hechos los había drogado y que habían sido estrangulados.

Otra diapositiva.

—No sabemos cuánto los tuvo ahí arriba, pero es evidente que se tomó su tiempo.

Munch pulsó de nuevo el botón.

—Los técnicos encontraron esto en el lugar.

Los calzoncillos que le habían enseñado en la bolsa de plástico.

—Ahora sabemos que era de Ruben y que lo llevaba la noche que desapareció. De modo que...

Volvió a los cuerpos del campo.

—No sabemos cuánto tiempo estuvo ahí arriba, pero podemos suponer que pasó algo parecido a lo siguiente.

Se veía el cobertizo rojo de la fuente, y Fredrik tuvo un *flashback* que no le gustó. El olor. La sensación nauseabunda que le había transmitido aquel angosto espacio.

—Según Mia, a este hombre le gusta mirar. Hay algo en lo visual que le pone. Y también, tal y como se puede ver...

Munch regresó al campo de labranza, a un plano más general.

—... la colocación de los cadáveres es importante para él. Es posible que esté intentando recrear una obra de arte o que esta sea la obra de arte en sí. Lo último quizá sea lo más probable. Si queremos entenderle, tenemos que tratar de comprender esto. ¿Qué es lo que le excita tanto de esto? No sé si recordáis a Dennis Nilsen.

Algunas personas de la sala asintieron con la cabeza.

—Un asesino en serie de Londres, que mató al menos a quince chicos y hombres entre los años setenta y los ochenta. Era homosexual. Pero también necrófilo. Había empezado como policía, aunque lo despidieron tras pillarlo con las manos en la masa mientras toqueteaba cuerpos en la morgue.

—Joder...

—Investigaba un poco a esos hombres, que a menudo eran personas sin techo o drogadictos, o quizá ambas cosas, y después los invitaba a ir a su casa, donde bebían juntos, pasándoselo bien, y luego, fijaos bien en esto, los drogaba antes de estrangularlos.

Hubo otro murmullo entre los reunidos.

Munch volvió al cobertizo de la fuente.

—Pero ¿no tocó los cadáveres de esa manera? —dijo Anja Belichek, la friki de los ordenadores, con una voz muy aguda.

—No, no parece que sea algo que a nuestro hombre le guste. Según Mia, da la impresión de que es lo visual lo que le excita, lo que le pone, si preferís. Pero volvamos brevemente a Dennis Nilsen. Después de matar a sus invitados, a menudo hacía cosas con ellos. Se bañaba con el cadáver, dormían juntos, veían la tele en compañía...

—¿Eh? ¿Una vez muertos?

—Sí, con los cadáveres. Antes de cortarlos en pedazos en su propio piso, cocía las cabezas y los enterraba en el jardín. La mayoría no podían identificarse.

—Oh, qué cabrón…

—Entiendo que esto puede ser demasiado para ti, Anja. Pero prefiero que cierres los ojos. Quiero que estemos todos aquí. Es importante que todos tengamos una visión general de lo que ha ocurrido.

Munch puso el dedo en el cobertizo de la imagen.

—Aquí es donde sucede. Lo que seguramente lleva tiempo deseando hacer. Lo que para él, igual que para Dennis Nilsen, es lo que le hace sentirse él mismo. ¿Vale?

Asintieron con la cabeza.

—Ven, aquí dentro, entonces. Ha activado la trampa. Revistas porno y botellas de refrescos. Valium y Rohypnol. Esto me parece un detalle importante. Esas drogas no matan. Pero son tan fuertes que los niños no tuvieron posibilidad de defenderse, y por supuesto es de esperar que los anestesiase tanto que no se enteraron de lo que pasó.

—Disculpad, tengo que… —Anja se levantó y salió de la sala.

—Vale, muy bien. Hemos estado dando rodeos, pero ahora ha llegado el momento de tratar de hacernos una idea de quién es este hombre, en realidad. Tal y como yo lo veo, no es el asesinato en sí lo que le excita. Creo que lo que le gusta es este momento. Están respirando, pero sabe que puede hacer lo que le dé la gana con ellos.

Se oyó un clic y apareció una diapositiva anterior de nuevo.

—Como podemos ver, han sido preparados. Al menos Ruben, quien según Mia es el protagonista de este macabro espectáculo, y pienso que tiene razón. Lo ha peinado. Le ha arreglado las uñas. Hasta los dedos están colocados en una postura concreta, ¿os fijasteis en eso la primera vez? Todas las pequeñas heridas también están lavadas. Los técnicos encontraron trazos de clorhexidina, y no terminé de entender por qué, pero en realidad es obvio si te pones a pensarlo, ¿no creéis? Así que eso es lo que anda haciendo ahí dentro. Si os fijáis en esto…

Otra imagen del interior del cobertizo de la fuente.

—Sí, Karl, ya sé que lo hemos visto y hablado antes, pero lo vamos a hacer otra vez, así que ya puedes ir borrando esa expresión de la cara. Vamos a estar aquí un buen rato.

Parecía que Munch estaba de mal humor esa noche. Oxen asintió con la cabeza y se incorporó en la silla.

—Fijaos en esto…

Señaló la pantalla otra vez con el dedo.

—Una cerradura en el interior. Se ha encerrado. Para poder disfrutar de este momento el máximo tiempo posible. Como ya sabéis, encontramos cabos de velas ahí dentro, y si eran nuevas, cosa que no sabemos, estuvo con ellos durante…

Miró a Anette.

—Alrededor de cinco horas. —Goli asintió.

—Gracias. Según la familia Lundgren, Ruben salió por la ventana de su habitación en torno a las…

—Después de las once y media —dijo Fredrik.

—Efectivamente. Digamos que esperó un poco. Hasta que sus padres se fueron a la cama. Hasta la medianoche, más o menos. Puede que el autor de los hechos tardase veinte minutos, o hasta media hora, en conseguir que los chicos se durmieran. Eso significa que comenzaría, vamos a ver, unas cinco horas, serían las… seis, aproximadamente.

Otra diapositiva que mostraba nuevamente el campo de labranza.

—El momento ha pasado. Al menos el primer placer. Pero ahora llega el siguiente. Lo que no sabíamos entonces, pero ahora sí, es que todavía no había terminado. Los cadáveres son trasladados hasta aquí en la furgoneta blanca. Ha tenido que esconderla en algún sitio, y suponemos que es esta la furgoneta que alguien vio detrás del taller de coches.

—¿El taller de coches?

Fredrik se inclinó hacia Katja, quien puso los ojos en blanco y susurró algo.

—Nos lo ha comunicado Grønland hoy. Una identificación que llegó a través del teléfono de aviso, que no habían terminado de registrar bien.

En la pantalla se veía ahora un mapa.

—Como podemos ver, el taller está aquí. Pudo llevarle unos treinta minutos volver, y de allí hasta aquí.

Una foto del bosque.

—Donde se sentó, a esperar nuestra llegada.

—Qué hijo de puta enfermo. —Oxen negó con la cabeza, visiblemente enfadado.

—Pero ¿cómo pudo pasar por delante de nosotros? Porque ya estaba allí cuando fuimos.

Anja Belichek habló desde la puerta.

—No lo sé, en realidad hay multitud de posibilidades. No habría pasado por delante de nosotros, no se atrevería a hacer eso, pero si os fijáis en el mapa, veréis que hay varios senderos en la zona. Por aquí va uno, por ejemplo; vemos que conduce al campo de labranza, y si miráis aquí, podría haber caminado tan tranquilo hasta el taller y haberse largado en la furgoneta.

—Pero ¿por qué…?

—¿Sí, Katja?

—No, solo me pregunto por qué iba a asumir ese riesgo. Por Dios, si estábamos allí.

Munch se encogió de hombros levemente.

—Un riesgo calculado, tal vez. Si Mia tiene razón, eso de mirar era casi tan importante para él como lo otro. Vernos cuando encontramos su obra de arte. Como el gato que entra en casa con el ratón que ha cazado. El orgullo. Fijaos lo que he hecho.

—Por Dios…

—Y aquí me parece que hay que repasar lo que hemos visto en el vídeo hoy, sobre todo la última parte. ¿Qué hace después de llenar los últimos bidones de gasolina? Sigue con el casco puesto, pero aun así.

Lo observaron.

—Se coloca delante de la cámara —continuó Munch—, con un bidón en cada mano. Supone que vamos a dar con la grabación y nos envía un mensaje, ¿cierto? ¿Y en qué consiste ese mensaje?

Munch se volvió hacia la sala.

Todas las miradas se centraron en él otra vez.

—Puedo conducir hasta donde me plazca. Si pensabais que ibais a dar conmigo aquí, estáis equivocados.

—En efecto —dijo Munch, y pulsó el botón.

Una foto de la familia Lundgren.

—Todo esto de nuevo. El más mínimo detalle. Empezamos con los más cercanos. ¿Fredrik?

—Sí.

Fredrik Riis sacó los apuntes de su bolso y se acercó a la luz del proyector.

50

Mia estaba sentada en el suelo con la taza de café vacía delante. Tenía la sensación de que la idea ya había arraigado en ella. La idea de que tal vez fuera demasiado pronto. De que en realidad quizá no estuviera preparada para aquello. Le pareció que lo había visto en la mirada de Munch, una duda. «Sí, tienes talento, pero esto no es la sala de lectura de una biblioteca, es la realidad».

—Estás muy callada.

Patrick había levantado la vista de sus apuntes.

Mia se mordió el labio un poco, sin saber si debía decir lo que estaba pensando, pero al final cedió.

—Me parece que no terminan de encajar las cosas.

—¿A qué te refieres? —El sueco dejó el cuaderno de apuntes en el reposabrazos de la silla.

—No, no sé. —Mia hizo un gesto hacia las fotografías que colgaban en la pared—. Tengo la sensación de que he dejado de ver las cosas. Las conexiones. Una confusión en la cabeza.

—Nos pasa a todos, Mia.

Patrick se levantó y abrió la ventana detrás de ellos. El ruido de las calles de la ciudad estaba cerca, pero a la vez sonaba lejano. Le resultaba cómodo tenerlo allí. Solo se conocían desde hacía una

343

semana, pero, aun así, ya tenía la sensación de que podía confiar en él. Ella en realidad no era así. Normalmente. Era una persona que se mostraba escéptica hacia los demás. Tardaba mucho tiempo en dejar que alguien se acercara a ella. Por lo general, demasiado, sería esa la razón por la que tenía tan pocos amigos cercanos.

—Si quieres hacemos una pausa.

—No —dijo Mia, con obstinación.

Se dirigió a la pared otra vez y empezó a bajar las fotografías.

—¿Qué estás haciendo?

—Vuelvo a empezar. No consigo ver nada. Puede que todo esté mal colgado.

Patrick se acercó a ella.

—Podemos salir a despejar la cabeza un poco. Dar una vuelta. Tomar un poco el aire.

—No —dijo de nuevo, y comenzó a organizar las fotos en el suelo delante de ella.

Mierda.

Tenía que estar allí, en algún sitio.

—¿Qué es lo que no ves? —preguntó Patrick y le puso una mano sobre el hombro.

—El por qué.

—¿Por qué lo hace?

Se giró hacia él y asintió con la cabeza. Atravesó la habitación, descalza, y con un suspiro se sentó en la silla que acababa de dejar él.

—No siempre es tan sencillo como por qué —dijo Patrick—. Es muy típico de nosotros esto. —Esbozó una sonrisa para consolarla.

—Nosotros, ¿quiénes? ¿Qué es típico?

—Bueno, nosotros, los humanos. Los que estamos sanos. Los que no queremos hacer daño a nadie. Nos entra miedo, ¿verdad? ¿Quién puede cometer semejantes atrocidades? ¿Matar a niños de once años? Necesitamos explicaciones. Para poder levantarnos todos los días y salir a la calle sin miedo. Nos ayuda poner palabras al porqué, pero no siempre funciona así, ¿verdad? Algunas veces, el mal es simplemente el mal. ¿Por qué crees que se inventaron la religión?

—Dímelo.

—Para crear la ilusión de que existe algo bueno ahí arriba que ganará al final. Para que la gente normal pueda funcionar adecuadamente en su día a día. Si perdemos la fe en lo bueno, lo perdemos todo, ¿no es así?

—Vaya, eso ha sido muy profundo —dijo Mia.

Las palabras le salieron con un tono sarcástico que no era intencionado, y le remordió la conciencia.

No era culpa de él.

Era el único elemento positivo ahí dentro.

«Joder, Mia».

«¿Qué es lo que no ves?».

—¿Estás segura de que no necesitas una pausa? Podríamos dar una vuelta por el parque.

—No.

—Vale —dijo Patrick, que se puso en pie, de espaldas a la pared medio vacía—. Ataquemos esto juntos. El móvil. ¿Qué has pensado sobre él hasta ahora?

—Tengo la sensación de estar caminando a ciegas. De que mis conclusiones no tienen sustancia.

—Oh, vamos, Mia. —Patrick suspiró, y parecía irritado por primera vez—. Tú eres la que más cosas ha visto aquí, ¿no es cierto? ¿La oreja del zorro? ¿La letra?

—Eso sí, pero...

—Bueno, ya vale. —Se sacó el rotulador del bolsillo del pantalón y se acercó a la pared de las notas—. Once años. Todos los chicos tenían once años. ¿Qué te lleva a pensar eso?

«Vamos, Mia».

«Tú no eres así».

Se recompuso.

—¿Puede que le ocurriera algo?

—¿A qué te refieres?

—Cuando él tenía once años. ¿Quizá sea algo que quiere revivir?

—Bien —dijo Patrick sonriendo, y apoyó el rotulador en la hoja.

—¿Un suceso extremo? Puede que esté explorando eso. Quiere verlo desde fuera. ¿Por eso, tal vez, está todo tan estilizado? Como una forma de distanciarse. Quiere distanciarse de un suceso del que él mismo fue víctima.

—Ya estamos en marcha… —Patrick apuntaba las ideas rápidamente, sin dejar de sonreír.

—¿Más cosas? ¿Otras ideas?

—El arte —dijo Mia, enderezándose en la silla.

—Vale. ¿Qué le pasa?

—Bueno, la sociedad siempre alaba a los artistas, ¿no? Son misteriosos, diferentes. Antaño la gente pensaba que los artistas estaban en contacto con los dioses, ¿cierto?

Ya se estaba animando.

—Sí, sigue… —Patrick agitó el rotulador.

—Quiero decir, venden cuadros de Edvard Munch por cientos de millones; la gente hace cola durante horas para ver a una minúscula *Mona Lisa*… —Mia se levantó y empezó a caminar en círculos—. ¿Y si no es más que…? —Se detuvo.

—¿Y si no es más que qué?

—Quizá sea tan sencillo como eso.

—¿Como qué?

—Quizá no sea más que un cero a la izquierda. Con ideas grandilocuentes sobre sí mismo. Sobre su propia grandeza, algo que no tiene para nada. ¿Quizá sea por ahí por donde debemos buscar?

—¿Dónde?

—Bueno, un inútil insignificante. Alguien que no destaca en nada. O no parece ser nadie.

—¿Estás pensando en… su trabajo?

Se encogió de hombros.

—¿Sí? Si es que tiene un trabajo para empezar, claro.

—Muy bien, Mia —dijo Patrick, con una sonrisa—. Aquí hay algo.

—¿Sí?

Parecía que el sueco quería darle un abrazo.

—Sí, sin duda, sigue.

Mia le devolvió la sonrisa.

—Vale, pero déjame ir a por un café primero.

—¿Dónde?

—Luego, un final insignificante. Alguien que no descifra o nada. Otro parece rendido.

—Despúes de eso entraría, bajo...

—Sentenció de nombres.

—¿Sí? ¿cómo quiere que lo haga para empezar, chica?

—Muy bien, Mila —dijo Pauli, con una sonrisa.—A mí no pasa algo...

—¿Sí?

—Pero nadie es capaz para a darle un vistazo.

—¿Cómo?, sentada la sigue...

—Ni... le devolvió la mano.

—Vale, entonces si a mí, por un modo primero.

6

51

Alf Inge Myhren, periodista de *Verdens Gang* de cuarenta años, aún no sabía muy bien cómo reaccionar ante la noticia que le habían dado dos días antes sobre el cierre de la redacción local de Molde. Estiró la mano en busca del despertador, lo apagó y se quedó tumbado, mirando al techo con los ojos muy abiertos. Tenían que suprimir treinta puestos de jornada completa en todo el país, reducir el número de empleados de toda la organización, y los que menos aportaban iban a ser los primeros en marcharse, claro. Myhren se levantó de la cama y entró en la cocina. Sacó lo que necesitaba para desayunar: huevos, leche, zumo. El día anterior había comprado bollos. La mayoría de las cosas, muy sanas. La botella de whisky seguía sin abrir en el alféizar. Había intentado hundirse en la miseria un poco tras la noticia. A fin de cuentas, él podía ser uno de los que perdieran su puesto de trabajo, pero justo en eso parecía que no tenía el gen del periodismo. No le gustaba pasar las noches enteras en un bar hablando de política y las miserias del mundo; le gustaba acostarse temprano todas las noches, para estar en forma y salir a correr a la mañana siguiente. Echó los granos de café en el molinillo y sacó la cafetera italiana del armario. No, no iba a hundirse en la miseria. Tendría que regalar esa botella a alguien.

Molde. Una ciudad increíblemente bella; bueno, en realidad lo era toda la región. Montañas muy escarpadas que se precipitaban hasta fiordos brillantes en las regiones interiores, con el mar justo enfrente, allí, en la misma costa. El equipo de fútbol no le entusiasmaba; siempre había sido hincha del Vålerenga, pero no cabía duda de que daba un toque de color a la ciudad. Y luego estaba el festival de jazz, claro. Bien podría ser el mejor de Europa.

Bueno, si no era el mejor, no estaba lejos de serlo. Cada año, durante dos semanas de julio, la tranquila ciudad se convertía en algo parecido a Río de Janeiro, con espectáculos callejeros y grandes estrellas mundiales en cartel. Miles Davis. Dos veces. No cabía duda de que aquellas entrevistas habían sido las más grandes que había hecho en su carrera periodística. La serie de artículos que había escrito sobre el chófer local del músico también había sido muy bien recibida. Ya tenía ganas de que empezara la siguiente edición, si es que continuaba trabajando hasta entonces. No le habían dado un plazo concreto. En breve, le habían dicho, algo que en su experiencia podía significar cualquier cosa, desde unas semanas hasta después del verano, como máximo.

Alf Inge Myhren se ató los cordones de las zapatillas de correr, bajó bostezando por las escaleras y acababa de salir por la puerta cuando le sonó el móvil.

—Sí, soy Alf Inge.

—Hola, buenos días. ¿Es la redacción de *VG*?

La voz era la de un hombre mayor.

—Así es. ¿Con quién hablo?

—Mi nombre es Olaf Eriksen, le llamo de Kristiansund.

—Hola, Olaf, ¿qué puedo hacer por usted?

—¿Es verdad que pagan mil coronas por avisos?

—Es cierto, pero para eso tendrá que ofrecer un aviso que realmente valga mil coronas. Si tiene un ejemplar del periódico a mano, encontrará el número en la última página.

Siguió un momento de silencio en el otro lado.

—Sí, lo he visto, pero es un número de Oslo, ¿verdad?

—Sí, así es…

—Bueno, no quiero hablar con esa gente.

—Bien, de acuerdo, le entiendo. ¿De qué aviso estamos hablando?

—Si se lo digo, me puedes pagar tú, ¿sí?

Alf Inge reflexionó un momento.

—Sí, no hay problema, pero no pagamos a todos los que nos llaman, solo a aquellos que nos den cosas que nos sirvan. ¿De qué se trata?

Otro silencio, un poco más breve esta vez.

—Fui el entrenador de Ole Gunnar Solskjær cuando era pequeño.

—Vale. Bien, no sé si…

—Sí, sí —continuó el hombre con irritación—. Eso ya lo entiendo, pero esa fue la razón por la que me vino a ver ese policía de Oslo. Tenía algo que ver con los chicos. Ya sabes, los dos niños que encontraron en aquel campo.

El periodista que llevaba dentro se despertó.

—¿Y bien? ¿Le fue a ver alguien que trabaja en el caso?

—Sí.

—¿Y le dijo lo que quería?

—Sí, tenía que ver con alguien que cojeaba.

—¿Sí?

—Sí, sospechaban de un tipo. Uno que cojeaba y que había dicho que jugaba con Solskjær cuando era pequeño.

—¿Y bien?

Myhren se dio media vuelta, volvió a subir las escaleras y encontró la libreta en la encimera.

—¿Y cómo se llamaba?

—¿Quién?

—Perdón, el agente que fue a verle.

—Oxen. Karl Oxen. Un tipo desagradable. Estaba ocupado con otras cosas, ya me entiende.

—No, no estoy muy seguro de entenderle, pero ¿le preguntó si sabía...?

—Si había alguien en el equipo que tenía el mismo talento, sí. El talento de Ole Gunnar. Si algún otro jugador podría haber llegado a ser tan bueno como él, si no hubiese sido por una lesión. Algo que le había arruinado la carrera. En fin, no me cayó bien. Y no se me ocurrió nadie. Al menos, en aquel momento, no. Pero luego, de repente, cuando repasé algunas imágenes antiguas del equipo, me acordé. Narices, es cierto. De pronto me di cuenta de a quién se refería.

—Sí.

—¿De dónde me llama, dice?

—De Kristiansund.

—¿Le importaría que fuera a hacerle una visita?

—No. No hay problema. ¿Cuándo querría venir?

Alf Inge se quitó las zapatillas de correr, sacó una camisa y los vaqueros, que estaban doblados en el armario, y echó una ojeada al reloj de pared de la cocina.

¿Kristiansund?

Estaba a una hora y veinte minutos.

—Puedo estar allí un poco antes de las diez, ¿le va bien?

—Sí, sí, muy bien.

—Estupendo. Gracias por su llamada. Nos vemos en breve.

52

Mia Krüger salió de la ducha de agua helada y se quedó desnuda y tiritando delante del gran espejo. Mierda. Se acordaba dolorosamente de la razón por la que nunca bebía alcohol. Le gustaba estar en buena forma física. Tener la mente despejada. La sangre que le recorría el cuerpo, limpia. Sentía unos martillazos en la cabeza y tuvo que apoyarse en la pared para no caerse. ¿Vomitar? ¿Era eso lo que tenía que hacer? Se inclinó sobre la taza, pero no tenía nada en el estómago. El día anterior se habían olvidado de comer. Cuarenta y ocho horas. Patrick y ella. Encerrados en el gran piso, y al final habían terminado, agotados.

—¿Abrimos esta? Podemos ver si funciona.

—¿Qué es?

—El emperador de los armañacs. Un Domaine de Pantagan 1965 Labryrie. Tiene treinta y cinco años. Sé que no bebes, pero…

—Hay copas en el armario más alto. Trae una para mí también.

Mia abrió el grifo del agua fría en el lavabo y volvió a lavarse la cara. Mierda. Entró desnuda en el dormitorio y sacó algunas prendas de su bolso. Unas mallas negras y una sudadera. Saldría a correr. Era lo único que la ayudaría ahora. Eliminar esa mierda del cuerpo. La puerta que daba a la habitación donde trabajaban estaba abierta de par en par. Podía oír sus ronquidos. Había encontrado un colchón en una de las habitaciones. Una manta y una almohada. No tenía sentido que volviera al hotel. Estaban tan metidos en la investigación. Cuarenta y ocho horas. Habían vivido de comida a domicilio y cafeína. Tenía la sensación de que habían estado muy cerca, tan jodidamente cerca, pero todas las veces se les había escurrido, como arena entre los dedos.

—Joder, no me cuadra eso.

—¿El qué?

—Lo de que sea tímido. De que tiene la sensación de no encajar en la sociedad. De que el mundo le debe algo, de algún modo. Tenemos que dejar esa postura. Tienes que dejar eso.

—¿Yo?

—Sí, tú, con esa puta actitud de psicólogo. Tiene que entenderlo tan bien. Lo que le ha podido pasar. Lo difícil que podría haber sido. Déjalo.

—Pero no te estoy diciendo eso…

—Sí, es ahí donde estás buscando. Una excusa. El tío lava y arregla a unos niños anestesiados, antes de cogerlos en brazos, desnudos, y estrangularlos lentamente con un cordón para su propio disfrute. Así que olvídalo. Ya no vamos a buscar más ahí. Olvida su puta infancia, me importa una mierda.

—¿Pedimos algo para comer, quizá?

—No, pero ¿hay más café?

—¿Un poco de agua igual sentaría mejor?

Mia se puso una gorra negra, escondió los ojos rojos tras unas gafas de sol grandes y siguió sobre piernas inseguras hasta la cocina. Metió la cabeza bajo el grifo y se llenó la boca, seca. Menudo plan de mierda, eso de beber alcohol. Se acabó. Por muy guay que fuera ese puto coñac que había llevado. No era culpa de él, claro. Ella misma se había llevado la copa a la boca.

—¿Qué fotos son estas? No las he visto antes.

—Es Oliver, delante de su casa. Unos meses antes del asesinato.

—¿Un coche nuevo?

—Sí, parece que está orgulloso. Le gustaban los coches. Todo lo que tuviera que ver con motores, en realidad. Quería ser piloto de Fórmula 1.

—¿Tienes alguna del otro chico en su casa? ¿Sven-Olof?

—No, solo encontré estas en el archivo.

—¿Lo ves?

—¿Qué?

—Tengo razón, ¿no?

—¿En cuanto a qué?

—Los elige en función de su aspecto físico. Los rizos rubios. Delgados. Finos. Inocentes. Débiles. Es lo que le gusta al hijo de puta, ¿no crees? Los niños que no saben defenderse.

—¿Necesitas un poco de aire, Mia? Creo que ya no estás viendo esto de forma objetiva.

—Y una mierda. Nunca lo había visto con tanta claridad como ahora.

La fuerte luz impactó en su cerebro a pesar de las gafas de sol y se quedó apoyada en la puerta un momento, antes de dar unos titubeantes pasos por el jardín.

Coches. Sonidos. Olor a gas de escape. Gente.

Mia se encasquetó la gorra, se metió las manos en los bolsillos de la sudadera e inició la vuelta por la calle Uranienborgveien. Había gente por todas partes. ¿Por qué no se quedaban en casa, sin más? ¿Y dónde estaba la naturaleza cuando más la necesitaba? Unos hermosos árboles mecidos por el viento. Musgo. Un río que pasara gorgoteando, a poder ser suavemente, junto a ella.

Vale, el parque Frogner.

Serviría.

¿Qué era lo que contenía esa botella?

¿Treinta y cinco años de malicia?

¿Veneno de Mordor?

Se sobresaltó cuando sonó la bocina de un coche; había cruzado la calle sin mirar.

Puta mierda.

Eso al menos era la última vez.

El alcohol.

Lo tenía claro, vamos.

En ese cuerpo, no.

—Vale, pero ¿qué pasa si no es el mismo hombre?

—¿Hola? ¿Por qué no?

—Dijimos que íbamos a compartir todo lo que teníamos, para volver a ver todo desde el principio. Veamos entonces si encontramos pruebas de que no sea el mismo hombre.

—No creo que sea posible.

—Pruébalo. Mira esto, los brazos no están en el mismo ángulo en los cuerpos de Suecia. Ni el de Oliver ni el de Sven-Olof. Mira ahora la escena del crimen noruego. Es mucho más…, no sé cómo decirlo, limpio, de alguna manera.

—Más perfeccionado.

—Oh, mierda.

—¿Qué?

—No, es lo que has dicho. Se vuelve más habilidoso. Sabe mejor lo que quiere. ¿No crees? Mira esto.

—Esperó ocho años.

—Sí, es cierto. No porque tuviera que hacerlo, sino porque no le quedaba otra. Eso creo yo.

—¿Todavía crees que estuvo ingresado en algún sitio?

—Sin duda. Y ha tenido tiempo, ¿verdad? Para perfeccionar su arte. Definirse mejor. Encontrar su modo de expresión exacto. Tuvo que desearlo. Tuvo que desearlo muchísimo…

Otro bocinazo, ya en el cruce de Majorstukrysset. Volvió a sobresaltarse, con tanto ímpetu como la última vez. Por Dios. ¿De verdad era eso lo que tomaba la gente? ¿Todas las tristes semanas? ¿Era ese el medio para limar asperezas en esta sociedad? ¿El alcohol? ¿En todas las clases? ¿A todas las edades? ¿En todos los contextos? No, olvida el monopolio del alcohol del Estado en este país, lo mejor sería prohibir esta mierda directamente. Para siempre. Esto no es bueno para nadie. Nunca.

El parque Frogner, por fin, ya podía soltar las piernas. Dentro de sus posibilidades. No era correr, era algo más parecido a un pensionista tras un andador. Cada vez que el pie impactaba contra el asfalto, lo sentía como un golpe contra la sien, y al final tuvo que dejarlo. Pasó a dar pasos cortitos. Con la cabeza inclinada bajo la gorra. Los hombros hundidos bajo la sudadera.

—¿Has leído su diario?

—Sí, varias veces.

—Es extraño, ¿no te parece?

—¿El qué?

—Bueno, que no se mencione el Lobo en ningún sitio antes de la última página. Y tampoco hay nada sobre ninguna otra cosa. Todo muy bien, se lo pasa bomba con sus coches de carreras y motos, y…, en fin, no termino de entenderlo.

—¿Entender el qué?

—Que no se mencione. ¿Por qué justo en la última página? ¿Qué pasó ese día?

De repente sonaron unas campanas en su bolsillo y se alejó del sendero, bajo la sombra de un árbol, para contestar.

—¿Sí? ¿Mia?

Tenía la voz quebrada, no quería funcionar.

—Hola, soy Anette, ¿cómo va todo?

—Bien… Va bien.

—No quiero ser pesada, pero ¿habéis progresado? ¿Habéis encontrado algo?

—No, me temo que… no…, no hemos…

El dueño de un perro había dejado que hiciera sus necesidades bajo el árbol, y el tufo le impactó en plena cara.

—¿Estás ahí, Mia?

—Sí, solo tenía que moverme un poco. No, no hemos encontrado nada. Nada de nada, de hecho. ¿Y vosotros?

—Estamos en dique seco. Hemos mirado con lupa todo lo que tenemos. Es muy frustrante.

—¿Y Munch?

—Bueno, hoy no habla con nadie. Se ha quedado en su despacho.

—¿Dreyer?

—Bueno, no se presentó en la reunión que había programado. En lugar de ello han llamado de Kripos. Están listos para ocuparse del caso. Ella ya los ha puesto sobre aviso.

—Sí, pero solo ha pasado… poco tiempo…

—Lo sé. Pero ella utiliza Suecia como argumento. No quiere que pasen otros ocho años, y piensa que hay que agarrar el toro por los cuernos. Pasar a la acción. Algo así. No sé, no hemos dormido mucho por aquí. Llámame si das con algo, ¿vale?

—Claro.

El quiosco junto a la entrada a las piscinas de Frognerbadet. Dos botellines de agua. No quería mirar las primeras planas de los periódicos. No todo es responsabilidad tuya. Aléjate. Bebe tu agua. Trata de correr un poco. Se te pasará en breve.

Puso los pies con precaución en el asfalto otra vez. Ya se encontraba algo mejor. Un amago de footing, por lo menos. Había gente por todas partes. Disfrutando del buen tiempo. Como las vacas que brincaban por el campo tras un largo invierno en el establo.

El parque Vigeland.

El orgullo de la ciudad.

Cuando era pequeña se había alegrado mucho de ir allí. A esas alturas ya estaba rodeado de nuevos edificios, no era más que un pedacito del centro, la especulación inmobiliaria había despegado. Pero algunas personas habían pensado. Tiempo atrás.

Habían creado ese oasis.

Tuvo que parar otra vez.

Sentía como lo que había bebido ayer le subía por la garganta.

El niño enojado.

La famosa escultura enfadada, rodeada de turistas de todo el mundo, sacando fotos.

Tenía que haber un baño por ahí, ¿no?

La terraza.

El olor a cerveza rancia ante caras sonrientes. Había sido un invierno largo.

Caballeros.

Señoras.

Mierda, ocupado.

Y cola.

No soportaba la idea de vomitar en público, así que se desvió de las masas y se adentró en las sombras, bajo unos densos árboles.

Una pared llena de carteles.

Elton John toca en el Oslo Spektrum.

Una versión coreana de Ibsen en el Teatro Nacional. Se ofrece paseadora de perros. Servicio bueno y barato.

Se tapó la boca y se acercó a la cola, que no parecía moverse. Otro botellín de agua.

Vale.

Ya estaba mejor.

Mia estaba a punto de llevarse la botella a la boca otra vez, cuando lo vio.

¿Qué narices…?

Se acercó, con la boca abierta.

Un cartel.

Academia de Arte de Amund Andersen.
Exposición final de la promoción de 2001.

Soltó la botella, se sacó el móvil del bolsillo de la sudadera y con dedos temblorosos encontró su número en la agenda.

Una pintura.

De un chico rubio.

¿No era...?

Que sí, joder...

—Munch.

—Hola, soy Mia, coge el coche.

—¿Qué?

—Ven a verme en la entrada del parque Vigeland.

—Estoy...

—No, tienes que venir ya, inmediatamente. Estoy viendo una pintura. De Oliver Hellberg. El chico sueco.

—¿Qué?

—Está desnudo. Y tiene un tejón en los brazos.

—¿Qué entrada?

—La de la calle Majorstuveien. Donde aparcan los autobuses de los turistas.

—Ya voy.

53

La casa unifamiliar a la que al final llegó estaba muy bien mantenida y se encontraba en un lugar hermoso, con vistas a la bahía de Dalabukta, a pocos kilómetros del centro de Kristiansund. Una casa grande, pintada de blanco, muy del gusto de Alf Inge. No destacaba especialmente, pero tampoco se parecía demasiado a las otras viviendas de la urbanización. Sí, le gustaba mucho. El periodista aparcó en la cuneta, subió por el camino de grava y entró en el cuidado jardín. Madre mía. Tuvo que pararse un momento. Se inclinó para comprobar si era verdad lo que veían sus ojos. ¿Un rosal Austin? ¿Tan al norte? ¿Un Teasing Georgia amarillo chillón? Sacó la Nikon de su bolso y tomó una foto, que además salió bastante bien. Tiempo atrás, la redacción local había contado con su propio fotógrafo, uno al que Alf Inge podía llamar si surgía la necesidad, pero no habían tardado en reducir gastos también ahí. Lo cual le había obligado a aprender ese oficio. No era muy bueno, pero de vez en cuando las fotos salían decentemente. ¿Y eso qué era…? Atravesó con curiosidad el césped, bien segado. No, era increíble. Rosales Centifolia, dos grandes arbustos, con…, contó rápidamente, ¿casi veinte *Cristataer*? Sonrió y acercó la cámara al ojo derecho otra vez. ¿Qué habrían metido en sus fertilizantes en ese lugar? Miró al cielo y echó un vistazo a su alrededor. En efecto, había luz todo el día, desde ese punto de vista era perfecto, pero ¿las temperaturas no serían demasiado bajas? Acababa de descubrir otro ejemplar único, un rosal turco (¿de verdad podría ser un *Frankfurt*?), cuando la puerta se abrió, y una voz lo sacó de sus ensoñaciones.

—¿Hola? ¿Qué hace usted en mi jardín?

Alf Inge se sobresaltó un poco y recogió rápidamente el bolso de la cámara del césped.

—Lo siento, soy Myhren. Vengo del *VG*. ¿Es usted Olaf Eriksen?

La expresión de la cara del hombre, un tanto severa, se relajó.

—Correcto. No quería ser borde, es solo que he tenido algunos problemas con los jóvenes de por aquí. Por las noches. Acabo de instalar esto.

El hombre mayor de las gafas señaló con el dedo una cámara de vigilancia que tenía montada encima de la puerta.

—Impresionante —dijo Myhren, indicando las hermosas flores con la cabeza.

—¿Eso le parece? ¿Le gustan los rosales?

Se oyó una voz estridente procedente del interior de la casa.

—Olaf, ¿vais a tomar café?

—Sí, pero después, Marit.

Una señora de la misma edad, con una expresión amable en la cara, apareció en la puerta, secándose las manos en un trapo de cocina.

—Soy Marit Eriksen.

Myhren sonrió y le tendió la mano.

—Alf Inge Myhren. Vengo del *VG*.

—Fíjate —dijo ella, encantada—. Qué bonito tener una visita, ¿ahora vamos a ser famosos?

—Marit —gruñó el hombre, avergonzado.

—¿Qué? ¿Una no puede bromear un poco? ¿Queréis tomar café dentro o fuera?

El hombre llamado Olaf se encogió ligeramente de hombros y miró a Alf Inge.

—Gracias, por mí aquí, hace un buen día.

—Le gustan los rosales.

—Ah, ¿sí?

La mujer llamada Marit se echó el trapo al hombro y puso los brazos en jarras.

—Los cuido yo.

El hombre reaccionó de manera instintiva.

—¿Cómo que lo hace usted?

Ella se rio con gusto.

—No, desde luego no lo hago yo. Aunque quisiera, mis manos no están hechas para la jardinería. Voy a buscaros unas tazas.

La risa la acompañó al interior de la casa.

—Así que le gustan los rosales, ¿eh?

—Sí, mucho. Yo mismo he intentado cultivar uno como ese de allí. Muchos años, de hecho.

—¿Cuál?

Eriksen se puso unos zuecos y lo siguió por el jardín.

—Ese rosal de Austin. Lo siento, he sacado unas fotos. Debería haber pedido permiso primero, naturalmente, pero es que no he podido reprimirme.

—No pasa nada —dijo Eriksen, asintiendo orgulloso con la cabeza—. Sí, se puede imaginar que ese rosal me ha costado tiempo y trabajo.

—Sí, me imagino. ¿Tiene alguna recomendación que quiera compartir?

—Hum, bueno. No me gustaría que esto saliera en la prensa nacional, ya sabes…

—No, no, mis labios están sellados. Esto es solo para mí. Para la próxima vez que lo intente.

—¿Tiene un jardín grande?

—Sí. O, bueno, ya no. Pero tenía. Y espero volver a tenerlo algún día.

—De acuerdo, le enseño.

Olaf Eriksen esbozó una sonrisa pícara y se adelantó hacia un cobertizo recién pintado, tan bien mantenido como el resto de las instalaciones.

—¿Ha probado con un invernadero?

—Sí, claro.

—¿Y no funcionó?

—No. Para mi gran tristeza.

—Ya. Lo sé.

Eriksen se rio un poco, negando con la cabeza.

—A ese rosal no le gusta la compañía, ¿sabe? Es demasiado particular. Igual que yo. Quiere que todo esté a su gusto, ¿comprende? No puede estar con los otros, entremezclados en un invernadero. La luz no es la idónea, y el aire se vuelve demasiado húmedo. No, si pretende sacar adelante un Teasing Georgia, tiene que tratarlo como a un niño mimado, o quizá con más esmero aún.

Myhren lanzó una mirada curiosa por la puerta.

—¿Ve eso de ahí?

—Sí.

—Lo construí yo solo. Lo llamo un no-invernadero.

—¿Un qué?

Eriksen volvió a reírse un poco.

—Es un invernadero, sí, pero no es un invernadero normal. Está hecho especialmente para rosales Austin. El techo está lleno de pequeñas trampillas que se pueden abrir en función de la humedad, conectadas a ese barómetro. Y los conductos de calor están conectados a un termostato, automático también, claro. Si la temperatura baja por debajo de equis grados, ¡hala! Los conductos se activan. Y si sube demasiado, ¡toma! Se apagan otra vez.

—Madre mía.

—¿Verdad?

Eriksen esbozó una sonrisa ancha.

—¿De qué temperaturas estamos hablando?

—Je, je, algunos secretos me los tengo que guardar.

Cerró la puerta del cobertizo con aire solemne y volvió a poner el candado de combinación cuidadosamente.

—¿Queréis tomar el café en el jardín?

La mujer llamada Marit había abierto la ventana de la cocina.

—¡Lo tomaremos en la terraza! —contestó Eriksen, levantando la voz.

Unos minutos más tarde, estaban sentados en unas cómodas sillas bajo una gran sombrilla, con cafés y tres tipos de galletas sobre la mesa entre ellos.

—Entonces ¿fue a verle la policía? —dijo Myhren, al tiempo que sacaba la libreta del bolso.

—Sí, vino un tío serio y basto, un tipo realmente desagradable.

—¿Para preguntarle sobre Solskjær? Sobre un antiguo compañero de equipo, ¿fue así? ¿Podría explicármelo desde el principio?

—Por supuesto. —Eriksen asintió y se echó un azucarillo en el café.

54

Holger Munch vio a una figura que se acercaba muy despacio al coche, y no se dio cuenta de que era ella hasta que abrió la puerta. Tenía la cara tapada debajo de una gorra y unas gafas de sol grandes, y le apestaba el aliento.

—Joder, Mia, ¿qué te ha pasado?

—Habla más bajo —murmuró, llevándose una mano a la boca.

—¿No irás a vomitar en el coche, espero?

Mia negó con la cabeza y le acercó un cartel enrollado. Munch lo apoyó en el volante y lo desenrolló. Estuvo a punto de sobresaltarse.

—Uau.

El parecido con el chico sueco era llamativo.

—¿A que sí? —murmuró Mia.

—¿La Academia de Arte de Amund Andersen?

—Está en Asker.

—¿Más concretamente?

—En Hvalsbakken. La salida a Holmen. ¿Sabes dónde está?

Munch asintió con la cabeza y arrancó.

Marianne y él habían ido una vez a ver casas por ahí, hacía mucho tiempo. Antiguos y elegantes chalets con jardín, a orillas del fiordo, muy cerca de la capital. Se salían del presupuesto que tenían, naturalmente, todavía recordaba la decepción en la cara de ella en el viaje de vuelta.

—Hay un hotel por ahí, ¿verdad?

Mia asintió con la cabeza y se apartó la mano de la boca.

—El hotel Holmen Fjordhotell. Pero no es por ahí, tienes que doblar a la derecha.

Munch tomó la salida y se dirigió hacia Skøyen.

—¿Cómo puedes saber tanto sobre ese lugar? ¿Has estado allí?

Mia asintió con la cabeza con suavidad.

—Solo de visita. Hace mucho tiempo. Tenía un… conocido, que estaba pensando en ir a estudiar allí, si le daban una beca. No se la dieron. Y entonces no se lo pudo permitir.

—¿Es una academia privada?

Mia bajó la ventanilla y sacó la cabeza.

—Sí. La fundó el pintor Amund Andersen, hace mucho tiempo, creo que en los años setenta. Había heredado un gran chalet de sus padres y necesitaba dinero para la reforma. Algo así.

Sacó la cabeza aún más.

—Ah, vaya puta mierda.

—¿Noche dura, la de ayer?

—No sé cuándo terminó. No recuerdo las últimas horas. Patrick me llevó algo, ni sé lo que era. Veneno puro. No volveré a beber alcohol nunca. Menuda mierda. ¿Los adultos hacen esto voluntariamente?

—Sí, la verdad es que está bastante extendido.

Munch solo se había emborrachado una vez en la vida, cuando tenía catorce años, con el licor de cerezas casero de su padre. Desde entonces no había tomado ni una gota.

—¿Qué piensas, entonces?

Hizo un gesto hacia el cartel entre ellos.

—Tiene que haber algo allí, ¿no?

En realidad, Munch habría querido decirle que se le habían puesto los pelos como escarpias al ver la imagen, pero trató de calmarse. Últimamente habían chocado con demasiados muros. Su mente no iba a soportar otra derrota, no ese día.

—Se parece —dijo, asintiendo tranquilo con la cabeza.

—¿Sí?

—Se parece mucho, pero…

—¿Qué?

—¿Cuáles son las probabilidades?

Mia lo miró con irritación.

—¿Qué quieres decir? ¿Cuáles son las probabilidades de qué?

—¿De que sea nuestro hombre?

Munch se incorporó a la carretera de Drammensveien y se situó en el carril izquierdo.

—Anda ya. ¿Cuáles son las probabilidades de que nuestro hombre, que crea obras de arte con cadáveres, y claramente se excita con lo visual, fuera a una academia de arte? ¿Y pintara a Oliver Hellberg desnudo con un tejón?

—Sí, ¿cuáles son?

—Las probabilidades son…

Se tapó la boca de nuevo y subió la ventanilla cuando el olor a gas de escape de un camión se hizo demasiado fuerte.

—Joder, no sé cuáles son las probabilidades, ¿quieres decir matemáticamente?

—No, quiero decir: ¿cuáles son las probabilidades de que te disfraces de ladrona de una película de animación y por casualidad encuentres un cartel en el parque Vigeland, con la imagen de Oliver Hellberg?

—Escasas.

Se quedó callada hasta que llegaron a la salida hacia Holmen.

—¿Lo que quieres decir es que baje las expectativas? —preguntó al final.

—Sí. Vamos a tomarnos esto con mucha calma. A ver qué nos encontramos. Los últimos días han sido... No soportaría una nueva decepción ahora, ¿sabes?

—Lo entiendo —dijo Mia, asintiendo con la cabeza, y le dirigió una mirada amable.

—Y otra cosa...

Munch señaló la guantera con la cabeza.

—Apestas como un viejo alcohólico. Ahí encontrarás caramelos, creo.

Mia hizo una mueca, pero abrió la guantera, encontró una cajita de Läkerol, se metió cuatro en la boca y se guardó la cajita en el bolsillo de la sudadera.

—Ya estamos —dijo Munch, y apagó el motor.

Podían oír risas y música desde el otro lado del hermoso chalet. Era como la casa de Pippi Calzaslargas, pero con colores un poco más discretos. Había dos chicas con faldas bonitas junto a la entrada, y globos atados a los árboles. Parecía que habían llegado justo a tiempo.

—¿Es hoy? —dijo Mia y volvió a desenrollar el cartel.

—Perfecto —contestó Munch—. Puede que tengan algo de comer. ¿Estás bien? ¿Te mantienes en pie?

Mia salió del coche y se apoyó un poco en el Audi.

—Todo en orden.

—¿Seguro?

—Sí, hombre, tengo veintiún años, no... ¿Cuántos has dicho que tienes?

—Cuarenta y dos.

—Eso. Es una de las ventajas de ser joven. No nos dura tanto.

Se inclinó hacia el asiento del acompañante y apuró la botella de agua que había llevado.

—¿Lista?

—Sí.

—¿No vas a quitarte las gafas de sol?

—No. O sí, vale.

Se las quitó lentamente y puso una mano contra el sol, parpadeando un par de veces, antes de dejarlas en el asiento.

—Así, ¿el jefe ya está contento?

—Tendría que haber traído eso que… ¿Lo de los ojos?

—¿Te refieres a Clear Eyes? ¿Que elimina las venas rojas de los ojos?

—Sí.

—Está prohibido, creo, pero habría estado bien, estoy de acuerdo.

Se metió otra pastilla en la boca y se adelantó, caminando hacia las banderas junto a la puerta de entrada, que estaba abierta.

Dos chicas, de unos diecinueve o veinte años, las dos con faldas vistosas, de colores vivos, les sonrieron cuando llegaron.

—Bienvenidos. El bufet está en el jardín en la parte de atrás. Pueden pagar la bebida dejando dinero en el cesto. Todos los cuadros han sido pintados por los alumnos del último curso y todo está en venta. Si compran algo nos alegraremos.

Recibieron sendas hojas con títulos y precios de todos los cuadros.

—Mira, estamos buscando a una persona —explicó Munch, enseñando su tarjeta de identificación.

Se miraron.

—¿Sí? ¿A quién?

—El que ha hecho este —dijo Mia y desenrolló el cartel delante de ellos.

Las dos fruncieron un poco la nariz.

—¿Él?

—¿Sí?

—Es Emilie quien lo ha hecho.

Munch y Mia intercambiaron una mirada breve.

—¿Emilie?

—Sí, Emilie Skog. Nuestra chica guapa de Vestlandet. La reina de las manzanas.

Las dos sonrieron.

—Vale, ¿y ella está aquí? ¿Emilie?

—Sí, es la que sirve la sangría. La encontraréis delante de una olla naranja, lleva un tocado de Hardanger en el pelo. Es difícil no reconocerla, por decirlo de algún modo.

Unos nuevos invitados llegaron detrás de ellos.

—Bienvenidos. El bufet está en el jardín de la parte de atrás…

Mia lo observó otra vez cuando echaron a andar entre dos filas de árboles de un verde primaveral. Detrás de la casa, la fiesta ya había empezado. Una música alegre salía de unos altavoces colocados en las ventanas abiertas, y unos cuantos jóvenes alegres y arreglados iban moviéndose por el jardín con copas de bebida espumosa.

Emilie destacaba desde su posición tras la mesa; llevaba un majestuoso tocado rojo y negro en la cabeza, con un vistoso cierre brillante en el pecho.

—¿Emilie Skog?

Munch volvió a enseñar su tarjeta de identificación.

—Eh, ¿sí?

—Somos de la policía. ¿Podríamos hablar contigo?

La chica rubia les lanzó una mirada inquisitiva mientras los acompañaba a un lugar algo apartado de la mesa.

—Claro. ¿En qué puedo ayudarles?

Mia desenrolló el cartel una vez más.

—¿Lo has hecho tú?

—Eh, ¿sí? ¿Por qué quieren saberlo?

—O sea que ¿eres tú quién ha pintado esto?

—¿Cómo?

Tardó un segundo en darse cuenta de qué estaban hablando.

—Ah, no. La pintura no es mía. Yo solo hice el cartel.

—¿Y de quién es?

—La verdad es que no lo sé.

—¿Qué quieres decir?

—Lo encontré mientras ordenaba las cosas en uno de los almacenes. Creo que es de un antiguo alumno. Van a tener que preguntar a Amund.

—¿Podemos servirnos o qué?

El que había hablado era un chico sonriente con traje y gafas de sol, que estaba junto a la olla de la sangría.

—No, espera, yo la sirvo.

La chica joven los miró con una expresión cortada.

—¿Es eso todo? Tengo que…

—¿Y dónde podemos encontrar a Amund? —preguntó Mia, echando una ojeada hacia la casa.

—Se ha escondido —contestó la chica—. Está en el cobertizo para botes. Se ha encerrado con una botella de jerez. No le gusta esto de que en breve vayamos a dejarlo. Se pone muy triste. No es tan malo como todo el mundo piensa, tiene un gran corazón.

Emilie Skog sonrió y se llevó una mano a la camisa ornamentada.

—Hola, ¿te importa que…?

—No, no, espera, que voy.

Se giró hacia ellos otra vez.

—Sigan el sendero de ahí, que baja hasta el fiordo. El cobertizo está a la izquierda.

Cincuenta metros más abajo, junto a un embarcadero rodeado de aguas tranquilas y centelleantes al sol, había un cobertizo, una pequeña réplica del chalet de arriba.

—¿Amund Andersen?

Munch llamó a la puerta con suavidad.

—¡Idos!

—¿Podemos hablar un poco con usted?

—¡Largaos!

—Somos de la policía.

Transcurrieron unos segundos, durante los cuales se oyeron movimientos dentro, y después aparecieron una cara vieja y una gran pelambrera blanca en la puerta.

—¿Qué?

—Holger Munch, unidad de homicidios de la policía de Oslo. ¿Es usted Amund Andersen?

—¿Sí?

Los miró confuso bajo el pelo enredado.

—Estamos buscando a la persona que pintó esto —explicó Mia y sujetó el cartel otra vez—. ¿Es de un antiguo alumno?

Amundsen levantó sus gafas, que le colgaban de unos cordones alrededor del cuello, y echó un vistazo a la pintura.

—Oh, mierda. Sabía que le pasaba algo a ese tipo.

—Entonces ¿sabe quién es?

—Desde luego que sí —murmuró el anciano, y salió a la luz del sol con la copa de jerez en la mano.

55

Ludvig Grønlie volvió a su despacho con la taza de té en la mano y se hundió en la silla delante de las pantallas. Anja había suspirado cuando dejó la habitación, y entonces volvió a suspirar, al oír el tono que anunciaba la llegada de un nuevo e-mail.

—Joder, esto no se acaba nunca.

—¿Más cosas de Estocolmo?

—¿Cuántos documentos tienen de este caso? Yo ya no puedo más. Mis estudios me costaron lo equivalente a un velero, y aquí estoy, jugando a ser secretaria. Tenemos que hablar con la dirección, Ludvig.

Anja se reclinó en la silla y abrió un Snickers.

—Te refieres a Munch —dijo Ludvig con una sonrisa, y sopló el té.

—Sí, o a Anette, en realidad es ella la que lleva las riendas de todo, ¿no?

—Depende de cómo definas «todo» —dijo Grønlie, y abrió un e-mail propio; no era tan emocionante, una oferta de agrandamiento de pene.

Grønlie no tenía necesidad de agrandar su pene, ni tampoco otras partes de su cuerpo, pero, cuando quiso borrarlo, le entró la duda de dónde colocarlo.

—¿Cuál es la diferencia entre la papelera y la bandeja de spam, en realidad?

Anja rio en alto y se pasó una mano por el rizado pelo.

—Eres muy mono, Ludvig.

—¿Qué?

—Me recuerdas a mi padre. Él tampoco termina de entender las cosas de la informática. El otro día intenté ayudarle a guardar unas fotos en el escritorio. Lo hice por teléfono, y media hora más tarde, cuando todavía no lo había conseguido, me di cuenta de que pensaba que me refería al escritorio real en el que estaba el ordenador y que había ido a por una carpeta de papel para guardarlas.

—Divertido. —Ludvig tomó un sorbo del té.

—Así que te viene muy bien tenerme, ¿cierto?

La polaca cruzó las piernas encima de la mesa y se llevó las manos a la nuca.

—Me viene muy bien tenerte, Anja.

—Y yo me habría aburrido como una ostra aquí dentro si no fuera por ti, así que ya somos dos.

Le lanzó un beso y volvió a jurar cuando se oyó un nuevo tono procedente del ordenador.

—La madre que lo parió, no queremos saber más de vosotros. Tenemos suficientes documentos de Suecia. ¡Ya no puedo más!

Anja se metió el resto del Snickers en la boca y se limpió las manos en la camisa a cuadros.

De repente, el móvil vibró en la mesa delante de Grønlie. «Munch».

—Hola, Ludvig, tengo algo que urge.

—Dime.

—Necesito que me des todo lo que tengas sobre un tal Frank Helmer.

Ludvig tapó el móvil con la mano e hizo una seña a Anja para que volviera a su pantalla.

377

—Una cosa urgente. ¿Qué tenemos sobre un hombre llamado Frank Helmer?

Anja asintió con la cabeza y se lanzó sobre el teclado.

—Encuentro a dos, uno en Alta, Frank Robert Helmer, jubilado, setenta y un años. Y luego tengo otro, con residencia en Manglerud… Frank Helmer, treinta y seis años. Dos direcciones, una privada y otra de una empresa en Lysaker, de fontanería, según parece…

—¿Estás ahí, Ludvig?

—Estoy aquí, sí, lo hemos encontrado. Doy por hecho que no te interesa un jubilado de Finnmark, así que voy a mandarte lo que tenemos sobre otro en Oslo. Frank Helmer. Hemos encontrado la dirección de un domicilio y otra de una empresa de fontanería.

—Genial, Ludvig. Envíanoslo tanto a Mia como a mí, ¿quieres?

—Ahora mismo.

Anja abrió una lata de Coca-Cola y alzó las cejas.

—Guay.

Ludvig sonrió.

—Me parece que deberías quedarte aquí, Anja.

—Creo que debería hacer esto, sí —contestó, empujándose las gafas hasta el puente de la nariz justo cuando llamaron a la puerta.

—Disculpad.

El psicólogo sueco.

—Siento mucho molestaros, pero Mia no coge el teléfono. ¿Alguien sabe dónde puede estar?

56

Kevin Myklebust, de once años, se encontraba junto a la mesa redonda de la cocina, en el pequeño apartamento al nivel de la calle, sin saber muy bien si debía alegrarse o preocuparse. Por un lado, era una buena noticia que su madre estuviera contenta. Parecía casi radiante allí donde estaba, preparando un poco de pan fresco y unos huevos fritos con beicon. También se había puesto ropa decente y se había maquillado. A esa hora del día, normalmente no llevaba más que un albornoz o seguía en la cama. Pero todo había cambiado, claro, porque ya había un hombre en casa. Un hombre de verdad, no solo un niño pequeño que trataba de serlo. Ulf, el de la grúa, había vuelto a pasar la noche allí. A través de la fina pared, los había oído reírse y hacer planes, planes que en ese momento querían presentarle como si fueran para que él se lo pasara bien, pero él sabía de sobra lo que iban a hacer en realidad y por qué querían sacarlo de la casa.

—Oye, Kevin —dijo su madre con una voz muy dulce, y sirvió café en la taza del hombre que ahora estaba en la casa.

Lo cierto era que Kevin no tenía muchas ganas de estar allí. Se acariciaban y se tocaban, y su madre se comportaba de un modo tan extraño..., se tapaba la boca cuando se reía y se sentaba correctamente en la silla, sin poner los pies encima de la mesa.

Los ceniceros estaban vacíos también, incluso había pasado el aspirador, al menos en la alfombra bajo la mesa de centro que había delante del televisor, por lo general llena de restos. Tampoco tenía hambre. Pero su madre estaba tan contenta que le pareció que debía intentarlo, así que se echó unas huevas de bacalao en un trozo de pan y se lo comió con mucho cuidado, tomando pequeños bocados.

—Oye, Kevin —dijo su madre otra vez, después de acariciarle el brazo y ofrecerle unos azucarillos de un tarro que Kevin no había visto nunca.

—¿Sí, mamá? —contestó Kevin.

—Mira, se nos ha ocurrido una cosa divertida a Ulf y a mí.

Se enderezó en la silla y se ajustó un poco el delantal que había encontrado, donde ponía «La chef más guapa del mundo».

—¿Sí? ¿Y qué cosa divertida es?

Kevin le siguió la corriente, claro. Sabía lo que iban a decir. Los había oído ahí dentro, por mucho que metiera la cabeza bajo la almohada.

—Hemos pensado —dijo mamá, poniendo una mano sobre la mano del hombre llamado Ulf—. ¿No crees que sería divertido ir con Ronny de acampada? Podríais llevaros unas chuches y pasar la noche por ahí. Divertido, ¿no?

—Sí, suena divertido —murmuró Ulf, que tomó un sorbo de café.

—¿Verdad que sí? Quiero decir, podéis llevar linternas. Unas cañas de pescar, quizá. ¿Podríais ir hasta el lago de Gråtjønnvannet? A ver si tenéis suerte y pescáis algo.

Parecía que mamá había olvidado que no tenían tienda de campaña, ni linternas ni cañas de pescar, pero esos detalles quizá no fueran los más problemáticos de su plan.

—No puedo ir con Ronny. Ya no nos dejan jugar juntos.

Se tragó el trozo de pan con huevas de bacalao con un poco de leche.

—Ah, ya me ocupo yo de eso —dijo su madre con una sonrisa tensa.

Tal vez no le hubiera contado todo a ese nuevo hombre, y quizá no fuera de extrañar.

—Voy a hablar con su madre hoy. Nos conocemos de sobra, todo se soluciona hablando, ¿no crees?

—Lo mejor es llevarse bien con la gente —dijo el hombre llamado Ulf, mientras ponía un poco de caballa en salsa de tomate sobre una rebanada de pan que ya había untado en mantequilla.

—Vale —respondió Kevin cuando terminó de tragarse el trozo de pan.

Podía ver la sonrisa en sus ojos, cuando se miraron rápidamente, como a escondidas.

—Qué bien —dijo su madre con una sonrisa.

—Sí, será muy divertido —apostilló Ulf.

—Por mí, sí. Si Ronny puede, claro —dijo Kevin.

Y de verdad lo sentía así. Porque echaba de menos a Ronny. Lo veía en la escuela, pero no era lo mismo, claro.

—Yo me encargo —dijo su madre con una nueva sonrisa, y se sirvió otra taza de café.

Kevin vio su oportunidad, no podía tomar otro bocado de ese estúpido pan.

—Estoy lleno.

—De acuerdo. ¿Qué se dice?

Era una nueva actuación, pero esta vez no entendió qué quiso decir.

—¿Qué...?

—¿Qué se dice, Kevin? Cuando terminamos de comer. ¿Gracias por...?

—Ah, sí, mil gracias por la comida —respondió Kevin, levantándose.

—Acuérdate de dejar al plato en el fregadero —añadió su madre con voz liviana.

Estuvo a punto de decir algo, pero vio su expresión y lo dejó.

Normalmente le decía que dejase el plato en la mesa, ya que lo iba a usar para la comida siguiente, pero hizo lo que le había dicho.

Se ató las zapatillas cerca de la puerta y al final se sintió obligado a decir algo.

—¿Oye, mamá?

—¿Sí, Kevin?

—No tenemos tienda de campaña.

Su madre tuvo un pequeño momento de pánico a la mesa de la cocina, pero enseguida se le ocurrió algo.

—Puedes preguntar al viejo Wennberg, seguro que tiene una tienda, ¿no crees?

«¿El viejo Wennberg?».

Kevin se agobió un poco.

—No sé, mamá…

Ella se levantó y estuvo a punto de echarlo por la puerta abierta.

—Sí, hombre, que no muerde. Y te garantizo que tiene una tienda. Tiene todo tipo de cosas en ese cobertizo.

Le dio unas palmaditas en la espalda, aunque Kevin se quedó algo indeciso en el patio.

El viejo Wennberg.

El dueño de la casa donde vivían.

El que vivía encima de ellos.

Normalmente, mamá decía que estaba estrictamente prohibido visitarlo, porque era un tipo raro, y solo Dios sabía lo que podía hacer a los niños, lo cual tampoco era un problema, porque, si había alguien a quien Kevin no quería ver, era al viejo Wennberg. Le bastaba con oír sus pasos furtivos a través del techo. O los gritos y los ruidos extraños de todas las películas que estaba viendo siempre. Si veía al viejo Wennberg junto a los buzones, prefería dar un rodeo de un kilómetro por el bosque antes que arriesgarse a encontrarse con él.

—Pero, mamá…

—Ulf y yo nos iremos de compras, así que estaremos fuera un tiempo. Me va a llevar al centro comercial de Strømmen Storsenter, ¿sabes?

Mamá se quitó el delantal y lanzó un beso al hombre que se llamaba Ulf.

Strømmen Storsenter.

A Kevin no le habría importado ir.

A menudo había oído a los chicos de clase hablar de ese lugar, había algo así como mil tiendas allí, y tenían todo tipo de cosas, desde helados de crema impresionantes hasta los coches teledirigidos más caros del mundo, y algunos habían ido varias veces, hasta diez, incluso, pero parecía que él aún debía esperar, porque mamá le había cerrado la puerta.

El viejo Wennberg.

Dio una gran vuelta alrededor de la casa y se mantuvo alejado de las ventanas, no quería que el viejo lo viera, y se quedó parado en el camino de grava delante de la puerta.

Había un animal muerto en las escaleras, las patas salían de una bolsa de plástico azul. No podía ver lo que era, tal vez una marta o un visón.

«Taxidermia».

Sabía qué significaba la palabra, porque era lo que ponía en el buzón junto a la carretera.

«Taxidermia de Wennberg».

Significaba disecar un animal muerto, para que la gente pudiera guardarlo en su casa.

Dio un paso hacia delante.

La grava crujió.

Uf, dio un paso de vuelta hacia la hierba.

No.

No quería eso.

Pedir prestada una tienda de campaña.

Entonces se le ocurrió.

¡Era genial!

Si ellos habían hecho un plan para engañarlo a él, no haría falta que él se lo contara todo tampoco, ¿verdad?

Kevin Myklebust esbozó una amplia sonrisa, se escurrió por el sendero tras la casa y echó a correr a través del bosque.

57

Anja fue a buscar las hojas que acababan de salir de la impresora y las fijó en una fila en el tablón.

—Esto es lo que he encontrado —dijo, y dio un paso atrás.

—¿Frank Helmer?

—Sí.

Ludvig se levantó y se acercó a ella.

—¿Y quién es?

—Vete a saber. No tenemos gran cosa sobre él en nuestras bases de datos, pero algo sí.

—¿Había algo en el registro criminal?

Anja vaciló.

—No… o, bueno, parece que de crío no fue un angelito. Peleas, delito de lesiones, algunos robos con violencia, un par de coches robados, pero todo eso antes de que cumpliera los dieciocho, así que no debería figurar en el registro. Hay que borrar esas cosas. —Se sacó una piruleta del bolsillo de la camisa y se la metió en la boca.

—Pero ¿nada después de eso?

—No, aunque aquí hay algo…

Ludvig se limpió las gafas en la camisa y se aproximó a la pared.

—¿Lo ves?

—¿Un juicio?

—Sí, pero solo fue testigo.

—¿De qué se trataba?

—Delito de receptación, tráfico con pastillas y esteroides anabolizantes, pero no él. Parece una confesión, y él testificaba a favor del fiscal.

—Así que llegarían a un acuerdo.

Anja se rio un poco.

—Esa conclusión tal vez sea algo precipitada, ¿no crees?

—¿Si estaba en un entorno criminal?

—Bueno, criminal... El hombre tiene... ¿cuántos eran? Treinta y seis años. Todos los demás delitos imputados tienen casi veinte años. ¿Gamberradas juveniles?

—Sí, sí, aun así...

—Prejuicios, querido Ludvig. —Hizo una mueca y volvió a meterse la piruleta en la boca—. Luego hay unos papeles de los registros Brønnøysund. Montó una empresa en 1992 llamada Helmer Finans. Parece que no le fue muy bien. He encontrado dos solicitudes de entrega de documentación para Hacienda, y en el 93 se declaró en quiebra. Después, nada hasta el 96. En ese año monta otra empresa, Fontanería Helmer, y parece que sigue funcionando en Lysaker, aunque también ahí he encontrado algunas cosas de Hacienda... —Anja echó un vistazo a la pared y regresó a su pantalla—. ¿No lo he imprimido? Sí, aquí está. Una reclamación de pago de impuestos, del año pasado, de hecho, le tocaba pagar unas trescientas mil coronas, y no veo que lo haya satisfecho. Tampoco es mucho. ¿Te ha dicho algo Munch?

—¿De qué?

—¿De Frank Helmer? De por qué estamos investigando a este tipo.

—No, pero parecía importante.

—Y nosotros somos los últimos en enterarnos. —Anja resopló al tiempo que entrelazaba las manos tras la cabeza de nuevo—. No somos más que pequeñas piezas que ayudan a mover las ruedas de la maquinaria.

El psicólogo sueco volvió a pasar por el pasillo, esta vez con el teléfono pegado al oído.

Anja se inclinó hacia Ludvig e hizo un gesto hacia atrás con la cabeza.

—¿El sueco y Mia? ¿Crees que…? —Alzó las cejas.

—¿Qué? ¿Que hayan…? No, me cuesta imaginármelo. Él le sacará veinte años.

—Ya, pero… —Volvió a reclinarse en la silla—. Un tío guapo, ¿no crees? Una pérdida de tiempo dedicarse a la psicología con ese aspecto.

—¿Y qué te parece que debería haber hecho?

—No sé. ¿Modelo, tal vez? De esos que llevan poca ropa. Sobre una piel de oso delante de la chimenea de mi casa.

—No sabía que tenías chimenea.

—Ja, ja, Ludvig. En fin. Un tío guapo. Pero sí, debería tener como mínimo diez años menos.

—¿No estabas saliendo con un chico tú?

Anja dejó escapar un leve suspiro.

—Sí, pero mírame. Me aburre esa gente. Esos tipos legales. ¿Uno que estudia para ser dentista? ¿Qué coño hago yo con eso? Por cierto, ¿a ti también te preguntó?

—¿Quién?

—Anette. Quería ver todos los documentos de Suecia en los que saliera el tío guapo. El sueco. El psicólogo. Pero no encontré ninguno, ¿has visto algo?

—Que yo recuerde, no.

—Vale, pues ella los quiere, en todo caso. Si encuentras su nombre en alguno, me lo envías, ¿vale? Así parece que he hecho los deberes.

—Por supuesto.

—Gracias. —Abrió una nueva lata de Coca-Cola, y se quedó mirándose el tatuaje, el corazón que llevaba en la muñeca—. Estoy pensando en hacerme otro, ¿qué opinas? Otro tatuaje. ¿Cómo lo ves? —Se bajó la blusa del hombro un poco y se giró—. Por aquí podría estar bien, ¿no crees?

—Bueno, ¿por qué no?

—Estoy pensando en poner un Orzeł Biały, el águila blanca. El escudo de armas de Polonia. Una corona amarilla, sobre un fondo rojo. ¿Crees que podría resultar o será un poco…, no sé cómo decirlo, nacionalista, en el mal sentido?

Se levantó y fue con el hombro desnudo hasta el pequeño espejo que colgaba junto a los ganchos.

—Bueno, eres polaca, ¿no?

—Sí, así es. Me lo estoy planteando. Creo que podría estar guay.

Ludvig agarró la taza vacía de té y estuvo a punto de levantarse cuando Anette Goli llegó corriendo por el pasillo y se quedó delante de ellos resoplando, con el móvil pegado al oído.

—¿*Dónde*, has dicho?

Anja sacó la piruleta y estiró la espalda.

Goli tapó el móvil con la mano.

—Abre el *VG*. La edición digital. Ahora mismo.

Volvió al teléfono.

—Sí, Hanne-Louise. Claro, por supuesto. No, faltaría más, estamos en ello, voy a hablar con él ahora mismo. Por supuesto. Vale, te vuelvo a llamar.

—Oh, mierda —dijo Anja mientras Ludvig veía lo mismo en su pantalla.

—¿Qué dicen? ¿Está muy mal la cosa?

Anja escaneó el artículo con la mirada.

—Mal.

—¿Cómo de mal?

Anette Goli, que en condiciones normales siempre mantenía la calma, empujó a la joven polaca a un lado y se quedó delante de la pantalla con la boca abierta.

—Oh, mierda.

«La policía mete la pata en la búsqueda del sospechoso de asesinato y amigo de la infancia de Ole Gunnar Solskjær».

—Oh, mierda.

—Pensaba que Oxen no había encontrado nada ahí arriba.

—Ya, yo también lo pensaba —siseó Goli, pulsando el móvil con fuerza.

—Además lo nombran —dijo Ludvig.

—¿Qué?

—El chico que se lesionó. El de la carrera arruinada.

Anette se acercó a toda prisa a Ludvig.

—¿Dónde?

—Ahí.

—¿Roger Lørenskog? ¿Hemos oído hablar de él antes?

—Que yo sepa, no.

—Sacadme todo lo que haya, todo lo que tengamos sobre el tal Roger Lørenskog. Y organiza un nuevo interrogatorio al entrenador, el de las fotos delante de las flores. Joder, Karl, ¿no puedes hacer tu trabajo, tengo que hacerlo yo todo por ti?

Estaba gritando al móvil, aunque no había contestado nadie.

—Roger Lørenskog, oriundo de Kristiansund. Todo, pero que todo lo que podamos encontrar, ¿de acuerdo?

Goli fue corriendo hacia la puerta mientras introducía un nuevo número en el móvil.

—Ya estoy en ello. —Ludvig asintió con los dedos en el teclado.

58

Encontraron el letrero con el texto «Fontanería Helmer» junto a la entrada de una nave industrial un poco destartalada junto al centro comercial CC Vest de Lilleaker, pero fue más difícil dar con la oficina. Munch se encendió un cigarrillo y Mia volvió a salir del edificio. Ya estaba en mejor forma. Parecía que el agua y, sobre todo, la adrenalina habían ayudado.

—¿Nada?

—No, he llamado a dos puertas, pero nadie ha oído hablar de ellos.

—Qué raro.

—¿Has mirado en el otro lado?

Asintió con la cabeza.

—Las dos puertas de entrada están cerradas con llave.

—¿No era aquí o qué?

Una furgoneta de mensajería de color verde claro bajó por la carretera, se paró delante de la entrada, y un hombre con una camisa verde claro, un poco demasiado ajustada, salió.

—Disculpe. ¿Entrega usted muchos envíos aquí?

—Algunos sí, ¿por qué?

—¿Sabe dónde está Fontanería Helmer?

El chico se rascó la cabeza al tiempo que miraba alrededor.

Munch recordaba con dolor sus días de estudiante, cuando él mismo, durante un breve período, había trabajado para una empresa parecida. Un sueldo muy pobre, y además le habían obligado a llevar la ropa naranja de la empresa y no tenían la talla XXL que habría necesitado por aquel entonces, y que aún necesitaba, por otra parte.

—Me suena —dijo el chico, que metió una porción de rapé bajo el labio superior y volvió a echar un vistazo a su alrededor—. Sí, ahí. —Sonrió y señaló la placa de latón junto a la puerta.

—Muy agudo. —Mia negó con la cabeza—. Pero nos referimos a la oficina en sí, ¿sabe dónde está?

—¿No está aquí? —preguntó el chico—. ¿Si pone el nombre en esa placa?

—Gracias —gruñó Munch, apartándolo.

—No hay de qué. —El chico sonrió, se llevó un dedo a la visera a modo de saludo y entró silbando por la puerta con el paquete que tenía que entregar.

—¿Quizá no exista la empresa? —propuso Mia—. ¿Solo el letrero?

—Puede ser —dijo Munch—. Vayamos mejor a su casa. Recuérdame la dirección.

—La calle Skuronnveien 25, Manglerud.

Mia se puso las gafas de sol y entró en el coche.

—Es muy mono esto, ¿no te parece? —preguntó Munch cuando volvieron a entrar en la carretera de Drammen—. Los nombres de las calles de Manglerud.

—¿Qué quieres decir?

—Quiero decir que es parte de la ciudad de Oslo, pero aun así se han obcecado en pensar que en realidad están en el campo. Calle Centeno, calle Cebada, calle Gramíneas…

—Sí —murmuró Mia, bajando la ventanilla.

—Calle Cercado, calle Arado, calle Trilladora…

—Sí, he dicho que muy bien. ¿Qué es lo que te pasa?

—Estoy intentando pensar.

Munch bajó la ventanilla un poco y encendió otro cigarrillo.

—¿Y en qué ayudan los nombres de las calles de Manglerud?

—Hace muchos años estuve metido en un asunto por ahí.

—¿Qué asunto?

—Un letrero. En un buzón de por ahí. En la calle Trilladora. Importaciones Larsens. Mi trabajo consistía en vigilarlo. Así que allí estuve. En el pueblo dentro de la ciudad, mirando un buzón durante casi una semana.

—¿Y qué pasó?

Cuando pasaron por Skøyen comenzó a llover, y las gotas blandas impactaron en el parabrisas. Munch tiró la colilla y subió la ventanilla.

—Al cabo de seis días llegó un coche y salió un tipo. Se acercó al buzón, quitó el letrero y se largó. Lo seguí hasta una granja en medio de Hadeland, y allí...

Le sonó el móvil. Lo puso en el soporte del salpicadero y pulsó el botón del altavoz.

—Hola, Anette, ¿cómo va todo?

—¿Habéis visto la edición digital del *VG*?

—No, ¿por qué?

—Puto Oxen... —Tenía la voz entrecortada, daba la impresión de que estaba corriendo—. No encontró nada por ahí, ¿verdad? ¿Te dijo algo?

—Por ahí, ¿dónde? ¿En Kristiansund? No, nada, ¿por qué preguntas?

—Ya ha salido por todas partes. Dreyer está furiosa...

—Relájate, ¿qué es lo que ha salido?

—El chico que se había lesionado. El hombre cojo de Finstad. El que dijo que había jugado al fútbol con Solskjær. Resulta que es verdad. Un periodista ha hablado con el antiguo entrena-

dor y, al parecer, ha hecho un trabajo cien veces mejor que nosotros.

—Qué cojones.

—Sí, ¿verdad? Espera dos segundos… —Se paró, cubrió el
teléfono con la mano y volvió, corriendo otra vez—. Vive aquí en
Oslo. Tenemos una dirección.

—Así que ¿tenemos un nombre?

—Sí, Roger Lørenskog.

—¿Qué? ¿Frank Helmer, no?

—No, escúchame un poco. Se llama Roger Lørenskog. Es
de Oppsal. He enviado una patrulla. Te envío un sms con la dirección, ¿vale?

—Ok, gracias, Anette.

Pulsó un botón y colgó.

—Y ahora ¿qué? —preguntó Mia.

—Puto Oxen de los cojones.

—¿Oppsal? Eso nos pilla de paso, camino de la dirección
de Helmer, ¿no? ¿Y si me dejas allí, y vamos cada uno a una casa?

—No, no pienso dejarte sola con un sospechoso.

—¿Qué? Vamos, no tengo trece años.

—Vale, muy bien. Pero no entres, quédate allí sin más, vigilando, hasta que averigüe qué está pasando. ¿De acuerdo?

—Por supuesto.

Munch juró, bajó la ventanilla, metió la mano debajo del
salpicadero, colocó la sirena en el techo, se metió en el carril de la
izquierda y pisó el acelerador.

59

Era la segunda vez que Natalie Sommer iba al psicólogo, y se sentía un poco mejor que la primera, cuando no había hecho más que llorar, apenas capaz de pronunciar palabra. Cuando al final había pedido a su médico de cabecera que la remitiera al psicólogo, esperaba que la atendiese una mujer. Porque sería más sencillo contar toda esa historia —sí, casi estrafalaria— a alguien del mismo sexo. Le habían asignado a un hombre, y entonces había dudado mucho tiempo, pero cuando se decidió a dar el paso resultó que el hombre estaba de baja, y su sustituta era una mujer, y entonces le pareció que era como una señal de que estaba bien. Que ya era hora de que por fin contase a alguien lo que le estaba pasando desde hacía varios años.

En realidad, Natalie Sommer siempre se había visto a sí misma como la persona más normal del mundo. Cuya familia era lo más normal del mundo. Su padre había trabajado en Correos; su madre, en la biblioteca. Era hija única, pero eso podría haber sido lo único que la diferenciaba de sus compañeros de clase y los amigos del vecindario. La casa unifamiliar de la calle Helge Sollies vei de Oppsal tenía un jardín grande y bonito donde ella y sus amigas podían jugar. Todos los días le parecían agradables. Le gustaba ir a la escuela, volver a casa, jugar por las tardes, acostarse y apagar la luz de la lámpara que le había hecho su madre. Su habitación estaba pintada de rosa y se sentía segura en ella, leía libros y cantaba, hasta quedarse dormida. Cuando llegó a la adolescencia y sus amigas comenzaron a frecuentar a chicos del centro de Manglerud, y a beber cerveza y fumar en los bancos en la orilla del Østensjøvannet, a ella no le interesaba. Prefería quedarse en casa. Amaba a su familia. No veía por qué iba a tener que pasar las noches en la calle. Las amigas iban desapareciendo, se iban al extranjero o a otras partes del país, pero Natalie permaneció en Oppsal. La habitación ya no era rosa, y se había instalado en el ático, y durante sus años de universidad vivió allí. Desde su ventana veía los manzanos del jardín mientras estudiaba Magisterio, primero con la especialización de Educación Física y después Educación Especial, porque era lo que le gustaba y lo que había decidido hacer.

Hacía tres años, ya con veinticuatro, le habían dado su primer trabajo fijo de profesora en la escuela de Skøyenåsen. Le había encantado el trabajo desde el primer momento, y le seguía encantando. Enseñaba educación física y actividades al aire libre, y el año anterior el rector le había preguntado si estaba dispuesta a asumir el puesto de profesora de ciencias sociales que había quedado vacante. Y sus días habían pasado de ser bonitos a ser aún mejores. Todavía vivía en casa de sus padres, porque, a fin de cuentas, desde allí solo tenía un par de cientos de metros para ir al trabajo, pero le apetecía algo propio y acababa de encontrar un piso con terraza en Ulsrud por el que había decidido pujar. Nunca olvidaría eso, claro. Porque había estado en el sofá de su casa con el catálogo de la inmobiliaria en las manos. Expectante ante la idea de ir a ver el piso.

Entonces había sonado el teléfono.

—¿Cómo estás hoy, Natalie? —preguntó la psicóloga con amabilidad, y le pasó la caja de pañuelos de papel hacia ella cuidadosamente.

—Bueno, no sé.

Estiró la mano y sacó un par de pañuelos por si acaso, aunque ese día había decidido ser más fuerte. No llorar tanto. Entonces no había conseguido decir nada, no había podido comunicar lo que tenía ganas de contar desde hacía tanto tiempo.

—¿Seguimos donde lo dejamos la última vez?

—Sí, de acuerdo.

Ya empezaba. Natalie se llevó las manos a los ojos en un intento de frenar las lágrimas y de momento consiguió reprimirlas.

—Tus padres se marchaban de vacaciones, ¿no?

—Sí. Era un regalo por el cincuenta cumpleaños de papá. Siempre había querido hacer ese viaje, y ahora iban a hacerlo.

—¿Un viaje en barco por la costa?

Natalie asintió con la cabeza y sollozó un poco, pero las mejillas permanecieron secas, afortunadamente.

—Pero, entonces, ¿cambiaron de planes?

—Sí. Iban a hacer toda la ruta por la costa, de Bergen a Kirkenes. Pero entonces, de forma repentina, decidieron visitar a mis tíos también.

—Y tus tíos vivían en Stavanger, ¿cierto?

Asintió con la cabeza. La psicóloga apuntó algo en el cuaderno que tenía en el regazo.

—Sí, no está lejos de Bergen y llevaban mucho tiempo sin ir, así que les pareció buena idea.

—¿Y fue allí donde pasó?

Natalie volvió a asentir con la cabeza, y tuvo que taparse los ojos.

—Tranquila —añadió la psicóloga con suavidad—. Tómate el tiempo que necesites.

Lo cual no era del todo verdad, ciertamente, y la vez anterior le había resultado un poco desagradable. Aquí estaba ella, llorando, compartiendo sus pensamientos más íntimos, y de pronto la psicóloga había mirado el reloj y había dicho: «Bien, ya hemos terminado por hoy, son 285 coronas. ¿Quieres pagar con tarjeta o en efectivo?».

Después se había quedado en la calle pensando un rato y, en realidad, había decidido no volver. La exposición ahí dentro. Se había abierto ante alguien ajeno a la familia por primera vez en su vida y se había visto extremadamente vulnerable. Casi se había sentido un poco sucia; habían pasado unas semanas, y al final decidió regresar después de todo.

—Ni siquiera sabía que iban a tomar ese barco.

—¿El de la ruta rápida? ¿El *Sleipner*?

—Sí. Recuerdo que estaba viendo la tele cuando de pronto salió la noticia de que había encallado un barco. Dieciséis pasajeros muertos. ¿En Noruega? No podía ser. Recuerdo que fue lo primero que pensé. Por Dios, pobre gente. ¿Aquí, en este país? Un accidente tan importante. No puede ser.

—¿Y cuándo te enteraste de que tus padres iban a bordo?

—Más tarde, esa misma noche, cuando me llamó mi tía.

Al final llegaron las lágrimas, y esta vez no hubo manera de pararlas.

—Tómate el tiempo que necesites, Natalie —dijo la psicóloga amablemente otra vez.

Pero se recompuso, no quería arruinar esta hora también, porque ni siquiera habían empezado a aproximarse al tema que realmente quería tratar.

«El gran secreto».

Unas semanas después, cuando ya había pasado el funeral y estaba sola en la gran casa, a rebosar de flores, fue a hablar con el abogado en su despacho tristón.

—*Tengo aquí el testamento de tus padres. Todos sus bienes pasan a ti. La casa de la calle Helge Sollies vei, la cabaña de Solbergstrand, los dos coches, todo el dinero de las cuentas de ahorro, todo salvo una suma bastante importante que tu madre tenía* guardada en una cuenta propia. Allí hay un millón doscientas setenta mil coronas. Esta suma irá destinada íntegramente a tu hermano, Roger Lørenskog.

—Mi... ¿qué?

—Tu hermano, Roger.

El abogado deslizó las hojas por encima de la mesa hacia ella.

—¿Tengo un... hermano?

Natalie se quedó sentada con el pañuelo de papel en el regazo y sintió cómo volvía a apoderarse de ella la ira que se había acumulado en su interior. ¿Quiénes eran esas personas? Sus padres. Si le habían mentido acerca de eso, ¿qué otras cosas se habían callado? ¿Toda su vida había sido una mentira?

—Entonces ¿no sabías nada?

—No.

—¿Nunca te habían hablado de él, no habían mencionado que existía?

—Ni una palabra.

—Entonces ¿qué hiciste?

La grava bajo sus pies. El viento en los árboles. Estaba nerviosa, mirando la fachada de color rojo oxidado. Pero se había decidido, de modo que tenía que seguir. El hospital psiquiátrico de Gaustad. En Ullevål, en el centro de Oslo. Volvió a sentir ira. ¿Cuánto tiempo llevaba ahí? ¿Tan cerca? ¿Su hermano? ¿Enfermo?

Un enfermero amable le enseñó el camino por los pasillos. Natalie tenía las palmas sudorosas, estaba contenta de no tener que abrir las puertas ella sola. Varias veces estuvo a punto de cambiar de idea, pero luego estaba ahí.

El cuerpo hundido. Bolsas oscuras bajo los ojos. Mirada aletargada. Una sonrisa incómoda e inquisitiva en los pálidos labios.

—Hola, soy Natalie.

—Hola, Natalie. Yo soy Roger.

Y luego, por supuesto, no había podido contenerse, las lágrimas le rodaron lentamente por las mejillas.

—*Estoy tan triste.*

—*¿Por qué?*

—*Por todo. No sé…*

La mirada se desvió hacia la ventana, recogió las piernas bajo el delgado cuerpo y se abrazó a sí mismo como para protegerse.

—*¿Ha… fallecido?*

—*Sí. Siento decirlo.*

—*Qué triste noticia. Siempre me he preguntado cómo sería.*

—*¿El qué?*

—*El día que volviera a buscarme.*

Los días se le mezclaban. Veía a la psicóloga como en una niebla, sentada en su silla, mientras las palabras y los sentimientos le salían a borbotones. Cómo había ido a visitarle casi todos los días a partir de entonces. Él se había resistido, diciendo que no quería ser un problema, pero ella había insistido. Por supuesto que tendría que ir a vivir a su casa. Claro que iban a vivir juntos. Después de tantos años. Todavía eran jóvenes, ¿no? Podían volver a empezar. Recuperar el tiempo perdido. Su mirada junto al seto cuando bajaron del taxi, él con un bolso en la mano, que contenía sus únicas pertenencias.

Narices.

Esta vez se había preparado mentalmente, pero no lo suficiente, según parecía.

La mirada de la psicóloga se deslizó hacia el reloj de pulsera rojo, una señal de que la hora había acabado.

«Son 285 coronas, ¿quieres pagar con tarjeta o en efectivo?».

Estaba ya en la calle, junto a la bicicleta, y el aire parecía diferente.

Más limpio.

Más sano.

«¿Te pongo una hora la semana que viene también, Natalie?».

«Sí, por favor».

¿Estaba feliz?

No, eso no, todavía no, pero al menos estaba en camino. Hacia un lugar mejor.

Esa era la sensación que tenía.

Acababa de llevar la bici hasta el inicio de la calle Helge Sollies vei, el paseo peatonal donde los coches no podían circular, y atisbaba su casa un poco más adelante, cuando un hombre surgió de la nada con una cámara.

—¿Eres Natalie Sommer?

—¿Qué?

Había más gente detrás de él.

Y el sonido de obturadores de cámaras.

—¡Hola, Natalie, mira!

—¿Dónde está tu hermano?

—¡Aquí, Natalie, por aquí!

Coches, antenas, micrófonos, más cámaras, gente con teléfonos; de repente había un enjambre de brazos y piernas, y la llamaban desde todas las direcciones.

Pedaleó lo más rápido que pudo los últimos cientos de metros.

—¡Natalie!

—¡Mira aquí!

—¿Está en casa?

—¿Dónde está Roger?

Un coche negro, dos sombras que se abrían paso por las masas de gente y se acercaban a ella, una mujer alta que llevaba un chándal azul y un joven en traje.

—¿Natalie Sommer? Mi nombre es Fredrik Riis, y ella es Katja. Somos de la policía. ¿Podríamos hablar con usted un momento?

60

La casa de la calle Skuronnveien, 25 de Manglerud era una caja rectangular incolora, un adosado de finales de los años sesenta, cuando la necesidad práctica de viviendas para la población urbana, en constante crecimiento, se había impuesto en todos los sentidos a cualquier criterio de belleza. Tampoco habían cuidado de la casa, al menos no de la parte más alejada de la calle, donde encontró su nombre escrito con un rotulador en una hoja arrugada.

«Frank Helmer».

Mia volvió a llamar al timbre y recordó una vez más aquello que tenía grabado en la cabeza desde primera hora de la mañana. «No bebas alcohol. No es para ti». Había salido de casa sin otra idea que purificar el cuerpo, y ahora se sentía un poco incómoda, con los sobacos sudados bajo la ropa deportiva.

No era el tipo de atuendo que habría elegido para ir a visitar a un sospechoso; ni siquiera llevaba la tarjeta de identificación.

Era él, ¿no?

Tenía que ser él.

El autor del cuadro.

Había pintado al chico rubio con el tejón.

Que sí, joder.

Mia sintió que el corazón le latía con fuerza bajo la sudadera y sonrió para sí, casi no podía esperar a que se abriese la puerta.

Su primer caso.

¿Y ella lo había resuelto en…?

«Vale».

«Tranquila».

«Todavía no lo tienes».

«Borra esa sonrisa de tu cara».

«Compórtate de manera normal».

Pulsó el timbre de nuevo.

«Buenos días, me llamo Mia Krüger. Vengo de la policía. ¿Es usted Frank Helmer?».

Seguía sin oírse nada desde el interior de la casa minimalista.

Mierda, no estaba en casa.

Mia regresó despacio hasta la calle y miró a su alrededor. Podía oír la voz de Munch claramente en su cabeza, el mensaje que le había gruñido antes de seguir a toda velocidad hacia Oppsal.

«No entres, ¿vale? Nadie sabe qué es capaz de hacer este tipo. Tú quédate en las escaleras. Buenos días, buenos días, ¿sí? Finge que te has perdido o que estás vendiendo décimos para la lotería, o lo que sea. Si está en casa, te disculpas con educación, te retiras tranquilamente y nos llamas para pedir refuerzos, ¿vale? Si no está en casa…».

Había mirado su ropa deportiva.

«Bueno, subes corriendo hasta nosotros o haz lo que quieras, pero bajo ningún concepto…».

Sí, sí.

Por un momento había tenido la sensación de estar de vuelta en la oficina del rector.

«Joder».

«¿Era una cortina la que se movía ahí dentro?».

Mia se estiró un poco, se inclinó hacia el suelo y fingió que estaba haciendo estiramientos. Al final no iba a estar tan mal ese atuendo. Nadie hacía caso a una corredora casual por ahí. De hecho, lo había pensado hacía poco tiempo. Si hubiese pasado un hombre vestido de ciclista, con casco y equipo completo, desde el mismo lugar del crimen, un testigo no se habría fijado en él. La ciudad estaba llena de gente así. Era el disfraz perfecto, desde luego.

Sí, joder.

Sí que había alguien ahí.

En la ventana de la planta de arriba.

Mia echó a correr un poco, subiendo por la calle, se giró nuevamente y se inclinó como para atarse los cordones. Ya veía la casa desde otro ángulo.

Una mano.

Una cortina que era echada.

No.

Vale.

No era su parte de la casa.

Era la otra.

Las cortinas tenían un estampado de planetas y estrellas.

Había visto un cubito y una pala pequeña en las escaleras. Un tractor de plástico en el camino de grava.

Un niño.

En la otra parte del edificio.

Se estiró un poco otra vez, apoyándose una mano en la cadera, y volvió hacia atrás unos metros por la calle. Se detuvo. Desde ahí veía mejor las cosas. La parte de atrás. Unos árboles y arbustos, una pequeña arboleda delante de la valla, vieja y derruida, que cercaba el terreno del otro lado.

«Bah, hay que hacerlo».

Dejó la calle y se metió entre los árboles cautelosamente.

Una corredora en apuros.

Que tenía que mear.

En cualquier caso, sería más embarazoso para él que para ella si de repente salía a la desgastada terraza.

«Lo siento, lo siento…».

«Tengo que…».

Echó una ojeada a su alrededor y se acercó con cuidado.

Nadie en la calle.

No había vecinos a la vista.

Ahora podía ver el jardín más claramente.

Bueno, jardín. La «zona que separaba la casa y la valla» sería una definición más correcta.

Ahora tenía la voz de su madre en la cabeza.

Puedes fijarte en el jardín de una casa para saber cómo es la persona que vive en ella. ¿Ves aquello, Mia? Un dedo contra la ventanilla del coche. Depresión, pobreza, o ambas cosas. No, si mantienes el jardín recogido y limpio, consigues muchas cosas. ¿Y tampoco es difícil, verdad? Elige plantas que no requieran muchos cuidados. Las perennes siempre vuelven a brotar, ¿no?

Por aquí no había gente con mucho amor por las plantas. Una mancha de musgo, que alguna vez podría haber sido un césped. Arbustos secos, unas tablas podridas, un par de bolsas de basura amontonadas para tapar un agujero en la valla, en un punto donde casi se había caído por completo.

Mia caminó cautelosamente hacia la valla y se agachó ligeramente. Echó una nueva mirada alrededor de sí, antes de arriesgarse a explorar el lugar. Una puerta de la terraza, con unos escalones que subían. Grandes ventanas oscuras en la planta baja. Tres ventanas más pequeñas en la planta de arriba, todas con cortinas, o telas que las cubrían, por lo menos. Se metió furtivamente entre los árboles y se quedó medio agachada delante del agujero en la valla.

¿Eso no era…?

Se incorporó, estirando el cuello un poco para ver mejor.

Esa puerta no estaba cerrada.

Reconoció la aldaba de la puerta de la terraza. Alguna empresa de suministros habría ganado una millonada solo con estas piezas, porque prácticamente todas las casas que Mia había visitado en su vida las tenían. Encima eran malas. Ellos mismo habían tenido una de ellas en la puerta que daba a la parte de atrás de la casa. El marco se había roto, así que ya no se podía cerrar. No se podía bajar la manija del todo, la puerta se quedaba un poco abierta. Era así cómo entraba y salía a escondidas cuando era adolescente.

Tomó una rápida decisión, se escurrió por el agujero en la valla, atravesó el pequeño jardín agachada y movió la manija tentativamente.

En efecto.

La puerta estaba abierta.

De repente, ya estaba dentro.

Joder.

Vale.

Obligó al corazón a calmarse, apretó los labios para disminuir el ruido de su pesada respiración y entonces lo notó.

El olor.

«No, por favor».

Se subió la camiseta hasta la nariz.

Miró alrededor con toda la calma que fue capaz de reunir. El hombre que no había cuidado de su jardín tampoco tenía predilección por recoger dentro de casa. Un viejo sofá con una mesa llena a rebosar de botellas vacías, platos con restos de pizza, ceniceros. Un cuadro que mostraba a una mujer africana con grandes pendientes colgaba inclinado y no terminaba de cubrir la grieta del empapelado.

Por Dios, ¿qué tufo era ese?

Un televisor. Un aparador con puertas de cristal verde, lleno de basura y papeles. Una mesa redonda. Dos sillas distintas, una a medio pintar. Una caja cuadrada sin tapa junto a la puerta.

«Ah, claro».

Un arenero.

Con más excrementos que arena.

Un gato.

O varios.

Se bajó la camiseta de la nariz y se obligó a aguantar el olor. Allí estaba la cocina, con platos sin fregar por todas partes.

Se acercó con cautela a la entrada.

Un par de botas viejas.

Una alfombra mal colocada.

Una cazadora en el suelo.

Unas fotografías en la pared.

Un coche con rayas.

Humo que se elevaba del asfalto.

Una carrera de coches.

Unos chicos que estaban de excursión.

Un pez pescado.

Dientes relucientes.

Latas de cerveza.

Mia bajó la foto de la pared y volvió corriendo al salón, donde había más luz. Tenía unos brazos alrededor de los hombros.

Y ahí estaba.

«Un tatuaje».

Una mandíbula gris abierta de par en par, con una larga fila de dientes que se extendían por el musculoso brazo.

«El Lobo».

Sacó el teléfono y de repente se sintió muy vulnerable.

El corazón le latía deprisa bajo la sudadera. Saltó el contestador de Munch.

Has llamado a...

—Holger. Es él. Es Frank Helmer. Tiene un tatuaje. De un lobo. Las pinturas. Todo encaja...

Estaba susurrando, pero aun así tenía le sensación de estar hablando demasiado alto.

—¿Bajas aquí? Llámame. Envía a alguien, ¿vale?

Encontró el número de Anette Goli, y estuvo a punto de moverse cuando se dio cuenta de algo.

Mia se giró, y se quedó casi inmóvil en medio del sucio suelo.

¿Dónde estaban todas las pinturas?

El hombre era artista, sabía pintar, ella lo había visto, la imagen del chico con el tejón tenía una belleza fascinante, y si no hubiera conocido la historia detrás, bien podría haberse dejado atrapar por los trazos de pincel y la luz.

¿Nada en las paredes?

Solo un cuadro cutre con un valor de cincuenta coronas, que parecía haber sido sacado de un contenedor.

No, eso no encajaba.

Se oyó el ruido de un coche en el camino de grava y se quedó tiesa. ¿Era…?

No, era la familia de la casa de los vecinos. Un pequeño niño salió de un salto con una sonrisa, con la enfadada madre pisándole los talones. Sacaron bolsas de la compra del maletero. Poco después podía oírlos desde el otro lado de las finas paredes. Un día normal. Volvían del trabajo. Era la hora de la cena.

«Mierda».

Ahí no podían estar.

Buscó el número de Anette otra vez, pero dudó de nuevo.

¿Un tatuaje?

Cualquiera podría tener uno.

Pero ¿eso y el cuadro?

¿Cuáles eran las probabilidades?

Que no, joder, tenía que ser él. Con tal de que diera con…

Una puerta a medio abrir, que conducía a unas escaleras sumidas en penumbra. Claro.

A escondidas.

Así era como trabajaba.

En el sótano.

«Efectivamente».

Mia devolvió el móvil al bolsillo de la sudadera y bajó con sigilo por los chirriantes peldaños.

61

M unch podía oír los sonidos de los obturadores de las cámaras a su espalda, mientras rodeaba a la aterrada mujer con el brazo y la conducía al interior de la casa, grande y bonita.

—Yo soy Munch —dijo cuando por fin estuvieron dentro—. Venimos de la policía. ¿Ya conoce a Katja y a Fredrik?

La chica rubia miró a su alrededor.

—Sí, hola. ¿Alguien puede explicarme qué está pasando?

—¿No ha leído la prensa?

Munch hizo un gesto como para invitarla a subir por las escaleras y dejar atrás el angosto pasillo. La joven mujer asintió con la cabeza y subió los anchos escalones delante de él. Parecía a punto de desmayarse.

—¿La prensa?

Podría tener unos veintipico años, iba bien vestida, con una camisa blanca planchada y un chaleco rosa, una falda que le llegaba hasta las rodillas y un par de zapatos que había olvidado quitarse en medio de la confusión. No aparentaba ser una de esas personas que llevaban los zapatos puestos en el interior de su casa, porque todo estaba muy bien recogido ahí dentro.

Munch se sorprendió tanto que estuvo a punto de olvidarse de seguirla hasta el sofá. El suelo estaba pulido y, tal y como rezaba el dicho, que en esa casa no era una exageración, tan limpio que se podría haber comido directamente en él. Las ventanas estaban tan limpias y brillantes que daba la impresión de que el montador las había instalado diez minutos antes. Los libros de las estanterías estaban organizados en función del color de los lomos. El sofá parecía recién limpiado, y la alfombra persa bajo la reluciente mesa tenía pinta de haber llegado hacía nada de la lavandería. Sobre la superficie de cristal, había un jarrón con lirios blancos recién cortados. Marianne lo llevaba de vez en cuando a ferias de decoración de interiores en Fornebu, pero ninguna de las exposiciones que había visitado se asemejaba siquiera remotamente a eso.

Se miró los zapatos, embarrados y feos, y se los quitó nada más subir las escaleras.

—¿Qué ha ocurrido? —preguntó la chica, y se quedó confusa en medio de la sala, con la cara vuelta hacia las masas de gente del exterior.

Munch pasó discretamente por delante de ella y corrió las cortinas.

—¿Tal vez quiera sentarse? ¿Quiere tomar un vaso de agua?

Habló como si fuera su casa y no la de ella, pero lo había visto desde el primer momento.

Estaba en estado de shock.

La chica no sabía ni dónde se encontraba.

—Sí, por favor —respondió y se hundió al fin en el sofá, de un inmaculado color mostaza.

Munch entró en la cocina y encontró un vaso en un armario. En el interior del mueble, no le sorprendió ver que todo estaba organizado con precisión militar. Volvió al salón.

—¿La prensa? —dijo la chica otra vez, mirando la habitación con el vaso de agua delante de la boca.

—He venido para hacerle algunas preguntas sobre Roger Lørenskog. ¿Es su novio?

—¿Cómo?

Todavía no había tomado el primer sorbo de agua; el vaso seguía congelado en el aire delante de ella.

—Roger Lørenskog —dijo Munch nuevamente—. ¿Es su marido? ¿Su novio?

Por fin espabiló un poco, y entendió la pregunta.

—¿Roger?

—¿Sí?

—¿Qué quieren de Roger?

—¿Es su marido?

Probó el agua, por fin estaba presente, y negó ligeramente con la cabeza con una leve sonrisa en la cara.

—No, no. Es mi hermano. O medio hermano.

Fredrik y Katja ya habían subido y se sentaron en sendas sillas en el otro extremo de la habitación, y Munch se acordó de las razones que lo habían llevado a contratarlos para su equipo. No como el puto elefante que andaba pisoteándolo todo y ni siquiera era capaz de hacer su jodido trabajo. Munch lo dejó pasar. Se ocuparía de Oxen más tarde.

—¿Qué quieren de él?

Por suerte, la chica se había despertado y había recuperado el color de las mejillas; el vaso ya estaba vacío sobre la brillante mesa delante de ella.

—Empecemos presentándonos como es debido —dijo Munch con cortesía—. Yo soy Holger, mis colegas se llaman Katja y Fredrik, como ya sabe. ¿Y su nombre?

—Natalie. —La chica asintió con la cabeza—. Natalie Sommer.

—¿Lørenskog, no?

Esbozó una sonrisa triste.

—No. No teníamos el mismo padre.

—¿«Teníamos»? —preguntó Munch, mirando de soslayo hacia atrás, donde Fredrik se encogió de hombros.

—Sí.

—¿Como en…?

—Roger está muerto —dijo la chica, casi en un susurro—. Se quitó la vida. Hace seis meses.

62

Mia descendió hacia la oscuridad y notó que los chirriantes peldaños cedían bajo su peso de un modo desagradable. El corazón le palpitaba con más fuerza cuando se detuvo a mitad de camino para que sus ojos se acostumbrasen a la falta de luz. Una vez abajo, estuvo un rato buscando a ciegas un interruptor, pero no encontró nada en las frías paredes de ladrillo del estrecho pasillo, así que cerró los dedos alrededor de la manija y abrió la puerta del sótano con cuidado.

Una habitación alargada.

Sin ventanas.

El olor era más fuerte ahí dentro, olía a algo podrido, resultaba casi punzante, quizá otro arenero de gato en algún lugar.

No, eso era peor.

Volvió a cubrirse la nariz con la camiseta y dio unos pasos cautelosos. Pasó la mano por la pared a ambos lados de la puerta y se sintió aliviada cuando sus dedos dieron con lo que estaba buscando. Un interruptor, y después una centelleante luz comenzó a despertarse lentamente en los tubos fluorescentes del techo.

Se sobresaltó al verlos.

Los gatos.

Colgaban de una cuerda del techo, atados de las patas traseras. Había tres.

El arenero de la planta baja estaba lleno.

¿Dónde estaban todos los gatos?

Cuelgan del techo.

Aquí en el sótano.

Mia apretó los labios e hizo de tripas corazón. Luchó contra un deseo instintivo de dar media vuelta y subir corriendo hasta la luz del día, al aire fresco. Respiró con calma y registró la estancia con la mirada. Suelo de cemento. Unas alfombras sucias. Una gran manta encima de una de ellas. Una mesa de metacrilato con herramientas encima. Una pequeña sierra. Un martillo. Un cuchillo largo y fino. Un punzón. Un rollo de sedal. Unas agujas. Hilo de coser de tres colores distintos. Un par de guantes de jardín. Cajas de cartón en un rincón. Muchas. De color marrón claro. Cerradas con celo azul. Colocadas ordenadamente unas sobre otras. Otra puerta en el otro extremo de la sala. Blindada. Mia no se atrevió ni a pensar qué podría haber al otro lado, pero al menos había hecho todo lo posible para prevenir que alguien lo viera. Una placa de acero la reforzaba por fuera. Un gran travesaño de metal. Un candado potente.

Vale, Mia, aquí no puedes estar.

Sal de aquí.

Llama a Munch.

Un escritorio en una esquina. Una lámpara de lectura verde de IKEA, una imitación de un diseño de los años setenta. Atravesó el suelo con cuidado y la encendió, pero la bombilla no funcionaba. Montones de hojas. Un plato roto, una vieja rebanada de pan, a medio comer. Un laptop negro, un modelo antiguo, medio abierto, que no estaba conectado a ningún cable. Levantó un sobre de la mesa y lo levantó a la parpadeante luz. *Frank Helmer, calle Skuronnveien, 25*. El logotipo en la esquina superior derecha.

Hospital de Gaustad.

Psiquiátrico.

Vale.

Las cosas ya iban encajando.

Devolvió el sobre con cuidado y miró a su alrededor otra vez.

¿Pero dónde estaban los cuadros?

¿Los caballetes?

¿Los colores?

¿Los pinceles?

¿Lo había dejado?

¿Sería esa la razón?

¿Después de la academia de arte?

¿Lo habían echado, y entonces él lo había dejado por completo?

¿Había dejado de pintar?

¿Convirtiendo los sueños en realidad?

Tal vez.

Había una relación allí.

¿O no?

En todo caso.

Había algo allí que…

Acababa de sacar el teléfono del bolsillo cuando lo vio.

En la parte superior de una esquina.

Una cámara.

Mierda.

Todo había salido demasiado fácil.

Demasiado sencillo entrar.

La puerta de la terraza abierta.

De repente se oyó un crujido procedente de la planta de arriba.

Mia se quedó inmóvil.

Prestó atención.

No.

Sí, joder, ahí estaba otra vez.

Alguien se movía.

Pero despacio.

Para que no se diera cuenta.

Unas imágenes se materializaron en su cabeza mientras trataba de acordarse. ¿Ahí arriba?

¿Había visto cámaras allí? ¿Y cuánto tiempo llevaba ahí ahora? ¿Veinte minutos, tal vez? De repente se dio cuenta.

Él no vivía ahí.

El olor.

La comida pasada.

Echó un vistazo rápido a la puerta reforzada y asegurada con candado.

Eso sería otra cosa.

Un lugar que vigilaba.

Cámaras.

Arriba y abajo.

La había visto entrar.

Y ahora estaba ahí.

Volvió a crujir.

Reconoció los crujidos de las tablas.

Las escaleras.

Estaba bajando.

Despacio.

Mierda.

Mia miró a su alrededor, pero no vio nada en ningún sitio, no había dónde esconderse o por dónde escaparse, no había ventanas. Estaba encerrada y la única vía de escape era la puerta por la que había entrado.

La manija que bajaba lentamente, y luego, de golpe, un haz de luz impactó en su cara, y oyó una voz profunda y ronca.

—¿Quién cojones eres?

Mia levantó las manos delante de los ojos; la luz de la linterna la estaba deslumbrando.

—Lo siento, debe de ser un malentendido.

Se acercó.

—Ah, ¿sí? ¿Te ha enviado Boromir?

—¿Qué?

—Vacía los bolsillos.

—Vale, relájate.

Mia bajó las manos, la luz le cegaba los ojos. Sacó los bolsillos de la sudadera y se dio cuenta tarde del engaño.

Un bate atravesó el aire.

La había engañado.

Había conseguido que dejara la cabeza desprotegida.

—Le das recuerdos de mi parte.

Mia tuvo el tiempo justo de sacar las manos de los bolsillos y levantarlas delante de ella desesperadamente.

Antes de recibir el impacto del primer golpe.

63

Munch se encontraba en la terraza con el teléfono pegado al oído. Le llamaba Ludvig Grønlie. En realidad, estaba desesperado por fumar, pero no llegó a encender uno, porque ¿dónde tiraría la colilla? El jardín parecía incluso más recogido y pulcro que el interior de la casa. Le recordaba en algo a una mansión inglesa, incluso el mantel que había encima de la mesa bajo la sombrilla estaba recién planchado. Volvió a meterse el paquete en el bolsillo de la trenca cuando Ludvig regresó.

—No, no lo encuentro en ningún sitio…

—De modo que ¿no está registrado como fallecido?

—No, En absoluto. Según mi pantalla, sigue vivo y coleando. Roger Lørenskog, nacido el 18 de marzo de 1973. Vive en la calle Helge Sollies vei, 3, en Oppsal.

—En efecto, estamos aquí. ¿Puede ser un error?

—¿A qué te refieres?

—¿Un error del sistema?

—Es posible, claro. Pero sería la primera vez que ocurre, que yo sepa…

—De acuerdo. —Munch suspiró—. Tendrás que averiguarlo. Aunque tengas que acudir en persona al archivo para sacar ese papel. Si el tío sigue vivo, quiero ser el primero en enterarme, ¿vale?

—El caso es que sí está vivo —dijo Grønlie cautelosamente.

—Quiero saber si hay algún error. En los impresos de los forenses. Si se produjo un suicidio hace seis meses en esta dirección. Si es verdad. ¿De acuerdo?

—Claro —respondió Grønlie, y cortó la llamada.

Munch sacó otro cigarrillo del paquete y al final se lo llevó a los labios. Miró al interior del salón, donde Fredrik Riis estaba con el cuaderno de apuntes abierto y la chica sentada en el sofá delante de él. Se sacó el mechero del bolsillo y echó un vistazo al teléfono, sobre todo para asegurarse de que siguiera en modo silencio. No paraba de sonar, y había querido procurar que no hubiera ruidos molestos alrededor de la chica. Mia lo había llamado varias veces y, además, le había enviado un mensaje. Munch estaba a punto de leerlo cuando de repente llegó otro.

Joder…

«Atrapada en el sótano. Está en casa. Ven».

Munch agarró la puerta y la abrió.

—Tengo que irme.

Lo miraron con sorpresa, pero él no se dio cuenta, porque ya estaba bajando por las escaleras, olvidándose de que se encaminaba a la guarida del Lobo, donde lo esperaban los fotógrafos y los periodistas. Bueno, ya no había vuelta atrás.

«¿En el sótano?».

Juró en voz baja y atravesó el jardín lo más rápido que pudo.

«Niña de las narices, le había dicho claramente que no…».

Cámaras y micrófonos.

—¡Munch!

—¿Ya tenéis al sospechoso?

Los despejó con un gesto de la mano y tomó asiento al volante. Agarró la sirena, la puso en el techo y arrancó. Hubo cierto ajetreo entre la gente que iba tras él. Pudo ver que varios coches se pusieron en marcha, y puertas que se cerraban de golpe.

Joder, joder.

Pisó el freno.

Una señora mayor con un perro estaba cruzando la calle a paso de tortuga.

—¡Apártese!

Golpeó el volante, dio un bocinazo y pasó tras la señora lentamente.

«Vale. Tranquilo, Holger».

Un barrio residencial.

Con todo el cuerpo del periodismo nacional pisándole los talones.

Se quedó atascado de nuevo, esta vez por tres críos que iban en bici. Dio otro bocinazo, se subió a la acera y entró a todo gas en la calle Haakon Tvetersvei, tratando de recordar el camino por el que había venido.

Skøyenåsen.

Bajando a la calle Østensjøveien.

¿Tenía que bajar hasta el centro comercial de Brynsenteret?

¿Entrar en la E6?

¿Y subir a la altura de la estación de metro de Manglerud?

¿O había otro modo de llegar?

Piensa, Holger.

«Piensa».

Buscó la radio y empezó a gritar al micrófono a pleno pulmón. Luego tuvo que parar en seco otra vez. Otro pensionista, esta vez un hombre.

Munch agitó la mano febrilmente.

—Aquí la central.

—Soy Foxtrot 13, Munch. Necesito ayuda urgente.

—De acuerdo 13, ¿dónde estás?

—Junto a la escuela de Østensjø, pero no es para mí.

—De acuerdo, 13, ¿qué es lo que quieres y dónde lo quieres?

El anciano por fin había atravesado la calle, por lo que Munch pisó el acelerador y se metió entre los coches, que afortunadamente habían visto la sirena y estaban haciéndose a un lado.

—La dirección es la calle Skuronnveien, 25, Manglerud, repito: Sierra, Kilo, Uniform...

—Recibido, 13.

—¿Tenemos algún coche cerca?

—Tengo dos coches patrulla en el cruce de Ryenkrysset. Por un asunto de un coche robado. Han parado al conductor...

—Que lo dejen. Redirigidlos de inmediato. Tengo a una agente atrapada en una casa con un sospechoso. Su vida está claramente en peligro. Repito: su vida está en peligro.

La voz de la central desapareció unos breves instantes.

—Ya tengo la confirmación de los coches Foxtrot 20 y 23, misión en Ryen concluida, se dirigen a la dirección indicada, la calle Skuronnveien, 25.

—¿Cuánto tiempo?

La voz volvió a desaparecer un momento.

—Llegada estimada en cuatro minutos.

—Bien, diles que se den prisa. Y tienen el visto bueno para usar las armas.

—¿Puedes repetir ese último mensaje, 13?

Putas normas y regulaciones. Las armas estaban permitidas, pero estaban guardadas bajo llave en el maletero y solo podían sacarlas bajo órdenes expresas. Cómo se habrían reído en el centro de Los Ángeles.

—¡Que sí, joder! Visto bueno para usar las armas. Tengo a una agente en peligro mortal, ¿no te has enterado?

—Mensaje confirmado. Foxtrot 20 y 23, uso de armas personales concedido. La llegada estimada es ahora dentro de tres minutos y treinta segundos.

—¡Que vayan cagando leches!

Munch soltó el micrófono y metió el coche en la rotonda. Frenazo. Un BMW blanco estuvo a punto de chocar con un Volvo rojo.

—¡Largaos de aquí, joder!

Tranquilo, Holger.

Procuremos no matar a nadie.

Echó una ojeada al espejo retrovisor y ya podía verlos claramente.

Los coches con los logotipos.

NRK.

TV 2.

VG.

Dagbladet.

Bueno, es lo que hay.

Ella era lo más importante en ese momento.

Por supuesto.

Mia, Mia, Mia.

«¿Qué andas haciendo?».

Por supuesto, era culpa suya, otra vez. Por contratar a alguien directamente de la academia.

—Muévete, que te reviento la…

Un camión con el logotipo de IKEA, parado en el semáforo del cruce que llevaba al centro comercial de Manglerud, bloqueaba el paso. Munch metió marcha atrás, giró el volante y entró en el carril opuesto. Otro coche tuvo que frenar de golpe delante de él. Una cara aterrada de una mujer a través del parabrisas, y entonces pudo ver y oírlos, el 20 y el 23, con sirenas aullando y bajando hacia él. Munch consiguió entrar en la calle Plogveien y se pegaron a él. Una caravana de sirenas azules y de coches de la prensa, mientras la gente los miraba con la boca abierta desde las aceras.

Joder, Mia.

Tuvo que bajar la velocidad.

Otra urbanización.

Señales en ambos lados.

«Niños jugando».

Tenía los nudillos blancos en torno al volante, y tuvo que controlarse para no pisar el acelerador a fondo.

Vamos.

Vamos.

Vamos.

Afortunadamente, ese tramo de la calle estaba despejado.

No, hostia.

Una guardería al completo.

Filas de críos con chalecos amarillos; llevaban a algunos adultos de la mano y estaban a punto de llegar al paso de cebra.

No, no.

No podía esperar a que pasaran.

Bajó la ventanilla, alzó la voz todo lo que pudo y agitó la mano.

—¡Quietos! Quietos, ¿vale?

Los empleados de la guardería se sobresaltaron más que los niños.

—¡Quedaos quietos! ¡No paséis!

Vale.

Conocía este tramo muy bien.

Ahora tenía que pasar por delante de la parada de autobús.

Doblar a la derecha.

Y luego solo quedaban un par de cientos de metros.

Por fin.

Pegó un frenazo y el coche se detuvo en diagonal en medio de la calle. Abrió la guantera y sacó la pistola.

Vale.

¿Protocolo?

Esperar.

Hacerse una idea global de la situación.

A la mierda con todo eso.

Ella estaba en peligro ahí dentro.

¿Entraría por la puerta principal?

¿O por la puerta de atrás?

Los otros dos coches policiales pararon derrapando detrás de él. Las luces azules parpadeaban, iluminando la vecindad. Cuatro agentes salieron, con cuatro caras un poco confusas, y al momento apareció una cadena de vehículos detrás de ellos; periodistas y fotógrafos salieron por las puertas. Munch se inclinó tras el coche e hizo una seña a los agentes para que se acercasen.

—Es la mitad derecha de la casa. Tengo a una agente atrapada en el sótano. El sospechoso está ahí dentro con ella. Quiero que vosotros entréis por atrás, por la puerta de la terraza que veis allí. Y vosotros dos entráis por delante, reventáis la puerta si hace falta...

No le dio tiempo a decir nada más.

Primero uno de los agentes de la policía.

Luego otro.

Tenían los ojos desorbitados, alguien le dio unos golpes en el hombro, señalando la terraza de la casa que estaba sin pintar.

Durante los siguientes tres segundos, se quedó con la boca abierta y sin moverse.

La puerta se abrió de golpe y salió un hombre de unos treinta y pico años, con una camiseta de tirantes, un tatuaje en el hombro, la cabeza rapada, con la mano apretando una cara que parecía ensangrentada. Corrió como si el diablo lo estuviera persiguiendo, saltó la barandilla, tropezó al aterrizar, echó una mirada aterrada hacia atrás y se puso en pie con torpeza de nuevo.

Porque allí estaba ella.

«Mia».

Como una pantera saliendo por la puerta, volando por encima de la barandilla. El hombre acababa de ponerse en pie cuando llegó ella por detrás y le golpeó en plena espalda.

El hombre soltó un berrido y cayó al suelo, con la ágil chica encima.

Munch reaccionó de manera instintiva, corrió cuanto pudo, saltó la valla y clavó la pipa de la pistola en el cogote rapado.

Los agentes seguían boquiabiertos junto a los coches.

—¡Traed unas esposas de una puta vez!

Mia estaba resoplando delante de él. Le sangraba la boca, y llevaba un brazo flácido sobre el pecho.

—¿Estás bien?

Asintió con la cabeza.

—Frank Helmer. Quedas arrestado por los asesinatos de Ruben Lundgren y Tommy Sivertsen.

64

La oficina estaba sumida en silencio, pero se respiraba un ambiente de excitación a la vez que de alivio en los pasillos. Ludvig Grønlie miró el reloj de la pared y luego su teléfono. Prácticamente no había hecho otra cosa en las últimas cuatro horas, y tal vez fuera el momento de llamarla de nuevo. Eso sí, dudaba de que fuera a servir de mucho. La mujer con la que había hablado en el archivo, muy seria, casi se había mostrado reacia a ayudarle. Le había recordado a una bibliotecaria que habían tenido en Nordstrand cuando era pequeño, que echaba rapapolvos a los niños cuando olvidaban el carnet. Era implacable, y al final los niños preferían llevarse los libros a escondidas, para luego devolverlos del mismo modo. Se había imaginado esa cara al oír la agria voz del teléfono. «Bien, entonces tendrá que rellenar el formulario AR-18, aportando los documentos adjuntos ARF-1 y 2, y le llegará la respuesta en un plazo de tres semanas, normalmente». ¿Tres semanas? Grønlie había tenido que recurrir a su voz más severa, algo que no solía hacer muy a menudo, y preguntarle si había visto las noticias últimamente. Ese caso era de interés nacional, y necesitaba la respuesta en menos de dos horas como mucho. La conversación se había producido hacía dos horas.

Llamaron a la puerta con suavidad, y Katja asomó la cabeza.

—¿Estás ocupado?

—No, no.

Le hizo un gesto para que tomara asiento en la silla de Anja, quien ya había salido. Katja le caía bien. No tenía muy claro por qué siempre vestía ropa deportiva, como si fuera miembro de las Spice Girls o estuviera a punto de ir al gimnasio, pero ¿qué sabía él de moda? Él mismo tenía más o menos el mismo aspecto desde hacía treinta años, y no tenía intención de renovar su estilo. No antes de que la tienda donde compraba quebrase y tuviese que ir a otro sitio, lo cual le recordó que tal vez debería comprar algo en breve, un par de camisas y unos calcetines nuevos, por lo menos, para mantener la vieja tienda de ropa con vida. Estaba amenazada, igual que el resto de los comercios de su barrio, por todas estas franquicias que habían invadido el país.

—¿Te has enterado o no? —preguntó Katja, se sacó una pelota antiestrés del bolsillo y la hizo rodar en una mano.

Grønlie asintió con la cabeza.

—Ha sido difícil evitarlo, ¿no crees?

—Por Dios, nunca había visto a Munch tan enfadado.

Había estado presente en la sala de descanso. A punto estuvo de caérsele el café encima cuando empezaron los gritos, porque hubo un follón importante en el despacho de Munch. Una diatriba corta que duró unos pocos minutos, y después salió Oxen con las orejas gachas y la cara roja como un tomate. Fue derecho al escritorio, donde metió todas sus pertenencias privadas en una caja de cartón y se largó.

—Tú te habrás alegrado —dijo Ludvig con una sonrisa.

—Ah, sí, por Dios, lo echaré mucho de menos. Un tipo muy amable. Erudito. Cortés con las mujeres. Te lo digo en serio, Ludvig: una provocación más y le habría…

Levantó la mano en el aire y apretó la pelota antiestrés con fuerza.

—¿Cómo era el lugar?

—¿El sótano de Frank Helmer?

—¿Sí?

Katja negó levemente con la cabeza.

—Había cosas extrañas. Como en una película de terror. Gatos muertos colgando del techo. Manchas en el suelo. Tuvimos que usar una radial para abrir la puerta cerrada. Dijiste que había testificado en un caso de tráfico de sustancias ilegales hace poco, ¿no? ¿De nuestro lado?

Ludvig volvió a asentir.

—Entonces era eso.

—¿El qué?

—Todo lo que encontramos ahí dentro. Pastillas. Cajas llenas de ellas. De todos los tamaños y formas. Esteroides anabolizantes, sobre todo, pero también medicamentos. Rohypnol, entre otras cosas…

—¿Lo mismo que se utilizó para anestesiar a los niños?

—En efecto, pero no estoy segura. Lo dicho: había cantidades ingentes, pero nuestro hombre había necesitado más de una caja. Esto era algo más grande, más organizado. Creo que iba de eso, que esa fue la razón por la que testificó para nosotros.

—¿Para deshacerse de un competidor?

—Algo así.

Katja volvió a meterse la pelota antiestrés en el bolsillo y se levantó.

—¿Vienes o qué? Fredrik ya ha preparado todo en la sala de reuniones. Tenemos conexión directa con la sala de interrogatorios. Van a empezar en breve. Solo estamos esperando a su abogado.

—Enseguida —contestó Ludvig y volvió a mirar el reloj, bajó la nota amarilla del tablón y marcó el número.

Después de mucho tiempo alguien contestó.

—Sí, soy Ragnhild.

—Sí, hola, soy Ludvig Grønlie, llamo otra vez de la unidad de homicidios de Mariboesgate.

Se oyeron ruidos de fondo, gritos de niños en un polide-
portivo.

—¿Es consciente de que llama fuera de horario? —replicó
la agria voz lacónicamente.

—Sí, pero como le decía antes, necesito una respuesta ya.
¿Ha encontrado lo que estaba buscando?

Hubo un silencio, como si en realidad quisiera colgar, pero
al final hizo un esfuerzo.

—Sí, le he enviado la respuesta.

—¿Qué quiere decir?

—Tendrá el certificado de defunción en su correo.

—De acuerdo. De modo que ¿está muerto, seguro?

Se oyeron unos gritos de júbilo y el silbato de un árbitro,
como si hubiesen marcado un gol.

—Sí. He tenido que buscar un poco, pero al final lo he encontrado. No sé qué pudo pasar. Uno de los nuestros tuvo que
olvidarse de introducir los datos en el ordenador.

«Efectivamente». Y Ludvig tenía una idea bastante clara de
quién podía haber sido.

—Pero está muerto, ¿sí? ¿Roger Lørenskog?

—Está muerto, sí. Y la información ya está disponible en la
base de datos, ya me he ocupado de introducirla.

«Qué bien. Que al final hayas hecho tu trabajo».

—De acuerdo. Muchas gracias.

Pulsó el botón y colgó.

Vale, bien. Ya estaba hecho.

Ludvig estiró los brazos hacia el techo y se levantó de la silla.

Ya podía ver que habían empezado ahí dentro, con Katja y
Fredrik sentados cada uno en una silla, Munch junto a la pantalla,
y Frank Helmer y el abogado al otro lado de la mesa. Entró en la
sala de descanso en busca de una taza de café y volvió a la sala de
reuniones con el café en la mano.

—¿Cómo va todo?

—Chist, acaban de empezar.

—¿Cuánto tiempo pasó como alumno en la Academia de Arte de Amund Andersen?

—¿Qué?

El hombre de la cabeza rapada bufó un poco.

—¿Dónde, dice?

Munch le deslizó una hoja por encima de la mesa.

—¿Es cierto que pintó usted este cuadro?

—¿Eh?

Helmer se rio y se volvió hacia su abogado.

—¿Pintar? ¿Está mal del coco o qué? ¡Si ni siquiera sé dibujar monigotes!

65

Kevin Myklebust ya estaba vestido y sentado en el sofá, esperando que su madre sacara de las bolsas las cosas que había comprado en el centro comercial de Strømmen Storsenter. Parecía que Ulf se había gastado mucho dinero en ella, y ahora iban a cenar bien también. Lasaña. Ulf sabía prepararla, con su propia receta, con láminas de pasta auténticas y salsas auténticas. No iba a ser la típica lasaña precocinada que comprabas en la Coop, para después añadir agua, que era lo que su madre había hecho aquella vez que lo había intentado. Kevin había dejado de esperar que fuera a haber algo para él en la bolsa. Porque así era a veces su madre, se olvidaba por completo de preguntar qué quería él, aunque se lo hubiera dicho varias veces, cuidadosamente, por última vez cuando los había acompañado hasta el coche.

«Un coche teledirigido».

Había intentado introducir la idea en historias a escondidas, para que no fuera tan evidente, para que no pareciera que estaba mendigando, porque, si había algo que su madre no soportaba, eran los mendigos. No había mendigos donde ellos vivían, pero en Oslo, sí, y no trabajaban ni hacían otra cosa, simplemente estaban ahí sentados, mintiendo y mendigando, y luego usaban el dinero para comprar casas caras en Rumanía, cuando a gente como ella, una auténtica noruega, casi ni le daban el subsidio por desempleo.

—He hablado con Ronny, tiene muchas ganas de ir de acampada esta tarde. Es una faena que el coche teledirigido que tiene esté roto, porque queríamos haber jugado con él. Habría sido divertido, pero, bueno, supongo que son cosas que pasan.

Ella había salido de la ducha con una toalla alrededor de la cabeza.

—¿Te parece que debería cortarme el pelo?

—¿Qué?

—¿Allí? ¿En el centro comercial? Seguro que hay peluqueros mucho mejores, ¿no crees?

—Sí, seguro que son habilidosos.

Y un poco más tarde, cuando estaba probando ropa delante del espejo.

—¿Qué ropa crees que hay que llevar para ir al centro comercial, Kevin?

—No estoy muy seguro, mamá.

—Una falda, ¿será demasiado, crees? No quiero destacar, en plan, «mira esta cómo va con su falda».

—Es bonita esa falda. Me gustan las lentejuelas, destellan bajo la luz.

—No, por Dios, en qué estaba pensando, no me voy de fiesta. Mejor unos vaqueros y una camiseta, ¿no crees? ¿Quizá el jersey negro de cuello alto? En plan, informal pero al mismo tiempo elegante, ¿no?

—Buena idea. Me recuerda al jersey que tenía cuando era pequeño, ¿te acuerdas de él? Era azul y llevaba la imagen de un coche. Y entonces Ivar solía jugar a teledirigirme, y yo tenía que correr de un lado para el otro, a la izquierda, a la derecha, frenaba, iba marcha atrás. Tenía que hacer lo que él mandase.

—Ya sabes, Kevin, que no hablamos de Ivar en esta casa. Bien, ya lo tengo. ¿Las gafas de sol grandes? ¿Unos vaqueros ajustados, un jersey negro de cuello alto y esas gafas de sol? También podría recogerme el pelo en un moño con palo, algo en plan Angelina Jolie, ¿te parece?

—Sí, mamá, eso te quedará muy bien.

Había hecho un último intento cuando entraban en el coche. Ulf tenía la mirada rara, igual que muchos de ellos. Querían estar con su madre, al menos un tiempo, y él no paraba de estorbar.

—Vale, que lo paséis bien. Disfrutad. No vale tener accidentes, porque cuando tú estás puedes recoger los coches averiados, pero ¿quién te buscaría a ti si tienes un accidente? Entonces no vendría nadie. Yo os teledirijo.

Se había colocado delante del coche, como si tuviera un mando a distancia en las manos, pero no lo habían mirado. Ulf había echado un vistazo hacia atrás, y mamá estaba maquillándose en el espejo.

Y no había nada en las bolsas.

—¿Cuándo viene Ronny? —preguntó su madre con impaciencia, mirando el reloj de la pared junto al frigorífico, como si pudiera hacerlo funcionar con la mirada.

—Vendrá a las siete.

—Vale, ya no queda apenas nada.

Se acercó a él y le pinchó en la mejilla, como siempre hacía cuando iba a pedirle algo.

—Kevin, cariño, qué bien te lo vas a pasar de acampada esta noche. Pero escucha. ¿No puedes esperar fuera o junto a la carretera? Tengo que meter toda la compra y arreglarme un poco, no puedo tener estas pintas cuando venga el supercocinero, sería el colmo ya. ¿Te importa?

—Vale, mamá.

Se levantó del sofá y se colgó la mochila.

—Pasadlo bien, entonces.

—Gracias, mamá.

Afortunadamente, no estaba lloviendo fuera.

7

66

Munch, con la trenca puesta, esperaba en la puerta de la gran oficina de la esquina de la quinta planta, en el edificio de la policía de Grønland. Por primera vez en mucho tiempo tenía la sensación de haber sufrido una especie de derrota. Había dormido fatal. Había dado vueltas en la cama, se había levantado varias veces, había caminado de un lado a otro, inquieto, en el salón. Se había golpeado las dos espinillas con la nueva mesa de centro que había comprado Marianne. Había redecorado la casa, había comprado muebles nuevos. Así pasaba el tiempo, ¿y quién iba a culparla por ello? Él apenas había pisado su hogar en las últimas semanas.

En la placa dorada de la brillante puerta se leía «Hanne-Louise Dreyer, directora». Claro, había que ponerlo así de chulo. Y ella lo hacía esperar, naturalmente, para que se hundiera en la miseria un rato ahí fuera. Había volado demasiado cerca del sol, quemándose las alas, y ahora se encontraba en caída libre. En el quiosco de la calle Borggata, las primeras planas pregonaban sus titulares; era la segunda vez en poco tiempo que Munch conseguía que ella pareciera poco profesional. Él también daba la misma impresión, claro, pero a él le importaba un pimiento lo que pudieran decir esos palurdos. No así a ella.

Hanne-Louise Dreyer. La dragona. Él era inocente de algún modo, por extraño que pudiera parecer. De verdad había pensado que esta vez quizá le habían puesto una jefa que le cayera bien, pero no, tampoco había sucedido en esta ocasión. Por supuesto que no. Era peor que los anteriores. Por decirlo claro, no podía ni verle la cara. Representaba lo opuesto a todo lo que él había luchado por conseguir a lo largo de casi veinte años. Ni siquiera era policía. Había estudiado Economía y Derecho. Y, bueno, a saber qué otras cosas.

La habían contratado desde otro cargo directivo, «para reconducir el desorden en la comisaría de Oslo de una vez». ¿«Reconducir»? Munch juró entre dientes, arrepintiéndose de no haberse fumado otro cigarrillo antes; su cuerpo ya estaba pidiendo más tabaco a gritos. «¿Reconducir, cabrona?». ¿Qué dirección pensaba ella que habría que tomar? Eso no era una puta correduría de seguros, o la empresa que fuera donde la bruja había trabajado antes, donde solo importaba una cosa. Beneficios. Pasta. Generar un superávit para accionistas que ya estaban forrados. ¿Se suponía que ese era el objetivo de la policía? Putos políticos e hijos de puta avariciosos. Munch había ido a la conferencia que había dado a los subdirectores en todo el distrito, y todo, sí, no exageraba, había tratado sobre coronas y peniques. Ahorrar por aquí. Ahorrar por allí. Menos de esto. Menos de lo otro. Y luego todos los putos lameculos que andaban sueltos por todas partes, con sus uniformes relucientes, como si la ropa que llevaban tuviera alguna importancia. No había podido reprimirse. «¿Qué hacemos entonces con las más de veintisiete mil denuncias de robos y hurtos que se produjeron en Oslo el año pasado, un 85 por ciento de las cuales fueron archivadas? La gente, apaleada en la calle, robada, con la puerta del coche forzada, yendo por las calles con miedo, ¿vamos a pasar de todo ello, es eso lo que dice? El año pasado nos dieron 2,5 billones o algo así, ¿verdad? Y aun así no conseguimos solucionar estos casos. ¿Dónde dices que debemos ahorrar? ¿Y por qué? Todos los estudios muestran que cuanto más dinero dediquemos a la policía, más se beneficia la sociedad. ¿Por qué cojones habría que ahorrar?».

Tal vez fuera cosa del taco. O el mero hecho de abrir la boca. Sea como fuere, la dragona no había olvidado aquella humillación.

—¿Tu madre no te enseñó que siempre hay que leer la letra pequeña de todos los contratos?

Anette Goli se lo había dicho la noche anterior, después del jodido interrogatorio con Helmer, en el que no habían hecho ningún progreso.

—¿Qué letra pequeña? ¿Qué cojones estás diciendo?

—Una entidad propia, sí. La libertad de emplear a personas de confianza, sí. Dirigir la investigación a tu gusto, también. Pero ya sabrás que nos evalúan en agosto, ¿no? ¿Y que hay algo que se llama «presupuestos»? Entiendo que piensas que se puede vivir del aire y del amor, Holger, pero ¿quién crees que preside la comisión? ¿Quién crees que decide cuánto dinero nos dan el año que viene?

—¿La dragona?

—Creo que deberías dejar de llamarla así, pero sí. Dreyer está en la comisión de evaluación, sí. Y en la de los presupuestos. Por tanto, vamos a hacer lo siguiente, ¿de acuerdo? Mañana a las nueve quedas con ella en la puerta de su despacho. Bien vestido. De buen humor. No te estoy diciendo que tengas que lamerle el culo. Bueno, sí, es exactamente lo que te digo. Si ella te dice «salta», tú saltas. Si te dice «túmbate», te tumbas…

—Vale, vale…

—Mañana a las nueve. Y ponte algo bonito. No te haría daño que fuera una camisa y una corbata por una vez.

El reloj marcaba las nueve y diez.

«Deja que espere un rato».

«Enséñale quién manda».

Por un momento sopesó la posibilidad de levantarse y largarse a la calle, al sol, fumarse un cigarrillo o dos. Joder, tenía cosas que hacer, un caso por resolver, ¿no?

Munch se metió un chicle de nicotina en la boca y sintió un escalofrío al hincarle los dientes. ¿Quién cojones pensó que eso era una buena idea? ¿Preparar algo que sabía a tubo de escape y menta para que la gente dejara de fumar? Putos idiotas. Escupió el chicle en la mano, lo pegó discretamente debajo del sofá y se limpió la boca con un trago de agua de un vaso de plástico junto a la fuente.

«Camisa y corbata, vamos».

Acababa de sentarse cuando la puerta se abrió y la dragona asomó la cabeza.

—Holger Munch. Ahí estás. Pasa, pasa.

¿Una fachada amable, pero dominada por un calculado cinismo interior? ¿Acaso toda esa gente no era igual?

¿Los directores?

¿Los líderes?

¿Qué clase de gente conseguía ese tipo de puestos, y por qué?

Porque eran fríos, cínicos, egoístas, se les daba bien subir escalones a costa de los demás, ¿no era así?

Vale, respira un poco.

«Piensa en los presupuestos».

Munch trató de obligarse a sonreír y entró en el ostentoso despacho. Vistas sobre la ciudad. Un enorme escritorio de teca. Una silla alta, que recordaba ligeramente a un coche de Fórmula 1.

¿Qué tal si empezaba recortando gastos ahí dentro, en lugar de hacer sufrir a la gente de fuera?

Hizo un esfuerzo por tranquilizarse y, con buena cara, tomó asiento en la silla que ella le ofreció.

—¿Quieres algo? ¿Un café? ¿Un té? ¿Tal vez un agua con gas?

—No, gracias, estoy bien.

—¿Quieres una caracola?

Le pasó un platito por encima de la mesa.

—No, no, ya sabes, tengo que pensar en mi salud.

Se dio unas palmaditas en la barriga.

—Bueno, Holger, en fin. ¿Por dónde empezar?

Se reclinó en la silla y juntó las puntas de los dedos.

—Tú me dirás. Tengo un poco de prisa, así que te agradecería que…

La amable cara asumió su auténtica expresión, con la mirada fría y la mandíbula apretada, y señaló los periódicos que tenía en la mesa delante de ella.

—De esto sí que vamos a hablar. Un asalto a un hombre inocente. ¿Con armas? ¿En pleno día? ¿Delante de todos los periodistas de la prensa nacional? Quiero decir, es algo muy fuerte, incluso tratándose de ti. ¿Y quién es esta estudiante de la academia a la que me dicen que has contratado? Es ella la que aparece en la imagen, ¿verdad?

Levantó uno de los periódicos delante de él.

—¿Una cosa tan inapropiada? ¿En una operación callejera? No, no, Holger, esto es una pena. Si parecía todo tan prometedor. Innovador. Esta nueva unidad. Es muy triste tener que desactivarla después de solo un año…

—Déjame que te…

—Ya llegaremos a eso —dijo la dragona, y se puso la agradable sonrisa nuevamente—. Pero primero necesito el informe que te llevo pidiendo desde hace… ¿dos semanas ya? Vamos a empezar por el principio.

Abrió una carpeta que estaba encima de la mesa.

—Lo dicho, tenemos…

—Nos quedaremos aquí hasta que yo te diga, Holger. Y después, ya veremos qué pasa. ¿Vale? Seguro que Anette te ha informado de que Kripos ya está sobre aviso para hacerse cargo del caso. Solo hace falta una llamada mía para ponerlo en marcha.

Por cierto, Goli es increíblemente competente. Creo que deberíamos buscarle un puesto mejor. Bien. Entonces, este tal Frank Helmer, ayer lo interrogasteis durante varias horas, ¿cierto?

—Cierto.

—Hazme un resumen.

Munch suspiró y se desabotonó la trenca.

—Encontramos un cuadro que recordaba a los lugares del crimen.

—¿Un cuadro?

—Sí. En un cartel que nos remitió a una exposición. Allí nos confirmaron que lo había pintado Frank Helmer, por lo que registramos su casa en Manglerud.

—Quieres decir que entrasteis por la fuerza sin más. Sin ninguna prueba. Sin los papeles necesarios. ¿Eres consciente de que puede quedar en libertad simplemente por no haber seguido el procedimiento correcto? Eso, siempre que sea el hombre al que estamos buscando, pero según parece, no lo es, ¿es eso correcto? ¿No es nuestro hombre?

—Mi colega estimó que había una sospecha razonable, por lo que decidió entrar en la casa con el fin de asegurar pruebas.

—Muy bien. ¿Qué tipo de sospecha?

—Una fotografía.

—¿Que vio desde fuera o cómo?

—Sí.

—¿Una fotografía de qué, en concreto?

—De Helmer. Y de un tatuaje que lleva. Mostraba un lobo en el hombro.

Dreyer esbozó una sonrisa un poco irónica.

—Sí, eso he leído. Que estáis buscando un lobo. Que mata cuando sale la luna llena, ¿es así? O se convierte en un lobo, ¿es esa la teoría? ¿Con colmillos y todo eso? Un tanto rebuscado, ¿no crees, Munch?

—Si me dejas expl…

—Sí, cómo no. Me contengo.

—Mi colega…

—Te refieres ahora a Mia Krüger, ¿cierto?

—Sí.

—La estudiante de la academia.

—Sí.

—Que sacaste de allí antes de que hubiera terminado los estudios, el entrenamiento, el año obligatorio de prácticas que todos los agentes de policía deben realizar, para que podamos ver cómo funcionan con la gente y dónde encajan, si es que lo hacen, en esta profesión tan importante para la sociedad, ¿correcto?

Asintió con la cabeza.

—Gracias, solo quería confirmarlo. Continúa.

—En el sótano encontró gatos muertos, una habitación cerrada con llave, y estaba a punto de abandonar el edificio y, siguiendo el protocolo, llamar a su superior, es decir, a mí. Entonces fue sorprendida por Helmer, quien la atacó con un bate de béisbol.

—¿Y a partir de ese momento, ella se impuso a él, lo persiguió a través de la casa y le dio una paliza en su propio jardín, ante la atenta mirada de todos los periodistas?

—Correcto.

Dreyer suspiró y negó con la cabeza.

—¿Y qué sacaste en claro del interrogatorio?

—Que no es el autor del cuadro.

—¿No?

—No.

—¿Y qué más?

—Tampoco estudió en la academia de arte referida.

—Y eso, ¿cómo lo sabes?

—Fuimos anoche hasta allí. Con una foto suya. Negativo. No es el hombre que estudió en la academia, por lo que tampoco es el autor del cuadro.

443

—Pero ¿el estudiante se hacía llamar Frank Helmer?

—Sí.

—¿Y tenemos a otros Frank Helmer que puedan encajar con esta descripción? Porque esta vez sí llevasteis un dibujante hasta allí, ¿no? ¿Para aseguraros de que, la próxima vez que dejéis que alguien asalte a un sospechoso, se parezca al hombre que estamos buscando?

Munch cogió la indirecta. Lo cierto es que tenía razón. La culpa era de él.

—No hay más gente con ese nombre, no. Y sí, hemos enviado a un dibujante hasta allí.

—¿De modo que estuvo allí bajo un nombre falso?

—Sí.

—Sigue siendo un poco rebuscado todo esto, ¿no crees? ¿Una pintura? ¿A quién se le ocurrió la idea? Oye, ese cuadro se parece a los chicos muertos, vayamos a apalear al tipo que lo ha pintado.

—Fui yo —dijo Munch con voz queda.

—Vale. —Dreyer suspiró y tomó un sorbo de café—. Dentro de lo malo, resulta que este Frank Helmer no era un ciudadano de bien que habría podido demandar al Estado por el suceso. Resulta que es un… traficante. ¿Es eso lo que creemos?

—Pastillas, esteroides. —Munch asintió—. No sabemos si es un traficante o un mero intermediario que se ocupa del almacenamiento, pero se lo hemos pasado al equipo de Andersen, lo están investigando ahora.

—De acuerdo, muy bien. ¿Eso quiere decir que vais a eliminar a Helmer de la lista de sospechosos?

—No, no del todo.

—Ah, ¿no?

—Frank Helmer fue paciente del hospital psiquiátrico de Gaustad en varias ocasiones.

—¿Y esto es importante porque…?

—Porque encaja con nuestro perfil del autor del crimen. Y también con el intervalo de tiempo transcurrido entre los asesinatos en Suecia y los nuestros. Creemos que podría haber estado ingresado en algún lugar.

—Un poco rebuscado, pero vale. Entonces ¿por qué…?

Munch se inclinó hacia delante y puso un dedo en el periódico.

—Este hombre.

—Ah, sí. —Dreyer suspiró—. Lo tengo en mi lista, ¿enviasteis a un agente hasta Kristiansund? ¿Y no fue capaz de recoger la información que necesitabais? Lo tuvo que hacer el *VG*. Quiero decir, Munch, que…

—Asumo la responsabilidad de ello —dijo Munch—. Y el agente en cuestión ya ha sido despedido.

Dreyer lo miró un momento, como si estuviera preguntándose si de verdad lo decía en serio o quizá si él tenía potestad o no para tomar ese tipo de decisiones.

—Bien, pues. Pero, vamos, ¿Ole Gunnar Solskjær? Eres consciente de que los periódicos van a montar un follón gordo con esto, ¿no? Nos van a hacer parecer idiotas totales.

—Sí, me doy cuenta. Pero era relevante.

—¿Relevante, por qué?

—Dos chicos describieron al autor de los hechos; habían estado con él en el campo de fútbol de Finstad. Cojeaba. Describió su lesión como algo que le había impedido hacer carrera en la élite del fútbol.

—¿Y lo creísteis?

—No necesariamente, pero merece la pena seguir todas las pistas, y esa era la única identificación de los testigos que teníamos.

—Vale, ¿y eso os llevó o, mejor dicho, llevó al *VG* hasta ese hombre?

—Eso es. Roger Lørenskog.

—¿Y dónde está ahora?

—Está muerto. Suicidio.

Dreyer negó con la cabeza otra vez y soltó la carpeta encima de la mesa con un suspiro.

—¿Qué es lo que tienes, Munch? ¿Cuatro tonterías? ¿Bobadas? ¿Historias de miedo inventadas sobre lobos que corren bajo la luna llena, y viejos amigos de legendarios jugadores de fútbol que primero cojean y luego se quitan la vida? No, esto no procede. Te iba a preguntar cómo un atracador de bancos en silla de ruedas pudo haberse visto involucrado antes de presentarse en el bosque donde se encontraron los cuerpos, pero creo que he oído ya suficiente.

—Con tal de que…

Levantó la palma de la mano y se reclinó en la silla nuevamente.

—Voy a ser completamente sincera, Munch. No me gustas. Nunca me has gustado. Y no solo porque pareces y te comportas como un dejado, sino porque no muestras respeto a tus superiores. No hay sitio para gente como tú en mi organización. Tal y como yo lo veo, eres una vergüenza para nosotros. Pero… —se quitó las gafas y las abrillantó con un pañuelito que tenía delante— repasé tus archivos, y has tenido un porcentaje llamativo de casos resueltos en los últimos años, casi del cien por cien, de modo que…

Volvió a ponerse las gafas.

—Dispones de treinta segundos. Para convencerme. ¿Por qué debería dejar que sigas? ¿Por qué no debo levantar el teléfono y llamar a Kripos ahora mismo?

Munch se inclinó hacia delante. Giró dos de los periódicos, para que ella los viera.

—Roger Lørenskog. Y Frank Helmer. Los dos con problemas psicológicos. Ingresados en el hospital de Gaustad, por distintas razones. Al mismo tiempo.

—¿Y eso por qué es importante?

Munch reprimió la irritación y se encogió de hombros.

—Alguien se hace pasar por Frank Helmer. Y al mismo tiempo da a entender que es Roger Lørenskog. ¿Crees que es una casualidad?

Ella se calló, ahí sentada en su alta silla.

—¿Habéis estado allí?

—Es adonde voy ahora. Tengo un coche esperándome en la calle.

Otro silencio marcó la severa cara.

—Te doy dos días. Y quiero informes de todo esta vez, y con eso quiero decir cada detalle, ¿queda claro?

—No hay problema —dijo Munch, que asintió con la cabeza.

Ella lo mandó salir con un ademán impaciente.

—Muy bien. Puedes irte.

Munch se levantó de la silla y se metió un cigarrillo entre los labios.

Dejó la puerta abierta tras de sí al salir.

67

En aquella reunión, Camilla había pensado que el hombre del otro lado de la mesa estaba loco. O por lo menos que estaba mintiendo. Primero había estado segura de que solo lo decía para que se sintiera mejor, porque era lo que solían hacer en el hospital.

«Esto va a ir bien, Camilla».

«Estás haciendo grandes progresos, Camilla».

—Te he conseguido un trabajo. ¿Quieres eso, Camilla? ¿Volver a la sociedad?

¿Ella? ¿Trabajar?

Camilla había salido de la policlínica ese día con el estómago lleno de mariposas.

Nunca había tenido un trabajo.

Había dejado de estudiar a la edad de dieciséis años y desde entonces había estado metida en el sistema. Ingresada.

Durante cuatro años.

En realidad, no podía hacer eso. Nadie se quedaba ya ingresado cuatro años en Gaustad. Tiempo atrás sí, cuando ataban a los pacientes con tiras de cuero y los lobotomizaban. En ese mismo hospital. Que ahora se había convertido en su casa. Bueno, no en su casa, claro, no era más que un lugar para estar, un lugar seguro para todo el mundo, cuando las voces en su cabeza comenzaban a superarla.

Cuatro años.

Días amodorrados bajo los efectos de las pastillas, siempre nuevas. Y, aunque al principio se había resistido, al final había cedido. Porque funcionaban, al menos para quitarse de encima todas esas caras que tenía en la cabeza. Las que no querían dejar de llorar y algunas veces se convertían en grandes bocas que le gritaban que hiciera cosas que en realidad no quería hacer.

Y, cuando las pastillas dejaban de hacer efecto, la encerraban. Ya no se llamaba «aislamiento». La «unidad de seguridad», lo denominaban. «Para su propia seguridad y la de los demás». Y entonces se quedaba allí un tiempo, hasta que averiguaban lo que le había pasado y le daban nuevos medicamentos.

Y volvía a la planta una vez más.

A la niebla.

Donde caminaba por los pasillos.

Sin sentir nada.

Enero, febrero, marzo, abril, mayo, junio, julio, agosto, septiembre, las cortinas de velur verdes, el colchón blanco, la foto del perrito mono que había recortado de una revista, las tostadas del desayuno, que eran siempre las mismas, que procuraban que se comiera, mira, qué bien Camilla, y ahora un poco de zumo, octubre, noviembre, diciembre.

Pero luego.

Un día.

En realidad debería saber su nombre, porque era él quien le había ayudado con todo, en realidad. ¿Egil?

No, no era eso.

Pero algo así.

Algo que empezaba por E.

A Camilla se la daba fatal recordar los nombres.

Había leído en algún sitio que eso también era una enfermedad; no tan grave como las otras, sino una muy leve e inocente.

«Dislexia de nombres».

No era como las otras que estaban recogidas en su historial.

Había muchas.

Una tras otra.

Llenaban las hojas.

Esto

no

va

a

ir

bien.

Podrían haberlo puesto así, claramente.

Total.

Podrían haber terminado con eso ya.

«Para ahorrar problemas a todo el mundo».

Pero luego había aparecido ese hombre. Nuevo en la unidad. Con ideas diferentes de las que habían tenido los anteriores. Y habían vuelto a ponerle medicinas nuevas. No, eso no era correcto, le dieron menos cantidad que antes, eso era. Y así, cada vez menos, hasta que al final ya casi no tomaba nada, y siempre estaba ahí ese hombre, y otros que venían con él, la mujer de los rizos, la que era un poco más joven, con las gafas minúsculas, nuevas conversaciones, diferentes, y luego se había producido el milagro.

—Te hemos conseguido un apartamento propio, Camilla. Y, a partir de la semana que viene, te vamos a trasladar a la policlínica como paciente de día, ¿qué te parece eso?

Eeeeeeh…

¿¿Cómo??

Los primeros días había estado aterrada, claro, sola en el mundo, pero la había ayudado el hecho de que estuviera tan cerca, que pudiera volver cuando quisiera.

Y, más tarde, al cabo de unos meses.

«¿Te apetece, Camilla?».

Rema 1000.

Su primer trabajo.

Y ese día la habían llamado.

La llamaban ya casi todos los días.

—Llegan las mercancías dentro de treinta minutos, Camilla, ¿puedes venir?

Por supuesto que podía ir. Las primeras veces estaba nerviosa también allí y había estado a punto de darse media vuelta en el parque, pero los pies la habían llevado casi automáticamente, aunque la cabeza y los pulmones no estuvieran por la labor.

Se había obligado a sí misma a aguantar los primeros días.

«En formación».

Todavía era lo que ponía en su placa identificativa, que llevaba sobre el pecho. Una camiseta azul marino con las letras de Rema. Unos pantalones azul marino, un poco tiesos, del mismo color. Le gustaba el uniforme. Primero había pensado que destacaría demasiado en la tienda, que se vería demasiado, así que había pedido a su jefa no llevarlo.

¿Cuál era su nombre?

¿Berit?

¿Bente?

Lo que fuera.

Su jefa había sonreído y había dicho: «Sabes que toda la gente que trabaja con nosotros tiene que llevar uniforme, pero no te hace destacar, en realidad te hace invisible. La gente no se fija en tu cara cuando llevas el uniforme puesto, ven el uniforme y suponen que ya saben quién eres. Policía, cartera, empleada en una tienda… Piensan: "Ajá, ahí hay un empleado, no es una persona", así que te conviertes en alguien anónimo para ellos. ¿Es eso lo que quieres?». Sí. Era justo lo que quería. No quería hablar con la gente. Tal vez otra vez, pero ahora no. «¿No crees que fue por eso por lo que inventaron los uniformes para empezar? En el ejército, por ejemplo. Si matas a alguien, no matas a una persona, a un chico de diecinueve años, que acababa de dejar su casa para convertirse en contable. No, es mucho más fácil con el uniforme. Mira, ahí está el enemigo, no es un ser humano». Su jefa era sabia. Hablaba de muchas cosas diferentes. Y era muy comprensiva y amable, casi como si supiera quién era Camilla. Había encontrado la placa al final. La había fijado a la camiseta, casi como una medalla. «Mira, ahora ni siquiera te van a preguntar dónde están las cosas. Nadie pregunta a una empleada con una placa en la que ponga "En formación", no quieren perder el tiempo. A la gente no le gusta esperar, ¿te has dado cuenta? Incluso los que quieren irse a casa para no hacer nada odian esperar cuando van a la tienda. Odian hacer cola, si se abre una caja nueva, corren dando codazos para llegar los primeros, empujando a abuelas, pisoteando niños; "bien, lo he conseguido, no he tenido que esperar dos minutos más de la cuenta", y luego derechos al sofá para echarse seis horas delante del televisor. ¿No te parece extraño?».

Eran tres.

Las personas que la habían formado.

La jefa.

¿Belinda era su nombre?

No, se parecía más a esas letras de color menta que flotaban y a veces saltaban del agua cuando pasaban unos pajaritos volando.

¿Beatrice?

Sí, eso era, ¿no?

Algo así.

En cualquier caso.

La jefa.

Y el hombre que solo tenía un brazo.

Y la pequeña con el pelo lacio que no sabía decir S. «Zopa de tomate, zopa de coliflor, zopa de fruta, ¿vale? Todaz laz zopas eztán por aquí. La zección de paztillaz de caldo de carne empieza aquí».

Era fácil aprender eso.

Se había quedado con todo enseguida.

En general no era difícil.

Era como si ese trabajo hubiera estado esperándola justo a ella. Y ahora estaba riéndose de todas las caras tras los escritorios. Reuniones breves, reuniones largas, y después se añadían nuevas palabras, una tras otra, al final de las hojas.

Hay

muchas

razones

para

pensar

que

la

paciente

nunca

volverá

a

ser

una

persona

funcional.

Eeeeeeeeeh…

Los hemos engañado, ¿o qué?

Intentó, como buenamente pudo, no hablar consigo misma en alto. Por ejemplo, cuando reponía patatas fritas y palomitas y virutas de queso y barritas saladas y Coca-Cola y refrescos de limón y cerveza de jengibre y leche desnatada, semidesnatada y entera, y nata para montar y nata para cocinar y nata desnatada, pero de vez en cuando se le escapaban algunas palabras aunque no quisiera, porque eso era para celebrarlo, y solo una vez unos adolescentes lo habían comentado, que hablaba en alto, pero entonces había sacado el móvil y había hablado un poco en él, y con eso parecía que todo estaba en orden, y no había razones para sentir pánico. Ya no. Allí no.

En ningún lugar, en realidad.

Era algo increíble.

¿Ella?

¿Trabajando?

Camilla sonrió e introdujo el código en la puerta. Ya conocía códigos.

Que le permitían entrar.

El reloj que colgaba en la pared por encima del lavabo del vestuario mostraba menos cinco. Solo habían pasado veinte minutos desde que la habían llamado. Le gustaba eso, llegar temprano, para prepararse.

Se puso el pantalón y estuvo a punto de ponerse la camiseta también cuando los vio.

Los periódicos sobre la mesa.

¿Qué?

¿Eso no era…?

Atravesó el suelo, perpleja, con la camiseta puesta solo a medias.

En las dos primeras planas.

Las fotos eran casi idénticas.

¿Si era…?

¿Él?

El chico alto.

Que siempre era tan amable.

Y el otro.

El del tatuaje en el hombro.

Pero ¿por qué…?

Abrió los dos periódicos a toda prisa.

No solo estaban en la primera plana, sino en muchas otras páginas también.

Roger.

Efectivamente, ese era su nombre.

Había estado ingresado muchas veces.

Habían estado juntos en la misma planta.

De Gaustad.

El otro también, pero menos.

Entrenamiento social.

Pasar tiempo en la sala de actividades con otras personas.
Esos dos siempre estaban juntos, jugando a las cartas.

Junto con el último.

El del anillo.

¿Cómo se llamaba ese?

No se acordaba.

La puerta se abrió y apareció la jefa con una sonrisa.

—Hola, el género ya ha llegado, ¿estás lista?

—Voy.

Camilla se bajó la camiseta, se puso las zapatillas blancas, comprobó en el espejo que tenía la placa bien colocada y siguió a la jefa al interior de la tienda.

68

F redrik Riis se llevó la baguette y la lata de Coca-Cola a la sala de reuniones, y enseguida advirtió que el ambiente había cambiado. La luz estaba encendida. No había nada proyectado en la pantalla. Y Munch se encontraba apoyado en la mesa, en una postura casi apática, con el tabaco al lado y una taza de café en la mano. Solo entonces Fredrik se dio cuenta de todo el espacio físico que Oxen había ocupado, con sus ciento noventa centímetros y más de cien kilos, pero sobre todo por su agresivo comportamiento. Tomó asiento en una silla junto a Katja, cuando Munch se levantó y se llevó las manos al pecho.

—Hola a todos. Hoy vamos a hacer esto de un modo algo distinto de lo habitual. Soy el primero en reconocer que hemos sufrido algunos contratiempos en los últimos días, y ya va siendo hora de que pongamos los pies en el suelo y repasemos nuestro procedimiento, para saber dónde estamos.

Se tomó un sorbo de café, se rascó la barba y pareció reflexionar antes de proseguir.

—Primero os cuento un poco sobre Mia. Anoche recibió el alta en el hospital, y le he dicho que se quede en casa unos días. Está bien, dadas las circunstancias. Tiene dos fracturas en el antebrazo y la han escayolado; le han dado también un par de puntos en la sien y tiene fracturas menores en la mandíbula, pero por lo demás se encuentra bien. Me ha pedido que os dé recuerdos a todos; quería haber venido hoy, pero le he dicho que ya va siendo hora de que descanse un poco.

—Ayer tuvimos una reunión con la dirección —empezó Goli, aunque Munch la interrumpió.

—No, ya lo cuento yo, Anette.

Volvió a girarse hacia ellos y abrió los brazos ligeramente.

—Vale. Tal y como acaba de comentar Anette, ayer tuvimos una reunión con la dirección. Dreyer me convocó a su despacho, adonde seguramente debería haber ido hace tiempo, y yo asumo la culpa de eso…

—¿Kripos se va a hacer cargo?

El comentario de Katja provocó murmullos entre los miembros del pequeño grupo.

—Ella insiste en eso, sí, pero he conseguido algo más de tiempo, de manera que seguimos como estaba previsto, al menos de momento. Me he visto obligado a mentir un poco, pero…

—¿Cómo? ¿Por qué? —Anette, otra vez.

—Bueno, no me quedaba otra. Ella quería una respuesta concreta a la pregunta de por qué debería seguir, y yo se la di. —Munch se encogió de hombros.

—¿Y qué le dijiste?

—Le dije que hemos llamado al hospital de Gaustad y que nos han dado permiso para hablar con los pacientes.

—Joder, Holger, no lo tenemos, ¿verdad?

—No.

—¿Por qué no lo tenemos? —En esta ocasión la pregunta procedía de Anja Belichek.

Anette suspiró.

—Los historiales médicos, al menos los de pacientes de hospitales psiquiátricos, son casi sagrados, y la gente como nosotros no tiene acceso a ellos. Una imposibilidad, por decirlo de una manera suave. Los pacientes vivos tienen que darnos permiso personalmente.

—¿Y Helmer no lo ha hecho?

—No. Y, en cuanto a las personas fallecidas, tenemos que presentar una solicitud, que debe pasar por el juez y después se consulta a la familia, que tiene la posibilidad de impugnarla. El proceso puede llevar semanas…

—Sobre todo cuando manifiestamente no sean las personas que estamos buscando, y ni siquiera sean sospechosas de nada. —Katja sacó la pelota antiestrés del bolsillo y negó ligeramente con la cabeza.

—Ya ves. —Munch asintió.

—¿De modo que Helmer y Lørenskog ya no están bajo nuestro radar?

—Sí, tenemos toda la atención puesta en ellos. Tal y como yo lo veo, no nos quedan otros lugares donde buscar, por lo que debemos seguir sacando cosas de ellos sí o sí. Si pensáis que estoy equivocado, tenéis que decírmelo. Es posible que no haya tomado las decisiones más acertadas últimamente. Si es así, asumo de nuevo toda la responsabilidad.

Nadie dijo nada.

—Vale, estas son mis sospechas. Un estudiante que se hace llamar Frank Helmer pintó un cuadro de un chico con un tejón. Katja, fuiste a la academia ayer, ¿cierto?

—Sí, y llevé una fotografía. Andersen confirmó que no era la persona que había pintado el cuadro y que nunca lo había visto.

—¿Y enviaste a un dibujante?

—Irá en breve, así que supongo que nos enviará algo a lo largo del día.

—Vale, muy bien. Luego tenemos a Roger Lørenskog, a quien por fin hemos podido confirmar como fallecido. Gracias a Ludvig.

—Faltaría más —dijo Grønlie, quien por una vez también estaba sentado, y asintió con la cabeza.

—Bueno —Munch dio un sorbo al café—, tenemos a un testigo a quien el *VG* encontró en Kristiansund, que nos habla de un hombre que cojea, y que jugó al fútbol con Ole Gunnar Solskjær.

Se había esperado un comentario irónico de Katja, pero no llegó.

—Una historia extraña, ¿no os parece? Si no hubiera sido por el estudiante de la academia de arte. Porque todo esto está unido, ¿cierto? Al menos en mi cabeza, sí. Se trata de suplantar la identidad de otros, ¿verdad?

Hubo otro murmullo leve alrededor de las mesas. Fredrik tampoco había pensado en ello de esta manera.

—Tenemos a una persona que se hace pasar por Roger Lørenskog. Y a alguien que se hace pasar por Frank Helmer. Podemos suponer que es la misma persona.

—Siempre y cuando esta pintura tenga que ver con esto para empezar, cosa que no sabemos —añadió Anja.

—Eso fue lo que yo también pensé —dijo Munch, y dejó la taza sobre la mesa—. Pero si lo miramos fríamente, nos damos cuenta de que Mia tiene razón, ¿no es así? ¿Por qué, si no, alguien de esa academia iba a hacerse pasar por otra persona? ¿Y por qué esa persona iba a usar el nombre de Frank Helmer?

—¿Casualidad?

—Podría ser, pero a eso tenemos que sumar a Roger Lørenskog. ¿Por qué elige justo estos dos nombres, o por qué roba justo estas dos identidades, si prefieres? Si no fuera por Helmer, estoy de acuerdo en que podría haber sido cualquier persona que hubiese escuchado la historia de Lørenskog. Un viejo amigo, un compañero de equipo, cualquiera. Pero ¿si lo combinamos con el nombre de Frank Helmer? ¿Cuál, entonces, es el único punto posible de contacto, que nosotros sepamos, entre estos dos y nuestro hombre?

—Gaustad —contestó Katja.

—Así es.

Munch ya se mostraba más entusiasmado.

—Todo esto me estaba confundiendo anoche, pero luego de repente, me quedó clarísimo: en realidad es muy sencillo. Hay muy poca probabilidad de que nuestro hombre conociera la historia de fútbol y al mismo tiempo conociera a Frank Helmer.

—Sí, pero...

—Puede ser casualidad, claro, lo de Lørenskog, Helmer y nuestro hombre. Podrían ser compañeros del mismo club de bridge, y estar involucrados en la empresa de pastillas de Helmer.

—Podrían haberse conocido por casualidad en un bar, tal vez animaban al mismo equipo. Y en uno de esos partidos...

—Efectivamente, gracias Katja. Y es por eso por lo que quiero hacer una tormenta de ideas. Primero, ¿podemos afirmar todos que hay una conexión fuera de toda duda? ¿Que nuestro hombre, de algún modo u otro, tiene una conexión tanto con Lørenskog como con Helmer?

—Sin duda. —Grønlie asintió.

Los otros lo secundaron.

—Vale, muy bien. Y sabemos que estos dos estuvieron ingresados en el hospital psiquiátrico de Gaustad por distintas razones. Creo que era en Bygg, 21, la unidad de psicosis.

—Tiene que ser de eso —apuntó Katja.

—Yo también lo creo, claro, pero vamos a abrirnos a todas las posibilidades. Esto ya lo tenemos. Entonces, veamos si se nos ocurre otra cosa, algo nuevo, algo que no se nos haya pasado por la cabeza antes.

—¿Y es completamente imposible hacernos con los historiales? —preguntó Anja, girándose hacia Anette.

—En teoría es posible. —Goli suspiró—. Pero es un proceso largo, como os he dicho antes. Primero debemos formular una sospecha concreta en relación con la persona del historial, y eso en sí puede llevar un tiempo. Sobre todo si se trata de una casualidad, como en este caso. —Cambió un poco la voz—. «Buenas, os llamamos de la policía de Oslo. Sospechamos de uno de vuestros pacientes. No sabemos quién es, así que necesitamos que nos deis acceso a todos los historiales, por favor». Es evidente que va a ser imposible, ¿no? De manera que debemos pensar en otra cosa.

Anette echó un vistazo a su móvil y rechazó una llamada.

—Bien —dijo Munch—. ¿Tenemos alguna idea?

—¿Qué tal alguien que trabaje allí? —propuso Grønlie—. ¿Alguien que estuviera cuando pasó?

—Es buena idea —dijo Munch.

—No —repuso Anette, al tiempo que rechazaba otra llamada.

—¿Por qué no?

—Porque han jurado silencio profesional, naturalmente. No pueden hablar de los pacientes, porque perderían su trabajo y, en el peor de los casos, pueden ser procesados.

—Sí, sí —dijo Katja—. Pero eso no es problema nuestro, ¿verdad? Si alguien de repente filtra un poco de información sin darse cuenta. Yo al menos no voy a chivarme.

—No, no podemos… —comenzó Anette, pero Munch la interrumpió.

—Es una idea. Dentro de determinados límites, claro. No podemos obligar a nadie a decir nada, pero, si encontramos a alguien que quiera hablar, vamos a aprovechar esa oportunidad, lógicamente. ¿Podemos conseguir una lista de los empleados del hospital?

—Olvida eso —dijo Anette.

—Vale, entonces tenemos que ser creativos. ¿Cómo podemos acceder a personas que estuvieran cerca de estos dos hombres en el período que nos ocupa?

—¿Quizá Helmer pueda ayudarnos? —propuso Fredrik—. Estaba muy abierto a eso al principio. La única razón por la que tenemos las fechas en las que estuvo ingresado es porque él mismo nos las dio.

—Y porque Mia encontró cartas de Gaustad en ese sótano —añadió Katja.

—Sin permiso para entrar —murmuró Anette.

—Sí, pero aun así…

—Helmer largó todo lo que quiso y más —añadió Munch—. Hasta que el abogado se dio cuenta de lo poco que teníamos y le dijo que cerrase el pico. Desde entonces no ha vuelto a hablar, pero merece la pena volver a intentarlo, claro.

—Tengo que contestar —murmuró Anette y salió de la sala con el móvil pegado a la oreja.

—¿Y qué hay de su hermana? —quiso saber Katja—. Natalie. Ella podría saber más sobre la gente con la que se relacionaba. Quizá incluso tuviera amigos fuera del hospital.

—Muy bien, Katja. ¿Te ocupas de eso?

—Claro que sí.

—Vale, esto está muy bien, compañeros —dijo Munch, estirando el brazo en busca de la taza de café—. ¿Más propuestas? ¿Cómo podemos…?

Se vio interrumpido por Anette, que volvió corriendo en la sala.

—Tenemos una nueva desaparición. Dos chicos. De once años. Desaparecidos tras una acampada anoche.

—¿Dónde? —preguntó Munch, que ya se había levantado.

—Løvstad, una urbanización junto a Hakadal. Encontraron una casa en ruinas en el bosque no muy lejos de allí. Han hallado restos de imágenes pornográficas que se quemaron en una hoguera delante de la casa y botellas de refrescos vacías en el interior.

—Katja. Fredrik. Iremos en tres coches —gruñó Munch, agarró la trenca y salió corriendo por la puerta.

69

Mia Krüger estaba sentada en una silla bajo una manta, delante de las paredes con todas las fotografías, tratando de mantener los ojos abiertos. Aunque le habían dado analgésicos en el hospital y habían insistido en que tomase las pastillas regularmente, se había negado, ya no quería destrozarse la cabeza más. Pero sus propios gemidos la habían despertado en medio de la noche, debido al dolor de la sien y la mandíbula, y la habitación daba vueltas como un tiovivo a su alrededor, por lo que se había arrepentido. Había entrado a trompicones en el baño y se había quedado delante del lavabo, respirando con dificultad. Una pastilla en caso de necesidad. Se había tomado tres. Había caído desplomada solo unos minutos más tarde y, para cuando se despertó, el sol ya había salido y, somnolienta, su cabeza no quería funcionar.

«Mierda».

Se levantó y entró en la cocina, con cuidado. Le dolía todo el cuerpo. En realidad, quería tomar café, pero eligió una taza de té y se la llevó de vuelta a la cama, se metió bajo la manta caliente y se quedó mirando las paredes con expresión ausente.

«Vamos, Mia».

«Tiene que estar aquí».

El teléfono volvió a sonar. Otra vez. Llevaba haciéndolo toda la mañana. En esta ocasión era su madre. Su hija estaba en la primera plana de los periódicos, y habría sido el tema de conversación del día, entre los vecinos y colegas. «Ahora te parece bien, ¿sí? ¿Pero no cuando te dije que quería ser policía?». Lo apartó de su mente. No quería ser mezquina. Claro que se alegraba por su madre. Que su hija fuera admirada. Sabía que ese tipo de cosas eran importantes para ella.

Gente que marcase la diferencia. Que destacara. Que fuera admirada. A poder ser, en los medios de comunicación. En cuanto a ella, se abstendría gustosamente de ello.

Todo había sucedido tan deprisa. No le había dado tiempo a pensar. Había reaccionado de manera instintiva, levantando el brazo para protegerse la cabeza, y había oído cómo los huesos finos crujían dentro. El dolor la había atravesado, explosiones de luz delante de sus ojos, le costó mantenerse en pie. El otro golpe le había impactado en la cabeza; por suerte solo le había rozado la sien, y fue eso lo que hizo que reaccionara, al ver su cuerpo ligeramente inclinado hacia delante tras el fuerte golpe. Le había asestado un rodillazo en la barriga con todas sus fuerzas, seguido de una patada en la entrepierna y un codazo en el cuello, y de pronto habían cambiado las tornas. Ella ya no era la presa. Era la depredadora. La mirada sorprendida en la cara cobarde, cuando de repente se dio cuenta de que no era una chica cualquiera, y después se había largado por la puerta.

Y el resto estaba en los periódicos.

«Mierda».

Munch la había mirado raro.

Allí en la hierba.

Con una especie de admiración entremezclada con la duda.

«¿Quién cojones es esta persona a la que he contratado?».

Mia lo entendía perfectamente.

Por supuesto.

El teléfono volvió a sonar, y apagó el volumen. Un número desconocido, otra vez. Probablemente otro periodista.

Cero control de impulsos. Se había sentido como un animal. Enseñando los dientes. Lo había hecho solo para defenderse. Debería haberlo dejado correr. Haber evitado este circo. Pero no había sido capaz de dejarlo.

Sopló un poco sobre el té y trató de concentrarse en las paredes que tenía delante.

Él había recolocado las fotos.

En medio de la niebla, la noche anterior.

Las había reducido a las más importantes.

La conexión.

Porque tenía que haber algo ahí, ¿verdad?

«¿Cuáles son los elementos que unen todo esto?».

Dos chicos en Suecia.

Oliver y Sven-Olof.

Oliver, el elegido.

Porque tenía los rasgos que le gustaban.

Pero ¿cómo?

«¿Dónde lo había visto?».

Ruben y Tommy.

Ruben, el elegido.

Ahí sabía un poco más, claro; había una persona que se había mostrado abiertamente ante ellos, tratando de incitar a otros chicos a ayudarlo.

¿Se había hecho pasar por otro?

¿Cómo encajaba eso?

Había hecho lo mismo con Helmer, ¿no?

«Vale, no pienses más en ello».

«Ya lo sabes».

«Tuvo que estar en contacto con los dos».

«Tuvo que conocerlos en un momento dado».

465

La conexión.

Tenía que estar ahí, en alguna parte.

Vale.

Los animales.

Las colillas.

¿De dónde había sacado las colillas?

¿De la academia de arte?

«Tenemos que volver allí».

«Hablar con los alumnos».

Se le fueron cerrando los ojos lentamente. Estuvo a punto de caérsele la taza de té de las manos y tuvo que dejarla en el suelo.

«Vamos, joder, Mia».

Se dio unas palmaditas en la cara. Entró en el baño y metió la cabeza debajo del chorro de agua, regresó con la camiseta mojada, pero ¿ahora estaba todo envuelto en la niebla? Le costaba ver las fotografías de la pared, y el móvil parpadeó de nuevo, pero ni siquiera tenía fuerzas para comprobar quién era. Los párpados le pesaban como el plomo y, cuando se envolvió mejor en la manta para no pasar frío, la venció el sueño.

No sabía cuánto tiempo había dormido, pero no pudo haber sido mucho. El sol seguía proyectando las mismas sombras hacia el interior de la habitación, hacia Patrick Olsson, que estaba en la puerta con dos tazas de café que había subido de la cafetería y una expresión de preocupación en la cara.

—¿Estás bien?

Entró con vacilación en la luminosa habitación. Entonces Mia no pudo ver otra cosa que su silueta. Aún le dolía la cabeza, y su cuerpo no entendía por qué lo había despertado, solo quería regresar al calor.

—¿Qué?

—¿Estás bien? He entrado por la puerta. He traído café. ¿Quieres que me marche?

Mia se recompuso, regresando lentamente de las profundidades, aceptó el tibio café y se incorporó despacio en la silla.

—No, no.

—¿Estás segura?

—Sí, claro, no hay problema. Solo estoy algo cansada.

Echó la manta hacia un lado y se levantó poco a poco. La habitación seguía dando vueltas a su alrededor.

—Puedo volver un poco más tarde —añadió la sombra oscura—. Lo más importante es que te recuperes. Que descanses lo suficiente.

—No, no —murmuró Mia de nuevo, arrastró los pies hasta las fotos que había elegido y las señaló.

—Esto —dijo cautelosamente—. Aquí es donde está todo. Si damos con la conexión entre estas fotos, lo encontraremos.

Patrick se acercó. Mia alcanzó a oír su respiración, pero todavía no podía verlo bien. Agachó la cabeza al sentir una nueva oleada de náusea. Sintió un brazo sobre el suyo, y poco después estaba otra vez en la silla, con la ventana abierta y el aire fresco en la cara caliente.

—No seguimos más —aseveró la voz de la silueta—. Necesitas relajarte.

—No, es que…

—Sí, insisto. ¿Has comido algo?

Negó con la cabeza despacio.

—Eso no puede ser, Mia. Necesitas energía. ¿Qué tienes por aquí que pueda prepararte? ¿O quieres pedir algo?

Mia murmuró algo que ni ella sabía lo que era y levantó un dedo flojo hacia la cocina.

—Vuelvo enseguida —dijo la sombra y desapareció lentamente bajo la luz, cuando el móvil volvió a parpadear. ¿Un número largo?

¿61?

¿De dónde coño era eso?

Oyó el ruido de un grifo abierto en la cocina, agua que se vertía en un recipiente, la puerta del frigorífico al abrirse, cubiertos que eran sacados de un cajón.

El móvil dejó de parpadear, pero enseguida volvió a la carga. ¿61?

Al final cedió a la curiosidad, pulsó el botón verde y se llevó el teléfono al oído con cuidado.

—¿Hola?

Se oyó la lejana voz de un hombre. Después hubo silencio en la línea. Tenía que estar lejos.

—Con Mia Krüger, por favor.

—¿Sí?

—¿De la policía noruega?

—¿Sí? ¿Con quién hablo?

Parecía que la voz no provenía de su propia boca.

—Me llamo Wilfred Hansen. Le llamo porque visitó mi antiguo trabajo hace algún tiempo. Con una foto de mi zorro.

—¿Su zorro?

—Habló con mi antigua jefa, Dobrov, en el ININA, ¿no es así?

Poco a poco le volvió todo a la cabeza.

—Sí, sí, claro. Hola. ¿Usted es…?

—En efecto, soy el doctorando que decepcionó a todo el mundo y se marchó a Australia. Ella me envió la fotografía. Me preguntó si sabía algo. Y sí, algo sé. El zorro que encontraron muerto es mío. Es mi amiga especial. Lisa. Que alguien haya podido hacerle algo así me parece… —El hombre juró, usando palabras que Mia no terminaba de oír por la distancia.

—Vale —dijo Mia y se espabiló ligeramente.

—¿Qué era lo que quería saber de ella?

—Quería saber cuál era su territorio —dijo Mia, poniéndose en pie—. Esperaba que llevase un transmisor activo encima, para que pudiéramos encontrar la zona donde la mataron.

—No tenía —respondió el estudiante.

—Ya. Lo sé. Una pena.

—Pero sé dónde tenía su madriguera.

—¿Sí?

Mia se acercó al alféizar de la ventana, donde encontró una hoja y un bolígrafo.

—Sí, sé perfectamente dónde vive. O donde vivía, más bien. He estado muchas veces allí. Es casi como mi segunda casa. Lisa era una madre muy fiel. Ya sabe, algunos zorros tienen territorios amplios, a veces decenas de kilómetros, pero Lisa, no. Ella se mantenía cerca de su casa. Siempre. De modo que nos hicimos buenos amigos, Lisa y yo. Tengo unas cuantas fotos muy bonitas de ella y sus cachorros, si le interesa verlas.

—Sí, me interesa mucho —contestó Mia—. ¿Dónde dice que tenía la madriguera?

—Estaba por la zona de Älsbygd. Junto a un lago que se llama Vassbråa, ¿sabe dónde está?

—No, ahora mismo no sabría decirle.

—Vale, no hay problema, tengo las coordenadas GPS exactas. Es imposible no encontrarlo.

—¿A cuánto está de Oslo?

—Está a una hora y media, más o menos, si no hay mucho tráfico a la salida de la ciudad.

—¿Podría enviarme esto? ¿Por e-mail? ¿Tanto las coordenadas como las fotos?

—Naturalmente.

Mia soltó el bolígrafo y la hoja, y le pasó la dirección.

—Espero que le sirva de ayuda.

Ya casi no podía oír su voz.

—Claro que sí. Mil gracias.

—No hay de qué.

Mia se metió el teléfono en el bolsillo del pantalón y se encaminó, tambaleándose, al pasillo.

—¿Adónde vas?

Patrick apareció detrás de ella con un sobre de sopa en la mano.

—He encontrado el zorro.

—¿Qué?

—El zorro que mataron, sé de dónde viene.

—Pero…

—Escucha, nos vamos allí ahora. Tenemos que bajar a la calle Mariboesgate y sacar un coche de allí. ¿Tienes carnet de conducir?

—Eh… ¿sí?

—Muy bien. Ponte los zapatos.

Ludvig Grønlie estaba junto al escritorio, mirando a Anja, quien no había abierto la boca desde la reunión con Munch, lo cual era algo muy raro en ella. Por lo general no paraba de cotorrear, hablando ella sola sobre lo que tuviera delante en la pantalla. Al principio, eso le había irritado. Antes había estado solo ahí dentro, tranquilamente, pero al poco tiempo esa chica había empezado a caerle bien y ya no querría estar sin su compañía.

—¿Puedo ayudarte con algo? —empezó, pero ella levantó la mano.

—Chist, estoy pensando.

—Vale, claro.

Sonrió y se cerró con un gesto una cremallera imaginaria sobre la boca; por una vez, los papeles estaban invertidos. De repente vibró el móvil y le sorprendió ver quién le llamaba.

—Hola, Mia, ¿cómo va todo?

—¿Qué? Bueno, bien. Oye, ¿cómo puedo sacar un coche?

—¿Qué quieres decir?

—Nuestros coches, ¿cómo puedo hacerme con uno?

—Están en el garaje del sótano. La llave está dentro. Ya conoces el código de la puerta de abajo. Es el mismo que para la planta de arriba. Pero ¿no ibas a...?

Ya había colgado.

—Esto es una mierda —murmuró Anja, quitándose las gafas.

—¿Qué te pasa? ¿Puedo ayudarte con algo?

—No, no lo creo. Simplemente estoy tratando de acordarme de una cosa. —Se pasó una mano por los ojos.

—¿Qué cosa?

—Gaustad. Mi hermana pequeña tenía una amiga. Era una vecina, venía mucho a casa. Pero un día desapareció, sin más. Y creo que la llevaron allí.

—¿Al hospital psiquiátrico?

—Sí. Yo diría que era Gaustad; seguro, además. Creo que la visitó allí un par de veces también. Ahora mismo no recuerdo cómo se llamaba. —Cogió su bolso del suelo—. Oye, voy a dar una vuelta. Volveré dentro de poco, ¿vale?

—Vale—dijo Ludvig, que se levantó.

Necesitaba un café, para enfrentarse a lo que tenía entre manos.

«El sueco».

¿Por qué no estaba entre los papeles que les habían enviado?

No tenía paciencia para poner otra cafetera y, en lugar de ello, se echó lo que quedaba en la anterior, volvió al ordenador y abrió la carpeta con el fichero grande en la pantalla.

¿Por dónde empezar?

Reflexionó un momento, y después se dio cuenta.

Pinchó en los documentos y dedicó un tiempo a buscar, pero luego la encontró.

Una lista.

De personas de contacto.

Gente importante.

De la investigación sueca.

Eligió el primero de la lista y marcó el número de un teléfono fijo.

—Policía de Región Oeste, soy Karin.

—Hola, soy Ludvig Grønlie, llamo desde la unidad de homicidios de la calle Mariboesgate, policía de Oslo. Estoy buscando información sobre un hombre que trabajaba en la investigación de los asesinatos de Oliver Hellberg y Sven-Olof Jönsson.

—¿Sí? Bien, había unos cuantos. ¿A quién está buscando en concreto?

—Un elaborador de perfiles. Patrick Olsson.

Se produjo un silencio en el otro lado.

—No, no me suena. Espere un poco.

Puso una mano sobre el auricular, dijo algo a alguien y volvió.

—No, no tenemos a nadie con ese nombre por aquí, al menos nadie que esté vinculado a nosotros. ¿Ha probado con la oficina central?

—Está en mi lista. Muchas gracias.

—No hay de qué.

Encontró el siguiente número rápidamente y, mientras esperaba a que contestaran, tuvo una sensación desagradable.

¿No sería un...?

«No, imposible».

—Oficina central de la Policía Nacional, Estocolmo, Stefan Holm al habla.

71

Una ligera lluvia comenzó a salpicar el parabrisas del Audi negro cuando atravesaron el cruce de Sinsenkrysset y salieron de la ciudad. Fue un chubasco muy local, y ya había dejado de llover para cuando pasaron por el hipódromo de Bjerke. Mia había ido al hipódromo una sola vez en su vida; había sido una ocurrencia repentina de su padre hacía ya mucho tiempo; ella tendría unos diez años. Una carrera de trote. Para apostar. Al cabo de tres horas, se habían gastado mil coronas del presupuesto para las vacaciones, y volvieron a casa con el rabo entre las piernas, y desde entonces no le había oído hablar de nada que tuviera que ver con caballos o carreras de trote. Ese mismo sábado por la noche estaban de vuelta en el sofá, con el boleto de la lotería, más seguro, y aún recordaba su tierna mirada, el secreto que compartían. En esa casa apenas se gastaba dinero en el juego. Después de veinte años no les había tocado más que lo jugado en una ocasión, y no sabían por qué seguían, cada semana a la misma hora, tan expectantes y esperanzados, pero la rutina era siempre la misma. La pizza sobre la mesa. Refrescos para las niñas, los mayores mandaban callar si alguien se atrevía a hablar, porque ya se leían los números desde Hamar. Tal vez fuera uno de los recuerdos de infancia que más seguridad le producía. La compañía y las buenas sensaciones. Las bolas, que daban vueltas en el bombo e iban saliendo, una tras otra; su madre, que aullaba cada vez que acertaba tanto la primera como la segunda cifra. Y, luego, una película. Cine de sábado. Sus padres no siempre elegían bien, pero daba lo mismo. El olor a su padre, cuando ella se acurrucaba a su lado con el cuenco de palomitas junto a ella en el sofá. Sigrid, que siempre se reía de todo, incluso de cosas que no tenían gracia.

Al final, Patrick consiguió despejar los restos del agua activando los limpiaparabrisas, que al parecer resultaban difíciles de poner en marcha en esa astronave, como había llamado Patrick al vehículo entre murmullos cuando salieron del garaje. A Mia el coche no le parecía muy especial, era un Audi Quattro 4.2 con tracción a las cuatro ruedas, el último modelo. Puede que fuera por eso. El psicólogo seguramente tendría un coche viejo. Algo nostálgico que encajaba mejor con su personalidad, quizá incluso un coche de época; casi se lo imaginaba. Con una gorra de tweed en la cabeza y una americana de franela a cuadros tras el volante de un MG descapotable, tal vez un Roadster rojo de dos puertas de 1961. Con una pipa en la boca y un fular cortando el viento. Bueno, tal vez no. Algo sencillo sería lo más probable. Algo menos extravagante. Quizá un viejo Toyota Corolla beis, u otra cosa incolora, con algunas manchas de óxido, unos neumáticos con poco aire, que apenas era capaz de subir las cuestas en primera. Sus propias ideas le hicieron sonreír. Sintió que el cansancio volvía a apoderarse de ella cuando el sol apareció de nuevo en el cielo, y después de muchos gestos y señas por fin consiguió que Patrick entrase en la carretera de Trondheim. No era un conductor muy bueno, el sueco. Volvió a activar el limpiaparabrisas trasero, moviendo la palanca equivocada del moderno volante, pero daba lo mismo. Joder, los efectos de esas pastillas duraban mucho tiempo. ¿A qué hora se había levantado? ¿A las cuatro o las cinco, tal vez? Le estaba costando mantener los ojos abiertos. Primero ninguna, y después, tres. Era una cosa muy suya. Ningún control sobre los impulsos. Cayó otro chubasco cuando pasaban por el valle de Groruddalen. Eran muy suaves esta vez, las pasadas largas y tranquilas de la goma por el parabrisas. El ritmo hizo que le entrase sueño. Se incorporó en el asiento y se sacudió el cuerpo para despertarse. Habían parado en Shell para comprar agua, y el sueco había comprado rapé. Abrió la tapa de la botella y vació la mitad, tratando de sacudirse los efectos de las pastillas. ¿Rapé? Por Dios, menudo bajón. Era una de las cosas que Mia más odiaba. Gente que tomaba rapé. Una cosa eran esas bolsitas nuevas, y otra la gente que introducía los dedos en la asquerosa masa y se metía una pizca bajo el labio. Se les caía una baba marrón por los dientes y la boca. No, joder, qué asco.

—¿Sabes cómo funciona este cacharro?

Se tragó un bostezo y miró hacia el dispositivo de GPS que había encontrado en la guantera, junto con un mapa, una linterna y una lista de lo que tenía que haber en el coche siempre, entre otras cosas una caja de primeros auxilios en el maletero. Alguien del cuerpo de la policía había hecho bien su trabajo. Control total sobre el parque móvil, y lo que un agente de policía de su clase podía necesitar para el día a día en la calle. Esbozó otra sonrisa para sí misma. Por Dios, ¿llegaba en oleadas, el efecto de esas pastillas? Le pareció que la invadía otra vez, otra ronda de bienestar contra el dolor, y no es que estuviera quejándose, pero no daba ninguna impresión de que fuera a desaparecer. Le sonaban las tripas, y ya tenía la sensación de que se le retorcían un poco ante la idea de comer algo. Había intentado tomar una barra energética en la gasolinera, pero su boca se había negado de lleno a comerla. Tenía que ser una sopa. Hasta dentro de un rato, nada, claro. No había muchos restaurantes por la zona. Habían dejado atrás los barrios residenciales de las afueras, y ahora estaban ante lo que resultaba tan sorprendente para muchos turistas: «Aquí estás en la capital. Y de repente, diez minutos más tarde, estás en medio de la nada».

Patrick no la había oído. Estaba de un humor extraño. Su actitud positiva y alegre había desaparecido. Los ojos miraban fijamente a través del parabrisas. Las dos manos agarraban el volante con fuerza. Apenas había pronunciado palabra desde que se habían montado en el coche. ¿Había pasado algo en su casa? Y su casa, ¿dónde estaba, en realidad? Mia se dio cuenta de que habían hablado poco de él. De su vida. Ya no estaba casado, y no tenía hijos. Eso era lo único que Mia recordaba. Probablemente era culpa suya, había estado tan ocupada con las fotografías.

—¿Sabes usar uno de estos cacharros?

Cogió el GPS gris de entre los asientos y lo levantó delante de él.

—No creo que sea muy difícil —murmuró el sueco, quien estaba irreconocible ese día—. Introduces las coordenadas y luego sigues la flecha.

—¿La flecha?

—Bueno, o los pitidos o las luces, no sé qué modelo tienes. ¿Puedes moverlo un poco hacia mí? Estoy tratando de concentrarme en la carretera.

Eso sí que era una buena conversación para una vuelta en coche. Tendría que haber salido sola, claro, pero no podía ser, no con esa cabeza y ese cuerpo, así que debía aguantar a ese conductor aburrido y seco, y bastante malo.

—¿Y ahora debemos seguir todo recto?

Formuló la pregunta con el cuello tenso, ni siquiera la miró, como si el universo fuera a derrumbarse si apartaba la vista de la carretera durante un nanosegundo.

—He dicho: todo recto hasta el final. Durante noventa minutos. No hay que desviarse para nada antes de Roa, y está a una hora. Después toca girar a la derecha. Todo recto durante una hora. Luego a la derecha. ¿Vale?

La somnolencia le estaba afectando seriamente, y esta vez no la pudo parar.

El hermoso pero monótono paisaje. Los árboles que pasaban a gran velocidad. El zumbido de los neumáticos contra el asfalto.

—Tengo que descansar un poco. Despiértame dentro de una hora, ¿vale?

Le lanzó una mirada rápida, por primera vez desde que habían salido del centro de la ciudad.

—¿Vas a dormir? ¿Ahora?

—Lo siento, pero estoy tan cansada… —dijo Mia con un bostezo y cerró los ojos.

«Por Dios, qué buena sensación».

—Una hora, ¿vale?

Oyó su respuesta como una voz que se perdía a lo lejos.

72

Munch salió del coche y se encontró con un hombre alto en uniforme y la cazadora de cuero de la policía. Una voz grave que salía bajo un bigote bien recortado, las manos enguantadas.

—Soy Ruud, coordino el equipo de aquí.

—¿Qué tenemos? —preguntó Munch, mirando la casa blanca prefabricada que alguien había levantado en el bosque, apartada de las demás, lo cual resultaba natural; el resto de la urbanización estaba justo al otro lado de la curva a unos pocos cientos de metros de distancia.

—Dos chicos, Kevin Myklebust y Ronny Eng, vistos por última vez en esta casa. El primero vivía allí con su madre, que está, bueno…

Se rascó la cabeza.

—Un poco confundida, lo cual es comprensible. Ha dicho que los chicos se habían marchado de acampada, pero según parece no se llevaron ninguna tienda. En cambio, sí encontramos un extraño lugar en el bosque a unos pocos cientos de metros de aquí, ¿os lo han contado ya?

Munch asintió con la cabeza y sacó un cigarrillo de la cajetilla.

—¿Es algo parecido a lo que encontrasteis cerca de la ciudad? —preguntó el policía, visiblemente curioso—. ¿Crees que puede haber una conexión con los chicos asesinados en aquel lugar?

—Es posible. —Munch asintió y encendió el cigarrillo—. ¿Y la otra familia?

El jefe de la intervención señaló con la mano.

—Vive en la urbanización al otro lado de esa curva. La familia Eng. Una casa pintada de rojo, la primera a la derecha ahí arriba. Los padres estaban histéricos, claro, les hemos dicho que se queden en casa y esperen noticias, pero no sé si va a funcionar. Parece ser que el padre es miembro de la Cruz Roja y han organizado una batida; como puedes ver, ya hay gente acercándose.

Señaló con la cabeza hacia la carretera, donde un puñado de adultos se dirigían a algo que parecía ser un punto de reunión en el sentido opuesto.

—¿Y qué habéis hecho?

—Hemos llamado a todo el personal que estaba disponible en Nittedal. Tengo a once agentes que andan llamando a las puertas de las casas y peinando los bosques de por aquí.

Dejó escapar un leve suspiro y volvió a pasarse la mano por la cabeza.

—Eso sí: como puedes ver, esto no es el centro de Oslo, exactamente. Por aquí estamos lejos de cualquier población. Hay bosque por todas partes. Pueden estar en cualquier lugar. Pueden dormir tras una piedra, vete tú a saber. Pero he hablado con Kripos, por si acaso.

—¿Sí?

—Sí, ya sé que no se toman en serio las desapariciones hasta que no hayan pasado al menos cuarenta y ocho horas, pero he pensado que, ya que lo que hemos encontrado ahí arriba se parece a los informes vuestros que nos han llegado…

—Claro —dijo Munch, asintiendo con la cabeza—. ¿Las habéis enviado al laboratorio?

—¿El qué?

—Las botellas.

—No, todavía no, he pensado que quizá os gustaría echar un vistazo primero. A las cosas que hemos encontrado. Pero nuestros técnicos ya se han pasado por allí, han llevado a cabo el reconocimiento habitual: huellas dactilares, cabellos; en fin, ya conoces el protocolo.

—Sí, muy bien.

Munch se giró hacia Katja, que llegaba caminando desde su coche.

—En esta casa hay uno, Kevin, y otro al otro lado de esa curva, Ronny, ¿puedes ocuparte de esa familia? Eng era el apellido, ¿no?

El jefe de la intervención asintió con la cabeza.

—Hazte una idea de los últimos movimientos del chico y entérate de si alguien ha visto algo por aquí, últimamente, algo diferente, que destaque.

—Vale —dijo Katja, asintiendo con la cabeza, y volvió corriendo al coche.

—Porque uno se daría cuenta de eso por aquí, ¿verdad?

—Disculpa, ¿el qué?

—Si alguien destaca. Si pasa algo poco habitual.

Munch dio otra calada al cigarrillo y repasó el entorno con la mirada. Bosque. Lomas. Campos de cultivo. Por ahí no sucedía gran cosa. Eso les venía bien. Si hubiera ocurrido algo poco habitual en los últimos días, la gente se habría dado cuenta. ¿Y si no?

¿Eso querría decir que el hijo de puta vivía cerca?

—¿Alguna cosa más? —preguntó Munch, mientras sacaba las botas de goma del maletero de su coche.

—¿Como qué?

—¿Algo que destaque? ¿Algo que haya dicho alguien? ¿Algo que hayan señalado terceros? Sé que estamos en el campo, y que a la gente de estos lugares le gusta hablar de sus vecinos, ¿no es así?

El agente titubeó, echando una ojeada a la casa blanca.

—Bueno, no sé si hay que darle importancia o no, pero se habla bastante del hombre que vive ahí arriba.

—¿Sí? ¿Y quién es?

—Su nombre es Wennberg. Vive solo. Un hombre mayor, creo.

—¿Y qué es lo que le pasa...? —Munch tiró la colilla al suelo y se calzó las botas.

—Nada, rumores. Que es un tipo raro. Que mira a los niños. Que se dedica a disecar animales. Que nadie se atreve a visitarlo.

—Vale, ¿y habéis hablado con él?

—No, no está en casa —contestó el policía, y se adelantó a Munch por el camino de grava que llevaba a la vivienda—. ¿Quieres hablar con la madre primero?

—¿La madre de Kevin?

—¿Sí?

—No, lo haremos después, dile sin más que se quede en casa. Quiero ver el lugar donde creéis que han dormido. ¿Es lo que habéis dicho?

Dieron la vuelta por la esquina de la casa y echaron a andar por el camino que atravesaba el denso bosque.

—Se iban de acampada. Pero, lo que te he dicho, no hemos encontrado ninguna tienda, aunque sí unos sacos de dormir y restos de comida, así que suponemos que es allí donde han estado.

—¿A qué hora salieron de casa ayer?

Munch saltó por encima de un pequeño arroyo y se agachó para pasar por debajo de una pesada rama.

—Alrededor de las siete. La madre le había dicho al chico que esperara fuera de casa. Luego entró en la ducha y, cuando salió, los dos ya se habían marchado.

El suelo estaba húmedo y embarrado bajo sus pies. Munch dio un paso a un lado para evitar el sendero y apartó más ramas.

—¿Y cuándo se ha denunciado su desaparición?

—Nos ha llegado el aviso a las once. De la madre de Ronny Eng. El chico tenía que haber vuelto a las nueve, porque se iban a casa de un pariente para celebrar un cumpleaños. Unas instrucciones bastantes severas. «Sí, puedes irte de acampada, pero tienes que estar de vuelta a las nueve en punto». El chaval incluso se llevó un despertador. Lo hemos encontrado ahí arriba.

El suelo ya estaba más seco, cubierto de musgo; de repente el sol cayó sobre ellos a través de una abertura en la espesura de los árboles. Por lo demás, el bosque era muy denso a su alrededor. Le sonó el móvil en el bolsillo, así que metió la mano y apagó el sonido.

—¿Y la madre de Kevin?

—La verdad es que nos ha costado un poco despertarla. Cuando al final ha espabilado, no recordaba gran cosa. Casi parecía que había olvidado que el chico no estaba en casa. En cualquier caso, no lo había echado en falta. Estaba algo mareada, por decirlo de una manera suave.

—¿Irresponsable?

—¿Qué quieres decir?

—Quiero decir, ¿cuál es la primera impresión que has tenido de ella? ¿Y de la casa? ¿Era una madre atenta, con todo en orden, o más bien lo contrario; una persona que ni siquiera se daría cuenta de si el chico ha llegado a casa?

El agente le dirigió una mirada ligeramente inquisitiva.

—Lo último, tal vez. ¿Tiene alguna importancia?

—Por supuesto. Todos los detalles importan.

Munch se paró para recuperar el aliento.

—¿Queda mucho?

—No, está al otro lado del jardín, por aquí.

El inspector local dio un paso hacia un lado y siguió caminando delante de él por el brezal.

73

A nja Belichek estaba delante del edificio de pisos, pintado de color verde, en el cruce entre la calle Kierschowsgate y la ajetreada calle Uelandsgate, y de pronto tuvo recuerdos de su infancia, de aquella vez que ella, la hermana y la madre habían ido desde Polonia para estar por fin con su padre, que llevaba tanto tiempo en el frío norte. No eran solo recuerdos positivos, la verdad. Por fortuna para los que vivieran allí ahora, el edificio parecía reformado por completo, en mucho mejor estado que cuando había llegado ella, pero la ubicación seguía siendo desafortunada, evidentemente. Se encontraba en medio de una rotonda, y el autobús de la línea 20 y todo el resto del tráfico pasaban justo por delante de la ventana. La funeraria seguía en el local de la comunidad de la planta baja. Había tenido que ayudar a su hermana a menudo, la abrazaba y la consolaba bajo el edredón en la estrecha cama. «Las personas muertas viven en esta casa». «Que no, Zofia». «Sí, es lo que pone en el escaparate, pone "entierros", que es cuando se mete a la gente en la tierra, entre que se mueren y van al cielo. Están ahí, hablándome». Su hermana tenía seis años, y ella, ocho, y por alguna razón, la pequeña había aprendido esa nueva y curiosa lengua enseguida, y, al cabo de apenas unos meses, hablaba con fluidez con toda la gente con la que se encontraba. Anja, en cambio, había tenido que esforzarse mucho para aprenderla. Durante bastante tiempo. Se había sentido como una extraña, fuera de lugar, en la escuela, que era muy bonita por lo demás, Lilleby, al otro lado de las vías del tranvía. Transcurrió casi un curso entero, tercero de primaria, y pasó de ser el centro de atención de la clase en el pueblo de Weselno, a convertirse en una espectadora más en esa ciudad grande y desconocida.

Sin embargo, había conseguido arreglar la situación. Poco a poco. Se había normalizado. Había empezado a acostumbrarse a todas esas cosas nuevas; de hecho, habían empezado a gustarle.

Esbozó una sonrisa mientras se dirigía a la puerta del portal, con la placa con los nombres.

«Camilla».

Claro que había tenido el nombre en la punta de la lengua, había llamado a su hermana solo para soltarlo.

«Camilla Holt».

De la casa un poco más arriba en la misma calle.

Se sacó el teléfono del bolso y encontró el número de su hermana.

—¿Zofia?

—Hola, ¿no has dicho que estaba en nuestra esquina de antes? No encuentro su nombre en el portal.

—¿No? Bueno, no me acuerdo. Ah, sí, tenían una empresa o algo, era lo que ponía junto al timbre. ¿Mofiss? ¿Lofiss? ¿Puede ser algo así?

—¿Slowpace AS?

—Sí, eso es.

—Estabas muy cerca, ¿eh? ¿Mofiss?

—Ja, ja. ¿Qué quieres de ella? ¿De Camilla?

—Ya te lo he dicho.

—No, has dicho que no podías decírmelo, que era algo del trabajo.

—Así es.

—Venga ya.

—Bueno, quizá más adelante. Ahora no te lo puedo contar.

—Bah. Por cierto, si no está en casa, sé que trabaja de vez en cuando en el Rema 1000 de la calle Mogata. Ya sabes, al lado del salón Habib.

—Vale, gracias.

La hermana no colgó.

—¿No me lo vas a contar?

—No.

—Anda, venga ya. ¿Tiene que ver con los chicos que encontraron en ese campo de labranza?

—Ya te contaré. —Anja dio por concluida la conversación y volvió a dejar el móvil en su bolso.

Volvió a leer la placa con los nombres.

Slowpace AS.

Pulsó el timbre y esperó.

No.

Otra vez, pero no vino nadie a abrir.

Vale.

¿Rema 1000, calle Mogata?

Acababa de cruzar el paso de cebra y se disponía a atravesar el parque cuando vio una figura que iba caminando hacia ella.

Delgada.

Cautelosa.

Escondida bajo una amplia capucha.

La chica se sobresaltó cuando Anja dijo su nombre.

—¿Camilla?

La chica se paró delante de ella con ojos asustados, mirando a su alrededor.

—¿Sí?

—¿Te acuerdas de mí? ¿Anja? ¿La hermana mayor de Zofia? ¿De Lommedalen?

La pálida cara mostró un lento reconocimiento.

—Ah, sí. Cuánto tiempo. ¿También vives aquí?

—No. He venido para hablar contigo.

—¿Conmigo? ¿Por qué?

—¿Tienes un momento? ¿Podríamos ir a tu casa?

74

Había cada vez más distancia entre casa y casa, y después de tomar la salida de la Carretera Nacional 4, apenas se veía ninguna ya. Un par de viviendas se habían extraviado y habían acabado en esa zona, sin razón aparente, porque no había absolutamente nada por allí. La zona urbana más cercana era Gran, pero en la guía de turismo de la NAF que Mia había encontrado en la guantera ponía que se llamaba también Vassenden y, aunque no se sabía por qué, sí había casas allí. Sin esa guía no se podía ir de vacaciones por la campiña con la familia. Otro recuerdo de la infancia apareció en la cabeza de Mia, o varios, como un viaje de la época, tendría entre ocho y quince años, cuando viajaban a menudo en coche, porque en su familia no había que ir al sur, como gente normal. No, ellos tenían que recorrer cada rincón del país. Vacaciones por Noruega. Cascadas y llanuras y bosques profundos y tiendas de campaña que no siempre eran impermeables. Mamá en el asiento del acompañante, siempre la más entusiasmada. Leía en alto la guía roja, sobre todos los lugares por los que pasaban. Con el tiempo, Mia se había dado cuenta de que su madre se esforzaba de esa manera por hacer que esas vacaciones largas e increíblemente aburridas fueran un poco más interesantes, pero, cuando tenía trece años, había protestado. «Oye, mamá, haz el favor. Ya no puedo más con toda esa información local». «Ya, pero aquí pone que la cascada tiene una caída de ochocientos ochenta metros, de los cuales seiscientos son de caída libre. ¿Os lo imagináis, chicas? Seiscientos metros de caída vertical». «Vale, mamá, pero ¿tenemos que leer sobre eso? ¿Por qué no podemos ver la cascada sin más cuando lleguemos?». Mia no tenía ninguna intención de asumir el papel de su madre y enseñar la geografía noruega al sueco; había sacado la guía para consultar el mapa.

Habían pasado Gran, posiblemente Vassenden, hacía ya diez minutos. Ya no quedaba nada por ahí. Sí, una casa. Por alguna razón. Una vivienda y un almacén. Venta de neumáticos. Taller. Sí, ¿por qué no? Con cero coronas de alquiler del local. Y los coches podían repararse en cualquier lugar. Inteligente. Y seguramente un poco solitario. Pero luego se acabaron todas las casas. La carretera se estrechaba, y parecía que el bosque los engullía. Avanzaban a paso de caracol entre los espesos abetos, y de vez en cuando atisbaban un lago brillante o un pequeño río. Menuda naturaleza. Estiró la mano en busca del agua otra vez. ¿Qué era lo que tenían esas pastillas? Los efectos llegaban en oleadas. Llevaban haciéndolo todo el día.

—Se puede ir más rápido, Patrick, creo que el límite es de ochenta por aquí.

—¿Qué?

El sueco seguía sin apartar la vista del frente. Desde luego, no era su día. Tal vez hubiera vuelto a sentir esos dolores de estómago. Mia no quería preguntar, no lo conocía lo suficiente. En realidad, no lo conocía en absoluto.

—Ochenta —dijo Mia con cierta impaciencia, señalando con los dos dedos a través del parabrisas—. Faltan solo doce kilómetros, pero a esta velocidad no llegaremos antes del fin de semana. ¿Crees que podrías pisar el acelerador un poco más?

—¿Qué? ¿Ochenta?

El velocímetro señalaba que iban a cincuenta por hora, no más.

—Sí, ochenta. Ocho cero.

—Me ha parecido que ponía treinta ahí abajo.

—Sí, pero eso ha sido cuando hemos pasado por delante de la escuela, ahora no hay problema, aquí no hay nadie, así que puedes estar tranquilo. ¿Estás seguro de que tienes el carnet de conducir?

—¿Cómo? —Se giró hacia ella, al principio con una ligera irritación, pero luego se le iluminó la cara. La primera sonrisa en todo el día—. Eres divertida, Mia.

Ella se quitó los zapatos y puso los pies en el salpicadero.

—Sí, ¿verdad?

—Sí, muy divertida. Pero no estás del todo equivocada.

—¿Qué quieres decir?

Pasaron una señal con un alce. Mia había oído que esas señales eran populares entre los turistas que viajaban en autocaravana, quienes las desmontaban y se las llevaban como trofeos. Resultaba raro para toda la gente de la zona, claro, pero suponía que era lo mismo que si ella viera una señal con un canguro.

—Bueno, hablamos de eso.

—¿Hablar de qué?

Patrick soltó un leve suspiro.

—Bueno, el médico me dijo que quizá debería usar gafas, no solo delante del ordenador, sino también cuando conduzco.

—¿Qué? ¿Y me lo cuentas ahora?

—Voy bien si lo llevo algo más despacio.

—Ah, por Dios. Así que ¿esta es la velocidad máxima?

—Queda poco para llegar, ¿no?

—Sí, poco.

Mia cerró la ventanilla cuando el cielo desapareció entre las ramas y quedaron encerrados en el denso bosque otra vez. La carretera se estrechaba aún más que antes, y de pronto terminó el asfalto. Los neumáticos comenzaron a levantar piedrecitas cuando enfilaron el camino de grava.

—Debería firmarte la escayola —dijo Patrick, señalándole el brazo.

—Prefiero que se quede blanca.

—¿No quieres una W? —Patrick esbozó una sonrisa torcida.

—No, eso sería el colmo ya.

La invadió una nueva oleada de cansancio de golpe y tuvo que volver a abrir la ventanilla.

—¿Qué cojones pasa con estas pastillas?

—¿Te encuentras mal?

—Va y viene. Un rato estoy bien, y luego de repente me llega.

—Puede que sean cápsulas de liberación prolongada.

—¿Qué es eso?

Ahora le tocó al sueco sonreír.

—¿No sabes qué son las cápsulas de liberación prolongada?

—¿No?

—Tomas una, y los efectos duran veinticuatro horas. Va liberando dosis poco a poco.

—Eh, ¿qué?

—¿En serio no sabes lo que son?

—No suelo tomar analgésicos muy a menudo. La última vez tenía doce años, creo.

—¿Qué te han dado?

—Algo que empezaba con Nobo. O Nobi, ¿puede ser?

—¿Nobligan?

—Puede ser. —Mia tomó otro sorbo de agua y recostó la cabeza en el reposacabezas.

—Vale. Buena suerte. Nobligan Retard. Es morfina. ¿Hace cuánto tiempo que te has tomado esa pastilla?

—¿La pastilla?

—¿Sí?

—¿Y si he tomado tres?

El sueco estuvo a punto de pisar el freno.

—¿Qué?

—Es una pregunta teórica.

El agradable cansancio regresó cuando salieron del bosque y el sol cayó sobre su cara.

—¿Tres Nobligan? Creo que va a ser un día largo. Será mejor que descanses un poco, Mia.

75

Munch estaba bajando del bosque cuando Fredrik Riis subió por el camino de grava situado junto a la casa unifamiliar blanca.

—¿Cómo lo ves?

—Es nuestro hombre, sin duda —dijo Munch, sacándose el paquete de tabaco del bolsillo.

—¿Estás seguro al cien por cien?

—Es exactamente el mismo procedimiento. Revistas porno en el interior de la cabaña. Parece que a los chicos no les gustaban, porque las quemaron en una hoguera, pero hay restos de celo en las paredes.

—Mierda —murmuró Riis—. ¿Pasa lo mismo con los refrescos y eso?

Munch asintió con la cabeza.

—Cuatro o cinco botellas. Dos de ellas en las escaleras. Ayer hizo buen tiempo, ¿verdad?

—En Oslo, sí, pero ¿aquí? No lo sé.

—Supongo que aquí también. Estarían sentados fuera. Disfrutando del sol. Puede que incluso durmiesen allí. Tuvo que llevárselos durante la noche. Viste las huellas de un quad junto a la furgoneta quemada, ¿no?

—Sí, las conozco bien.

—Bien, hay una pequeña pista forestal allí arriba, no muy lejos del pequeño refugio. Tuvo que sacarlos por ahí. Está todo prácticamente seco, por lo que no he visto gran cosa, pero quizá podrías seguir el camino.

—Voy a mirar —dijo Riis, y desapareció en el bosque.

Munch encendió el cigarrillo y se acercó a la entrada de la fachada delantera.

El anciano al que había mencionado la gente.

Ponía «Wennberg» en una placa desgastada junto a la puerta.

¿Wennberg?

¿W?

Munch se acercó a las ventanas, pero no vio gran cosa.

Se sobresaltó al oír una voz grave procedente de atrás.

—Perdón, ¿qué anda haciendo?

Una cara de viejo. Pelo canoso. Ojos oscuros, que lo escudriñaban con desagrado. Llevaba la camisa remangada y se le veían tatuajes en los brazos. Tenía un pastor alemán sujeto con una correa. Al igual que a su dueño, no parecía que le gustasen mucho los desconocidos.

—Soy Munch, de la unidad de homicidios de Oslo —explicó Munch y sacó el tarjeta de identificación del bolsillo.

El hombre la miró y se la devolvió.

—¿Qué quiere de mí?

El pastor alemán le enseñó los dientes.

—¿Vive aquí?

El hombre asintió.

—¿Se ha enterado de lo que ha pasado?

Volvió a asentir lentamente, puso la mano en la cabeza del perro y consiguió tranquilizarlo.

—No me sorprende.

Pasó por delante de Munch y subió los peldaños de la escalera de metal, que tembló. Introdujo la llave en la cerradura y dejó que el perro entrase.

—¿Qué quiere decir?

El hombre cerró la puerta tras el pastor alemán y volvió a bajar a la grava.

—Lo que acabo de decir. No sé nada de ese chico pelirrojo, pero a Kevin lo conozco bien. Llevan mucho tiempo viviendo aquí.

—¿Sí? Y no sabe dónde pueden estar, ¿verdad?

—No, no lo sé. Si fuera así, no estaría aquí.

—¿Y cómo sabe que el otro niño es pelirrojo?

Mannen se rio.

—Ah, menuda táctica brillante, señor investigador de la mismísima capital. Claro que sé cómo es Ronny. Si es el único amigo de Kevin.

Se sentó en uno de los escalones y comenzó a quitarse las pesadas botas embarradas.

—¿Habla mucho con ellos, los que viven debajo de usted? Kevin, y … una madre soltera, ¿puede ser?

El hombre bufó un poco.

—Decir «madre» es exagerar un poco. ¿Soltera? Una vez al mes, quizá. La puerta de su casa parece una puerta automática, he dejado de contar.

—Tienen una buena relación, ¿no? ¿No le han molestado de ninguna manera?

Volvió a reírse.

—Quiere decir, ¿podría haber raptado a los dos niños porque la madre nunca paga el alquiler a tiempo? Creo que no, jovencito, creo que no. —Se levantó y escupió a la grava del suelo—. ¿Es todo? Tengo cosas que hacer.

—Sí, claro —dijo Munch—. Bueno, no. ¿Sabía que hay una casa en ruinas a unos cientos de metros de aquí, en el bosque?

Mannen echó una ojeada a los árboles.

—¿Fue allí donde estuvieron? ¿En la cabaña de caza?

—Una cabaña de caza. ¿La conoce, entonces?

—Sí, claro. Yo mismo la arreglé para él.

—¿Para el chico de abajo, Kevin?

—Sí.

—¿Puedo preguntar por qué?

El hombre lo miró fijamente y se pasó una mano por la barbilla.

—¿Tiene padre, detective?

—Ya no, pero sí, ¿por qué?

El hombre apoyó una mano gruesa en la manija de la puerta y se volvió de nuevo hacia el bosque.

—Yo no lo tuve. Y Kevin tampoco lo tiene. Alguien tiene que cuidar de él, ¿no le parece?

—Entiendo —dijo Munch, asintiendo con la cabeza.

—¿Eso es todo?

—De momento, sí. Gracias.

Munch apagó el cigarrillo contra la bota y estaba a punto de rodear la casa de nuevo, cuando volvió a vibrarle el móvil en el bolsillo. Esta vez lo sacó y vio todas las llamadas perdidas. Suspiró, cogió otro cigarrillo de la cajetilla y se lo llevó a la boca.

—Sé breve, Ludvig. Estoy en medio de algo.

76

Patrick levantó el cacharro de GPS hacia el cielo y Mia notó que el tiempo estaba cambiando. Nubes grises flotaban sobre el paisaje que se extendía delante de ellos. La primavera aún no había llegado a esas partes remotas, o al menos el calor, no. Mia se abrochó la cazadora y el sueco volvió a mirar la pantallita.

—Tiene que estar por aquí.

—¿Justo aquí o por aquí cerca?

Patrick suspiró y le tendió el cacharro gris.

—Mira tú.

Mia declinó y echó un vistazo al terreno a su alrededor. Afortunadamente no habían tenido que alejarse mucho del camino de grava. Ella había sido previsora y había metido las botas de monte en la mochila, pero el sueco iba vestido como para tomar algo en un bar.

—No es tan importante, ¿verdad?

—¿Qué quieres decir?

Patrick se acercó a ella a través del brezal.

—Bueno, andaba por aquí, ¿no? La zorra. Y tengo la descripción que me ha dado el australiano, así que ya hemos cumplido, ¿no?

Patrick se sopló un poco en los dedos.

—¿Conque hemos cumplido, dices?

—No pasa nada si no encontramos el lugar exacto de la madriguera, ahora que sabemos que estaba por aquí. —Abrió los brazos, haciendo un gesto hacia los bosques que los rodeaban—. Fue aquí donde la mató. Y eso significa que tiene que estar cerca.

—En realidad, no tiene por qué significar eso —dijo Patrick, quien ya estaba encaminándose al coche—. Podría haber venido aquí desde cualquier sitio.

Mia esquivó un hormiguero y lo siguió.

—No, no podría haber hecho eso —replicó con determinación—. Quería tener un zorro, ¿no?

—Está claro.

—No, no lo digas así, deseaba un zorro, tenía que hacerse con uno, ¿y dónde se encuentran los zorros?

—Podría haber comprado uno.

—No, no me seas tan negativo. No podía arriesgarse a ello, porque ¿qué pasa si el vendedor reconoce el zorro del lugar del crimen? Es obvio que no podría haberlo comprado.

—Vale —dijo Patrick y pulsó el botón del mando para abrir el coche.

—Por tanto, tenía que saber dónde estaba, ¿cierto? ¿Has oído hablar de mucha gente que sale a cazar zorros en este país? Eh, no. Nadie. Porque no los pueden encontrar. Los zorros son especialistas a la hora de ocultarse. Así pues, él tiene que ser de por aquí o al menos tiene que conocer este lugar. Habrá una cabaña por aquí, o algo parecido, ¿no crees?

—Hace tanto frío que creo que voy a ponerme malo como no nos vayamos enseguida —murmuró el sueco y arrancó el coche.

—Pero me sigues, ¿no? —preguntó Mia y se sentó en el asiento del acompañante—. ¿Viste las marcas que tenía? Un nudo corredizo o algo. Tuvo que haberle colocado una trampa. No había heridas de bala. Querría que estuviera inmaculada. Para la imagen. No, tiene que andar por aquí cerca. O al menos tuvo que venir justo aquí. En diferentes momentos. Para tender la trampa. Para ver si la había atrapado. Te lo garantizo. Tiene que conocer este sitio.

El sueco hizo un giro y casi acabó en la cuneta, pero al final logró devolver el coche al camino de grava, derrapando un poco, y después regresaron por donde habían venido.

A Mia le producía cierta irritación que Patrick no compartiese su entusiasmo, pero llevaba todo el día comportándose de un modo extraño, no parecía él mismo.

Sentía que los efectos de las pastillas comenzaban a apoderarse de ella otra vez y se recostó en su asiento.

—Tienes toda la razón —dijo él al final—. Lo siento. ¿Qué piensas que deberíamos hacer ahora?

—Tenemos que traer a gente hasta aquí —respondió Mia, bostezando, y apoyó la cabeza en la ventanilla—. O, mejor dicho, tenemos que hablar con Munch. Reunirnos con el resto del equipo. Contarles lo que hemos visto. Dejar que decidan ellos. Podríamos hacerlo esta noche.

—¿Qué quieres decir con «esta noche»?

—Bueno, que tenemos que traer aquí a toda la gente que pueda moverse. Traer un helicóptero, tal vez al Ejército. Tenemos que hacer una batida por aquí, llamar a todas las puertas, aunque no hay muchas, la verdad…

—¿Crees que Munch traerá al Ejército y un helicóptero porque has encontrado la madriguera del zorro?

Mia sonrió un poco. Era evidente que la morfina había decidido regalarle otro viajecito agradable.

—Sí, lo creo. Le caigo bien.

El sueco sonrió.

—Seguramente tienes razón, pero no sé si está dispuesto a quemar todo el presupuesto que tiene en esto.

—Espera y verás.

Volvieron a pasar por delante del taller que vendía neumáticos y tendría el alquiler más barato del mundo. Ahora había una grúa amarilla y roja aparcada delante de los escaparates sucios, un coche de la NAF.

El taller desapareció del espejo lateral cuando tomaron una curva, y Mia volvió a apoyar la cabeza en la ventanilla al sentir una ola de calor que le atravesaba el cuerpo.

Joder...

—Para el coche.

—¿Qué?

—Para el coche. En serio, páralo.

El sueco se sobresaltó y clavó el pie en el freno.

—¿Qué es lo que quieres...?

—Calla.

—Pero...

—No, calla, no hables.

—¿Qué te pasa...?

—Es él.

—¿Qué?

—La grúa de la NAF. Esa es la conexión. Hay que joderse. Todos los accidentes de coche.

Mia abrió la puerta con cuidado y salió sigilosamente del coche. Lanzó una ojeada al edificio blanco del taller, luego se agachó y echó a correr despacio por la carretera.

Llegó a la curva y ya podía ver el nombre en el coche.

Ulf Holund.

«Ulf».

Claro.

Joder, ¿cómo no se había dado cuenta antes?

Ulf.

W.

«Wulf».

Del alemán. «Lobo».

Justo cuando llegó a la puerta, se percató de que no estaba siendo muy precavida.

No iba armada.

La cabeza no le funcionaba, y su cuerpo solo tenía ganas de rendirse.

«Mala idea, Mia».

Respiraba con dificultad y se quedó escuchando.

Nada.

¿No estaba aquí?

Dio una vuelta por delante del edificio y tocó el capó del coche.

Estaba caliente.

Tendría que andar cerca.

El Audi ya avanzaba despacio hacia ella por la curva, y Mia trató de hacerle señas para que se marchase.

«Lárgate».

«Un coche de policía civil».

«Lo va a reconocer».

En el interior del coche, Patrick estaba mirando por el parabrisas, haciendo aspavientos con los brazos.

«No, no, márchate».

No se dio cuenta hasta que Patrick puso la mano en el claxon.

El bocinazo retumbó en sus oídos.

No, ¿qué cojones estás haciendo...?

«Una advertencia».

Solo tuvo tiempo para girarse.

Un atisbo de la pala.

Reflejada en el escaparate sucio.

No.

Trató de levantar los brazos desesperadamente otra vez, pero la escayola no quería acompañarla, el cuerpo no le obedeció.

«Joder, Mia».

Y todos los sonidos se apagaron.

Munch aparcó en la plaza de minusválidos debajo de la comisaría de Grønland, y subió apresuradamente por la cuesta suave que conducía a la entrada, donde Anette Goli lo estaba esperando.

—¿Alguna novedad?

La abogada negó con la cabeza y le abrió la puerta.

—Nada desde la última vez que hemos hablado. No la encontramos. Ni al sueco tampoco. Para serte sincera, ni siquiera sé en qué hotel se aloja.

Enseñaron sus tarjetas en el arco y se encaminaron al ascensor.

—Pero ¿nada de Mia?

Anette pulsó el botón y negó con la cabeza.

—Tiene el teléfono apagado. La última vez que Ludvig ha sabido algo de ella ha sido esta mañana. Entonces le ha preguntado cómo sacar un coche.

—¿Un coche? ¿Uno de los nuestros?

Sonó la campanilla del ascensor y se abrieron las puertas.

—Sí, uno del garaje.

—¿Tenemos…? ¿Se los puede rastrear de algún modo?

—Por desgracia, no. ¿Hay algo nuevo de ahí arriba? ¿Los chicos?

—Aún no tenemos pistas, pero están llevándolo bien. Los agentes locales parecen espabilados. La Cruz Roja ha organizado una batida, y han montado un equipo de ayuda psicológica para ayudar a los padres.

Anette recibió una nueva llamada, pero la rechazó. Munch se vio a sí mismo en el espejo. Demacrado, cansado, parecía que no había comido ni dormido en mucho tiempo, lo cual era bastante cierto. Se arrepintió de no haberse fumado un pitillo antes de entrar, eso le iba a llevar un tiempo.

—Ya está en la sala de interrogatorios.

Anette señaló el pasillo con el móvil.

—¿Y ha salido de él que quería hablar con nosotros?

—Sí. Ha llamado el abogado. Ha dicho que podrían tener información de interés para nosotros si podíamos hacer algo para ellos a cambio.

—¿«Algo» significa que quiere librarse de una posible sentencia por lo de las pastillas?

—Más o menos.

—¿Está a nuestro alcance?

Ella se lo pensó un momento.

—Tal vez. Tengo que hablar con el abogado del Estado.

—Vale, pues llámalo ahora —gruñó Munch y entró en la sala de interrogatorios.

Frank Helmer parecía más despierto esta vez, como si pensase que iba a estar delante de un jurado. Camisa, americana, el pelo repeinado. Saludó cortésmente a Munch, y se enderezó levemente al verlo entrar.

—Vale, ¿qué quieres? —Munch suspiró al tiempo que se dejaba caer en la silla.

—Mi cliente… —comenzó el abogado, pero Munch lo paró.

—Quiero que me lo digas tú. Directamente.

—Bueno… —comenzó Helmer, se metió un dedo en el cuello de la camisa y miró de reojo al abogado, que retomó la palabra.

—Entendemos que mi cliente tiene información que podría servirles de ayuda...

—En serio —dijo Munch—. ¿De modo que cree que nos puede servir de ayuda? ¿Que su cliente con toda probabilidad sabe quién ha matado de manera brutal a cuatro niños y ahora seguramente tiene a otros dos cautivos? ¿Es lo que quieres, Frank? ¿Otras dos vidas extinguidas por tu culpa?

Helmer estaba sudando, era evidente que estaba incómodo.

—Yo... —Dirigió otra mirada vacilante al abogado.

—Proponemos —soltó el abogado chanchullero— que se retiren las acusaciones a mi cliente, que se le recompense ampliamente y, sobre todo, que se formule una disculpa pública por el ataque al que fue some...

En ese momento, Anette asomó la cabeza por la puerta con el móvil contra el pecho.

—Tienes que oír esto...

—¿Ahora? ¿En serio?

—Sí, absolutamente.

Una vez en el pasillo, Anette estaba sonriendo un poco y le pasó el móvil.

—Sí, ¿hola? ¿Quién es?

—Hola, Munch, soy Anja. Anja Belichek. Sé quién es, sé quién es. —La chica polaca habló sin respirar entre frase y frase—. Mi hermana tenía una amiga que desapareció, y me parecía recordar que la habían ingresado en Gaustad, y al final la he encontrado, vive en un piso donde vivíamos nosotros antes. En cualquier caso, le he preguntado por Lørenskog y Helmer, si había visto el periódico, si se acordaba de ellos. Y me lo ha confirmado. Entonces le he preguntado si recordaba a otro que podría haber estado con esos dos ahí dentro. Y me ha dicho que era curioso que le preguntase justo eso, porque acababa de pensar en él...

—¿Cómo se llama, Anja?

—Bueno, ese era el asunto, por eso me ha costado un poco enterarme. Porque Camilla, es decir, la chica de la que estoy hablando, no es capaz de recordar nombres. Creo que es un problema médico, con un nombre concreto que no recuerdo ahora mismo. En cualquier caso, hemos tenido que llamar a otra amiga, que...

—¿Anja?

—Eh... ¿sí?

—Has hecho un trabajo fantástico. ¿Cómo se llama?

—Eh... Ulf Holund.

—¿Estás segura?

—Claro que estoy segura. Porque...

Munch le pasó el teléfono a Anette de nuevo, y la voz de la afanosa chica seguía sonando mientras él regresaba a la sala y se sentaba tranquilamente en la silla.

—Como iba diciendo... —dijo el abogado, tras lo cual carraspeó.

Munch volvió a callarlo con un gesto, y le pasó una hoja y un bolígrafo a Helmer por encima de la mesa.

—Ulf Holund.

—Eh... ¿qué?

—Puede que revisemos tu caso. Si anotas aquí todo lo que sepas sobre tu buen amigo Ulf Holund. Dónde vive, a qué se dedica...

El abogado protestó en voz alta.

—Ulf Holund —dijo Munch, y puso un dedo en la hoja.

—No, no, exigimos plena...

—Cierra el pico —murmuró Helmer.

Y agarró el bolígrafo.

8

8

78

Lydia Clemens había dado muchas vueltas a lo del tejón. Se había pasado noches sin dormir. Pensando en lo terrible que debió de ser para el hermoso animal verse encerrado en aquella pequeña jaula. Esa noche se había enfadado tanto que se había levantado. Se había vestido. Había estado a punto de salir de casa, con el arco cruzado sobre el pecho y el cuchillo enfundado en la cintura. Pero todo estaba muy oscuro, y el viento aullaba y sacudía las copas de los árboles, por lo que lo había dejado. Había regresado a la cama entre lágrimas. ¿Y si había vuelto a atraparlo? ¿O a otro animal? Que ahora estaba ahí arriba, solo, sin nadie para ayudarlo. Lydia había leído en algún sitio que algunos animales eran tan listos como los humanos. Quizá más listos. Y que tenían sentimientos. Igual que ella. Aquella vez que se había puesto tan triste cuando Birgitte, una de las cabras, había enfermado tanto que tuvieron que matarla antes de tiempo. Cómo había llorado al sujetarle la cabeza, cómo parecía que sus ojos hablaban, pidiendo ayuda. Ese dolor interno también lo sentían los animales. Había leído que había pulpos que apagaban la luz, muy por encima de su acuario, arrojando un chorro de tinta, porque estaban muy cansados de que todo el mundo los observara. Y que había ardillas que se impregnaban del olor de serpientes de cascabel para asustar a los animales de su entorno. Le parecía increíble. ¿Tan listos?

Al principio le había gustado. El hombre de la cabaña destartalada. Su televisor. Todas las cosas emocionantes que veía. Y era probable que estuviera solo, porque las veces que lo había visto allí había estado solo, igual que ella, sin amigos.

Pero ella tenía al abuelo Willy, por lo que él estaba peor. Eso había pensado. Pero ya no. No después de lo del tejón. Afortunadamente, eso ya estaba resuelto. Y afortunadamente, pensaba acercarse otra vez en breve, dejarlo en libertad si estaba allí, quizá incluso quemar y tirar toda la jaula. Sí, iba a hacerlo seguro, porque él no podía andar haciendo esas cosas. Lydia había empezado a entender por qué el abuelo Willy odiaba tanto a todas las personas, y por qué eran la razón por la que el «tiempo largo» estaba a punto de comenzar.

La verdad es que se había levantado temprano, quería salir cuanto antes, pero luego se había acordado de que no podía. Porque era el día que tenían que cavar la zanja. Desde el arroyo hasta la casa. Querían instalar agua corriente, para no tener que ir hasta el pozo a recogerla cuando ya no quedaba en los cubos. Lo habían hablado muchas veces, pero hasta entonces nunca habían hecho nada. Porque el abuelo odiaba el plástico. El plástico es una enfermedad incurable que actuaba contra la naturaleza, como él solía decir, y un día la Tierra dejaría de respirar porque el plástico estaba ahogándolo todo. Pero entonces se le había ocurrido una buena idea. Un día había bajado hasta Vassenden, había visto un contenedor de donde salían unos tubos de plástico, y entonces se le había encendido una bombilla sobre la cabeza, como a veces le pasaba al Pato Donald. Ajá, había pensado, estos tubos de plástico iban a ser desechados o quemados. En tal caso, tiene sentido que los usemos para algo. Lydia se había alegrado cuando llegó con ellos y le contó toda la historia. Le entraba un cosquilleo por dentro al pensar en ello. Solo haría falta girar el grifo y de repente llegaría el agua cuando fuese a lavarse los dientes, al igual que en los baños de la biblioteca. O al menos así era la última vez que había ido, hacía unos inviernos.

Por lo demás, el abuelo Willy no había estado de muy buen humor. Desde que había vuelto a ir la inspectora, una representante del Estado que quería engañarlos con fantasías de que todo estaba bien, de que nada peligroso estaba pasando, aunque ellos supieran de sobra que eso era mentira. En esta ocasión había sido otra persona. No los personajes desagradables de la última vez, que se habían reído de ella cuando pensaban que no estaba mirando. No, esa persona había sido muy amable. Una mujer un poco mayor, de unos veinticinco años o así. Lydia no estaba del todo segura, pero en cualquier caso la visita había sido mucho más agradable que la última. Lydia le había enseñado todo, y la mujer le había hecho muchos halagos, sobre lo bien que estaban las cabras, lo suave que era la piel de las ovejas, que nunca había visto una pocilga tan limpia, que las gallinas tenían las plumas más bonitas que había visto en mucho tiempo. Muchas cosas así. Y Lydia se había alegrado, se había alegrado mucho por dentro, incluso le había dado algo de pena cuando se despidieron en la verja. Se había preparado con mucho esmero, claro. Porque esta visita era importantísima. Si no salía bien, el Estado iría a por ella. Así que había leído y estudiado más de lo que solía. Incluso había escrito un trabajo entero, «La matemática de la naturaleza», con un poco de ayuda del abuelo Willy. La chica no había tenido tiempo de leerlo, pero Lydia había contestado de forma correcta a todas las preguntas, en cualquier caso. Más que correcta, de hecho. La amable chica parecía muy contenta y había sonreído mucho al despedirse.

Aun así, el abuelo Willy estaba mosqueado. A Lydia le parecía que ya era hora de que espabilase un poco. Que cambiase el humor. ¿Acaso ella no había estado muy bien? En la entrevista con el Estado. ¿Y no se había pasado todo el día cavando con azada y pala entre el brezo y la turba, sacando piedras hasta empaparse de sudor? ¿Para hacer un hueco a esos tubos?

Que sí, narices.

Iba a hablar con él cuando llegase a casa esa noche.

Pero no en ese momento.

Lydia se puso una cinta alrededor de la cabeza, metió el cuchillo en la funda, bajó el carcaj de la pared y comprobó el filo de las puntas de las flechas; después, tiró de la cuerda del arco un par de veces para ver si estaba equilibrado, antes de atarse los zapatos de piel de corzo y salir al sol de la hermosa tarde.

79

F redrik Riis acababa de salir del ascensor de la calle Mari-
     boesgate, cuando Ludvig llegó caminando apresuradamen-
te por el pasillo.

—Lo tenemos.

—¿Qué?

Ludvig le hizo una seña para que lo acompañase a la sala de
reuniones, se puso delante del amplio mapa y dio unos golpes
con el dedo.

—Aquí es donde vive.

—¿Qué quieres decir? ¿Lo tenemos? ¿De verdad?

—¿No has hablado con nadie?

—No. Acabo de bajar de Hakadal.

—Su nombre es Ulf.

Fredrik nunca había visto al sereno investigador tan entusiasmado.

—Tranquilízate un poco. Vuelve a empezar. Lo tenemos.
¿Cómo? ¿Quién lo ha encontrado?

—Anja —respondió Ludvig, orgulloso.

El canoso investigador salió repentinamente de la sala, volvió de inmediato con una carpeta y extendió el contenido de la
misma por la mesa entre ellos.

—Aquí están las cosas que he encontrado hasta ahora, no he tenido más que diez minutos. Munch acaba de llamar de Grønland, estamos actuando desde dos frentes...

—Espera un poco, Ludvig, ¿has dicho Anja?

El otro sonrió y se puso las gafas.

—¿Sí? ¿Qué pasa? ¿Pensabais que las ratas de oficina no sabíamos hacer nada? ¿Que nos pasábamos los días aquí, colocando cables para el ordenador?

—No, nunca he pensado eso. Pero...

—Ulf Holund. Tiene un taller. Diez kilómetros al norte de Vassenden. Y lleva una grúa de la NAF. —Lo último le salió con un tono triunfal.

—¿Qué?

—¿Qué te parece?

Las piezas fueron encajando poco a poco en su cabeza.

¿La grúa de la NAF?

Joder.

Las colillas.

Tuvo que sacarlas del cenicero del coche.

Un accidente de coche.

El restaurante Grillen Gatekjøkken.

El atropello.

Un accidente de coche.

Lo tenía grabado en vídeo.

Hacía mucho tiempo.

Al fondo.

Pero no se había fijado.

No lo suficiente.

—Y no es lo único —dijo Ludvig, negando con la cabeza—. ¿Te acuerdas de Patrick? ¿El elaborador de perfiles sueco...?

—¿Sí?

—No es quien dice ser.

—¿Qué quieres decir?

—He rastreado el número de los que nos llamaron —dijo Grønlie impacientemente—. Ya sabes, ¿de Suecia? Fue *recomendado*, ¿no es así?

—No entiendo…

—No, yo tampoco entendía nada. Cuando he devuelto la llamada, se ha puesto un señor mayor que no sabía ni quién era ni dónde estaba. Balbuceaba algo de que tenía a Ingmar Bergman atrapado en el sótano de su casa. He logrado tranquilizarlo al cabo de un rato. Resulta que nuestro hombre, Patrick, es su psicólogo. Hizo que nos llamase, haciéndose pasar por policía, para recomendarlo ante nosotros…

—No me lo puedo creer… Pero ¿por qué?

Fredrik ya estaba sobrepasado y tuvo que sentarse.

—Patrick Olsson es nada menos que Patrick *Hellberg*.

—¿Quién?

—El padre de Oliver Hellberg —continuó Ludvig—. Oliver. La primera víctima. En Suecia. Ha tenido que sufrir muchísimo, ¿no crees? Primero desaparece su hijo. Luego su mujer se quita la vida. Su mundo entero se desvanece de pronto, debido a ese hijo de puta. Tuvo que enterarse de nuestro caso y pensar: «Joder, quiero ser parte de *esto*, quiero participar en la persecución, encontrarlo y mirar a los ojos a ese hombre». Personalmente, a mí me inspira respeto. En cualquier caso, caímos todos como tontos.

Fredrik Riis no pudo pronunciar ni una palabra.

—¿Sigues aquí? —Ludvig abrió los brazos en señal de rendición—. Munch quiere a todas las unidades allí. Ahora mismo.

—¿Dónde?

Ludvig había regresado al mapa de la pared.

—Aquí. Servicio de neumáticos Gran. Ya están en camino. Ve, ya.

Fredrik Riis se levantó y bajó corriendo por el pasillo. Pulsó el botón frenéticamente, aunque sabía de sobra que el ascensor no iba a llegar antes por ello, pero tenía que liberar la adrenalina de algún modo.

«Vamos, vamos, vamos...».

«Ya».

Por alguna razón, en el garaje había menos luz de lo normal.

¿Se había ido la luz por allí?

Daba igual.

Se acercó corriendo al coche, encontró la llave en el bolsillo de la americana y estaba a punto de introducirla en la puerta cuando una figura alta salió de entre las sombras.

—Muy buenas, casanova.

Fredrik se sobresaltó y de pronto vio a Oxen, que se tambaleaba delante de él.

Tenía una botella en una mano y en la otra sacudía algo.

—¿Conque te acuestas con las mujeres de tus colegas? ¿No tienes suficiente con las chiquillas que normalmente te llevas a casa?

Oxen sonrió, tomó un trago de la botella y se acercó más.

¿Una pistola?

Joder.

Fredrik levantó las manos para protegerse y dio un paso atrás.

—Karl, lo siento. De verdad que lo siento. No sabía quién era. Ocurrió, sin más, por casualidad, pensaba que...

—Ah, cállate la boca.

Lo vio con más claridad ahora. Los ojos oscuros estaban encendidos.

Oxen estaba tan borracho que le costaba sostenerse en pie. Volvió a sacudir la pistola.

—Karl, te lo digo en serio. Fue sin querer. No sabía que...

No tuvo tiempo para reaccionar. El enorme hombre se movió ligero como un boxeador, la botella fue hacia él a través de la penumbra y, de repente, estalló en su cabeza.

—Por Dios, Karl...

El sabor a sangre en la boca. Las rodillas impactaron en el cemento.

—¿Qué te pareció? ¿Te gustó? Puto crío. ¿Disfrutaste?

Otra patada, esta vez en la cabeza.

Se oyó un crujido en el cuello.

Otra patada más.

Y otra.

Parecía que el techo había caído sobre él.

Olía a algo.

A licor.

Salía de la boca de la botella y caía sobre él.

Oxen volvió a levantar la bota.

lgo goteaba. Al principio Mia no entendía que era su propia cara la que recibía los impactos de las gotas. No estaba allí. Se encontraba en otro lugar. Gotas doradas de una cascada. Lluvia de un cielo con colores que no había visto antes. Otra gota que le caía, por una frente que estaba apoyada contra una pared de ladrillos, y bajaba por una nariz, que inspiraba aire que olía a humedad y putrefacción, por una boca que no se dejaba abrir, con dientes sueltos dentro. La gota fría terminó entrando entre sus labios, y fue entonces cuando abrió los ojos.

Un débil rayo de luz. Procedente de una pequeña ventana en algún lugar. La escayola descansaba sobre su muslo. No podía mover el otro brazo. Estaba atado a algo. Mia trató de girar la cabeza para ver qué era, pero se arrepintió de inmediato. Sintió una explosión en la sien, que se le extendió por toda la mandíbula y le bajó por la columna vertebral.

«Joder...».

No vuelvas a hacerlo. Quédate quieta sin mover la cabeza. Abre los ojos lentamente otra vez. Vale, tienes un párpado pegado, pero el otro funciona.

«Con cuidado».

—¿Estás despierta?

Podía ver a Patrick cerca de ella, con las dos manos juntas por encima de la cabeza, debajo de la ventana, atadas a un tubo.

—¿Dónde estamos?

—En la antesala del infierno.

Tuvo que cerrar el ojo otra vez, no le quedaban fuerzas para seguir manteniéndolo abierto.

Su voz se extendió, líquida, por el suelo de tierra.

—Y no estamos solos. Hay niños aquí. Dos, en la habitación de al lado. Antes han gritado algo, pero ahora están callados. Ha bajado por las escaleras. Espero que solo les haya cerrado la boca con cinta americana o algo similar. Porque nos matará primero a nosotros, ¿no? Tiene un ritual, ¿no es así?

Volvió a desvanecerse un momento, flotando hacia ese cielo hermoso que no tenía ni principio ni fin, esos colores que no pertenecían a este lado de la realidad.

Otra gota dorada.

Esta vez, Mia despertó cuando la gota le impactó en la frente.

La luz era débil en uno de sus ojos, el que podía abrir. Se oyó la voz de nuevo, trepando por las frías paredes de ladrillo.

—No soy quien crees, Mia. No fui parte de la investigación. Soy el padre de Oliver. Y lo he visto antes. Al hijo de puta de arriba. Lo vi en un accidente de tráfico que tuvimos. Era el operador de la grúa. Era mucho más joven entonces, pero es él. Ya puedo morir, Mia. He encontrado paz. Ahora sé...

¿De qué estaba hablando?

¿Esas palabras?

Las letras que se separaban en el aire.

Que no sonaban.

Solo tenían formas.

Entraba y salía por las grietas del suelo de tierra, en el hedor de moho de las paredes, en el pasillo, subía por las escaleras, siguiendo los pies que iban avanzando, entre los pasos, entrando en la llave que era introducida en la cerradura, a través de las grietas, saliendo por la ventana, uniéndose al aire fresco, subiendo a la luz, y allí vio la pequeña casa, muy por debajo de ella.

«Afortunadamente».

Ya no hacía falta tener miedo nunca más.

81

El sol estaba cerca de los árboles del poderoso bosque cuando Munch llegó al almacén blanco y salió del coche. Katja se acercó rápidamente a él por el patio y señaló un Audi negro en un extremo de la fachada.

—Ha estado aquí.

—Mia. Hemos encontrado su teléfono en el suelo. Y ha venido aquí con el sueco.

—¿Qué? Pero ¿cómo ha podido...?

Munch se sacó un cigarrillo de la trenca, pero se quedó sin encender entre sus labios.

Katja negó con la cabeza.

—No tengo ni idea.

Un agente local salió del edificio y saludó a Munch.

—No hay nadie aquí, que podamos ver. El armario está abierto y, si normalmente está lleno, falta uno.

—¿Un qué?

—Lo siento, un rifle. Ha dejado las llaves puestas, así que habrá salido con mucha prisa.

—¿Y tú eres...?

—Martinssen, de la comisaría de Gran. Hemos venido nada más recibir el aviso. Somos cuatro, dos están acercándose a las casas a unos kilómetros de aquí, para ver si alguien sabe quién es y dónde ha podido meterse.

—¿Es conocido para vosotros? ¿Figura en vuestros registros?

Martinssen negó con la cabeza.

—Por aquí los recursos son escasos, pero no tan limitados. Si alguien quiere mantenerse apartado, es fácil esconderse. No tenemos nada en los archivos. ¿Vosotros sí?

—No he tenido tiempo de mirar —murmuró Munch y se encendió el cigarrillo.

Observó el paisaje a su alrededor. Grandes árboles que crecían muy juntos. La inquietud se había apoderado de él cada vez con más insistencia a medida que se alejaban de la ciudad. Por esa zona era imposible encontrar a nadie. Allí uno podía esconderse durante meses.

—Los dos vehículos están fríos —dijo Katja, señalando con la cabeza la grúa roja y amarilla de la NAF que estaba aparcada delante de los portones—. De modo que hace horas que nadie ha estado por aquí. Lo cual quiere decir que pueden estar en cualquier lugar.

—¿Hay algún rastro de un quad, un ATV?

Martinssen alzó la voz para llamar la atención de su colega, que seguía en el pequeño vestíbulo.

—¿Hemos visto algún quad?

El agente asomó la cabeza por la puerta.

—No, pero he visto bidones de gasolina. Y hay un juego de ruedas más pequeñas junto a la mesa del taller, así que bien podría haber uno.

—A no ser que estén a la venta —dijo Katja secamente con un gesto hacia el cartel, levemente inclinado, que había encima de la puerta.

«Mierda».

Munch estaba de repente preocupado.

¿Qué hacía Mia por allí?

¿Cómo demonios había dado con él?

¿Y por qué no se lo había comunicado?

Volvió a levantar la vista hacia el oscuro bosque y, por un momento, tuvo que luchar contra una sensación de impotencia.

¿Cómo cojones iban a…?

—¿Qué hacemos? —preguntó Katja, como si le hubiera leído el pensamiento—. Si tiene a esos chicos, tiene que tenerlos cautivos en algún lugar.

—¿Habéis registrado todo esto?

—No hay más que lo que estás viendo. Dos edificios. No hay sótano. Tampoco más construcciones por detrás. Solo esto.

—Así que ¿no vive aquí?

—Que yo vea, no.

—Mierda. ¿Y no tenemos otra dirección, aparte de esta?

—Voy a comprobarlo otra vez con Ludvig.

Katja se acercó a su coche y llamó a la oficina por la crepitante radio.

Volvió, negando con la cabeza.

—Nada. Está empadronado aquí.

—¿Tiene familia? ¿Hay más gente en el registro?

—A Ludvig no le consta nadie más. Solo una lista de transacciones en internet. Parece que vendía piezas en una página web desde aquí. Neumáticos, llantas.

—Pero ¿nada más? ¿No hay personas conocidas…?

Munch se había olvidado de su cigarrillo, estuvo a punto de quemarse los dedos y tiró la colilla a la grava del suelo.

Katja se cruzó de brazos y lo miró con preocupación.

—¿Dónde demonios empezamos a buscar?

—No lo sé, Katja.

Se oyó el ruido débil de un motor desde la curva de la carretera. Acto seguido, un joven montado en una Suzuki paró la moto delante de ellos. El chico se quitó el casco y miró confundido a su alrededor.

—Madre mía, eh… ¿qué ocurre?

—¿Podemos ayudarte? —preguntó Munch, acercándose.

—Solo iba a… ¿Está Ulf?

—¿A qué has venido? —preguntó Katja.

—Tiene mi Shimano Stradice.

—¿Shimano…?

—Un carrete de pesca —aclaró Katja.

El chico asintió con la cabeza.

—Me lo ha tomado prestado, y mañana subo al lago Rand-sjøen, así que…

—¿Lo conoces bien?

—¿A quién, a Ulf? No, no muy bien, pero…

—¿Sabes dónde vive? Aquí no, ¿verdad?

—No, no. Vive en su cabaña.

—¿Y dónde está esa cabaña?

—En el monte Brekkåsen.

—¿Queda lejos?

—Sí.

—Enséñanos el camino.

—¿Qué? —El chico les miró raro—. ¿Ahora? ¿Cómo? Te-nemos que ir montados en algo. No podemos ir a pie hasta allí.

—Deprisa, entonces —espetó Katja y se llevó al chico del-gaducho, cruzando el patio.

82

Tenía rayas negras de carbón bajo los ojos, como los indios cuando salen a cazar, para ver mejor a sus presas cuando el sol está bajo en el cielo, como en ese momento. Lydia se movía entre los árboles, sigilosa como un gato montés, atravesando el brezal, hasta que al fin atisbó a lo lejos la pequeña casa pintada de marrón. Ya no eran amigos. De modo que debía tener cuidado. No podía comportarse como una chica normal y amable que se acercaba a una ventana para ver los divertidos dibujos animados. No, esa vez estaba en guardia. Con todos los sentidos aguzados. Era ella contra el cazador de tejones. De verdad. Se agachó tras un enebro y se llevó los pequeños prismáticos a los ojos. Había movimiento. Normalmente el hombre no hacía nada, y solo lo veía desde la ventana. Con una cerveza encima de la mesa. Comiendo con un tenedor directamente de una fiambrera. Pero ese día no. Estaba caminando de un lado para el otro. Una vuelta por delante de la casa. Se acercaba al quad que tenía aparcado en la pista forestal. Entraba por la puerta y salía nuevamente. Esta vez llevaba algo en las manos. ¿Qué era? Sí, narices. Una escopeta. Una escopeta de dos cañones. Hizo un barrido rápido con los prismáticos. Trató de ver la jaula, pero no entraba en su campo visual. Había dos árboles grandes delante. Se agachó y atravesó el cenagal lenta y sigilosamente. Silenciosa como un ratoncillo. Ligera como una ardilla. Peligrosa como una serpiente de cascabel. Porque esta vez no iba a librarse. Si tenía el tejón en la jaula, se iba a enterar. ¿Se pensaba que ella no era más que una niña de doce años? Ya podía replantearse las cosas. Había atrapado truchas con las manos. Había matado a un corzo con el cuchillo, después de muchas horas de espera. Sentada en una rama. Junto a un arroyo, en el lugar adonde ella sabía que acudiría el corzo. Había sido en invierno, cuando no tenían comida. El abuelo Willy había estado enfermo, echado en la estrecha cama junto a la estufa. Lydia podía haber matado a uno de los animales, pero no quería. Les había puesto nombre a todos. El abuelo Willy le había dicho que no los nombrase, porque al final iban a morir y era mejor no cogerles demasiado cariño, pero ella no le había hecho caso. Los animales eran los únicos amigos que tenía. Y en el calendario junto a la puerta ponía cuándo les tocaba morir. Hasta ese día iban a vivir. Así que se había puesto los zapatos más cálidos y el abrigo de piel, y se había llevado un bocadillo y un termo con bebida caliente. Se había subido al árbol, y allí había esperado. Si ese tipo había vuelto a atrapar el tejón, se iba a enterar.

De quién era ella.

Se agachó nuevamente y se puso de rodillas sobre el húmedo suelo. El olor a azufre y metal emanaba de las matas de hierba a su alrededor. Se llevó los prismáticos a los ojos otra vez, y entonces alcanzó a ver la jaula. Expulsó el aire de los pulmones con alivio. No había nada dentro. La puerta estaba abierta, tal y como la había dejado. ¿Debería hacerlo? ¿Quemar la jaula? ¿Hacerla desaparecer? En la mochila tenía cerillas y el alcohol de quemar del abuelo Willy. Fumaba. Se empeñaba en hacerlo. Aun sabiendo que era peligroso. Aunque ella le había enseñado fotos de pulmones de gente muerta en los libros.

«Hay que tener algunos vicios».

El abuelo Willy, carraspeando delante de la chimenea.

«Sí, pero ¿yo qué?».

«Yo, ¿qué voy a hacer?».

«Cuando llegue el "tiempo largo"».

«¿Tengo que estar aquí?».

«¿Totalmente sola?».

Lydia dejó caer los prismáticos sobre el pecho y estaba a punto de acercarse aún más cuando de pronto pasó algo junto a la casa.

Saliendo del sótano.

Dos, no, tres personas.

Dos que iban delante, y el hombre, detrás.

¿Tenía amigos, a pesar de todo?

No.

Oh, no podía ser.

Iba detrás de ellos con la escopeta.

Se llevó de nuevo los prismáticos a los ojos rápidamente. Los tres desaparecieron un momento, pero volvieron a salir por el otro lado de la casa.

Y siguieron caminando despacio hacia el cenagal, justo hacia ella.

Una chica. Tenía el pelo moreno. Los ojos vendados. Le costaba caminar sin ayuda.

La otra persona la sujetaba.

Un hombre. Un poco mayor. También él tenía los ojos vendados, y las manos atadas delante de él.

El hombre se dio la vuelta y dijo algo, pero el otro le clavó el cañón de la escopeta en la espalda.

Lo empujó para que continuase.

Se acercaron aún más y empezaron a atravesar el cenagal con pasos titubeantes. Ya no necesitaba los prismáticos, los veía sin ellos.

Luego parecía que habían llegado.

El hombre les ordenó que se pusieran de rodillas.

Dio un paso hacia atrás y levantó la escopeta hacia ellos.

Fue entonces cuando Lydia se levantó.

Había bajado el arco del hombro y ya había colocado una de las flechas en la cuerda.

—¡Oye!

El hombre se sobresaltó y miró a su alrededor, confundido, sin saber de dónde procedía la voz.

—¡Aquí!

Echó a andar hacia ellos con pasos ligeros; la turba estaba blanda bajo sus pies.

Ahora el hombre ya la veía y la apuntó con la escopeta llevado por el pánico, pero la flecha ya había salido disparada.

A doscientos kilómetros por hora. Cuando la flecha le impactó en el hombro, el cuerpo se le torció y el hombre dejó escapar un grito agudo.

Disparó la escopeta, el estallido llenó el aire y una bandada de cornejas levantó el vuelo desde la copa de un árbol, graznando.

Lydia enganchó la segunda flecha en la cuerda.

Y esta vez dio en el blanco.

Pudo verle las manos.

Se las llevó a la garganta.

Lydia Clemens sacó la tercera flecha del carcaj, pero se dio cuenta de que no hacía falta. El hombre cayó de rodillas. Los brazos se le desplomaron a los costados. Y se quedó tendido en el suelo, inerte.

9

83

Cuando Fredrik Riis se despertó, sonaba música de cuerno en la lejanía. Se quedó tumbado en la amplia cama de hospital, con los ojos cerrados. La última semana había sido así. Tenía miedo de abrirlos, miedo de sentir cómo tenía el cuerpo, pero estaba mejorando. Hemorragias internas, el bazo reventado, dos fracturas en el cuello. Se había despertado en la UCI, aún bajo los efectos de la anestesia, sin tener ni idea de dónde estaba. Drogado. Sin sentir nada en absoluto. Los dolores habían llegado más tarde. Fuertes. Como si tanto su mente como su cuerpo se hubiesen dado cuenta al mismo tiempo, más tarde. Había tenido que llamar a los enfermeros constantemente. «Dadme más, esto es insoportable». Aumentaban la dosis de los analgésicos intravenosos que colgaban junto a la cama, a través del tubo que entraba en el brazo izquierdo, y volvía a quedarse dormido. Despertaba otra vez. Más dolor. Pulsaba el botón. Y se repetía el mismo proceso. Pero ya estaba mejor. Mucho mejor. La música de cuerno cobraba intensidad; eran instrumentos de viento y tambores, clarinetes y flautas, con golpes y gritos, normalmente desfasados. Pero ahí estaba la gracia, ¿no? Mayo en Noruega. Enseguida tocaba celebrarlo. El país cumplía ciento ochenta y siete años; bueno, eso quizá no fuera del todo correcto, los vikingos se habrían quejado de semejante afirmación, habrían atacado el hospital, le habrían arrancado la escayola y todos los aparatos, y le habrían robado sus escasas pertenencias, para después matarlo a hachazos. Ciento ochenta y siete años desde la última liberación, eso era más correcto. Desde que aquellos hombres realizaron un juramento en torno a la mesa en Eidsvoll. La Constitución. Por eso, Fredrik había participado en las marchas con la trompeta cada mes de mayo, todos los años, subiendo por la avenida de Karl Johan, entrando delante del castillo, tocando todo lo que podía mientras la familia real saludaba desde el balcón. La banda escolar de Uranienborg, con los uniformes un tanto desgastados. ¿Por qué el resto podía llevar botones de oro y colores vivos, mientras que ellos tenían que vestir de marinero? ¿Gorros de marinero? Como unos marineros vestidos de azul y blanco que acabasen de arribar. Y no era una trompeta, claro, sino una corneta, pero su familia pensaba que daba lo mismo. Una corneta, ¿qué era eso? Parecía una trompeta, por lo que debía de ser una trompeta. Al final él mismo había empezado a decirlo.

Su hermana había ido a verlo al hospital.

Uno de los primeros días.

Se había quedado sentada junto a la cama mucho tiempo, llorando y cogiéndolo de la mano de un modo reconfortante.

Todavía no podía hablar, aún tenía las mandíbulas fijadas, pero había intentado decírselo con la mirada.

«No te preocupes. Estoy bien».

«Muchas gracias por venir».

Al final abrió los ojos. La débil luz del sol entraba a través de las ligeras cortinas, y alcanzó a ver a una persona que estaba sentada en la silla.

—Hola —dijo con suavidad—. ¿Estás despierto?

—Sí, ahora sí —dijo Fredrik con una sonrisa, y pulsó un botón para levantar el respaldo de la cama.

—Soy Silje Simonsen, trabajo como profesora en la escuela de Finstad, encantada de conocerte.

Fredrik se rio un poco.

—Ah, yo también estoy encantado de conocerte.

—Por si te habías olvidado de mí.

Sonrió y se levantó de la silla. Se acercó a la ventana y apoyó la espalda en el marco. Tal vez fueran los efectos de las drogas, pero Fredrik sintió una oleada de calor al verla.

—¿Cómo te va?

—Todo bien. Esta noche saldré a bailar. ¿Quieres venir?

Se rio en voz baja.

—Estaría encantada. Pero creo que tendremos que esperar un poco.

Se acercó a él, hasta que Fredrik notó el perfume suave que llevaba. Luego Silje se sentó en el borde de la cama y comenzó a acariciarle la mano con cuidado.

—¿Puedo hacer esto? ¿Te hago daño?

—No, no. No me haces daño.

—Te he echado de menos —dijo Silje Simonsen, mirando al suelo.

—Yo también te he echado de menos —respondió Fredrik con una sonrisa, y tuvo que cerrar los ojos otra vez para descansar. Llevaba mucho tiempo con ellos abiertos.

—¿Quieres que me marche?

—Para nada, quiero que te quedes.

Silje se le acercó aún más, y Fredrik pudo sentir su respiración contra la piel.

—Vale. Entonces me quedo —dijo en voz baja.

Y le dio un beso suave en la mejilla.

84

Lydia miró la mesa para comprobar que ya lo tenía todo. La merienda. Había horneado su propio pan. Era un pan oscuro, con levadura de verdad. También había batido la mantequilla. Normalmente las cabras les daban leche, pero no era muy buena salvo para beber, así que bajaban a una granja del valle con un cántaro a comprar leche de vaca, y era esa la que usaba. Si tenía que elaborar mantequilla o separar la nata. La mermelada quizá fuera su principal motivo de orgullo. Había una gran abundancia de frambuesas a su alrededor, tantas que apenas tenía que moverse para llenar los cestos, y había dado con un método para hacer mermelada sin usar azúcar y aun así conseguir que tuviera un sabor decente. Y la mermelada de arándanos, claro. Resultaba difícil elegir cuál era la mejor de las dos. No había tenido claro qué iba a usar como tartera, pero al final se le había ocurrido. Había una vieja cajita en el sótano. Estaba envuelta en plástico, algo que el abuelo odiaba, por lo que debía de ser valiosa. Era pequeña, de color azul claro, y tenía rosas pintadas en los laterales. En el exterior del fondo, alguien había puesto un nombre y un año. «Magdalena, 1980». Era perfecta. Llevaba agua en una botella de metal. Una cazadora por si cambiaba el tiempo, había que caminar un poco. Vale. Un par extra de calcetines siempre venía bien. Una toalla, por si le apetecía darse un chapuzón en el camino. Vale. Sí. Puso los brazos en jarras. Eso sería todo. Contenta, Lydia metió todo en la vieja mochila militar verde y la dejó junto a la puerta. Cruzó la habitación en silencio para mirarse en el espejo. Llevaba la falda. La de las flores grandes que se había hecho ella misma. También se había arreglado el pelo. Se lo había recogido en un moño en el cogote, pero lo soltó y dejó que el pelo le cayera por los hombros. Mejor así. Vale. Muy bien.

Llamó a la puerta y entró cautelosamente en la pequeña habitación.

—¿Abuelo?

Estaba oscuro ahí dentro.

Se acercó a la ventana y corrió las cortinas.

—¿Abuelo? ¿Estás despierto?

El viejo se tapó la cabeza con la manta y le dio la espalda. Llevaba unos días así.

—¿Abuelo? Me voy. ¿No vas a decirme adiós?

El silencio era total, pero podía ver que respiraba.

—Vamos, abuelo. No es el fin del mundo. No me voy para siempre. Vuelvo esta tarde. ¿Quieres que te traiga algo?

Negó con la cabeza bajo la manta.

—Ya tengo doce años, yo decido. Vale. Entonces tendré que marcharme. No te quedes demasiado tiempo en la cama, ya sabes que luego te dolerá la espalda. Levántate. Hay que hacer muchas cosas.

Estaba ya en la puerta, donde se quedó escuchando, para ver si se levantaba al final, pero no se oyeron pasos por el suelo.

Bueno, en fin.

Se le pasaría.

Fuera hacía un día fabuloso. Como si hubiera alguien encima de los árboles que tuviera ganas de celebrarlo con ella. Sonrió al sol.

«Voy a la escuela. Qué cosas».

Lydia Clemens se colgó la mochila y echó un último vistazo a la pequeña casa antes de echar a correr rápidamente hacia la verja.

85

Mia estaba sentada en la encimera junto a la ventana que daba a la calle, con una taza de té en las manos, contemplando la embajada italiana. Alguien estaba trabajando en el jardín. Manos enguantadas sobre los lilos, bajo los hermosos árboles, y pensó: «Quizá yo también debería hacerlo en breve. Trabajar en el jardín». ¿Tenía jardín? Había olvidado preguntarlo. Su teléfono vibraba débilmente sobre la encimera, delante de ella, y estuvo a punto de pulsar el botón rojo. No tenía ningunas ganas de hablar con nadie, pero cambió de idea al ver quién era.

—Hola, Holger.

—Hola, Mia, ¿cómo te va?

—Todo bien, ¿y tú?

—Bien. Estoy en casa. ¿Te dieron de alta ayer?

—Antes de ayer. Parece que está todo bien. Todavía me pita un oído, pero supongo que se me pasará, siempre y cuando no tenga que hablar por teléfono.

Munch se rio un poco.

—Muy bien, Mia. ¿Has hablado con Anette?

—No, ¿por qué?

—He pensado que podríamos quedar dentro de unos días. Para cerrar el caso. ¿Te parece bien?

—Sí, muy bien.

Munch se calló un momento.

—Tengo que preguntarte. Anette me ha dicho que aún no has firmado el contrato. ¿No quiere decir nada, espero? ¿Entiendo que quieres seguir trabajando con nosotros?

Mia sonrió por encima del borde de la taza.

—Sí, quiero hacerlo. Si a ti te interesa, claro.

Munch sonó aliviado.

—Por supuesto, Mia. Por supuesto. Tenemos muchos años buenos por delante. ¿Te llegaron las flores?

Mia miró los lirios que tenía encima de la mesa de la cocina.

—Sí, recuérdame de quién eran.

—De la familia de Ronny Eng. Estaban que no cabían en sí de alegría. Querían verte. Agradecértelo en persona. Les dije que no era un buen momento. Hice bien, ¿no?

Mia asintió con la cabeza.

—Estoy un poco cansada.

—Por Dios, normal. Te dejo en paz. Solo quería saber si te encontrabas bien.

Mia podía oír ruidos de fondo. Munch estaba fuera de casa, alguien lo llamaba.

—¿Nos vemos dentro de unos días?

—Por cierto…

—¿Sí?

—Se te olvidó contarme qué pasó.

—¿Con qué?

—El caso de Manglerud. ¿Aquella vez que estabas vigilando ese buzón?

Se oyó una voz risueña de fondo.

«Papá, ¿vienes? La barbacoa ya está a punto».

—Te lo contaré otro día. La vida me reclama.

—Vale. Gracias por llamar.

Dejó el teléfono a un lado otra vez. Parecía que los jardineros ya habían terminado con sus labores. Recogieron las herramientas y se marcharon hacia el bello edificio.

Estaba a punto de poner más agua a hervir para prepararse otro té cuando de repente vio a una figura en la calle.

El pelo rubio largo sobresalía debajo de una capucha. Unos brazos finos envolvían un cuerpo delgado.

Oh, Dios.

«Sigrid».

Mia dejó la encimera y bajó por las escaleras sin ponerse un pantalón siquiera.

—¡Sigrid!

Estaba casi irreconocible. Tenía la cara pálida. Temblaba. Le costaba hablar.

—Hola, Mia. ¿Es aquí donde vives?

—Sí, ven. No te quedes ahí.

Le pasó un brazo alrededor del delgado hombro y apoyó a su hermana mientras entraban por el jardín. Tuvo que ayudarla a subir las escaleras. Sigrid estuvo a punto de desplomarse, casi no tenía fuerzas ni para quitarse los zapatos sucios.

Entraron en la habitación, donde Mia la dejó en la cama.

La ayudó a quitarse la ropa con cuidado.

—¿Dónde has estado, Sigrid? Te he echado mucho en falta. —Ya brotaron las lágrimas. Le rodaron por las mejillas.

—Estoy muy cansada. No puedo hablar.

—Tú tranquila, no hables, cariño. Podemos hablar de todo más tarde.

La ayudó a tumbarse. Puso el nórdico sobre ella con cuidado. Se acercó a la ventana y corrió las cortinas.

—¿Mia?

Sigrid estiró un brazo hacia ella.

—¿Sí, cariño? No hables más. Estoy aquí. Yo te cuidaré.

—Me siento tan sucia, Mia. Por dentro.

Mia se sentó sobre el borde de la cama y pasó una mano por el pelo rubio de su hermana gemela.

—No estás sucia, Sigrid. Eres lo más bonito que conozco. Nadie está tan limpia como tú. Eres blanca como la nieve.

Los pálidos y bonitos labios esbozaron una pequeña sonrisa. Luego se le cerraron los ojos lentamente.

Y se quedó dormida.

«Para viajar lejos no hay mejor nave que un libro».

EMILY DICKINSON

Gracias por tu lectura de este libro.

En **penguinlibros.club** encontrarás las mejores
recomendaciones de lectura.

Únete a nuestra comunidad y viaja con nosotros.

penguinlibros.club

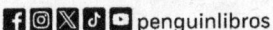